河出文庫

パラークシの記憶

M・コーニイ
山岸真 訳

河出書房新社

目次

パラークシの記憶

1　序章

十七歳の誕生日に、ぼくは溺《おぼ》れ死にかけた。

などということは、地球人《ヒューマン》であるあなたには大して重要に思えないかもしれない。たぶんあなたはこういうだろう――そんな、スティルクのひとりやふたり、どうしたというんだ？　でもぼくにとってはそれは大事件で、同じ夏の日に起きたもうひとつのことに匹敵するくらいの大事件だった。

もうひとつのこととは、ぼくがノス・チャームと出会ったことだ。

溺れ死にかけた話？　それはこんな風に起こった。

河口の水面は波もなく、流れもゆるやかで、海辺の崖《がけ》ぎわに並ぶノスの村の小さな白い家《コテージ》が輝く様は、地球人の満面の笑みのようだ。それを眺めながらぼくは、霞《かすみ》ににじむ日ざしの中で歌を口ずさんでいた。そよ風に帆を膨《ふく》らませて、ぼくの滑走艇《スキマー》はすべるように流れを遡《さかのぼ》っていく。ノスの河口には魅力的な入り江がよりどりみどり揃《そろ》っていて、ぼくは探検をしたい気分になっていた。

粘流《グルーム》の到来がはじまっていた。

ぼくたちの住むこの星を周回する海流が、すでに毎日毎日、大浅海から濃度の高い海水を運んできていて、いまでは喫水の深い船はすべて海から引きあげられ、海岸沿いに何列にも並べられていた。漁師たちは網や釣り糸の重りをもっと重いものに取り換えて、ぼくのスキマーの大型版みたいな平底船で海に出ている。そして漁師たちは毎日、前日まではいなかった種類の魚を捕まえる。濃くなった海水のせいで深海魚が上に追いやられてきたのだ。グルームというのは、特別な季節だった。

さらに日が経《た》つと、この星の海を周回して進むグルームのあとを追うように、獰猛《どうもう》なグルームライダーが力強いひれ足で海面をかすめ飛ぶようにやってくるだろう。海面に取りのこされたあらゆるものに襲いかかる、おそるべき捕食動物。グルームライダーは自分たちより二十倍は大きいズームでさえ襲うのだ。

グルームライダーには、ぼくをおそれさせるなにかがあった。たぶんそのなにかは、ぼくの先祖に起こったことだろう。ぼくたちが感じる恐怖の多くは、そこに由来する。いつかぼくは星夢《ほしゆめ》を見て、つまりぼくの記憶を昔へ掘り進んで、そのなにかを突きとめ、それを静めるだろう。これに対して意図していないのに何世代も昔の記憶が浮かんでくることを逆流《バックフラッシュ》と呼ぶ。

「気をつけて！」

考えにふけっていたぼくの耳には、その叫び声がろくに届いていなかった。

「そっちに進んじゃ駄目よ！」

家が並んだ崖の下の岩がちな岸辺近くに浮かぶ喫水の深い漕《こ》ぎ船から、女の子が手をふりまわして叫んでいた。（ああいう水掻《みずか》き持ちは、ノスのまわりの海が自分たちのもののつもりでいるらしい）とぼくは思った。（たぶん村の決議で、この小さな湾の権利をあたえられたんだろう。ふん、あんな女はラックスに行っちまえ。ぼくは自分の行きたいところに船を進める）

しかし、その子が喫水の深い船の中に難なくすわっていられたという事実から、ぼくはなにかを気づくべきだった。喫水の深い船は、グルームの期間は浮きあがって不安定になるのだから。

ぼくのスキマーが不意に速度を増した。

これはまずい。風が変化したわけでもないのに、スキマーはなにかに驚かされたロックスのように前に飛びだした。丸い舳《へ》先《さき》が水を騒がしくかき分けている。いま、グルームの海水は飛び散らない。それはどろりと流れるものだ。こんなのは、ふつうじゃない。

そして、船が突然、漁師の網に突っこんだかのように減速した。バランスを失って、ぼくは前にすべった。船は前進をやめて、水の中にだんだん深く潜っていった。とても深く。

要するに、沈没しつつあった。

悪夢そのもの。ぼくが弾《はじ》かれたように立ちあがると、小船は大きく揺れた。ジャイブした帆にくるまれて、視界を奪われる。冷たい水が脚《あし》を這《は》いあがってくるのを感じた。冷たい、冷たい水。死の惑星ラックスから搾《しぼ》りとってきたような、限りなく冷たい水が。

あなたたち地球人には——温暖な世界で生まれたあなたたちには——ぼくたちが冷たさに感じる恐怖は理解できるものではない。それでもこの恐怖は現実に対するもので、迷信ばかりではなく大昔の記憶に根ざしていることはいっておきたい。

帆にくるみこまれたぼくは、自分がおそろしさにあげる悲鳴を聞いた。頭にあるのはラックスの氷のような手のことだけ、それが汚《けが》らわしい指でぼくの股間《こかん》をまさぐっている。帆にきつくくるまれていて、ぼくは身動きできなかった。仮に動けても、内陸者《もの》のぼくは泳げないけれど。

論理に従えば、ぼくの個人史はそのときその場所でおしまいだった。

「フューさまの名にかけて、そうやってわめきまくるのをやめて、帆の下から出てきなさい」

それは天使の声だった、とはいえぼくがそうと気づいたのは、もっとあとになってからのことだが。そのときには、どんな声でも救いだった。

「動けないんだよ！」ぼくは叫びかえした。ぼくは囚《とら》われの身だった。ぼくは死にむかっていた。そしてぼくはまだ十七歳だった。これは世界にとって悲しむべき損失だ。

水はいつのまにかぼくの胸のところまで這いあがっていた。すっかり水面下に沈んだスキマーに、足がすべった。ぼくは横に倒れた。なにかが肋骨《ろっこつ》をひどく打ちつけた。だれかの片手がぼくの顔から帆を剝《は》ぎとり、すると冷静な目がぼくの目とあった。

「あのね、この状況はちょっとまずいの。人に見られるかもしれないし」その女の子がいった。「助けてあげたのは確かだから、どうしてもっていうなら、ろくに言葉にもならない感謝をもごもご口にするのはいいわ。でも、そのわめき声はいますぐやめなさい」

ぼくは倒れたまま、その子の小さな漕ぎ船の中に体の半分を乗り入れた。スキマーの帆がまだ体に絡《から》まったままで、帆柱《マスト》が肋骨の上にのっかっていた。理性が戻ってくる。結局のところ、死の惑星ラックスの凍りし力《パワー》などというのはただの迷信で、ぼくの叔父《おじ》のスタンスのような宗教がかった変人たちがいいふらしているにすぎない。善き太陽フューがぼくの顔を照らし、すべてに温《ぬく》もりが戻ってきた。とりわけ、ぼくを救ってくれた子の茶色い目に温もりが感じられる。茶色い目は、ぼくたちの文化では大いに称賛される貴重な存在だ。それは祝福と見なされていて、なぜならそれが伝説のブラウンアイズ――恋人のドローヴとともに、はるか昔になにか想像もできないかたちでぼくたちを災厄から救いだしてくれた女性――を思いださせるからだ。ともかくぼくはいつのまにかわめくのをやめて、周囲のものをこれまでになく鮮烈に味わえるようになっていた。なによりも、ぼくの救い主の美しい目を。

「ありがとう」ともごもご口にしたが、ろくに言葉にもならなかったかもしれない。

「そんなことはいいから。それより、そのまま這いすすめば、そのごちゃごちゃしたものから抜けだせるはず。マストはつかんでいてあげるから、あなたの船が沈没することはないわ」

しばらくあと、ぼくたちは岩場にすわって、体を乾かしていた。滑走艇《スキマー》は浜辺に引きあげずみで、漕ぎ船の隣にきちんと並んでいた。背の高いウミススリノ木が作る天《てん》蓋《がい》の間隙から日がさしている。近くで二、三の潮《しお》だまりが照り輝いていて、ぼくたちはそこからじゅうぶんに足を遠ざけておくようにした――これについてはあとであらためて話す。脚の長いロートが潮だまりのひとつの脇《わき》に立って、用心深くそこに目を据えているが、それは正しい態度だ。あなたたち地球人はぼくたちの世界のことをよく知ってはいない。なんにつけてでも、説明を要することが山ほどある。

「あなたはきっと内陸者《もの》よね」そういった救い主に、不面目な思いに包まれたぼくはほとんど目をむけられなかった。「ていうか根掘り虫。どっちでもいいけど、グルームのあいだは上流にむかってスキマーを走らせちゃいけないくらいのことは、知ってなさいよ。川からは新しい水がどんどん流れ下ってくる、わかる？　だからある瞬間は、濃い水の上で安定していても、次の瞬間には、ぶくぶくぶく」と、ふっくらした小さな手で沈む動きを演じてみせる。「スキマーは真水の上を走れるほどの乾舷《フリーボード》がないんだから」

「ああ、よくわかったよ」ぼくはつぶやきながら入り江のむこうに目をやり、青白い空を見つめ、とにかく視線をそらしつづけていた。女の子のくすくす笑いが聞こえた。

「でもね」と彼女はなぐさめるように、「あんなに速く船が沈むのなんてはじめて見た。じっさい、あなたにはどうしようもなかったはず」

「じっさいね」

「あなたの名前は？」

「え、ああ、ハーディだ。ヤム・ハーディ」

「ヤムから来たの？」と驚いた声を出す。ぼくの村、ヤムはここからモーター車で半日、ロックスに乗ってだと一日かかる。「あなたは……なにかの重要人物なの？つまり」人なつっこくにこりと笑って、「あなたを水死から救ったことで、文明世界に貢献したと思っていいのかな」

「父はヤム・ブルーノだ」声が自慢げにならないようにしながらぼくはいった。

「ブルーノ？　ヤムの男長《おとこおさ》のお兄さんの？」はっとしたような声になったのも当然だろう。「そのブルーノが、いま、このノスに来ているのね？　そういえばヤムのモーター車を見かけたわ」

「父はノスの長《おさ》たちとの交渉に来たんだ」

「なんの交渉?」

「そりゃ、食料とか取引とか、その手のことだよ。計画を立てるとか。長《おさ》どうしで話すようなこと。きみが興味を持つようなことじゃないと思う」

「つまり、あなたにもよくわからないってことね?」

話題を変える必要がある。さっきの救助作戦だけではまだ恥をかき足りていないかのように、ぼくはふたたび守勢に戻ってしまったようだ。それにしても、この子は何者だ? 落ち着きを取り戻しはじめていたぼくは、女の子がぼくと同い年くらいで、どきっとするほどかわいらしく、まん丸で温かな茶色い目をして、ふっくらした頰《ほお》にはえくぼがあり、笑顔が太陽神フューさまその人よりも輝いているのを見てとることができた。

とはいえ、そのときのぼくは多感な年ごろだった。それに、ぼくたちの世界では男性と女性がいっしょにいることはあまりない。だからぼくは、こんな美人のそばにいることに慣れていなかった。きっとあなたは変に思うだろうけれど。「まだ名前を聞かせてもらっていないね」ぼくはいった。

彼女は口ごもった。そして、「チャーム」といった。「ノス・チャーム」早口になって、「おかしな名前だと思うでしょ、でも理由があるの。これよ」と、服の襟《えり》に——服は地球製の高価な生地《きじ》でできているようだった——手をさしいれて、細い紐《ひも》についた結晶を引っぱりだす。きらきら光るやつ。ぼくには装飾品《チャーム》のことはさっぱりだ。けれど、自分がその瞬間、最高に強力な逆流《バックフラッシュ》を体験したことは、はっきりとわかった。

ぼくは宝石を見つめていた視線を、彼女の顔に移した。あの茶色い、茶色い目《ブラウン・アイズ》に、すると、ぼくはどうやら、これまでに存在したすべての世代分の時を遡って、昔を覗きこんでいた。長い長い年月に無数の人たちが受け渡してきた、このささやかな記憶を。それはとても貴重で意義深いものに違いない。

結晶と、かわいらしい少女……。

「あ……」チャームはぼくを見つめながら、小さな声をあげた。

「なに？」

「ううん、なんでもない」

今度は彼女が、考えこんだようすで入り江を眺め渡す番だった。反対側の海岸線に青々と涼しげなウミススリノ木がそびえるように並んでいる。ぼくたちの左手の岬《みさき》の沖に広がる海はのっぺりとして、無数の青白い鳥がさっと舞い降りては鳴き叫び、海面に取り残された魚をさらいあげていく。ノスの村のスキマーが網を張って海を行き交《か》い、グルームのもたらす獲物を集めていた――父さんはいままさに、そうやって獲《と》れたものについて交渉しているところで、というのはぼくたちの村、ヤムの今年の作物の収穫は相当な不作になる見通しだったからだ。

一方ぼくは、水掻き持ちの女の子と岩場に腰をおろしている。

このへんで、ぼくの持っていた先入観みたいなものを説明したほうがいいだろう。水掻き持ち――海辺に住む人々――はおかしな風習を持っていて、足には水掻きがある。そして海の波とか伝説の海獣とかそういったものを崇拝している、とぼくは聞かされていた。水掻き持ちはぼくたち内陸者《もの》と大きく違っているので、ぼくたちとは別種の生物だと考えている人もいるが、それが誤りであることは、とある不名誉な出来事ではっきりと証明ずみだ。水掻き持ちの男たちは魚を捕まえ、女たちはそれをさまざまなかたちに加工する。基本的最低限の原始的な生活様式だ。そこに計画というものは必要がない。その生活は自分たちの考えによってではなく、年一回のグルームによって型を決められている。水掻き持ちの血は毎年このグルームの時期にはどろりとした濃いものになる、という噂《うわさ》さえある。駐在仲介者の地球人、ミスター・マクニールは、水掻き持ちを狩猟採集民と呼んだ。

それに対するぼくたち内陸者は、異なる人種だ。

いや、内陸者の男も狩りはする。けれど、獲物の複雑な土地移動パターンを把握するには知力が、獲物をしとめるには技能が必要だ。内陸者の女はというと、作物を育てるわけだが、これにはもろもろの計画性が求められる。地球人たちは八世代前にこの星に最初にやってきたとき、こうしたことに大変感服したのだと、ミスター・マクニールはぼくにいった。

かんたんにいうと、ぼくたち内陸者は水掻き持ちよりも文明化されているのだ。と、少なくともぼくは信じていた。まさにあの十七歳の誕生日まで。やむをえないことだと思ってほしい、そういう風に教えられてきたのだから。

ぼくはまた、水掻き持ちからぼくたち内陸者を根掘り虫呼ばわりされると腹が立つことにも気づいた。

ぼくは隣にいる水掻き持ちの女性を見下すようにして、「もう行かないと。父がぼくはどこに行ってしまったのかと思っているだろうからね。いまごろはもう、父は交渉を終えているに違いない」そこで遅ればせながら、ぼくは自分が未解決の問題を抱えたままであることに気づいた。「スキマーを運ぶのを手伝ってもらえる?」

「え? ああ、いいわ」われに返ったチャームとふたりで、急な土手の上にスキマーを引っぱりあげる。ぼくが引いて、ハート形の顔を桃色に染めて力を入れながらチャームが押す。やっとのことで木々の下を通り抜けて、入り江沿いに走る道に出た。その道はそのまま川に沿ってはるばるヤムまで、そしてさらに先へ続いている。道に出てしまうとずっと歩きやすくなって、ぼくたちは各々《おのおの》が船の片側を持ちあげて運んだ。

「変ね」チャームがいった。

「なにが?」

「船から水が漏《も》れている。ほら」

小さな水たまりが埃《ほこり》っぽい路上にできていた。じっと見ていると、グルームの海水が何滴かのろのろと垂れた。ぼくたちは船をひっくり返してみた……。

スキマーの構造は、喫水の深い型の船と違って単純だ。ほとんど平底の長い箱に、座席がいくつか横渡しについているだけに等しい。座席の下には、船底から一ハンド分離れて足乗せ板があり、これは船乗りの足が船の冷たい底に直接触れることと、そうした接触が引きおこすだろう不安——さらには恐怖——を回避するためのものだ。

「穴があいている」チャームがいった。

それは丸くて、ほぼ指二本分の幅があった。おそろしさで寒気を感じる。「ぼくはどっちにしろ沈んでいたはずだったんだ、水が濃くないほうへ船をむけなかったとしても」

「きっと岩にぶつけたのね」

「いや、そんなことはしていない」

「だとすると、だれかがあなたを殺そうとしたのよ」チャームは目を丸くしてぼくを見つめた。「みんなが寝静まった時間に、何者かが船をしまってあるところに忍びこんで、穴をあけた。たぶんマスクをかぶっていたはず。うわ、興奮する！　あなたの死を望む謎《なぞ》の敵。あなたは自分で思っているよりはるかに重要人物なんだわ、きっと。卑劣な政治的陰謀を立ち聞きしちゃったのかも」そこで無邪気な表情が拭《ぬぐ》い去るように消えた。「でなければ、やっぱり岩にぶつけたのかもね」

「岩にぶつけてなんかない、フューさまに誓って！　そうだったら、ぼくが気づかないわけないだろう？　違う、これは故意だ。ヤムを発《た》つ前にやられたのかもしれないし、ここノスでかもしれない。ぼくたちがここに着いたあと、船はずいぶん長いことモーター車に積んだままだったからね」

チャームはいきなり真剣になった。「ノスには船を傷つけたりする者はいない。わたしたちは海から糧《かて》を得ていて、海で事故に遭うのがどれほどおそろしいかを知っているから」

「でもきみたちは泳げるだろう」

「長い時間は無理。寒さがわたしたちを捕らえるときは、あなたたち根掘り虫、じゃなくて内陸者《もの》を捕らえるときとまったく同じ。ちょっと長くかかるけれど、違いはそれだけ。わたしたちが海をおそれる気持ちは、あなたたちより強くさえある、なぜなら仲間をしょっちゅう海で失っているから。だからわたしたちは泳ぎを覚えるの。あなたの船に穴をあけるなんてことは、ノスの者はだれひとり絶対に思いついたりしないわ」咎《とが》めるような口調だった。

たぶんチャームのいうとおりなのだろう。ぼくには判断のつけようもないことだが。ぼくはむっつりと船を見据えた。もう新品とはいえない。壊されてしまった。もしかすると、修理してもらうためにノスに置いていかなくてはならないかも。ヤムには船大工はいないのだから。ぼくはヤムを発つ前、船を自慢してまわった。父さんとぼくが出発するときにそれがモーター車に積んであったのは、みんなが見ている。だがいまやぼくは、船に穴をあけられポンコツにされて、這々《ほうほう》の体《てい》でヤムに戻ることになる。みんなが笑うだろう。旧友のコーンターは――内心で船のことをうらやんでいた――大喜びだろう。大馬鹿野郎ないとこのトリガーは大馬鹿野郎な質問をして、心のこもっていない同情をしてみせるだろう。そしてだれもが、ぼくが無能きわまりなかったせいでスキマーを岩にぶつけてしまったに違いないと思うだろう。

謎の敵以外のみんなが……。

いや、ほんとうに謎の敵なんているのか?

もちろんいない。まだ世間知らずだったあのころは、自分はだれからも称賛され、尊敬されていると思いたかったのだ。崇拝されているとさえ。

ぼくたちは船をあいだにはさんで歩きつづけた。まもなく、女性たちの住む家がかたまっている脇を通りかかった。丘の斜面に積みあげられたいまにも崩れそうな岩の上に、ウミススリノ木の大きな葉で屋根を葺《ふ》いている。ドライヴェットが数匹、ゴミの山のあいだを走りまわっていた。ヤムの小ぎれいな女性集落とはまったくの正反対だ。女がひとり、両腕で赤ん坊を抱えて、戸口に寄りかかっていた。

「あれま、根掘り虫の坊やだよ!」女は叫んだ。「泥でも掘ってな!」

チャームがさっとふりむいて、「うるさい、ラックスに落ちな、マディ!」と叫びかえした。それからぼくのほうをむいて、「いまのは気にしないで」とふつうの口調でいった。「マディは黙っていることを知らないの」

「別にいいよ、そもそもぼくの村で作物を育てるのは女たちで、男じゃないから」ぼくは機嫌を悪くしていた。「それはなにもまちがってなんかいない」

チャームの唇にいたずらっぽい笑みが浮かんだことに、ぼくは気づいた。「でも、泥を引っかきまわして一生を送るのがちょっと妙ちきりんなのは、あなたも認めるほかないでしょ。まあ、わたしにはどうでもいいことだけど。わたしは自分が海辺者《もの》に生まれてよかったと思うだけ」

驚くべき意見だ。いっしょにスキマーを運びながら、ぼくは目の隅《すみ》でこの女の子を検分した。身長は平均的で、瘦《や》せてはいない。太ってもいない。肩と脚はたくましくて、女の子にしてはかなり力が強そうだ。そして歳《とし》の割には、かわいらしいおっぱいは小さい。検分のつもりがどうもだんだんと感嘆に変わっていくうちに、ぼくはチャームが、輝いているといっていいくらいに不自然なほど清潔なことに気づいた。実直に農作業に取りくんできた証《あか》しの汚れが肌に染みこんだ、善良な内陸者の女性とは違う。でもこの子も――ぼくは独《ひと》りごちた――きっと魚くさいはずだ。

はずだとしかいえないのは、この村全体が魚くさかったからだ。山積みのナガレウオからぽたぽた雫《しずく》を垂らしながら、のろのろとおんぼろのロックス引きの荷車《カート》が脇を通りすぎ、女性たちの家の奥の斜面にある乾燥棚にむかっていく。ロックスを引いている男にチャームが手をふり、男はうなずき返した。ロリンが一頭、男の横で毛深い手をロックスの首にあてて、よろめくように歩いている。ロリンがつき添っていると、ロックスは桁違《けたちが》いによく働く。ぼくはもういちどチャームを盗み見た。ああフューさま、彼女は目を見張るような女性だった。

そのとき、心地よい沈黙は怒鳴《どな》り声で砕《くだ》け散った。

「チャーム！　自分がどんな氷地獄《フリージング・ヘル》なことをしているか、わかっているのかい！」

「やばい《ラックス》！」チャームは毒づいた。「母さんよ」

ぼくたちにむかって大股《おおまた》で歩いてくる長身の女性は、激怒の表情を茶色い長髪が縁取り、なにかの海獣の革で作った服を着ていたが、その革はとてもつややかなので裸のままのように見えた。その横を小走りについてくる若者は、彼女の息子で通る年齢だ。ずんぐりしているががっしりした体格で、顔は幅広で桃色、髪は黄色。ふたりは妙な具合に釣り合いの取れた組み合わせだが、なんといってもここはノスなのだ。

チャームは棘《とげ》のない声で、「この船を運ぶのを手伝っているところ。この人はヤム・ハーディよ、母さん」

娘の横にまっすぐ立ったチャームの母親は、風の中に乗りだす堂々たる貨物帆船のようだった。娘にむかって、怒りに満ちたきつい小声で話しはじめる。いくつかの言葉は聞きとれた。「……人前でおまえたちを歩きまわらせるわけには……氷結《フリージング》根掘り虫……立場というものが……とみんなは思うだろう……」などなど。

チャームは不機嫌そうにしているだけで、たまに適切なところで「はいはい、そうね」と相づちを打つ。ぼくはそばに立っているだけだったが、頭に血がのぼっていた。このおそろしげなノスの女は、自分の娘がなんらかの点でぼくよりもすぐれていると思っているらしいのだ、内陸者のぼくよりも！

「きさま、ぶちのめされたいのか？」チャームの母といっしょに来た若者が、武闘派気取りでいった。

「やれるものならやってみろ」

「チャームといっしょのところをもういちどでも見かけたら、絶対やってやるからな！」

「違う、いまここでやってみろといったんだ」

「フューさまご覧あれ、やってやる！」

だが相手は躊躇《ちゅうちょ》したままだったので、ぼくはからかうようにいってやった。「ノスのしきたりには明るくないんだがね。チャームはおまえのものかなにかなのか？」

「おれの名前はカフ」それだけいえばぼくにもわかるだろう、というようないいかただった。「ウォールアイの息子だ、よく覚えておけ、根掘り虫小僧」

ノスの男長《おとこおさ》の息子か。傲慢《ごうまん》なスノーター野郎なのも不思議はない。そこでぼくは、カフの片目がかすかに白みがかっているのに気づいた。カフはこいつの男の血すじの伝説的疾病《しっぺい》を遺伝している。

そのときには、チャームと母親は一方的な会話を締めくくっていた。年上のほうの女性がぼくのほうをむいて、「さて、おまえさんが自分の船をひとりで運べるなら、お若いの、わたしとしては——」

「ああ、ハーディ。戻ってきていたのか」といったのは父さんだった。フューさまに感謝。大きくて手足がしなやかな父さんが歩いているのを見るたびに、ぼくはロリンを連想する。立ち居ふるまいについても、さまざまな点で同様だ。急がず、鷹揚《おうよう》で、人好きがする。父さんはこわもてする女性にむかっていった。「もう息子とは会ったようだね、ロネッサ」

ロネッサだって！　あのノスの猛女《ドラゴンレディ》じゃないか！　しかもチャームが、この悪名高い女長《おんなおさ》の娘だって？　かわいそうに。ぼくたちはスキマーを地面におろし、ぼくはそれをまたぎ越えて、人々の輪に加わった。ロネッサと父さんがしきりと外交辞令を交わしあっているあいだに、チャームがぼくのところへ来た。

「ごめんね」チャームはささやき声でいった。「母さんは氷結《フリージング》いばり屋なの。でもほんとうはいい人。カフはただのガキ大将。どうか大目に見てやって」

一方でノス・ロネッサがにこやかな笑みを浮かべてぼくを見据えていた。その目がチャームと同じ色なのは、冒瀆《ぼうとく》のような気がする。

「ではこちらが息子さんか、ブルーノ？」ロネッサの態度はたちまち軟化した。「なんで気がつかなかったんだろう。顔立ちがそっくりなのに。立派な若者だね」

父さんはぼくに明るい笑顔をむけた、それはよその人たちの前で父親が見せる類の作り笑いだった。「ノス・ロネッサとノス・ウォールアイ、それにわたしは実りある話しあいができたよ、ハーディ」ぼくがそんなことに興味を持っているかのようないかただった。ところで、ウォールアイというのは、半盲である上に、漁でなにかの事故に遭ったせいで杖《つえ》をついて歩いている男性だった。ウォールアイの脚が不自由になっても男長《おとこおさ》を続けていられるのは、海辺の村がどれほどおかしなところかという一例だ。ぼくたちの村の男長、叔父のスタンス——父さんの弟だ——の脚が不自由になったら、狩りを率いることができなくなるだろう。そのときはスタンス叔父の息子のトリガーが男長になる。考えたくもない話だ、トリガーは大馬鹿野郎なんだから。そして、もしトリガーが狩りの最中にスタンパーに突き殺されたら、たぶんじっさいそうなるだろうが、父さんが男長だ。そうなったら、ヤムのあらゆることがいまよりずっとよくなるだろう。

そして順番からいうと、その次に男長になるのはぼくだった。

来《きた》るべきぼくの栄光の夢は、ロネッサさまが話しかけてくださったので耳を傾けざるをえなくて中断された。「あなたのお父さまとわたしは、交渉の席で息がぴったり合っていたよ、ハーディ。ふたりとも自分たちのほしいものを手に入れるにはどうしたらいいか、わかっていた。ヤムはなんの不安もなく次の冬を迎えられるだろう。現にこのごろいろいろ大変になってきているし、ふたつの村はたがいの物資を共有する必要があるとは思わないか？」

それは……。大変な時期になってきているのは、疑いの余地がない。ヤムの作物は去年と比べてさえ不作だし、獲物になる動物も減っている。それにしても、ロネッサの言葉の真意というのは、彼女と父さんが憐《あわ》れなウォールアイをふたりがかりでやりこめたということだろうか？　じっさい、ロネッサが父さんに寄り添うようにして微《ほほ》笑《え》みかけているようすから考えられるのは……。いや、それはない。ぼくの想像はそこまでで止まった。わが父上が、海辺者と肉体関係を持ったりするわけがない。そんなのはのたうつ巨大な魚と性交するようなものだ。

それとは別に、父さん自身は、ヤムの代表として交渉に臨むときにいつもそうするように白い外套《がいとう》を羽織《はお》っていて、とても見場がよかった。ぼくの母親――名前はスプリング――が、めずらしい白子《アルビノ》のロックスの革から、父さんのために作ったものだ。ヤムにもノスにも、そんな外套はそれひとつしかない。

「今年は寒い春でしたからね」ぼくは礼儀正しく答えた。

「昨晩、わたしは夢見《ゆめみ》をした」ロネッサが厳粛な声で唱えるようにいった。自分の先祖の記憶をすばやく見てまわったということだ。「だから断言できるが、若者よ、今年の春はノスが経験したもっとも寒い春だった」

死の惑星ラックスの亡霊がぼくの心をふたたび訪れて、ぼくは本能的に身震いした。迷信などというものは文明の基盤とするには不健全なのだが。

ノスを去りぎわ、木偶《でく》の坊《ぼう》のカフに乱暴に腕を取られた。「さっきいったとおり、チャームには二度と近づくな、覚えておけ、氷野郎《フリーザー》」カフはつぶやくようにいった。

「もうひとついっておく。おれが男長《おとこおさ》になったら、ヤムへの施しはなしだ、なにひとつな。おれにとっちゃ、きさまらがどれだけ飢え死にしようが知ったことか！」

モーター車でヤムに戻るには長い時間がかかった。ノスの集会所は理にかなった選択として、男性集落と女性集落の中間に位置していた。だがそれは、残念なことにぼくが帰途に男性集落を目にできないということでもあった。海辺者の男性集落は魅力的な面がある――もっとも、自分がそんな風に思っていることを、ヤムの人たちに知られたくはなかったが。滑走艇《スキマー》と喫水の深い型の、二種類の船。石造りの岸壁を覆《おお》いつくす網。魚をかすめとろうと渦巻くように飛びまわるグルームワタリ鳥の大群。漁師たちの荒々しいしゃべりかたや、ありふれた品物を指して彼らが使う奇妙な言葉。なにもかもが風変わりで、ほんとうに魅力的だった。

そうした点ではまったく異なる女性集落を、ぼくたちは車で走り抜けていった。至るところ子どもだらけで、走りまわってわめき散らし、モーター車と競争しようとするものだから、速度を上げられない。女性たちが戸口に立って、ぼくたちが通りすぎるのを眺めていた。そしてそこらをぶらついているロリンが数頭。母親が少しのあいだ留守にするとき、ロリンはすばらしい子守役になる。モーター車が通りかかるのは、ちょっとした事件だ。なにか大きな物事が進んでいるときにしか起こらないことだから。年長の少年のひとりがぼくをじっと見つめていた。たぶん五歳近くで、もうすぐ男性集落に移ることになるだろう。ぼくはいかにも重要な役割を果たしているふりをしようとして、水量計を丹念に調べたり、煙たい排気をじろじろ見たりした。スキマーを荷台に載せて、モーター車は煙を吐きながら走りつづける。揺れを小さくするように運転してくれた父さんに、フューさまのお恵みがありますように。

「薪《まき》がもう二本ほど必要ではないかな、機関助手くん」と父さんが陽気にいった。くつろいだ気分のようだ。交渉の結果に満足しているのかもしれないし、ノス・ロネッサが好意を見せたのですっかりいい気分なのかもしれない。ぼくは火室の扉をさっとあけた。そう、火を燃やすには燃料になるものが必要だ。浜辺で集めておいたひと抱えの流木を放りこむ。

モーター車というのは、いろいろと面白い怪物だ。こいつは薪を燃やすことができ、それは容易に手に入るがかさばる。一方、空間が貴重な長旅の際には、火室内の噴出口を使って蒸留液を燃やすこともできる。蒸留液は嫌というほど製造に時間を食うが、缶に入れて、あるいは革袋ででも運べるので、車内では薪ほど場所を取らない。薪にせよ蒸留液にせよ、その役割はバケツ大のシリンダーを駆動させるためにボイラーを熱して蒸気を生じさせることで、次にはそのシリンダーが車輪をまわす。

父さんはどう考えてもヤムでいちばんモーター車の運転がうまい。父さんが運転輪を握っていればまちがいは決して起こらなかった。スタンス叔父だと話は別だ。夜遅くにロックスの一団に引っぱられたモーター車が村に入ってくることが何度かあったのを覚えているが、そういうときは荒れ地のどこかで燃料切れになってしまった叔父が、面目丸つぶれで運転席で震えていた。

知識豊富な先祖がいて、正確な星夢を見られる以上のことが、モーター車の運転を覚えるには必要だ。そこには遺伝とほとんど無関係な才覚のようなものがある。

またわからない話をしてしまった。地球人《スティルク》はものごとを学びとる必要があることを、ぼくはいつも忘れてしまう。ぼくたちこの星の人間はそうじゃない。知識はもともと自分たちの遺伝記憶の中にあり――なにごとについての知識であれ、先祖のだれかひとりは知っていて、かならず手に入る。技能を要するのはそれを探しだすときで、それを探しだす手段が星夢だ。あなたたち地球人にとって、各世代が一から知識を手に入れなくてはならないのは、とても大変なことに違いない。ぼくたちにとって、毎朝モーター車の火をおこすのが大変であるように。あなたたちが本やテープやディスクやそういった物を必要とするのも、不思議はない。

ノスを出てずいぶん経ってから、父さんが何気なさそうにいった。「かわいらしいお嬢さんだな、あのチャームという子は」

軽いいいかただったが、父さんはぼくをからかっているのではなかった。いまの言葉は深い意味をはらんでいる。チャームの途方もない美しさに父さんが気づかなかったということはありえない、足に水掻きがあろうがあるまいが。どっちにしろ、父さんに会ったときのチャームは靴《くつ》を履《は》いていたけれど。

ぼくたちスティルクは他人の思考の流れをたどることに慣れている。ただしぼくたちの場合、その流れは大勢の先祖の記憶のあいだを漂うのだが。そして父さんがそんなことを口にしたきっかけがなんだったのかに、ぼくは気づいた。

それは丘の斜面で場違いなほど色鮮やかな花々に囲まれた、ミスター・マクニールの住居が見えてきたことだった。

住居は大きくて丸い地球人の建造物で、カサウオに似ているが、ふつうの家では見たことのない形をしていた。沈みかけた太陽フューの光の中で、銀赤色に輝いている。その横に寄生生物のように張りついているのは、村なし男のあばら屋だ。

この地方の醜聞であるそれは、ぼくが生まれてから起きたことではない。だがぼくの祖父――何年も前に背中を刺されて死んだ、ヤム・アーネスト――は、若かったころのその出来事をはっきりと覚えていた。そして、ぼくの中にも祖父の記憶はある、祖父と恋人がある夏の日にロックス小屋の裏で体を重ねて、父さんを受胎したその瞬間までの分なら。それ以降に祖父がどんな悪事を働いたかは、まあフューさまのみぞ知るというやつで、とにかくぼくにはなにも知りようがない。無理のない程度に生涯の遅い時期までぼくたちが子どもを作ろうとしないのは、こういう理由があるからで、最大限の記憶がのちの世代に伝わるようにしようとしているわけだ。なぜぼくがあなたたちの言葉をこんなにうまくしゃべれるか、不思議に思っているだろう？　その答えは、何世代にもわたる先祖たちの学んできた地球人の語彙《ごい》が、ぼくにはあるから。重要な知識が途絶えることがあってはならない。

問題なのは、恥ずべき記憶も途絶えないことだ。

祖父は二十歳《はたち》のとき、ヤムの村の物であるモーター車で、ある友人と勝手に遠出をした。順列上、次の男長《おとこおさ》になる立場だったので、その種のふるまいも大目に見られていたのだ。その事件をぼくは星夢で見たことがあるので、自分の体験した記憶のように鮮明に思い浮かべることができる。明るくて埃っぽいノスへの道。ノスの男性集落の裏手の細い小道が、ウミススリノ木のあいだを縫《ぬ》ってのぼっていき、イソギンチャク樹とコップ樹の聖なる森を抜けて、崖の上に至る。イソギンチャク樹に搦《から》めとられた一羽のグルームワタリ鳥が怯《おび》えてかん高く鳴く。崖の上の吹きさらしのひらけた地面。グルームで濃くなり、遠方の鳥たちで雪のように白くなった海。岩がちの海岸線が消えていくはるか彼方《かなた》にパラークシ、大昔の聖なる町が水平線上のでこぼこな染みのように見えている。

そして若き日の祖父と友人のホッジが、日ざしを浴びてだらだらとおしゃべりをしている。

ふたりはすぐに、ちょっとばかり退屈して、誘惑に耐えられなくなる。

ぼくたちのだれだって、蒸留液を口にしてみたことはある。自然な好奇心だ。最初は口が焼けるようだが、そのうち気分がよくなってくる。もっと時間が経つとひどく気分が悪くなるのだが、そんな先のことをだれが気にする？　昔のことこそが、ぼくたちスティルクには重要なのだ。祖父はくすくす笑いながらモーター車の中に手を伸ばし、蒸留液の缶を手にした。その缶がいまこの瞬間、自分の手の中にあるかのようにぼくは感じることができる。赤く金属製で地球人の製品、揺れ動く中身が重い。祖父は蓋《ふた》をまわしてあけるとひと口飲んで、ホッジに手渡した。そのあとに起きたことを、祖父が記憶の中で恥じているのが、ぼくには感じられる。祖父は自分を責めていた。ぼくは、より現実に即して、ホッジのほうを責めるが。

祖父がその記憶をギーズ設定にしていない、つまり調べまわられたくない記憶としてタブー扱いにしていないのは、驚きだった……。

ふたりのノスの女の子が息を切らしながら崖の上にやってきて、敬意のまなざしをモーター車にむけて立ちつくした。こんな乗り物を乗りまわすふたりの男性は重要人物に違いない、と思っているのはまちがいない。彼女たちはかわいくて、楽しいこと好きで、蒸留液を口にする勇気があった。

酔っぱらった四人の若者がモーター車の脇に寝転がって、漁のときに歌う卑猥《ひわい》な歌を笑い混じりに歌いだすまで、さほど時間はかからなかった。

祖父の記憶はそのへんからぼやけてくるが、ホッジと女の子のひとりがどこかへふらふらと行ってしまったのは覚えている。その次に覚えているのは、急速に酔いが醒《さ》める中で、一団のノスの男たちと女長《おんなおさ》を含む女たちがやってきたこと。怒声とそれにいい返した記憶もあった。

そしてその年遅く、豪雨期のあいだに、ノスの代表団がヤムにやってきて、ふたつの村の交流関係が断たれたことも、祖父の記憶にあった。

そのときできた子どももはノスで育てられた——慣例どおり、すべての子どもと同様に女性集落で。その子どもは男の子だったので、五歳になると、男の子の慣例どおり男性集落に移った。ふつうなら、そのとき男の子は父親の庇護《ひご》のもとに入る。だが、この男の子にはノスに父親がいなかった。そしてホッジはヤムを出てアリカで新しい人生をはじめていたので、ヤムにも父親はいなかった。その男の子は孤児であり、はぐれ者だった。人種混交の生まれ、たまたま正常な人間に見えるにすぎない奇形、あるいは化け物。その子の足に水掻きがあったかどうか、ぼくは知らない。きっと片足にはあって、もう片足にはなかったのだろう。だれも面倒を見ようとしなかったので、その子はノスの厄介者になり、成人するころにはまったく手に負えなくなっていた。

公正を期しておくならば、そのはぐれ者もヤムの男性の血すじに由来するすべての先祖の記憶を持っていたことはまちがいない。先祖の記憶は性によって特定されるのだから。はぐれ者は彼にとってなんの意味もない漁業文化に順応しようとしたあげく、頭が混乱してしまった。幾多《いくた》の騒動ののち、ノスの人々は男を追放した。

男はしばらくのあいだ姿を消していた。パラークシにでも行って、懸命に祈っているのだと人々は噂した。やがてある日、男が海辺の道を歩いているのが目撃され、ほどなくして、地球人の仲介人の住居近くで木を切っていたという話が出た。まもなく男は独力で、地球人の住居の銀色の壁に寄りかかるようにして差し掛け小屋を作った。そこはヤムとノスの中間地点なので、ふさわしい場所といえた。人々は仲介人が男を追いだすのを待ちうけたが、そんな事態にはまったくならなかった。歳月が過ぎ、仲介人は何回も変わり、やがてミスター・マクニールが着任したが、村なし男はいまもそこにいる。

そしてこのすべてが、わが父上殿をして、「かわいらしいお嬢さんだな、あのチャームという子は」といわせたわけだ。

その言葉はふたつの意味に解釈できた。その一。チャームは、ということはおまえハーディもだが、汗まみれの愛の営みの悦《よろこ》びにふけるには若すぎる。その二。彼女には手を出さないほうがお利口さんだぞ、スケべな若い氷頭《フリーザー》くん、あの子は水掻き持ち、すなわち禁断の果実だからな。

なので、ぼくはこう答えた。「そうだね」

父親と息子のあいだならではの意味深な沈黙があとに続いた。父さんがまだ人種混交の件で思い悩んでいるのがわかる。チャームの美しさを心に刻んでいる以上、ぼくは自分でもその件であれこれ考えても別に平気だったが、父さんが陰鬱《いんうつ》な気分になる前に話題を変えなくてはならない。

「父さん、そんなにひどいの、収穫や狩りの成果は？」

「うん？　ああ、そうなんだ。きのうワンドと話したんだが、いまのようすだと作物の収穫は去年の四分の一減くらいになるといっていた」

ヤム・ワンドはぼくたちの村の女長《おんなおさ》で、ほんとうに嫌なやつだ。けれど、脅《おど》し戦術があの女性のお気に入りであることを考慮に入れてもなお、状況は明らかに深刻だった。村の農地に目をやるだけで、それはわかる。冬は長く、春の訪れは遅く、夏は気温が低くて、作物の背丈は例年の半分しかない。

「その去年の収穫は、その前の年より悪かったんだよね」ぼくは沈んだ声でいいながら、自分たちの共同体への当然の関心を見せた。最近、ヤムの神殿で祈りを捧げて時間を浪費している人が大勢いることに、ぼくは気づいていた。それは村人たちの士気の指標として、とてもあてになる。

そのとき、父さんとぼくは急に腹が減ってきて、車を止めると、モーター車のボイラーのお湯でスチューーヴァ茶を作った。父さんが取りだした燻製《くんせい》魚の袋は、父さんにぞっこんになったロネッサからの贈り物に違いなく、ぼくたちは燻製を囓《かじ》った。闇《やみ》と寒さが迫りつつあり、ロックス車《カート》か徒歩で旅していたなら、おそろしくてたまらなくなっていただろう。だがぼくたちは食事を終えると、ふたたびモーター車に乗りこんで車内のしあわせな暖かさを感じ、父さんがスロットルをひらいた。煙突が頼もしいシュッシュッシュッシュッという蒸気音を立て、ぼくたちは走行灯の弱々しい光を追うようにガタガタと帰り道を進んだ。

「感じのいいご婦人だね、あのロネッサという人は」ぼくはさりげなくそういったが、口にしたその言葉を作りあげるにはかなりの時間をかけていた。

火室の扉がひらいていたので、父さんが疑い深い目で一瞬ぼくを見たことに気づいたが、父さんのほうからはそこまではっきりとぼくの顔を見られなかったと思う。

そこで父さんが静かに笑った。「そうやって生意気な若氷男《フリーザー》ぶっているとだな、ハーディ」父さんはいった。「そのうちに面倒な大ごとに巻きこまれることになるぞ」

ぼくも笑い声をあげ、そしてまもなく車は、ヤムの外れの公共ヒーターのまわりに数人が集まっておしゃべりしている脇を通りすぎた。手をふって、さらに走り、スタンス叔父の家の庭に車をむけると、ボイラーの火を消して、くすぶる石炭の塊が作る最後の蒸気をシュッシュッといわせながら屋根付きの車置き場に車を入れた。

こうしてぼくの十七歳の誕生日は終わった。

「それで、じっさいは船でなにをやらかしたんだ、ハーディ?」とコーンターがきいた。

「なあ、じっさいは船でなにをやらかしたんだよ?」と同じことをいったのは大馬鹿野郎のトリガー。

二日間こいつらと会わずにすませたあと、ぼくは三日目にトットニー街道をしばらく歩いてから狭い脇道に入って、木に囲まれた小さな池に来た。ひとりきりになりたいときの、ぼくのとっておきの場所だ。池はほぼ円形で、差し渡しは十ペースもない。夢見処《ゆめみどころ》。ぼくたちはひとりひとりがその場所を決めている。ぼくはキイロノ実の木の下に楽な姿勢で腰をおろすと、自分のパイプとハッチの入った小袋を取りだした。太陽は空高くにあったが、ぼくのいる場所は日陰になっていて、うなり蠅《ばえ》が食虫植物の葉状花から巧みに逃げまわりながらうるさく飛び交っている。ユキシロモグリ鳥がほとんど垂直降下で池に飛びこんでしぶきをあげ、くちばしに小魚をくわえて平気な顔であらわれる。この内陸の水中に氷魔《アイスデビル》はいない。

ぼくはパイプにハッチを詰めて、火をつけた。夢見の時間がはじまる。

ぼくはまず、父さんの記憶の中にすべりこんだ。父さんはほかの大部分の人たちと違っている、ぼくの母親であるヤム・スプリングと、いまも不健全な関係にある点で。

いちど性行為をおこなったら、その女性との交際を終わりにするのが正常な男性だ。しかし、ぼくがもう十七歳になったというのに、父さんはいまだにスプリングと、こっそりとではあるけれどたびたび会っていた。ふたりが川岸に並んで腰をおろして水面を眺めながら、手を握りあって静かに話しているところに、ぼくは何度も出くわしている。異常だ！　男性と女性はなにも共有していない。男性の記憶は男性の血すじを下って受け継がれ、女性のは女性の血すじを下る。その結果、ふたつの異なる文化ができあがった。

父さんとスプリングはいったいなにを話すことがあるというのでしょう、フューさま。男性は農作業に関心がない。女性は狩りに関心がない。さらに両者の先祖の記憶には接点がいっさいなく、別個の視点から見たものだというのに。

父さんは説明してくれようとしなかった。父さんもバツが悪いようで、まあそれは当然だろう。ぼくはこの事態の根源を探ってみたいと思っていて、それは父さんの記憶経由で可能かもしれない。というわけで十七歳の誕生日の三日後の暖かな朝、ぼくは地面に寝そべって星夢を見はじめた。

ぼくは父さんとスプリングの出会いを思いだした。スプリングはトットニーに生まれ育ち、父さんは祖父と狩りに出ている最中に彼女と出会った。ぼくの心の目に、無人の荒れ地の外れでフユノ実を集めているスプリングが映った。父さんには、彼女がとても美しく見えた。その出会いにともなう温かい気分でぼくの心は満たされた。星夢の記憶には情動がたっぷりあらわれる。その同じ日にスプリングはトットニーを去り、父さんのロックスに乗って、祖父と父さんといっしょにヤムへ戻った。彼女と父さんはだれもと同じすてきな経験をして、やがて性行為をした。

そしてその時点で、父さんの記憶へのぼくの接触は終わりだった。大脳の中葉《セントラル・ローブ》、別名記憶葉に情報を伝える伴性《はんせい》の記憶遺伝子の鎖《くさり》——このへんはミスター・マクニールから教わった用語だ——はこの時点で卵子に伝えられた。それ以降の父さんとスプリングになにがあったかについて、ぼくはなんの記憶も持っていなかった。これではふたりが逢《あ》い引《び》きを続けている理由の説明にならない。だがもしかするとその答えは、ミスター・マクニールいうところの求愛行動の部分にあったのかもしれない。ぼくはその部分をもっと注意深く、もっとこまかく思いだしはじめた。

コーンターとトリガーがやかましくやってきて、夢見を台無しにしたのはこのときだった。

「ぼくは氷結船《フリージング》を氷結岩《フリージング》にぶつけてなんかいない！」コーンターがその次に口にした質問に、ぼくは怒鳴りかえした。

「小っちゃな水掻き持ちの娘っ子に助けられたって話じゃないか」トリガーが嘲《あざけ》り声でうるさくいなないた。

「そんなことというやつは冷血《フリージング》嘘《うそ》つき野郎だ」

「おまえは串刺《くしざ》しにされたスノーターみたいに悲鳴をあげてたって話だ。その娘っ子は顔を平手打ちしておまえを黙らせたって話だ。話によると、娘っ子は八歳だってな」

「彼女は十六にはなっているよ！」しまった《ラックス》！　この舌を嚙《か》みちぎっていれば！

「へええ！　へええ！」

ぼくは攻撃態勢に切り替えた。「だれが船底に穴をあけておいたのか、ぼくが知りたいのはそっちだ！」

ふたりは口を閉じた。コーンターがためらいがちに、「それはまじめな話か、ハーディ？」

「もちろんまじめだよ。ああもう、どんな風か想像できるか、自分を乗せた船があんな風に沈んでいくってのが？　だれだか知らないがあの船に穴をあけたやつは、ぼくを殺していたかもしれないんだ！　おまえら冷血野郎《ラックス》ふたりのどっちかの仕業《しわざ》だとわかったら、きっと――」

「なあ、それは違うからさ」コーンターがあわてていった。

 ここ二日間、ぼくはそのことを考え抜いていた。「父さんは七日前、ぼくの誕生日のためにノスからロックス車《フリーザー》で船を運んできた。それはうちの扉の外に数日間、船底を下にして置かれていた。船底に穴があけられても、だれも気づかなかっただろう。そのあいだのいつだってやれた」

「だがそれは、ノスの船職人の腕が悪かったせいかもしれない」コーンターが意見をいった。

「もうやめようぜ！」トリガーが叫んだ。こいつは池の底に潜《ひそ》んでいる不気味ななにかが目をさまさないかと思って、乾燥肉の切れ端を放りこんでいた。「ここにいてもつまんねえよ。川へ行ってみよう！」

そして川まで行ったぼくたちは、ときどき水をかぶる牧草地にさっきのとよく似た池を見つけて、トリガーの食べ物の残りを投げこんだ。

ひび割れるようなかすかな音がして、水が結晶化した。

あんな風に自分をこわがらせてなにが楽しかったのか、ぼくにはわからない。やがてわかったように、現実以外のなにものでもない危機が迫っていたというのに。けれど、池の中の氷魔に反応を引き起こさせずにいられた例《ためし》はない。その結果としてあの結晶の中に閉じこめられるかもしれないと思うと、いつも恐怖で身震いがする。ぼくはロックスのような大きな動物が、氷魔のいる池でうっかり水を飲もうとして、その顎《あぎと》に捕らわれたのを見たことがある。氷魔は獲物が窒息死するまで、あるいはもっと長く餓死するまでそうやって捕らえておいてから、池の結晶化を解いて、獲物を食べるのだ。

「氷魔のやつらがどうやってこんなことするのか、おれには絶対わかんねえよ」トリガーがきらめく池の表面を見つめて、不思議そうにいった。

「ミスター・マクニールはこれを、なにかの塩とかの飽和溶液と呼んでいた」コーンターがあやふやな口調でいった。「見た目ではわからないけど、グルームよりもさらに濃いんだって。氷魔はなにかが水を跳ね散らすのを待ちうけて、体から大量の塩を放出して池を結晶化させるんだと、ミスター・マクニールはいっていたよ。そのあと池の結晶化を解くときは、おしっこをするだか、すごくそれに近いことをする」

その解説は面白くもなんともないが、その場の状況は遊ぶのにむいていた。ぼくたちは川の浅瀬からムシロ草を四角く切りとって、それをいくつも結晶の上に敷くと、少し後ろに下がった。それから全力で走ってムシロ草に跳びのり、興奮して歓声をあげながら草の表面をずるずると池の反対側まですべった。

ときどき、水面下に潜む氷魔がちらっと見えることがあった。触手がたくさん生えた人の頭大の化け物で、それ自身も結晶の中に閉じこめられている――だがそれは、一時《いっとき》のことにすぎない。数日のうちに――もしかすると数時間か数分で――池はいきなり水に戻る。もしその時点で獲物がまだ抵抗するようなら、水は再結晶化する。命がけではあったが、勝ち目はぼくたちの側にあった。

あの夏の午後、池の上をすべりまわるのは、わくわくする出来事だった。とにかくそのときには。

命がけといえば、ヤムにはそれを実践している第一人者がいる。

無知《シリー》なメイは異常者だった。この女の子は先祖の記憶を持たずに生まれてきたのだ。その後の人生をひとりきりで、導いてくれる先祖なしに送ることになる。ぼくたちの種族にとってはさいわいなことに、記憶に欠陥のある人はごくたまにしか生まれず、そうした人は子どもを作ることを思いとどまらされる。必然的にメイは自分自身の体験からしか学ぶことができず、人づきあいやさまざまな作業でのまちがいをおかしがちだった。記憶に欠陥があるとわかって以降、メイは女性たちが日々おこなっている仕事から遠ざけられた。万が一、穀物畑に火をつけてしまうというような、被害の大きなまちがいをしないように。

「わたくしの作物の前であの娘を自由にさせておくのは、ごめんこうむります」数年前にぼくたちの村の女長《おんなおさ》、ワンドがそういって、それからまもなく、シリー・メイはヤムの育樹者に任命された。育樹は宗教的観点からは非常に重要だが、じっさいは単純明快な仕事で、まずい事態になどほとんどなりようがない。しかしながら、育樹者自身がまずい事態に陥る可能性は多々あった。その仕事に就《つ》いた者は消耗品と見なされていた。

ヤムの育樹の前任者だった女性は、苗木畑の挿し木《さき》作業中にイソギンチャク樹に絞め殺された。さいわいにもこの前任者の女性はその時点で春の挿し木をほとんど終えていたので、シリー・メイは夏をまるごと使って苗木の世話に慣れてから、グルーム後の謝恩植樹を迎えることができた。

それが三年前のことで、いまメイは十六歳、利発でかわいい女の子だが、いまも突飛なことをいいがちだ。

「挿し穂は全部、荷車で運ぶべきよ」とメイがぼくにいったのは、ニュート森への謝恩巡礼の前日だった。「そうすれば道中、挿し穂にそんなに傷がつかなくてすむ。荷車をモーター車で引っぱることもできるわ。ずっと楽だし、早いでしょ」

ぼくは苗木畑を眺めながら考えをまとめた。二百本かそこらの小型版イソギンチャク樹と、やはり同じ数の小さなコップ樹が、ぼくたちの村の農地でもっとも肥沃《ひよく》な部分の大半を占めて、ハジケ草もヒゲ草もハビコリ草もきれいに刈りとられたところに何列も整然と並んで育っている。あす、神殿の番人が式服に身を包んでここへやってきて、それになんの意味があるかはともかく、苗木に神の恵みを祈り、それから村人ひとりひとりが片手にイソギンチャク樹を、もう片手にコップ樹を持って、埃っぽい道をニュート森まで歩き、持ってきた苗木を地面に挿す。そして神殿の番人がもういちど、苗木に神の恵みを祈る。

ぼくが見にいったことのある先祖の記憶のかぎりで昔からずっと、その行事はそういうかたちでおこなわれてきた。

「それに、イソギンチャク樹が運んでいる人に触手で取りつこうとするなんていう、おそろしい騒ぎも起きなくなる」とメイはいい足した。

「いい考えだね」ぼくが愛想よくそういったのは、メイがかわいい子だったからだ。たとえ、記憶に欠陥のある女の子と体を重ねることなど、思考の埒外《らちがい》ではあっても。

「でも、いまはそれをいいだすときじゃないと思うよ」

「どうして？　むしろ絶好のタイミングじゃない、巡礼はあすなんだから」

メイを侮辱《ぶじょく》することなく説明するにはどうしたらいいかとぼくが考えているところへ、スタンス叔父がのしのしと歩いてきた。叔父はロリンを見るのと同じ程度の興味しかない目でぼくを見た。記憶に欠陥のある女の子と親しくしすぎているのを見られるのはあまりうまくなかったので、ぼくはほっとした。もし仮に――万が一の仮定として――メイとぼくが男女の関係になって、メイが女の子を生んだとしたら、その子は一世代分の遺伝記憶しか持たないことになる。それはぼくたちの種族にとってよくないことだ。メイは一生を処女として生きる運命にある。

「提案があるんです、ヤム・スタンス」ぼくが止めるまもなく、メイが声をあげていた。

スタンス叔父の顔が目に見えて膨れあがった。なにを考えているかは見当がつく。メイからなにか提案されるとはなんたる侮辱。この痩せた――先祖の記憶を持たない――娘は、無数の世代の経験に支えられた男長《おとこおさ》であるおれが見落としていたなにかを思いつくことができると思っているのか？　ありえない！　無礼きわまる！

「なんだね？」叔父は脅すようにいった。

メイがさっきの話を聞かせるあいだ、スタンス叔父は広げた両足に体重をかけて体を左右に揺すり、顔をしだいに赤らめていった。

「冒瀆だ！」叔父はメイに最後まで話させる暇もあたえずに怒鳴った。「おれたちはこれまでずっと、ニュート森まで苗木を手で運んできたし、これからもずっとそうするのだ！　伝統への愛着というものがないのかね、お嬢ちゃん？」

「植物への愛着ならあります」メイはいわないほうがいいことをいった。「植物の半分は、森に運ぶ途中で死にます。あんなに長いこと日の光にさらしていれば当然、根が傷みます。ロリンが水撒《みずま》きを手伝ってくれなかったら、植物は全滅するでしょう。どっちにしても」スタンス叔父がなにかを怒鳴ろうと口をひらきかけたので、メイはすかさず、「農作業はワンドの管轄《かんかつ》で、あなたのではありませんが」

「巡礼はおれの管轄だ！」

「ぼくがワンドに話すよ」スタンス叔父が怒りを爆発させるかと思い、ぼくはおずおずといった。「この問題を理性的なスティルクとして議論することはできないかな？」

「議論することなどない！　それにもしそんな問題を議論するとしても、それは集会でのことで、畑のまん中で欠陥娘などとはしない！　ついでにいえば、モーター車はおれの管轄だ。ワンドがどういおうと、モーター車が冒瀆的任務に使われるのに許可は出さん！」

シリー・メイはまったくスタンス叔父に脅威を感じていなかった。その理由のひとつは、叔父は男長《おとこおさ》なので、メイに対してなんの権威もないこと。そしてもうひとつは、モーター車さながらにフーフーハーハーいい、ボイラーの下の火のようにまっ赤な顔をした叔父が、滑稽《こっけい》だったからだ。

「親山羊《おややぎ》さまはお喜びにならないでしょう」メイは悲しげにいった。豊穣多産《ほうじょうたさん》の象徴であるこの宗教的存在の名前を出しても、まったくなんの効果もなかった。

「親山羊とラックスに落ちろ！」スタンス叔父は叫んだ。それから、自分がどれほど冒瀆的なことをいったかに気づいて、赤く染まっていた顔が色褪《いろあ》せて死人のように青白くなり、おそろしげな角《つの》が見えるのではと思っているかのようにちらりと空に目をやった。

だが、叔父はなんの天罰も受けず、そのことは、宗教的存在はぼくたちの心の中にいるだけだというぼくの信念を裏づけた。ぼくはそこから、ねじくれた安心感を得た。スタンス叔父はさっとむこうをむくと、大股に歩き去った。シリー・メイがぼくににやりと笑いかけた。

「みんなから馬鹿だと思われることがなければ、頭をたわごとでぎっしりにする先祖の記憶を自分が持っていないことを、うれしく思えるんだけどな」

「ぼくはきみを馬鹿だなんて思っていないよ、メイ」

メイは真剣な目でぼくを見た。「うれしいわ、だってわたしには友だちが必要だから。それに、あなたと友だちになれるのもうれしい。あなたはいつか、男長《おとこおさ》になる人だから」

「いや、男長になるのはいとこのトリガーだ」

「ねえいい、わたしは昔を覗《のぞ》き見ることはできないかもしれないけれど、その分、未来を見通すことはたやすいの。トリガーには必要な資質がない。男長になるのはあなたよ」

この村の現在の男長が、怒りと恐怖に満ちてのしのしと村へ戻っていくのをじっと見ながら、ぼくは思った。未来というのは厄介なものだ。ぼくたちは昔にとても深く根を張っているが、未来についてじっくり考えたことはほとんどない。もしかすると、考えるべきなのかもしれない。けれど、もし未来について考えたら、きっとぼくたちは怯えるだろう。

あとから思うと、その考えは予言的なものだった。

2　デヴォン採鉱場

収穫期が来て、謝恩巡礼はこれまでどおりのかたちでおこなわれ、無知《シリー》なメイの提案についての話はまったく出なかった。ぼくたちはメイの育てた小さなコップ樹とイソギンチャク樹をニュート森へ運んで、ていねいに植えつけた。死んだ古い樹を補う以上の数を。ロリンたちがぼくたちのまわりをせかせかと歩きまわり、新たに植えた樹に小便をかける。大きく育ったイソギンチャク樹はじっとして動かない。それは滑《こっ》稽《けい》な光景だったが、植樹のあいだのイソギンチャク樹はいつもそうなのだ。ぼくたちが植えてまわる横で、触手を引っこめて大きな切り株のようにおとなしくしている。もしかしてこの樹たちにも、ぼくたちが森のためになる作業をしているのが、どうやってだかわかるのだろうか。あるいは、ぼくたちの心を落ちつかせるのと同じような効果を、ロリンが及ぼしているのかもしれない。けれどイソギンチャク樹は、育樹者が挿《さ》し木《き》をするのは嫌がった。

謝恩行事のあとは、作物の取り入れがおこなわれ、そのあとに豪雨期がやってくる。草木が枯れ、雨が降りやまず、冷たい霧が出て大人たちが短気になる季節。一年のこの時期には、公共ヒーター脇《わき》の小屋に熱い煉瓦《れんが》が供給備蓄される。冷たい雨の中を歩くとき、恐怖を追いやるには両腕で抱えた熱い煉瓦に勝るものはない。ぼくの十七歳の誕生日後の豪雨期には、村の年長者の会合が、男女ともに出席して何度もひらかれ、人々はしきりと頭を横にふり、多くの厳《いかめ》しい予兆の言葉が口にされた。十代後半になり、男長《おとこおさ》の甥《おい》でもあったので、ぼくはそうした会合への出席を許されたが、じっさいは父さんが強硬にいい張ったのだった。

「おまえも出るべきだ」と父さんがある日、最新の会合がひらかれる予定の酒場まで雨の中を全力疾走《しっそう》するのに備えて、毛皮を何枚も重ね着し、ストーブから煉瓦を手に取りながらいった。「将来、ヤムで自分がどんな立場になるか、おまえはまだ全然わかっていないからな」

「ぼくは男長のいとこという立場になるんでしょ、スタンス叔父《おじ》が死んだら」なんという将来像。

父さんは必要以上に長くぼくを見つめた。「そうかもな。それはともかく、会合では食料配給の話が出る。だから若い者の意見も聞きたい」

「勘弁《ラックス》してよ父さん、会合なんて退屈なだけだ。だいたいトリガーが出席するんでしょ。若者の意見ならあいつから聞けばいい」

父さんは扉の前で立ち止まった。「考えてみろ、ハーディ。ほんとうにトリガーに自分の代弁をしてもらいたいのか？」

それはいえている。「あとで顔を出すよ」と父さんにはいった。ぼくが行くころには、みんな議論に飽き飽きして飲めや歌えがはじまっていると期待してのことだ。

そしてじっさい、そうなっていたのだが、ぼくが予想していたようなかたちとはまったく違っていた。

日が暮れてだいぶ経《た》ってから酒場に着いてみると、そこは手にしたマグを口に運ぶのもひと苦労なほどのぎゅうぎゅう詰めだった。歌は聞こえたが、それは祖父のアーネストがノスの女の子に歌って聞かせただろう陽気な歌詞の酒盛りの歌ではなく、陰《いん》鬱《うつ》な哀歌で、ぼくは一瞬後、それが『偉大なるフューさまがわれらを救えり』だと気づいた。聖歌のひとつだ。どうも宗教が、神殿から酒場のような聖なる領域にまであふれ出してきているらしい。不可侵な場所はどこにもないのか？

そして哀愁を帯びた最後の調べが、毒殺されたドライヴェットのように息絶えていくと、スタンス叔父が酒場のカウンターの上に立ち、両腕を広げて群衆を上から見おろした。

「わが村民諸君！」スタンス叔父は叫んだ。

はじまりかけていた会話がやんだ。その沈黙の中で、村の女長《おんなおさ》であり正確さを重んじるワンドの、特徴ある声が響いた。

「あなたの村民なのは、男たちだけですよ、スタンス！」

「修辞的表現というやつだ。ではいい直そう。ヤムの民よ！」と声を轟《とどろ》かせる。スタンス叔父は強い印象をあたえる人物だ。背丈は並みだが、その立ち姿のなにかが——伸ばした背すじ、上にむけた顎《あご》、陸にむかって吹く強い風の中で海を見晴らしているかのように見据えられた視線——言葉に由々《ゆゆ》しい響きをあたえていた。叔父は自分の場所を確保している感じがする人だ。どこにいてもその場にいて当然な感じがする。その場を自分のものにするのだ。もし父さんが聴衆に一席ぶとうとして酒場のカウンターに跳びのったら、低い梁《はり》に頭を打ちつけて、気を失って床に落ちてしまうだろう。そうした災難は、残念ながらスタンス叔父の身には決して降りかかりそうにない。「みなで祈るのだ」と叔父はいった。威厳をまき散らすようなその表情が、一瞬にして謙虚なものになった。

村人たちは頭を垂れた。スタンス叔父が、はぐらかしと婉曲《えんきよく》表現と迷信がごた混ぜになった、改宗者たちいうところの『無二の真実』を話しはじめた。叔父はそれをまるごと信じているのだろうか。そうは思えない。とても嫌なやつではあっても、知性はある。叔父はドローヴとブラウンアイズ（単なる伝説上の人物たち）に呼びかけた、大ロックス《グレート・ロックス》（これは太陽フューのこと）にまたがって、無数の触手を持つ氷魔（死の惑星ラックスのこと）の手中からこの星を引き離し、永遠に続く日の光をわれらにお恵みください、と——もし太陽フューがその言葉どおりのことをしていたら、ヤムは非常に暑い土地になっていただろう。次に叔父は氷魔（池にいる実在の生物）の女王、ラギナに呼びかけた、おまえの伝説的恋人、ラックスを見放して、フューさまと運命をともにせよ、と。さらに、ラギナが地球人のスペースシャトルのように天に昇って、両腕でラックスを捕まえ、彼方《かなた》の地まで連れ去り、そこでふたりが（ミスター・マクニールいうところの）連星になる、というありそうもないすじ書きまで進言した。スタンス叔父は親山羊《おややぎ》にも呼びかけた、多産な作物を生みだしたまえ、と。聴衆はこうした呼びかけを気に入り、指を立てて大ロックスの徴《しるし》を作った。

そのあと、上々の成果に顔をほてらせたスタンス叔父は、父さんとぼくのところへやってきた。

「いい説話だっただろ、な、ブルーノ？」

「わが村の神殿の番人その人に匹敵するね」父がいった。「ただ、親山羊さまの専門は、根菜作物じゃなく人間を生みだすことだと思ったが」

ここで親山羊の説明をしておこう。ふたつの口を持つ山羊とも呼ばれ、あなたたちにおけるアダムとイヴの、神殿の番人版だが、ではその親山羊はだれが創《つく》りだしたのかを気にしなくていいという点ではまさっているといえる。親山羊はつねに存在したし、いまも存在するのだ。雲の上にいて、眠ることがなく、次から次へと人々を生みだすのがその目的だ。けれど、ぼくたちが自ら人々を生みだす能力を完璧に備えたので、親山羊はもう長いこと仕事にあぶれている。率直なところ、親山羊などという存在はとうてい信じられたものではないと思うが、ミスター・マクニールはそれを馬鹿にしないように細心の注意を払っていた。この人は親山羊の存在を信じているのではないかと思いそうになるくらいだ。そして彼は地球人でもあった。前にミスター・マクニールに尋ねたことがある。「あなたたち地球人は、それほどの知識があるのに、なぜいまだに宗教を持っているのですか？」そのとき、ミスター・マクニールは長いこと考えこんで、これはとても深遠な答えが聞けるぞとぼくが期待しはじめたときに、こういった。「面白半分、ではないかな」

スタンス叔父がいった。「親山羊さまは多産の象徴だ。そして豊作の」

「なら、こうして祈りを捧げたわけだから、これで万事順調になるというわけだな？」

「そうとは思えん」股間《こかん》を蹴《け》られたように現実が戻ってきて、叔父の顔色が悪くなった。

「会合の最初のほうを聞きそびれたんだけれど、叔父さん」ぼくは口をはさんだ。「食料配給の話はどうなったの？」

「デヴォン採鉱場への訪問旅行を考えているんだが、ブルーノ」とスタンス叔父がいった。ぼくを無視するのはいつものことだ。「凍期《フリーズ》がはじまる前に、可能なら」

「ハーディに配給の件を話してやれよ、スタンス」といってくれた父さんに、フューさまの恵みを。

「現時点では」スタンス叔父はぼくの頭のてっぺんより高いところを見つめながら、いらついた声でいった。「穀類はひとりにつき一日にコップ半分か、それに相当するパンのかたちで配給できる見こみだ。だがこの訪問旅行によってだな、ブルーノ、デヴォン採鉱場の地球人たちから援助してもらえるのではないかと、強く期待しているんだ」

「まず、ミスター・マクニールに話をすべきではないかな？」

「そう思うか？」

「そういう取り決めなんだよ、スタンス」父さんはつぶやくようにいった。

スタンス叔父が政治的失態をおかさずにいられるのは、父さんのおかげだと思う。ふたりがいい争うことは滅多になく、それも決して人前ではしない。少年時代の叔父は、息子のトリガーのいま現在と同じくらいの大馬鹿だったのではないか、とときどき思う。もしそうだったとしても、スタンス叔父がその状態から抜けだしたのは明らかだ。叔父はきりっとした態度で、痩《や》せて背の高い父さんを脇にしながらも酒場の中で抜きんでた存在感を放ったまま、力強い声で人々に告げた。「おれたちはミスター・マクニールに相談してみるべきだ！」

人々はスタンス叔父のほうをふりむきながら、賛同の声を発した。スタンスのいうとおりだ。スタンスは地球人との取り決めを知っている。

ヤム・ワンドが横から近寄ってきて、「賢明な行動ですね、スタンス。地球人はとてつもないテクノロジーを持っています。一日かからずに旅していけるところに助けがあるのに、飢え死にするなどおかしな話です」

ぼくは父さんの視線を捉えた。父さんはぼくににやりとしてみせた。

スタンス叔父はミスター・マクニールの住居への旅の計画を練りはじめた。計画することが好きなのだ、ほんとうにスタンス叔父は。ミスター・マクニールが住んでいるところまでは旅といっても半日かからないが、それでも旅は計画を立てられ、順序立てておこなわれなければならない。なにごとも成り行きまかせは許されない。

グルームの期間中、海面はいつも少し下がるが、いまはまた高くなって、ノスの入り江のずっと上流まで逆流してきていた。道が川岸に近づくと、荒れ地からあふれたぞっとするほど黒ずんだ水が、急流となって耳を聾《ろう》する音を立てているのがわかる。太陽フューは薄暗い空の小さな橙色《だいだいいろ》の目にまで縮んでいて、熱をまったくもたらさない。ぼくたちは冷たい霧が結ぶ露《つゆ》で服を輝かせ、モーター車の煙突のように白い息を吐きながら、ミスター・マクニールのところへむかっていた。一行はボイラーの火室に近い運転室前方で身を寄せあっている。父さん、スタンス叔父、ワンド、トリガー、それにぼくだ。運転輪を握っているのはスタンス叔父だったが、その扱いが下手《へた》くそなので、機会あるごとに重い鉄の車輪を道にあいた穴に落とした。ぼくたちは車内で体をぐらぐら揺らし、金属の部品やおたがいどうしを鷲《わし》づかみにしていた。みんなの気分はささくれ立っていた。ぼくたちは結束した交渉団とはいえなかった。

「フューさまに誓ってお願いだから、スタンス、ブルーノに運転輪を持たせて！」車が激しく揺れて床板から飛びあがりそうになったワンドが、悲鳴をあげた。

スタンス叔父は返事もせずに、運転輪を固く握りしめたまま、前方に据えた視線をそらさない。なんとも自信満々な姿であることだ。

このへんの道の右側は下の荒れ狂う急流に鋭く落ちこんでいて、ぼくはそれが気になってしかたなくなってきた。次の揺れを利用して、運転室の左側に移る。これで、車が大きく傾きすぎたと見切りをつけたときに飛びおりてもだいじょうぶだ。

「曲がるところに来たみたいだぞ、スタンス」少しのちに父さんがいった。はっきりしない小道がノスへの道から直角に分かれているのが、かろうじて見てとれた。

「止まって！」ワンドが叫んだ。「後退《バック》するの！　バックよ、この馬鹿！」

スタンス叔父は車を後退させるのが大の得意というわけではなかった。叔父がブレーキレバーを強く引くと、車はきしみをあげて止まった。ぼくたち全員が前につんのめって、火室で火傷しないよう突起物にしがみついた。いまだに自信ありげに、叔父は後退ネジをまわした。

もし叔父が、先に蒸気を切るのを忘れなかったら、いくらかはマシだっただろう。叔父が両手を運転輪に戻す前に、モーター車は後方に加速した。

だれもかもが凍りついた。だれひとり言葉を発しなかった。このあたりは海の水と川が出会うところで、命取りになる大渦巻《おおうずまき》がぼくたちの下で逆巻《さかま》いていた。

そのとき、わが父上が間一髪で運転輪をつかんでまわし、ぼくたちは轟音《ごうおん》を立ててミスター・マクニールの住居へ坂道を後ろむきにのぼって、蒸気と激しい非難の応酬に包まれた派手な到着を演じた。

「みなさん、旅の疲れをとるためにビールをひと口いかがです？」交渉団が内部崩壊していることを察しているとしても、ミスター・マクニールはそんなそぶりを見せなかった。「それともスチューヴァを一杯？」

「蒸留液入りの革袋をまるごとほしいところです」と、ミスター・マクニールの耳には入らないようにワンドがつぶやくのが聞こえた。ミスター・マクニールがビールより強い飲み物をぼくたちに出すことは決してなかったし、なんでそんなことに口をはさむのかはわからないけれど、ぼくたちがなんであれ蒸留物を飲むことに地球人が賛同していないという話を広めていた。

ミスター・マクニールは手でぼくたちに椅子《いす》を示し、笑顔で自分もその巨体を椅子に落ちつけた。ミスター・マクニールと会うときにいつもまず思うのは、大きい、ということだ。父さんより頭ひとつ分高いのは確かだけれど、身長だけのことではない。がっしりした体格、筋肉質の体、それに声の大きさもぼくたちは意識する。あなたたち地球人が大勢集まったら、完全にぼくたちを圧倒するだろう。また、あなたたちは笑うときに歯を剝《む》きだしにするが、それはぼくたちにとって、慣れないうちは警戒の対象だ。それ以外に、あなたたちとぼくたちの身体上の違いは多くない――ぼくたちが違う惑星上で進化したことからすれば、それは驚くべきことだ、と当時のぼくは思った。

ミスター・マクニールについて二番目に思うのは、思いやり深さだ。善良な人で、ぼくたちにとってなにが最良かを心にかけ、つねにできるかぎりの援助をしてくれる。「みなさんとお会いできてうれしく思います」ぼくはそこではじめて、暗がりに村なし男がすわっているのに気づいた。この男はここでなにをしているんだ？　村なし男の姿を目にしたスタンス叔父は、口をあけたまま凍りつくという滑稽な反応で狼狽《ろうばい》ぶりを示した。

父さんはかすかに笑みを浮かべて村なし男にうなずいた。父さんは滅多なことではあわてない。トリガーは、この悪の生きた見本に心を奪われて目が離せなくなっている。ワンドは鼻を鳴らして、説明を求めるようにミスター・マクニールをふり返った。ぼくはどう反応したらいいものかと思って、とにかくなんの表情も顔に出さないようにしようとした。村なし男がなにかの悪事を働いたという話は、ぼくはいちども聞いたことがなかった。そして個人的には、この男はほかのみんなとなにも変わりがないと思った。たとえ――噂《うわさ》されるように――片足に水搔《みずか》きがあり、もう片足がふつうだとしても、彼はそれをしっかり隠していた。人々の心を悩ませるのは、村なし男が存在するという事実そのものだった。

いきなりみんながいっせいにしゃべりはじめ、それからみんなが口を閉じ、気まずい沈黙が続いた。しまいに口をひらいたのはワンドだった。「なんの用でここに来たのか、わたくしからざっと説明しましょう」

交渉の口火を切るには、不作法で唐突なやりかただった。ぼくは落ちつかなくなって、部屋の中にある物をこまかく見ていった。なにもかもが風変わりに見えるのは、それがすべて地球から来た物だからだ。デヴォン採鉱場でも地球人の住居には二、三度入ったことがあるが、ここことは全然違っていた。デヴォン採鉱場の住居は銀河じゅうの品物が壁に掛かっていて、その中にはぼくたちスティルクが作った物もたくさんあった。帆柱《マスト》と網も付いた本物の漁船用の滑走艇《スキマー》まるごとを、天井から吊《つ》り下げている場所に行ったこともある。

けれどミスター・マクニールの住居には、ぼくたちの世界の物はなにひとつない。まるでミスター・マクニールがこの世界の存在を認めたがっていないかのように。だがじっさいには、この地球人はぼくたちのことが好きだった。ぼくにはそれが感じとれた。子どもが好き、というときの好きとは違う。あなたたちの科学文明はぼくたちのよりはるかに進んでいるのだから、ぼくたちを子ども扱いしてもおかしくないのに。それに、動物が好き、というのとも違う。たとえば、お気に入りのロックス、みたいなのとは。そうじゃない。ミスター・マクニールはぼくたちのことを、対等な人として好きなのだ。その点でミスター・マクニールは、ぼくが会ったことのあるほかの地球人と大きく異なっていた。

ミスター・マクニールは、ワンドの言葉に巧《たく》みにつなげて、話題をほかに移した。あなたたち地球人は、いきなり本題に入るのは礼を失することだと考える。しばらくのあいだミスター・マクニールは、荒れ地と何世代か前の地球人がそこに掘った採鉱場の新展開について話した。「第一級の鉱石です」とミスター・マクニールは話を続けた。「大変な利益をあげる事業になることは保証付きです」

「利益とはだれの？」ワンドがぞんざいに尋ねた。

「だれもかれものです。採鉱場の収支がいったん合ったら、収益は地球人とスティルクとで均等に分けあうことになります。そういう取り決めでわたしたち地球人は土地のオプションを入手したわけですし、わたしたちはそれを守ります」

「その収益のわれわれの取り分は、地球人のテクノロジーを買えるほどになりますかね？」父が尋ねた。

「それがみなさんの望まれることならば」ミスター・マクニールははっきりしない表情で、「ですがみなさんは、現状の発展レベルでいたほうがよかった、と思うことになるかもしれません。よいことずくめではないのですよ、地球人の生活様式というのは」

「だが、あんたらは飢えてはいない」スタンス叔父がいった。

「状況はそんなにひどいのですか？　収穫が乏しいとは聞いていましたが」

「あなたがいわれた利益があれば」と今度はワンドが、「わたくしたちは機械を買って、もっとたくさんの土地を耕地にできます」

「狩りに使う銃や乗り物も買える」スタンス叔父がいい足した。

そのときにはミスター・マクニールは明らかに驚いたようすを見せていた。ぼくたちは何世代ものあいだ地球人の顔の表情を読む経験を重ねてきたが、ぼくがミスター・マクニールの目に見てとったのは、不安と、ほかのなにかだった。悲しみだろうか？

「みなさんが星夢《ほしゆめ》と呼ばれている、ご先祖の記憶を訪ねる能力がありますね」ミスター・マクニールはいった。「機械化の話をされる前に、注意深く星夢を見てみるべきです。そうすれば、わたしたち地球人が不干渉という方針を取っていることがおわかりになるはずです。いずれはわたしたちにも、みなさんに科学の教育をして、ご自分たちの機械を作れる学習能力をあたえることが許容範囲になるかもしれません。しかし、通常の社会の発展段階を飛ばすことはできないのです。もしかするとみなさんの社会は、発展していく種類のそれではないのかもしれない。安定化要因を持つ社会は、ある時点から先への発展が阻害されることが多いのです。みなさんが過去を最重要視することも、その要因の一例ですね」ミスター・マクニールはため息をついた。ぼくたちにむかって話していても、心ここにあらずだった。

「でしたら、わたくしたちの収益の取り分がなんの役に立つのです？」ワンドが声を荒らげてきいた。

「もし最悪中の最悪の事態になったら、代価を支払って食料を輸入することができます。けれど、いまの状態は収穫期一回分の話にすぎません。冬が過ぎるのをお待ちなさい。そして事態がどんな風になるか見るんです」

父さんがいった。「わたしは星夢で見てみた。これは長期的な傾向なんです」

「おまえのいうとおりだ、ブルーノ」スタンス叔父が口をはさんだ。

「われわれは、いま食料が必要なのですよ、ミスター・マクニール」父はおだやかにいった。「さらに、われわれのところよりはるかに状況の悪い村もいくつかあると聞いています」

地球人の答えは、「採鉱場はまだ利益をあげてはいません」

「では、将来の利益との引き替えで、われわれに食料をあたえてください」

「そうできる分がないのです。わたしたちは自分たちの人数分、約六百人分の食料しか持ってきませんでした。この惑星全体を、わたしたちの貯蔵庫で養えといわれるのですか？」

「ほかの星から緊急補充すればいい」

ぼくはスタンス叔父の頭が、議論を追って右へ左へとふられているのに気づいた。叔父の困ったところは、議論というものができないことだ。演説させるとすばらしいが、交渉の場の丁々発止のやりとりとなると、お手上げになる。

ミスター・マクニールがいった。「曇《くも》りのない目で考えてください、ブルーノ。あなたはデヴォン採鉱場に行ったことがあり、あなたには奇跡に見えるいろいろなものごとを目にしたので、地球人をある種の魔法使いだと思っている。それは違います。わたしたちは銀河航行者の一種族にすぎず、キキホワホワと大差ないのです」

「キキホワホワ？」

「忘れてください。どのみち彼らも助けにはなりません。移動速度が非常に遅いですから、キキホワホワは。また、わたしたち地球人でも、補充物資をかんたんにほかの星から持ってくることはできません。それには時間とお金がかかります。率直にいえば、時間はかかりすぎますし、みなさんが手にしたことのないほどのお金がかかります」

「それでも、あんたらには打てる手があるはずだ」スタンス叔父はあくまでもそういい張る。

「どんな手が？」

「専門家はあんただ。あんたが教えてくれ」典型的なスタンス叔父のいい逃れだ。

これにミスター・マクニールはいら立った。「わたしにできるのは、デヴォン採鉱場に話を持っていってごらんなさいと勧めることだけですね、スタンス。よろしければ、みなさんが行くことを伝えておきます。たぶん、あそこの連中のほうが、わたしよりうまく説明できるでしょう」

「だから、最初からあそこに行けばいいといったんだ」スタンス叔父がいった。

そこから立ち去る前に、ぼくはミスター・マクニールとふたりきりで、異様で心騒がされる会話をした。以前にも、ミスター・マクニールがぼくとちょっとした雑談をしたがっているらしいと気づいたことがある。そのこと自体はうれしいけれど、かなりとまどいも感じる。

「村に戻る前に、あれこれじっくりお考えになりたいでしょうから」とミスター・マクニールはスチューヴァを注《つ》ぎながら、ぼく以外のみんなにいった。「わたしは席を外して、一、二分みなさんだけにしましょう。ハーディ、きみはわたしといらっしゃい。きみに見せたい新しい植物があるんだ」

だれもこれを変だとは思わなかった。ぼくがミスター・マクニールのところにある地球の植物に興味を持っているのを、みんな知っていたからだ。トリガーはいっしょに来たかったかもしれないが、トップレベルの議論への参加という自分の地位を示す要因のほうがまさった。その議論がどうせロクなことにならないのはわかっていたので、ぼくは全然かまわなかったが。

ミスター・マクニールとぼくはシュウシュウいっているモーター車のすぐそばに並んで立って、豪雨期が地球の花々にもたらした被害の跡に目を走らせた。なにもかもがなぎ倒されて腐り、花の色が泥に染みだしていた。下のほうで轟《とどろ》く川は霧に隠れている。豪雨期の被害は最悪で、凍期がすぐそこまで来ていた。

「種《たね》は保存してある」ミスター・マクニールがいった。「きみたちの星の一年は地球のより短いが、大半の植物は適応した。いくつかの新しい品種を開発することさえできたのだよ」ミスター・マクニールはこの庭を愛していた。それだけが唯一、この世界でのこの人の生き甲斐《がい》になっているのではないかと思う。ミスター・マクニールが地球を愛していることも、明らかなのだから。

同じくらい明らかなのは、いまこのときにミスター・マクニールがぼくに見せられる新しい品種はなにひとつないことで、それならなぜぼくを連れだしたのだろう？

ぼくは黙っていた。

「いいかい、よく気をつけるんだよ、ハーディ」唐突にミスター・マクニールがいった。

「はい？」

「慎重に行動するんだ。いまは大変な時期だ。危険な時期でもあるかもしれない」

「食料不足の話ですか？」

「その件だけというわけでもないのだが」と口が重くなる。ミスター・マクニールはスティルクの問題には干渉しないことになっているのだ。「きみのお父さんは立派な人だ」

「そのとおりです」

「スティルク社会の権力構造はじつに奇妙だ。完全に把握できたことがいちどもない――わたしには星夢を見られないから、しかたないのだろうが」

ミスター・マクニールは、父さんが村の長《おさ》であるべきだといおうとしているのだろうか？　確信は持てないが、ほんとうに父さんが長ならうれしい話だ、じっさいには不可能でも。ぼくはいった。「そのふたつは結びついています。どこの集落でも、いちばん昔まで遡《さかのぼ》って星夢を見られる人が長になるんです」

「だが、その人は長の仕事にいちばんむいた人とは違うかもしれない」

「いえ、違いません。その人は最大の記憶を訪ねることができるからです。ぼくの家系の男性の血すじは、はじまりの時にまで星夢で遡れるといわれています。つまり、父さんとスタンス叔父とトリガーとぼくです。それができるのは、この星のどこへ行ってもぼくたちだけだ、とみんながいいます。じっさいには、そこまで遡ったことはまだ四人のだれもありませんが。そのためには、何日も何日もあおむけに寝たまま、ハッチを吸って精神を集中する必要があります。いつかぼくも挑戦することになるでしょう、たぶん。ぼくたちの文明がどのようにして起こったかを見出すのは、すばらしい体験でしょう。そして、さまざまな神話のすべてがどのようにしてはじまったかを。大ロックスや、ドローヴとブラウンアイズや、そういったすべてを」

しかし、ミスター・マクニールは長の地位について考えこんだままだった。「スタンスときみのお父さんは兄弟だ。ふたりが持っているご先祖の記憶は、同一のはずじゃないか」

「スタンス叔父が二歳若いんです。それは、祖父のアーネストの記憶を二年分多く持っているということです。だから叔父が長《おさ》なんです。そして、スタンス叔父が亡くなったら、トリガーが次の長になるでしょう」

「だが、トリガーは驢馬男《ろばおとこ》だ。わたしにだってそれはわかる」

驢馬というのはけなし言葉なのだろうとぼくは見当をつけた。「そのときは、父さんとぼくがトリガーのそばについて助言しますよ」

ミスター・マクニールはぼくをまじまじと見て、いまの反応の真意を推し量《お はか》ろうとした――だが彼は地球人で、スティルクの思考の流れをたどるのは不慣れだった。

「きみたち四人は非常に貴重だ」とほとんど独り言《ひと ごと》のようにいう。「文字言語が存在しない……。しかも、わたしたち地球人がこの星にやってきたのは、ほんの数世代前だ。きみたちに関するわたしたちの知識はあまりに少ない。わたしたちは地球人的な観点から考える。岩石構造。脱出速度。だが、父と息子の関係は、きみたちにとって非常に重要なものなのに違いない」

「当然です。もし、息子の生まれない男性がいれば、その人の先祖の記憶は永遠に失われてしまいます。娘は母親の記憶しか受け継ぎません。そうやって記憶は消えていきます。ある人に、自分と同じ性の子どもができなかったときに」

「あるいは、その人が若くして死んだときに」

不意に身震いが出たのは、滑走艇《スキマー》が沈没したときに水が脚《あし》を這《は》いあがってきた感触を思いだしたからだ。ミスター・マクニールはなにをほのめかしているんだろう？ ミスター・マクニールはまたぼくをひたと見据えていた。

「慎重になるんだ、ハーディ」

話が変なほうに行きすぎている。「ぼくは危険にさらされているんですか？ 何者かがぼくの記憶をこの世から消し去りたがっているかもしれない、とおっしゃっているんですか？ それはありえません、ミスター・マクニール。ぼくたちは先祖の記憶を崇《あが》めています。それにスティルクはたがいに殺しあったりしません。そんな記憶を持ったまま生きていられる人はいないんです」

「きみのお祖父《じい》さんは数年前に殺されたと聞いているがね」

「どうもそのようです。でも、少なくとも祖父はその時点で記憶を伝達ずみでした」

「だが、お祖父さんは死んだ。故意に殺されたのだよ。そういうことが起こりうる、といっているのだ。だれでも絶望して自暴自棄《じき》になることはありうる、スティルクであっても。そして、絶望的な時期が来ようとしている」

こんな話は無意味だ、とぼくは自分にいい聞かせようとした。スキマーが沈没したのは、運が悪かっただけだと。

それでもその会話は、異様で心騒がされた。

霧は粉雪に変わり、世界は白く変わった。この年の狩猟と農作業は終了だった。飼われているロックスは納屋《なや》で冬眠に入り、大胆にも毎日外を出歩くほど愚かな唯一の生物が、ロリンだった。頭を下げ、もじゃもじゃの毛を雪で白くして、フューさまのみぞ知る用事のために野山をとぼとぼと歩いていく。残るぼくたちスティルクは暖炉のまわりに集まって星夢を見、お話を語り、凍期の終わりを待った。

そしてぼくは、チャームの夢を見た。

ぼくはそうではなく、星夢を見ようとしたのだ。冬は星夢を見るには絶好の時期だ。ほかにするようなことはほとんどないから、ぼくたちは星夢を通して多くの歴史を学んで、経験を広くすることができる。けれど、ハッチのパイプに火をつけてクッションの上にあおむけに寝そべるたびに、あのかわいらしい顔が目の前に浮かびあがって、あの温かな茶色い目が冷静にぼくを見つめていた。地球人の記憶は不鮮明で、現実感や連続性を欠くぼやけた絵にすぎない、とミスター・マクニールに聞いたことがある。だからあなたたち地球人には、すべての色と音、においと感情をそのまま伴っているスティルクの記憶がどれほど生き生きとしたものか、理解するのはむずかしいだろう。チャームのことを考えるとき、ぼくはふたりがいっしょにいた短い時間を、一分ごとに、ひと言ごとに、生き直しているのだ。

ぼくの心の中でなにが起きていたかを、父さんが察していたかどうかはわからない。

もし尋ねられても、説明のしようがなかっただろう。それはぼくたちの通常の性欲とは違っていて、どこかそれを超えたところがあった。ぼくがまたチャームに会えるまで、この冬は長くなりそうだ。

それにそもそも、チャームは水掻き持ちだ。

父さんとぼくは男性集落の中央で、ぼくたちの家系の男性の血すじに何世代ものあいだ受け継がれてきた小さな家に住んでいた。スタンス叔父とトリガーは、隣の大きな長《おさ》用の家に住んでいる。父さんとぼくは叔父親子と嫌というほど顔をあわせていた。

神殿はまだにぎわっていて、番人は迷信深い人々相手に、夏はある日ふたたびやってくるだろうと請けあう儀式をたびたびおこなっていた。大ロックスはいまも氷魔ラックスからわれわれを守ってくださっている、と。それは太陽とその死せる伴星の異様なたとえ話だったが、それこそが人々の聞きたがっている話でもあった。そして、事態がいま以上に悪化したときには、実在したか疑わしいドローヴとブラウンアイズが意気揚々《ようよう》と歩みでてきて、ぼくたちを救いだそうと待ちかまえているという話も。ぼくは決して神殿に詣《もう》でたりはしなかったが、ある日、熱い煉瓦《れんが》で万全の防寒対策をして、女性集落の外れにある大倉庫まで短い散歩をした。わが家の小麦粉が切れかけていたのだ。

在庫の管理をしていたのは、ぼくの母親、ヤム・スプリングだった。

ぼくを見て、スプリングの顔が明るくなった。「ハーディじゃないか！」

気恥ずかしかった。倉庫の中には公共ヒーターがあって、そのまわりでのんびりとおしゃべりをしたりエールを飲んだりしていた数人の男女が、全員ふりむいてこちらを見た。たいていの母親は自分の息子を無視する——とりわけ人前では——という常識を持ちあわせているが、スプリングは違う。まったく、冗談じゃない。スプリングは丸くて朗らかな顔と大きな声をした大柄な女性で、いまの呼びかけには、男性だったら父親からしか聞きたくないと思うような種類の愛情がこめられていた。スプリングの声は倉庫じゅうに響きわたり、誓ってもいいが、ロックスでさえうたた寝から抜けだして、興味をそそられたように目をひらいた。

「フューさまの名にかけて勘弁してよ、スプリング」ぼくはつぶやいた。

けれどスプリングは、グルームのごとく避けがたく、かつうんざりするほどどんどん近寄ってきて、太い両腕でぼくを抱きしめると、巨大で想像を絶した胸に押しつけた。それがすむと、ぼくの肘《ひじ》を万力《まんりき》のように固く握ったまま腕を伸ばした。「大きくなったねぇ！　ほんとうに美男な若者になったよ！　父親そっくりだ」

ああもう、恥ずかしいったらありゃしない！　わが父上《ラックス》と見た目が似ていることにはなにも問題はないけれども、スプリングの言葉はぼくに——そしてほかの全員にも——父さんとスプリングのふたりが続けている奇異な関係を思いださせた。人々がにやにや笑いを浮かべたり、訳知り顔をしているのがわかる。若き氷結野郎《フリーザー》のコーンターを含めて、その場にいた十人くらいの人たちは、この出来事を決して忘れさせてくれないだろう。正確なスティルクの記憶が十人分。このみっともない場面は十倍になって歴史に残り、数えきれない未来の世代に、数えきれない回数、笑いものにされるだろう。ぼくの世評は地に落ちた。

「ああそう」ぼくは上の空で返事をした。

スプリングはぼくを放して、「ブルーノは元気？　何日か見かけなかったけど。あとでおまえさんたちの家に寄ろうかと思っていたんだ」

「それはいい考えじゃないね。スタンス叔父が来ているだろうから。ふたりでデヴォン採鉱場へ旅行する仕度をしているんだ」

「そう。デヴォン採鉱場？　出かけるのは凍期が終わってからなんだろ？」

「あした出かけるという話をしているよ。ぼくもいっしょに行く」

「まさか、おまえとブルーノがいっしょにじゃないよね？」スプリングは恐怖に襲われたような表情になった。「危険だよ、ハーディ。おまえさんたちがふたりとも死んだらと思うと、耐えられない！」

「ねえ、スプリング、もうちょっと小さい声でしゃべるようにしてもらえないかな？　この旅行は秘密なんだから」

「モーター車が出かけるのをだれもが目にするのに、どうやって秘密にできるの？」

「ええと、とにかく、ふたりは今夜、旅行の仕度《したく》をすっかり終えるんだ」いまにも泣きだしそうなスプリングの丸々とした――けれど心やさしい――顔を見ていたら、不意にぼくの中に埋もれていた恥ずべき感情を動かされて、衝動的にぼくはスプリングの手を取った。「心配しないで。ぼくたちは無事戻ってくるから。とりあえずは、小麦粉が必要なんだ。父さんがまた計算違いをしてさ」

スプリングはぼくから陶製の壺《つぼ》を受けとると、木製の大箱から数カップ分の小麦粉を計りとって、それでおしまいだった。なにかを書きとめておく必要はない。スプリングがちゃんと覚えているからだ。それは、えこひいきした気配がないかじっと見ていたまわりの人たちも同様だ。

「計算違いをしたのは、ブルーノだけじゃない」スプリングが小声でいった。

「どういうこと？」

「小麦の配給量を減らす必要があるんだ。ワンドがあす発表するよ」

「じゃあ野菜をもっと食べるハメになるのか」

「野菜もあすから配給制だ。この凍期は厳しいものになるよ、ハーディ。肉の貯蔵量も不安だし。もしノスで魚が余っていなかったら、いまごろこの村はもっと困った状況になっていただろう」ぼくの手をしっかり握って、「状況が悪化したとき、人々は自分たちのリーダーと敵対しがちになる。あれは、そう、十一世代前の冬、いまと比べれば全然ひどい状況ではなかったのに、村人たちが当時の長《おさ》たちと敵対して大倉庫を襲い、女長《おんなおさ》が死んだことがあってね」

「殺されたっていうこと？」ミスター・マクニールとの会話は、ぼくの心の中でまだ薄れていなかった。

「いや。村人たちが穀物保存室の落とし戸をあけて、中身が全部、女長に降りかかったんだ。掘りだされたときには、女長は窒息死していた。顔をスノーターのお尻《しり》みたいに黒くして」

ぼくはこらえきれずにくすくす笑い、一瞬遅れて、スプリングもだぶだぶの体をこまかく震わせながら笑いだした。「それが男長《おとこおさ》じゃなくてよかった」とぼくはなんとか言葉にした。「そうでなかったら、ぼくはいまここにいなかっただろうから」

それを聞いて、スプリングはわれに返ったように、「ともかく、重要な話し合いがあろうがなかろうが、あとでおまえのお父さんに会いにいかないと。とくに、おまえさんたちがあす、荒れ地へ車で出かけていくならね」

太った中年女性が男性集落を訪ねてくるのは、傍《はた》からは変に見えるだろう。ふつうはだれもそんなことはしない。「なぜ父さんに会わなくてはいけないのか、ぼくにはわからないよ」ぼくは意地になっていった。

「そんなの決まっているじゃない。あたしがあの人を愛しているからだよ」その場の全員に聞こえる声でスプリングがいった。

その夜、ぼくは昔についての奇妙な夢を見た。大勢の先祖たちの、久しく不活性状態だった記憶から呼びだされてきたものだ。それは流血と人の死が出てくる夢で、寒さと恐怖もそこにあった。女の子がいて、それはチャームであり、けれどもチャームではなかった。かわいらしく、茶色い目をして、その顔は結びつけられた記憶の池を泳ぎまわり、正気をもたらしてくれる。ぼくのそばにある女の子の顔が微笑《ほほえ》んで、そこで目をさましたぼくは、あたりがまだ暗く、父さんが部屋のむこう側の自分の寝床で、居眠りするロートのようにうなっているのに気づいた。

ぼくはそのころ目がさめているあいだ、チャームのことをさんざん考えていた。彼女はぼくの夢にまで入りこんできたのだろうか？　いや、フューさまに誓って、チャームはただの水掻き持ちだ。しかも女性なのに、夢は長く続く関係を示唆《しさ》していた。

夜が明けて、ぼくがその夢のことを考えていると、スプリングが自分の家の戸口からぼくたちに手をふった。父さんがなんの恥じらいも見せずに手をふり返す。なにをどうしたら、ふたりの男女が十七年間も愛しあいつづけられるのだろう？　そんなことは、当時のぼくには、まるで納得できなかった。愛というのは、手足を絡《から》めあったり子どもを作ったりすることを目的として、短期間だけ感じるものだ。長続きするはずがない。わかっている、あなたたち地球人の中には違う意見の人もいることは。けれど、ぼくはあなたたちが相手にしている平均的なスティルクの話をしているのだ。

モーター車は轟音を立てて進み、スタンス叔父が運転輪を握っていた。空気の濁《にご》りを知らせるクチマネ鳥が車内の籠《かご》の中で揺れながら、朝日にむかって騒がしく鳴いた。

残りの一行は火室に近い脇長椅子に腰かけていた。父さん、トリガー、ワンドとその娘のファウン。

ファウンのことをちょっと話しておこう。彼女がよくできた女の子であることは疑う余地がないし、見た目も悪くない。ぼくとだいたい同い年だ。ただし——このただしが大問題なのだが——ワンドはファウンとぼくがいつの日か結ばれることを望んでいる。子どもを作る、ということだ。男の子が生まれれば、〈はじまり〉にまで遡るであろうぼくの記憶を受け継ぐはずであり、女の子ならファウンの記憶を受け継ぎ、それは二十三世代分もある。とんでもなく大量の記憶だ。もしトリガーに息子ができなかったら——じっさい、そのために必要な行為をする機会がこいつにやってくるとは、まったく想像もできない——いずれはファウンとぼくの息子が男長《おとこおさ》になるだろう。そして娘が女長《おんなおさ》になる。ワンドはそれがヤムのためになることだと考えている。

それなら、ヤムごとラックスに落ちてしまえ。ファウンとぼくのあいだには求めあう気持ちが不足していたし——ぼくの側にそれがないのは明らかだ——ワンドいうところの結ばれるためになにか試みたとしても、失敗してバツの悪い結果に終わりそうに思えた。

政治的に考えれば、ワンドの望みが、ファウンとトリガーが結ばれることではないのは奇妙な話だ。ぼくには当てずっぽをいうしかないが、ファウンとトリガーが結ばれても、その子どもが、ミスター・マクニールいうところの驢馬になる危険をおかす価値はない、とワンドは考えているのだろう。ミスター・マクニールの説明によると、驢馬というのは大きな耳をしたロックスと似た動物で、けれどロックスに輪をかけて愚かだという。スタンス叔父は、当然ながら、ファウンとトリガーの組み合わせに大乗り気だ。ワンドの記憶は二十二世代しか遡れないから、理屈の上では、ワンドはスタンス叔父に従うべきだということになる。しかしながら現実には、物事はかならずしもそういう風には進んでいない。ワンドは強力な個性の持ち主なのだ。

ぼくがちょうどそんなことを考えこんでいたとき、スタンス叔父が左側の前輪を道にあいた穴に落として、ファウンがぼくにむかって飛んできた。ファウンは体を安定させるためにぼくの手をぎゅっと握り、それからワンドが満足げに見つめる中で、握ったままでいた。ぼくも拒《こば》まなかった。ファウンの手は温かくてほっとさせられ、それに対してモーター車の運転室の外の世界は生気がなくて寒さが厳しく、白い粉雪が低木を覆《おお》っていた。

白というのは、ぞっとする色だ。死の色。ここで外に出たら、ぼくたちは数瞬と経たないうちに、狂気に捕らわれて走りまわり、ざくざくと草を踏みつけながら悲鳴をあげ、ほどなくうつぶせに倒れて凍死するだろう。ぼくたちの行く手には、樹木のない小山に囲まれた無人の荒れ地が青白い空を背に浮かびあがり、その空には暖かさをもたらさない小っぽけな円盤状になった太陽フューの姿があった。

モーター車をまっすぐ走らせようと悪戦苦闘しているスタンス叔父に、父さんが声をかけた。「地球人に申し入れする手順を、もういちど通しでおさらいしておいたほうがよさそうだな、スタンス」

「ああ」と父さんの弟がいった。「あの女の作ってくれた外交用の外套《がいとう》をおまえが着ているのには、気づいていたよ。ここではだれが責任を持っているか、思いださせてやらないといけないのか?」

「わたしが持っている外套で、いちばん暖かいのがこれだ」といった父さんの声はいつになく尖《とが》っていた。「おまえは自分の槍《やり》を持ってきただろう」スタンス叔父が狩りで使う槍は赤い飾り房《タッセル》付きなのが特徴の、ほかにふたつとないもので、武器であると同時に、男長《おとこおさ》という地位の徴《しるし》でもあった。「まあ落ちついて、仕事の話をしよう。デヴォン採鉱場はもうすぐだ」

「強硬路線を取るべきだというのが、わたくしの考えです」ワンドがいった。「結局のところ、あの地球人たちはスティルクの土地に居すわっているのですから」

「わたしたちが賃貸した土地にね」と父さんが指摘する。

「賃貸契約はこちらから一方的に解消できる」スタンス叔父がいった。「契約書にそう書いてある」

「そのとおり、スタンス」とワンド。「こちらが有利な立場なのです」

ふたりの愚か者はこの調子でしばらく話しつづけて、権力の幻想をたがいに強めあっていったので、やがてどちらかが、たぶんスタンス叔父だろうが、もし地球人たちが大がかりに援助してくれないようなら、力づくでこの星から追いだしてしまえといいだすに違いないと、ぼくは思った。

結局、良識あるわが父上がストップをかけた。「フューさまに誓っていうが」と父さんは断言した。「その気になれば地球人たちは、わたしたちをドライヴェット同然に踏み殺せるんだぞ。わたしたちは下手《したて》に出なくちゃならないということがわからないのか？　わたしたちはおこぼれを頂戴しにいこうとしているんだ」

「どんな態度をとるか、決めるのはおれだ」運転輪を握る賢者が冷ややかにいった。

「わたくしといっしょにです」尊敬を集めるわれらが女長《おんなおさ》が、すかさずつけ加える。

「地球人たちを怒らせるようなことはするなよと、いいたかっただけさ」父さんがいった。

交渉団は不穏な空気に包まれ、その状態はデヴォン採鉱場の入口にある管理ドームに入ったときも続いていた。

管理ドームという名称だが、じっさいは巨大な丸い納屋だ。大きなドアがモーター車の背後でシューッと音を立てて閉まると、いきなりあたりは温《ぬく》もりに満ちていた。ぼくたちの恐怖心は、潮《しお》が引くようにおさまった。急に温かくなるとスティルクにどんな影響が出るか、あなたたち地球人はびっくりするに違いない。ヤムを発《た》って以来、ひっそりとベソをかいていたトリガーでさえ、元気を取りもどした。

「でっかいな」見ればわかることをトリガーは口にした。こいつにとっては初のデヴォン採鉱場訪問だ。「賃貸契約を解消したら、これはおれたちのものになるの？」

スタンス叔父は口を固く引き結び、だれもこのトリガーらしいとしかいいようのない質問に返答しなかった。冬の晩に男長《おとこおさ》の家でどんな会話が交わされているのやら、とぼくが思ったのはこれがはじめてではない。たぶんこのふたりの親子は、この世界独自の、ほとんど頭を使わなくていいサークレットというゲームをしているのだろう、それならば口をきく必要がないのだから。

「ヤムから来た方々ですか、こちらのみなさんが？」

大きな地球人がぼくたちを出迎えた。大きなといったのは、地球人の基準からしてもという意味だ。顔はロックスを思わせ、高級な服が体にぴったり張りつくかのよう。

「おれたちはヤムの交渉委員会だ」スタンス叔父がいった。「これはヤム・ワンド、村の女長で、これはヤム・ブルーノ、おれの兄だ」自分のほうが若いけれど、長《おさ》は不運なわが父上ではなく自分のほうであることを明確にしたのは、いかにもスタンス叔父らしい。そしてこれもスタンス叔父らしいことに、一行の若いほうの面々を紹介しそびれた。

「そうですか、あー、わたしはここの下働きでしかありませんので」と地球人は、出鼻をくじくようなことをいった。「こっちです、どうぞ」そして大股《おおまた》で歩きはじめたので、ぼくたちは遅れないように走らなくてはならなかった。といってもスタンス叔父を除いてのことで、この人は長《おさ》の狩猟用の槍で一歩ごとに地面を叩《たた》くという、恒例の規則的な歩きかたを崩さないので、あとに取り残されていった。

トリガーとファウン、それにぼくは、地位の高い人々の話し合いには入れてもらえなかった。傷ついたぼくたちのプライドへの埋め合わせなのだろう、ロックス似の地球人がぼくたちを案内してまわることになった。

「おれはジョンだ」と彼はいった。「ぴったりくっついてくるんだよ。絶対にどこかへ離れていっちゃいけない、いいね？」

「離れたって、どこへ行ったらいいかわからないよ」トリガーが毎度の妙な理屈で言葉を返す。「ここへ来たのははじめてなんだから」

六歳児にむかって話してでもいるようなジョンの口調には、ファウンも反感を覚えていた。「こまかいことはいいから、命じられたとおりに案内してください」と険《けわ》しい声を出す。ファウンは少しどころではなくワンドの性格を受け継いでいた。

ジョンの目がこちらをむいたが、ぼくにはあらためていうべきことはなかった。「よろしい」ジョンはいった。「ではこれから、採鉱現場を見学にいく」ぼくたちを小さな部屋に連れこんで、ボタンをいくつか押す。足もとの床が下に落ちた。トリガーが気をつけろと叫び、ファウンはぼくの手をぐいっと握った。ファウンが手を握りしめてくるのは習慣のようになりつつあったし、それは悪い気はしなかったけれど、そのときのぼくにはほかに考えることがいろいろあった。ぼくたちは落下する床にすぐ追いついて、床が急に足を押しかえした。トリガーは手足を広げて床に倒れこんだ。

壁がぼくの背中を押す。このときには、自分たちがなんらかの地球人の乗り物の中にいることをファウンとぼくは納得していたが、トリガーは取り乱して騒々しく嘔吐《おうと》し、前後不覚になっていた。

「勘弁してくれ」とジョンはいって、別のボタンを押した。

折り戸がひらいて小さな機械が転がりでてくると、床の上でのびているトリガーの顔の前に来た。トリガーは悲鳴をあげて飛び起きた。機械は浅ましい吸引音を立てて、トリガーの吐瀉物《としゃぶつ》を吸いこみつくすと、もっとおねだりするようにくるくる回ってから、やはり満腹していたのかそそくさと折り戸をくぐっていった。これが地球人のいう、タデ食う虫も好き好《ず》きというやつか。

「最低ね」とファウン。「しっかりしなさい、トリガー」

と、いきなりぼくたちはたたらを踏まされて、部屋の反対側の壁に押しつけられた。乗り物は止まっていた。ドアがひらく。ジョンの先導で、ぼくたちは広大でガラス質の洞窟《どうくつ》に出た。トリガーとファウンはぽかんと口をあけて、はるか頭上で弧《こ》を描く天井を見あげている。ふたりとも仰天しっぱなしなのはやめてくれ、とぼくは思った。これではジョンに偉そうにされるばかりになってしまう。

「うわあ」とトリガーが声をあげる。「あの長い太陽を見てみろよ」トリガーがいっているのは、蛇行《だこう》しながら彼方に消えている頭上の細長い照明のことだった。

「ここは第一横坑《よここう》だ」ジョンが説明をはじめた。洞窟の彼方を指さして、「スターノーズと呼ばれる機械が、坑道《トンネル》のずっと奥を掘り進んでいる。むこう側の壁沿いにコンベヤーベルトがあるだろう？　スターノーズは原子力駆動の総合採鉱機だ。いちばん豊富な鉱脈を自動的にたどり、鉱石を掘りだし、製錬し、廃物を融解・圧縮して坑道の壁に戻して、鋳塊《インゴット》をあのベルトで送ってくる。われわれはなにもする必要がない。なにひとつとして」

その言葉が嘘《うそ》ではないことを、例の奇妙な地球人の風習で男性も女性も混ざりあった大勢の地球人たちの緊張感のないふるまいが示していた。歩きまわったり、おしゃべりしたり、時おり計器盤に目を走らせても本気で注意をむけてはいない。その光景にはくつろいだ気分になっただろう、もしあの巨大な天井がぼくたちの上に落ちてくる心配がなかったなら。

「あなた方がこの星を出ていくとき、こうした坑道はみんなどうなります？」ファウンが聞く。

ジョンはその質問にとまどったようすで、「坑道がどうなるか？　うーん、このまま残るんじゃないかと思うが。ほしければきみたちのものになる」

「こんなものいりません。わたしたちには無用なだけ」

「そんなことは気にするな。われわれ地球人が立ち去るときには、きみはとっくに死んでいるから、お嬢さん」

「わたしの子孫は死んでいないわ」ファウンはぼくのほうをむいて、「この星を出ていくとき、地球人はあらゆるものを自分たちが来る前とそっくりの状態にするべきよ、わたしはそう思うわ、ハーディ。わたしたちの子孫は、地面の下の大きな穴などほしがらないだろうと思うの」

「きみたちの子孫が坑道を目にすることはないだろう」とジョン。「そのときにはブルドーザーでドームの場所を整地して、その上から植物を植えていくから。数世代もすれば、きみたちこの星の住人は、ここに坑道があったことを忘れ去っているよ」

「忘れる？　わたしたちに忘れることができるとでも？　わたしの子孫たちは、この会話をひと言も残さず思いだせますよ」

ジョンはファウンに視線を据えて、「ああ、もちろんんだ。すまなかった、お嬢さん、忘れていたのはおれのほうだった。それがきみたちにとってとても重要なことなら、ミセス・フロッグアットに伝えておくよ。それで納得してもらえるかな？」

「ミセス・フロッグアットというのは？」

「その種の事柄の責任者さ」はっきりしない口ぶりだった。「さあ、ちょいとこのベルトに乗って、スターノーズの姿を拝みにいこう」

先ほどの移動手段でうろたえたままのトリガーを説得するのに手間取った。結局、自分たちが地球人たちに情けない印象をあたえたことに顔から火が出る思いで、ぼくがトリガーを捕まえてベルトに放りあげた。ファウンがトリガーの上にすわりこんでぼくたちは出発し、ガラスのような壁が横をすべっていった。

「このベルトはなにも載せずにこちら側の壁を進んでいく」とジョンが説明する。「そしてインゴットを満載して、反対側の壁を戻ってくる。すごいだろ、な?」

確かにすごかった、けれども、地球人が有能さを誇っていられたのは、それからごくわずかな時間でしかなかった。ぼくたちの後方から、ベルトの脇を男が駆けてきた。背が低くてぼくと同じくらいしかなく、太っていて息も絶え絶えだ。狩りに出たら半日と保《も》たないだろう。「問題発生だ、ジョン」男はあえぎながらいった。「きみに手伝ってもらう必要がある」

「いつものやつ?」

「らしい」

まもなくベルトの速度に不吉な感じのムラが生じ、そのとき気づいたのだが、坑道の反対側のずっと先に見える復路のベルトにはインゴットが載っていなかった。壁の両側のベルトが、がくんと揺れて停止した。ぼくたちヤムの三人もベルトを降りて、駆けていくふたりの地球人を追おうとした。「さっきいったことを守ってくれ!」ジョンが肩越しにふり返って叫んだ。「勝手にどこかへ行くなよ!」

ぼくたち三人が追いついたときジョンたちは、それぞれが地球人くらいの大きさがある輝く長方形のインゴットが大量に雑然と積みあがっている脇で、一団の人々といっしょにいた。太った男が腹を立てている。

「だれか説明しろ!」男は怒鳴った。「いったい今度はなにが起きやがった?」

その場にはほかに六人いたが、気にしているようではなかった。「それはほら、いつものアレですよぉ、カル」と女性のひとりがだるそうにいった。「インゴットがひと組、すべり落ちて、だけどだれもモニターに注目してなかったんでしょう。それから、落ちたインゴットがベルトをふさいで、山ができていった」言葉を切って、考えこむように耳をかく。「それがずっと続いたら、そりゃあもう、どうなるかは決まってます。とてつもない山のできあがりぃ」

もしぼくがこのカルという男だったら、たぶん激怒で応じていただろう。しかしながら、カルはほとんど気を静めたように見えた。「そして、だれもモニターを見なかった時間も、とてつもなく長かった」

「おっしゃるとおりぃ」

「わかった。で、どこにある?」

「なにがどこに?」

「なんのことか、ちゃんとわかってるだろ」カルは鋭い目つきでその場の人々を見た。無表情な視線が返ってくる。カルは肩をすくめるとジョンのほうをむいて、「こんな役立たずの相手をしていてもどうにもならん。酔っぱらいも同然だ。きみ、いっしょに来てくれ」ほかの地球人たちには、「五百メートルほど戻ったところにフォークリフトがある。それでこのインゴットをベルトに積みなおすんだ、わかったか?」

カルとジョンはインゴットの山の縁をまわって、坑道をさらに奥へ進んだ。トリガーとファウンとぼくも早足であとに続く。見学会は予想していたよりも、ずっと面白いものに変わりつつあった。少し行くと、ガラス状になった壁の岩に縁がでこぼこのままの穴があいて、ぼくが立って歩けるくらいの高さの地下通路ができていた。「いたぞ」カルがいった。「あれが原因だ」ぼくたちは壁の暗い穴の前をそそくさと通りすぎ、すぐに平らな金属の壁が坑道をほとんどふさいでいるところに来た。その下部は、ボタンやレバーや明るい正方形のスクリーンでぎっしりだ。

この金属の壁に、三頭のロリンがもたれかかっていた。

三頭は近づいていくぼくたちを無表情に眺めていた――とはいえ、ロリンの毛むくじゃらの顔からちゃんと表情を読みとることなんて、だれにできる？　できるといっている人たちもいるが、疑わしいと思う。ロリンの一頭は熟したキイロノ実の入った小さな漁網を手にしている。三頭ともその実を食べていた。果汁が口から垂れて、引っこんだ顎を汚している。

「いつかは」とカル。「どういう仕組みか突きとめてやる」

「うちの連中もあの実を食べたのでは？」ジョンが示唆した。「それであんな風に酔っぱらったのかも」

「あの実は関係ない」とカル。「いまいましいロリンどもが、原因なんだ。そこにいるってだけで。それだけで、うちの連中は駄目になってしまうようだ。あそこにいる連中だけのことじゃない。わたしたち全員だ。ロリンがそばにいると、いつのまにか時間が経っている。生産高の数字をプリントアウトで見てようやく、作業がうまく進んでいないことに気づく。最近の生産高はひどいもんだ。ぞっとする。自分たちの生活費すら稼げていないありさまなんだ、ジョン」

ジョンはロリンの一頭の腕を取った、とてもやさしく。「おいで、おまえさんたち。ここから出るんだ」

腕を取られたロリンは静かに床に腰をおろすと、ロリン流にため息をついた。

「やってみましょうか」とぼくは申しでた。「ロリンの扱いには慣れていますから」

「やりたいようにやってくれ」

ぼくは心を落ちつけて、獣《けだもの》たちに近づくと、そっと声をかけた。「あの人たちは、おまえたちにここにいてほしくないんだってさ。よそへ行ってくれないか」

ぼくは心に抵抗を感じた。丸い灰色の目が、ぼくを真剣に見つめている。

「駄目だ」ぼくはいった。「ここから出ていくしかないんだ」

地面にすわりこんでいた一頭が立ちあがり、ほかの二頭は足を引きずるように歩きはじめて、やがて三頭は縦一列で頭を下げ、壁の穴にむかってふらふらと歩いていった。

「きみはテレパシーかなにかが使えるのか?」ジョンが聞いた。

「いいえ。ぼくはあいつらを理解してやっただけです。ちょっとした才能というか」

自分にロリンとの共感能力があることに気づいたのは、九歳のときだった。「だれもが持っているものではありませんが、ぼくの男性の血すじは全員持っていると思います」

「おれもだ」トリガーが自慢げに嘘をついた。

「しかしあの獣どもは、いったいどうやって岩にあんな穴を掘ったんだ?」カルがぼくに問う。

「わかりません。ロリンのことはほとんどわかっていないんです。あいつらは、なんだかはわからないけれどあいつらのすべきことをしていて、ぼくたちはぼくたちのすべきことをしている。ふたつの道は交わるものではないんでしょう」

「好奇心をいだいたことさえないのか?」

説明するのはむずかしい。ロリンは自然の風景に溶けこみすぎていて、その存在に疑問を持つのは無意味に思えた。ロリンは単に存在するものだ、太陽フューやラックスと同じように。「ぼくたちの記憶のどこかに答えがあるかもしれませんが、それを掘りあてるにはものすごく時間がかかるでしょう。わざわざそんなことをする気になりますか?」

カルは妙な顔でぼくを見て、「きみたちはだまされやすそうだな」といった。

その日の後刻、モーター車のところで再合流した交渉組の面々は、機嫌が悪かった。

「手前勝手な冷血野郎《フリーザー》どもめ」スタンス叔父が怒鳴《どな》り声をあげた。

「それはミスター・マクニールにいわれていたことだ」父さんが指摘する。

「だからって、なにが変わった？　重要なのは、ここではあの冷血野郎《フリーザー》どもが贅沢《ぜいたく》な暮らしをしている一方で、この世界の残りは飢えてるってことだ！」

「まあじつのところ、われわれも自分たちの世界の残りのことは大して気にかけていなかったわけだが」父さんは婉曲な表現をした。「われわれはヤムのことについて交渉しただけだ」

「不干渉の方針」とスタンス叔父がかん高い裏声でいったのは明らかに、交渉に出席した地球人のだれかの真似《まね》だった。「それと殺人とどう違うんだ。もっとはっきりいえば大量虐殺だ。そしておれたちがみんな死んじまえば、やつらはこの星まるごとが無料《ただ》で手に入る！」

「交渉中におまえが地球人たちに面とむかってその言葉を投げつけたのは、プラスにはならなかったぞ、スタンス。大量虐殺といわれることに地球人が神経質になっているのを、気づかなかったのか？」

「大いに神経質になってもらおうじゃないか。それどころか」と車の床板を踏みつけて、「凍え死んじまえばいい。おれたちは地球人どもの施し物など必要としない。内陸者《もの》は自力でやっていける」

「海辺者《もの》もね」とぼくがいったのは思慮不足だった。

「海辺者だと！」スタンス叔父はこのときだけはぼくを無視することなく、「海辺者など、ラックスに落ちようが知ったことか！」運転室から身を乗りだして、父さんを上からにらみつけ、「ひとついっておくぞ、ブルーノ。おまえがノスへ行くのにモーター車を使ったと聞いて、おれは心底不愉快になったんだ」

「おまえが許可したことだぞ、忘れたのか？」

「水掻き持ちに施し物を乞うなど、おれたちが自分の食うものも調達できない間抜けだといっているようなものだ。そんなことが我慢できるか！」

「黙れ、スタンス」滅多にないことだが怒りを露《あら》わに、父さんが一喝した。「自分から馬鹿を見る気か」

スタンス叔父は目を細くして、長いこと父さんを凝視していた。やがて自制心を取りもどし、話題を切り替えて、「置いていかれたくないなら、早く乗れ」と噛《か》みつくようにいった。

ワンドがはじめて口をひらいた。「本気でこんな時間に出発する気ではないでしょうね？」

「そうしてなにが悪い？」

「もうすぐ暗くなります」

「おれたちをあんな風にあしらった冷血野郎《フリーザー》どもに、宿を乞うたりはしないからな。断じて絶対にだ！」

ぼくたちはおとなしく車に乗りこんだ。たぶんあなたたちにはこの状況が理解しがたいだろうから、説明しよう。スタンス叔父は男長で、その場のだれよりも昔までの先祖の記憶を持っていた。もし叔父が自分の権威をふりかざす気になったら、だれも手も足も出ない、ワンドであっても。無言でスタンス叔父は運転輪の前の席にすわり、無言で父さんが調速器をまわした。車はシュッシュッと音を立てながらドームから冷やっとする冬の空気の中に出ていき、ぼくたちの息は蒸気のように白くなった。

ランプを灯《とも》すために停車することになったときには、荒れ地を抜けようとするころだった。闇《やみ》が降りる中を再発車したぼくたちは車内で身を寄せあい、モーター車はゴロゴロ、ガチャガチャと音を立てながら轍《わだち》の刻まれた道を突進し、運転輪はスタンス叔父の両手の中で暴れまわった。暖を取るため火室の扉を少しあけっ放しにしていたので、燃料の消費が速まったが、この旅行用に燃料がたっぷり必要になるであろうことを、ぼくは計算ずみだった。運転室の後部には薪《まき》が山積みで、蒸留液もひと缶置いてある。クチマネ鳥は枝編み細工の籠の中で満足げにコッコッと鳴いている。この種の鳥はどんな状況でも平気なように見える。危険の原因はもっぱらスタンス叔父自身と、その下手くそすぎる運転にあった。荒れ地の出口にある大昔の二本の石柱のあいだを通りぬけたとき、身の毛もよだつ悲鳴のような音を立てて金属が花崗岩《かこうがん》にこすれ、モーター車が大きく傾いた。車はすさまじい速度でイソギンチャク樹の森を突っ切り、青白い樹の枝が車のランプの薄暗い明かりを避けるように引っこんだ。

「落ちつけ、スタンス！」父さんが叫んだ。

スタンス叔父の口もとが動いていた。祈っている。「大ロックスよ、われらをお導きください、この広い広い冷たい世界に迷う小さくか弱い生き物たちを……」消え入りそうなつぶやきが、モーター車のガチャガチャシューシューいう音の中から聞きとれた。

ワンドが辛辣《しんらつ》な声で、「わたくしたちはあなたに導かれているんですよ、スタンス。祈るのは神殿に行ったときにしてください」

「なんならしばらく運転を代わろうか?」父さんが控えめにいった。「もうずいぶん長いこと運転しっぱなしなんだから」

返事はなかった。スタンス叔父はなにやら複雑な訓戒を唱えている最中で、それを途中でやめたら大ロックスへの冒瀆になると思って怯《おび》えているのはまちがいないようだ。叔父の顔は白く、たぶんそれは恐怖によるものだった。それでも断固たる態度は崩さずに、両足をしっかりと広げて、顎をあげ、両目はひしと前方を見据え、寸分の隙もなく男長《おとこおさ》らしかった。それは見せかけにすぎなかったが、叔父をよく知らない人なら、だれでもだまされただろう。

どうやら祈りが終わったらしく、いきなりスタンス叔父がわめきだした。「こんな氷結《フリージング》旅行は必要なかったんだぞ、もしあんたたちが作物の面倒をちゃんと見ていればな、ワンド!」

そんなことをいうのは越権行為だった。ぼくたちはびっくりしてスタンス叔父を見つめた。父さんがさっきと同じことをいうのが聞こえた。「落ちつけ、スタンス、わが弟」

「そういうおまえも、その氷《フリージング》な口を閉じていろ、ブルーノ！」

父さんが立ちあがり、激しく揺れるモーター車の中で手すりをしっかり握りながら、ぶ厚い毛皮を手に取るとスタンス叔父の両肩にかけ、それから体全体を覆うように引っぱった。運転輪は運転室の後ろのほうにあるので、叔父はほかのぼくたちよりも火室から遠いところにいた。冷たさは恐怖をもたらし、恐怖は無分別をもたらす。ランプの弱々しい明かりとラックスのぼんやりした冷たい光の中を、ぼくたちはガタゴトと進んでいった。

「火室の扉がそんな風にひらいているから、道が見えんのだ！」スタンス叔父がいきなり自己弁護するように叫んだ。「それを閉めろ、フューさまの名にかけて！」

ぼくが蹴りつけると、扉は閉じて掛け金がかかった。たちまち床板から熱が逃げた。ぼくたちはいっそう身を寄せあった。ファウンの体が柔らかくぼくを押し返す。人は凍死する少し前に、強い性的衝動を感じるのだそうだ。たぶん、手遅れになる前に種族を長らえさせようとする欲求と関係あるのだろう。ぼくはファウンの体を激しく求めている自分を感じた。死ぬのは嫌だと思っていた。

そこで車がとんでもなく傾いて、ぼくは床板の上に投げだされた。同時に金属がボキッと鋭い音を立て、スタンス叔父が警告の叫びをあげた。ぼくの上に乗っかったファウンの毛皮の外套がぼくを包みこみ、彼女のすてきな小さい胸がぼくの顔に押しつけられた。その瞬間を楽しむ余裕もないほど怯えていたぼくはファウンをふり落として、よろよろと立ちあがった。

「まずいぞ！」父さんが叫んだ。「嫌な音がした」

ワンドがショックを受けてぶつぶつ泣き言をいっているのが聞こえた。トリガーはキーキーと泣き声をあげている。スタンス叔父は不穏に沈黙していた。

モーター車は走行不能な角度で傾いていた。寒さがぼくたちを取りまいていく。惑星ラックス《ラックス》の貪欲《どんよく》な目がぼくたちを見つめていた。


大人たちは激しい口論をはじめた。大人たちにとっては、責任を正しく負わせることが重要らしい。ぼくたちのいまの窮地は、真実の探求に比べれば些細《ささい》な問題なのだ。ぼくにとっては、モーター車が損傷している可能性のほうが、上位に位置する。あのなにかが折れる音は、車の構造と関係あるような不吉な響きがあった、たとえば車軸とか。ぼくはファウンにいった。「外に出てちょっと見てくる」

「駄目！　外に出たりしたら、凍え死ぬわ！」ファウンはぼくの腕をつかんで、火室のほうへ引き寄せた。

「これは樹たちが興味をむけてくる前に、いますぐやる必要があるんだ」ぼくは腕をふりほどくと、傾いた床板から熱い煉瓦を手に取り、外套を体にしっかり巻きつけて、地面に降りたった。凍りついた草が足の下で砕け散り、ラックス光を浴びてほのかにきらめくイソギンチャク樹の枝が、暖かさに惹かれて近くで揺れていた。火格子から降りそそぐ火《ひ》の粉が、モーター車の下のシバリ草を目ざめさせる。冷たさがぼくの体に牙《きば》を立て、恐怖が高まりはじめる中で一歩また一歩、やっとの思いで車体の正面にむかった。

ぼくがどれほど暖かい運転室に駆けもどりたかったかは、フューさまだけがご存じだ。ぼくは気力をふり絞って腕木からランプを外し、前かがみになって煉瓦を胸にぴったり抱えると、フロントビームの下に目を凝らした。なんとびっくり――車軸は折れたりしていないし、重いステアリングチェーンも無傷で、これはフューさまに感謝するほかない。それなら、モーター車はなぜこんな角度に傾いているのか？　首すじから入りこもうとするイソギンチャク樹の触手を払いのけつつ、足からまっすぐのぼってくる冷たさを無視しようとしながら、ぼくは軸受を照らしていった。そして、問題の原因を見つけた。

右側の軸受けの上の太いスプリングが折れていた。金属の破片が地面に散乱している。車のフレームが車軸に直に載っかっていた。

今夜このモーター車は、ここから先へは進めないだろう。

ぼくは急いで運転室に戻った。ファウンに抱きしめられて、彼女の涙で顔が濡《ぬ》れた。それはそれでいい気分だったが、いまはもっと重要な用事がある。ぼくはいまだに真実を探求中の大人たちのほうをむいた。

「右側のスプリングが壊れています」ぼくはいった。

　大人たちは議論を中断した。

「判断を下すのはおれだ」スタンス叔父が険しい声でいった。「そのおれが思うところでは、車輪がスノーターの穴に落ちこんだのだ。だからジャッキアップして、バックで出ればよい」

　それと関係なく父さんは、なぜか悲しみに打ちひしがれたように、「おまえ、外に出て、見てきたというのか、ハーディ？　そのあいだわたしたちは、ここに突っ立っていい争っていた！　フューさまの名にかけて、スタンス、この子はわたしたちよりよほど勇気がある。よくやったぞ、ハーディ」

「こういう問題で、子どものいうことを真に受けるのか、ブルーノ？　おれはそんなことはせん。冬が千回《絶対に》過ぎても」

「なら、自分で調べてくるがいい」

　このときにはもう、近くのイソギンチャク樹はすべてが車のほうに傾《かし》いで、葉状体が運転室に入りこみ、ボイラーをなでまわしていた。シバリ草も車輪を這いあがってきているだろう。この車は凍える世界における温帯域と化していた。葉状体が作る網目を無表情に見つめるスタンス叔父の顔には、リーダー然とした皺《しわ》が何本も刻まれたままだった。ぼくには叔父の考えていることがわかった。決死の覚悟でモーター車の正面までぐるりとまわっていくには、時間がかかるだろう。かかりすぎるかもしれない……。この若い跳ねっ返りの言葉を信じるのが得策かも。

「まちがいないんだろうな?」とぼくに尋ねたスタンス叔父は、ぼくの背がいまより二ハンド高かったら顔があるだろう場所を見つめていた。

「ないさ」と父さんがいった。

「うむ、もしそうなら……」

「わたくしたちはここで立ち往生《おうじょう》です」ワンドがいった。声が震えている。

トリガーが急に出しゃばって、「おれたち死んじまうんだ!」

「夜明けまでじっと待って、それから助けを求めにいく」とスタンス叔父。自分の息子の、もっと現実に即した状況評価は黙殺した。

「それに必要なだけの燃料はないぞ」父さんが指摘する。

「ある」

「ないよ」

「ある」

「車で往復できる分は持ってきた。ひと晩じゅう火を燃やしつづけられるだけの燃料はないんだ、スタンス」

「おれたち死んじゃうの、親父?」トリガーがベソをかく。「おれたち死んじゃうの?」

「クチマネ鳥を飛ばそう」父さんがいった。

「そんなことしてなんになる?」

「なにもならない、かもしれん。だが、やってみなくてはわからん」父さんは籠の扉をあけて、大きな手で包むように銀色の鳥を持つと、小さな丸い目をじっと見て、「助けてくれ」といった。「助けてくれブルーノ。いってごらん?」

「タスケテクレぶるーの」鳥がしわがれ声でいった。

「さあ行け」父さんはクチマネ鳥を外に放り投げた。火室の輝きで深紅に染まった鳥は運転室のまわりを羽ばたいてから、イソギンチャク樹がぎこちなくふりまわす葉状体を難なくかわして、闇の中へ消えていった。「ミスター・マクニールがヤムに来ていないとも限らん。あの人なら、わたしたちが通る道を知っている。そしてデヴォン採鉱場に連絡を取ってくれて、採鉱場の車がわたしたちを捜しに出るかもしれない」

「もしあの地球人がヤムにいればな」まったくあてにしていないという声でスタンス叔父がいった。

父さんの口の片隅の筋肉が強《こわ》ばった。こういうときはかならずよくないことになる。父さんはなにもいわなかったが、自分の弟をじっと見据えた。

自分の出番だと気づいて、ワンドがいった。「で、次に打つ手は、スタンス?」

「これからどうするんだよ、親父《おやじ》?」トリガーが泣き言をいう。

ファウンがぼくの手を握った。スタンス叔父は火室に薪を投げこんだ。

夜が深まっていく。

ぼくたちはクチマネ鳥と地球人のテクノロジーに望みを託した。見こみ薄ではあったが、それはぼくたちに希望をあたえてくれた。ぼくたちは火室の扉をひらき、父さんはそこにしぶしぶ薪を突っこんだ。ぼくたちが発狂するのをぎりぎり食いとめる程度の暖かな輝きを、火室が放ちつづけるよう計算しつつ。

火にいちばん近い場所取り合戦が、すでにひそかにはじまっていた。トリガーはいちばん小柄なので、敗者決定だろう。その次がファウンで、次がワンド。生か死かがかかっているとき、社会的身分になどなんの意味もない。ラックスがぼくたちの理性をすりとって、生き残るために戦う獣《けだもの》に変えてしまうのだろう。順番からいえば、ワンドの次に脱落するのはぼくだが、たぶんきっと父さんはぼくを守ってくれると思う。

それはつまり、父さんとスタンス叔父がそのために戦うということだ、たぶんとても早い段階で。それはもしかするとファウンが限界を超えるより前になるかもしれないが、トリガーが正気を失ってからのことだろう。スタンス叔父がトリガーのために命を賭《か》けるとは、なぜかぼくには思えなかった。

ぼくは身震いした。こんなところにはいたくないと思った。記憶を軽く見まわして、楽しい思い出に浸《ひた》ることにしよう。いまこの時を追いやってしまうほど強力な記憶を。

すばらしい星夢のひとつがいい。

──ひと組の茶色い目がぼくの目を覗《のぞ》きこんでいた。『チャーム』と女の子はいった。『ノス・チャーム。おかしな名前だと思うでしょ、でも理由があるの。これよ』と、服の襟《えり》に手をさしいれて、細い紐《ひも》についた結晶を引っぱりだす──

父さんの声が魔法を破った。「どいてくれ、スタンス！　火に薪をくべられない」

茶色い目は薄れて消え、悪夢のいまこの時が取ってかわった。

火室の開口部は、下がだいたいスタンス叔父の膝《ひざ》の高さ、上が腰の高さだった。そして幅は叔父の臀部《でんぶ》より少し広いだけ。父さんが薪をもう一片取ろうと離れたあいだに、叔父は開口部に近づいて、ほかのぼくたちには開口部の縁と叔父のどっしりした体のあいだに暖かい隙間《すきま》がほんの少し見えるだけになっていた。だが、ぼくたちは文句をいわなかった。こういう状況では、慎重な上にも慎重が求められる。いってはいけないことを、ひょいと口にしかねない。

父さんが、それを口にした。「どけ」険しい声で繰りかえす。

「おれが火を独り占めにしていると批難しているのか？」

「いいや。もっと薪を放りこみたいだけだ」

「蒸留液を使え」スタンス叔父はバーナーに蒸留液を送りこむ漏斗《ろうと》を指し示すと、両手を扉のほうに伸ばして火室本体の中に入れた。ワンドがぶつぶつ文句をいいはじめる。

　ぼくの背中のほうではトリガーがめそめそいっていた。ファウンはボイラーの側面に押しつけられていたが、残念ながらそこは完全に断熱されていた。

「蒸留液は使いたくない」と父さんは思慮分別のある口調で、「なぜなら蒸留液はひと缶しかないし、それはたぶん……別の目的で必要になるからだ」

「別の目的とはなんだ、フューさまの名にかけていってみろ！」

「九世代前、当時のわたしたちの先祖のひとりが、これと同じような状況に陥った。車輪が割れてしまったんだ」

「それなら覚えているとも！」自分自身の記憶に疑義を唱えられたかのように、スタンス叔父が怒りをこめて叫んだ——そんな指摘をするのはぼくたちの社会では無礼なことなのだが、その場の全員の言動がおかしくなりはじめていた。

「それなら、その先祖がなにをしたかも覚えているだろう。状況が絶望的だと判断すると、彼は意識をなくすまで蒸留液を飲んで、ボイラーの脇で眠りこんだ。翌日発見されたときも、その場所で横になっていた」

「そして、死んでいたんだろうな」

「違うに決まっているだろう、フューさまに誓って！　そこで彼が死んでいたら、おまえとわたしがここにいるはずないじゃないか、スタンス！　わたしはいまのことを星夢で見た、つまりこれは彼が息子を作る前の出来事なんだ！」今度は父さんが怒っていた。馬鹿を前にすると絶対黙っていられないのだ。「体調は悪かったが、彼は生きていた。そして重要なことはだ、彼は正気だった。ラックスは彼を捕まえられなかった、なぜなら彼は泥酔のあまりに、寒さも恐怖も感じられなかったからだ。わかったか？　わたしたちも蒸留液は使わずにおくんだ。だから脇にどいて、薪をくべさせろ！」

これこそ、なぜ長《おさ》は記憶を基準に決められるべきかという理由だった。記憶は個々人の体験と同等の価値を持つ。スタンス叔父はぶつぶついいながら後ろに下がった。自分の父親につま先を踏まれて、トリガーが金切り声をあげる。時間が経つにつれ、火室の前の争いは微妙なものではなくなっていった。突然、スタンス叔父が父さんに、火をもっと大きくしろと命令した。「もし死ぬとしても、おれたちは快適に死ぬのだ！」叔父はすじの通らないことを叫んだ。

父さんには、従うほかに選択肢はなかった。父さんはすでに、運転室の入口を覆うように毛皮を掛けていたから、車内はたちまち息苦しいほどの熱さになった。ボイラーの圧力が上昇する。ぼくたちの恐怖心は静まって、どんよりした諦観《ていかん》に置きかわった。スタンス叔父が蒸留液缶の蓋《ふた》をあけ、ときどき長々と飲んでいた。やがて叔父は車内をよろめき歩きながら、支離滅裂な祈禱《きとう》をがなりはじめた。

「危ないぞ、スタンス」父さんが声をあげ、よろめいて燃え盛る炎に突っこみそうになったスタンス叔父の腕をつかんだ。

叔父はさっとふり返ると、炎に照らされてまっ赤な顔で、「わかってるぞ、ほんとはおれを裏切りたいんだろう、この氷男《フリーザー》め！　おまえはずっと長《おさ》になりたがってた。おれが生まれたときには、さぞかし失望したことだろうよ」

「フューさまの名にかけて勘弁してくれ、スタンス」父さんはつぶやくようにいった。

「そのときわたしは、たったの二歳だったんだぞ」

スタンス叔父は無言で父さんを凝視していたが、それからくるっと輪を描くと、足をもつれさせてどしんと倒れ、肉塊を殴るような音を立てて頭を床板に打ちつけた。そのまま横たわって動かない。父さんが脇にひざまずいて、スタンス叔父の頭をそっと持ちあげた。

「気絶しただけだ、かわいそうな氷野郎《フリーザー》は」スタンス叔父の脇の下に腕を入れて、ボイラーのところまで引きずっていくと、そこにもたせかけた。そして父さんはワンドのほうをむいて、「いまはあなたがリーダーだ」と簡潔にいった。

わが村の女長《おんなおさ》はぞっとするような笑みを浮かべて、「いまは決まりごとに従っている場合ではありません。あなたの記憶はわたくしより長い。あなたが引き継ぎなさい」

すじの通った話だった。父さんには経験がある。「わかった」父さんはいった。「火力は最小で燃やしつづける、さっきまでのように。そして冷たさが本格的に体に入りこみはじめたら、蒸留液を飲む。あとは夜が終わるまで、大ロックスがわたしたちを守ってくださいますように」

「夜が明けても、です」とワンド。「だれかが来てくれるまでは」

長い沈黙が続いた。たとえこの夜を切り抜けても、冬の一日は生き延びられないだろう。

最初に口をひらいたのは、トリガーだった。「あの……。あのさ、ブルーノ」

「なにかな、トリガー」

「あれ」と指さす。トリガーの頬《ほお》は濡れていた。父親に背《そむ》く結果になることはしたくないが、どうしてみようもなくて、さっきから泣いていたのだろう。

スタンス叔父が落とした場所で、蒸留液の缶が横倒しになっていた。液体がそのまわりに溜まっている。

父さんが缶をふって、「ほとんど空《から》だ」と重苦しくいった。

しかし、悪しき惑星ラックスのぼくたちへの仕打ちは、まだ終わっていなかった。

「上のあそこに」ファウンが唐突にいった。「あれって……」言葉が続かない。

ボイラーのてっぺんにとまっているのは、クチマネ鳥だった。

「この鳥ときたら、ヤムに行くどころか」ワンドがつぶやく。「凍え鳥《フリージング》は輪を描いて戻ってきただけとは！」

「クチマネ鳥にさえ寒すぎたんだな」と父さん。

首を傾げながらぼくたちを見おろすクチマネ鳥は、闇を背にした青白い幽霊のようだった。

「タスケテクレぶるーの！」鳥がしわがれ声で鳴いた。

ぼくは現実同然の星夢に逃げこもうとしたが、それをうまくやってのけるには、心の平和と、もしかするとハッチのパイプが必要だ。結局ぼくは、氷の怪物が巣くう悪夢のまどろみに落ちこんだ。

ふと、イソギンチャク樹がこそこそと車体をこする音越しに、車輪のきしる音とロックスのうなり声が聞こえた。それがぼくの目をたちまちさました。

「だれかが来る」ぼくは叫んだ。

「おとなしく寝ていろ、ハーディ」父さんが怠《だる》そうにいった。ぼくが夢を見たと思っているのだ。父さんはあまりにかんたんに希望を手放すことがある。

「違う、夢じゃない。ロックス車の音がしたんだ。聞いて！」

いまや全員が――スタンス叔父以外の全員が、だが――注意を集中して、頭を傾げ、聞き耳を立てていた。

「おまえのいうとおりだ！」トリガーが大喜びではしゃいだ。「おれたち助かったんだ！」

父さんが頭上の紐を引っぱると、モーター車のかん高い警笛がけたたましく夜の大気を引き裂いた。イソギンチャク樹が車をぎっしり取り囲んでいたので、かんたんに見すごされかねない。警笛がもういちど鳴ったが、ボイラーの蒸気が尽きて、水っぽい音になって消えていった。

全員が叫んでいた。「ここだ！　この中だ！」火搔き棒で運転室の壁を殴りつけたりもした。ぼくたちは騒がしく音を立てすぎて、ロックスがモーター車のすぐ外で鼻を鳴らすまで、われらが救助者が近づいてくるのが聞こえていなかった。

「そこにいるのはヤムのモーター車だな？」闇の中から声が叫んだ。

「スプリングが壊れたんだ」父さんが大声でいった。

「まずい時と場所を選んだもんだ」

「ここから連れだしてもらえるか？」

新来者は自分のロックスにむかって叫ぶと、いっしょになって足もとのイソギンチャク樹を踏みつけながら猛然と前進してきた。モーター車の入口にかかっていた毛皮が脇に寄せられて、丸い陽気な顔が運転室を覗きこんだ。室内のランプの明かりでぼんやりと光る屋根付き荷車がそばに止まる。「朝まで待ってもらえるなら、スプリングを修理してあげられるよ」と男はいった。「連れだすより、もっといいことをしてあげられる」

「スミスだわ」といったワンドは、ぼくが思っていたほどうれしそうではなかった。

「よりにもよってスミスだなんて、どういうめぐりあわせなの？」と父さんにむかってぶつぶついう。

「だって、冬の夜に旅しようなんて思う馬鹿は、ほかにいないからさ！」それを聞きつけたスミスが、愉快げに叫んだ。「あなたたちは別だけどね、もちろん。きっと凍死寸前のはずだ。こっちに移っておいで！　暖房炉に燃料を足すから」

父さんがスタンス叔父を両腕で子どものように抱えて運び、ぼくは自衛のための夢見に没頭しているファウンを運んだ——どうやって没頭状態になれたのかはわからない。最後にスミスの荷車に入ってきたワンドは、非難の言葉をつぶやいていた。

ぼくたちが入っていった大きな荷車の中は、縫いあわされて円形の枠に被せられた皮で覆われ、その枠は高くて頭上にたっぷりの空間があった。中央に据えられた赤熱する火鉢《ひばち》で熱せられた空気は、暖かくて、刺すようなにおいがした。火鉢のむこうには石炭の大きな山——この地方では滅多に見ない眺めだ。一方、荷車の前端には、奇妙な形の金属片が大量に積まれている。そして毛皮の山の上に腰をおろしているのが、ワンドの不興の原因だ。

ひとりの女性。

スミスとその恋人であるスミサのことは、だれもが耳にしている。ふたりは伝説的人物だった。いっしょに旅をし、いっしょに食事をし、いっしょに眠る。いっしょに暮らしているのだ。それは不自然なことだった——少なくとも、そのときのぼくはそう考えていた。スミスとスミサは自然ではなかった。なので人々は、ふたりは少なくとも邪悪な存在になる途中だと考えた。そしていま、ふたりはここで、ぼくたちの命を救ってくれた。ワンドにとっては厄介な状況だった。

けれど、父さんにとってはそうではなかった。父さんは長《おさ》ではないから、裁きを下したり、模範的行動を取ったりする必要がない。さらに——現実とむきあおう——父さん自身もスプリングと不健全な関係にある。いびきをかいているスタンス叔父を床に放りだすと、父さんは長々とスミスを抱きしめた。スミスから離れると、次はスミサを抱きしめたが、父さんの長い腕でさえもスミサの巨体を一周はできなかった。

「きみたちに会えてうれしいよ！」父さんは声を張りあげた。

スミサが抱擁《ほうよう》のために苦労して立ちあがると、体の陰になっていた部分が、荷車の最前部まで見通せるようになった。ワンドがシューッと深く息を吸うのが聞こえた。

一頭のロリンがそこにすわっていた。

そいつは荷車の低い側壁から突きだした棚に腰かけて、まるで本物の人間がするように腕と脚を組んでいた。ロリンは物真似がすごくうまい。そいつは丸い目でぼくたちをじっと見ていた。

信じがたいことに、父さんはそいつに近づくと、肩に手を触れて、話しかけた。

「元気かい、ご友人?」ロリンから返事はなかった、当然だが。あとになって、ぼくは父さんのそのふるまいがだれかのペットに挨拶《あいさつ》するときとまったく変わらないことに気づいたのだが、あの非現実的な瞬間には、父さんがロリンを対等な存在として受けいれたも同然に思えた。「で、去年最後に会ってからどこに行ったんだ?」父さんは毛皮の山に腰をおろして、スミスに尋ねた。

「なに、いつものルートだよ。エルトじゅうをあちこち、遠くは黄土山脈まで。昼間は働いて、夜に旅をする。旅は楽になっている。いまのロックスたちは三、四年使っているから、あいつらも道を覚えた。そしてもちろん、ウィルトもいる」と大きな手をロリンのほうにひらひらさせる。名前のついたロリンと出くわしたのは、それがまったくのはじめてだった。「ぼくらが寝てるあいだにロックスが道を外れていきそうになっても、ウィルトが正しい進路を守らせる。ウィルトがいなかったらお手上げだよ」

「それとスミサも」と愛情のこもった視線をスミスに送りながら、スミサがいった。彼女の名前はほんとうはスミサではない。アリカ・チャブというのだが、スミスと結ばれたときに本人が変えた。人はとにかく名前を変えるものではない、という反対意見が百出したそうだ。突きつめれば、名前こそがその人だといえるのではないか？　だから、あくまでも彼女をチャブと呼ぼうとする人たちもいた。その人たちが二回以上、そう呼ぶことはなかった。スミサの巨大な手の甲で一撃されると、彼女の新しい名前を喜んで受けいれる気になっていた、というしだいだ。

「スミサもいないとお手上げだ」とスミスが認めた。スミスは妻よりも小柄だが、腕は並外れて太く、力もあった。

スミスと父さんは長々と回想——ぼくたちはそれを再訪と呼んでいる——をはじめた。本人が体験した部分も、星夢から選ばれた部分もあり、何世代もの歴史をとりとめもなくさまよって、ふたりが同一の出来事を異なる先祖の視点から思い浮かべていることに気づいたときに喜びを味わう。ほかのぼくたちはうたた寝をしていたが、ワンドだけは別で、折に触れて辛辣な意見をさしはさむために――だろうと思う――耳を傾けていた。

明け方近く、話題はこの星の地球人のことへ移ろっていった。頭上に掛かった皮が明らむにつれ、ぼくもしっかりと目がさめてきた。

「自分勝手な冷血野郎《フリーザー》ども」父さんの話がぼくたちの訪問旅行の失敗に及ぶと、スミスは憎しみ抜きにいった。「でも、ぼくらも連中の立場だったら、もしかしてだが同じことをしたかもしれない、だろ？　連中の見た目がぼくらと同じだからというだけで、ぼくらを連中の同朋と同じように扱ってくれると、期待することはできない」

「不思議な話だな、見た目の件だが」父さんがいった。「つまり、地球人がロリンと同じ見た目をしていてもおかしくなかったはずだ。あるいは、スノーターとだって。だがそうではなく、わたしたちと同じ見た目で、単に大きいだけだ。わたしたちはなんらかのかたちで地球人の血を引いているのではないか、とたびたび思うよ。あるいは、地球人が、わたしたちの血を」

「ありえません」とワンド。「わたくしは地球人がやってきたときのことを、星夢で見たことがあります。この星は、地球人にとってはじめて来た場所でした」

「じゃあぼくらの体形は、ちゃんと効率的で理にかなっているんだな」スミスがうれしそうにいった。「きみもだよ、スミサ」

その言葉には、窒息しているようないびきが返ってきた。

「そんなことはどうだっていい」スタンス叔父がいった。すでに目をさまして、前日の失態を気にかけている。「おれはとにかく、地球人どもがやつらのテクノロジーの恩恵を、おれたちにもあたえてくれたっていいだろうと思う。やつらにはなんの損もない。それでおれたちがどんなに助かることか、とりわけ農作業の面で」最後の部分はワンドを意識した言葉だ。

スミサが起きだして、火鉢のまわりをせっせと動きまわった。食欲をそそる揚《あ》げスノーターのにおいがあたりに漂う。「わたしたちの最悪の敵は、わたしたち自身」肩ごしにふり返ってスミサがいった。

「スミサはモーター車をほしがっているんだ」スミスが説明を加える。

「モーター車だと！」スタンス叔父が頭をこすりながら叫んだ。「冒瀆的なことをいいおって！」

「どこがですか？」

「ひとつの村に、一台のモーター車、それが決まりごとだ。おまえたちもそのことは、おれ同様にわかっているはずだ」

「どうしてそれが決まりごとなんです？」

「モーター車は長《おさ》が持つものだ。一般人がモーター車を持つことを許されたら、どんなことになると思う？　そこらじゅうを乗りまわしはじめるだろうさ。統制がまったく効かなくなる。なんの作業もできなくなるだろう」発作の痛みを顔に浮かべたスタンス叔父は、崩れるように木工品に背を持たせ、熱っぽい口調はたちまち消えてしまった。「この話はしたくない」疲れた声でつぶやく。「そのときはおれたちの知っているこの文明が終わる」

「さっきは地球人がテクノロジーをあたえてくれないと文句をいっていたのに、今度は人々はモーター車を持つべきではないと主張している」

「いっただろう、この話はしたくない」

「車を作るのはむずかしくなんかありません。パラークシには大昔のあらゆる機械がある。クレーン、除雪機、船、モーター車、みなさんに考えられるあらゆる物も、さらにそれ以上の物も。金属製品ですよ。ぼくらの先祖は、金属で物を作っていた。新しい品物も作った、いま持っている物を修理するだけではなくて。驚異的な人々だったに違いない。先祖は明らかにテクノロジーを手にしていた。ぼくらは彼らから学ぶべきなんだ、ぼくら自身の先祖から。必要とする物を取ってきて、じっさいに使うべきなんだ」

予想できたことだが、スタンス叔父とワンドが食ってかかった。

「パラークシから物を盗むだと？〈聖なる泉〉から？」

「冒瀆です！」

その問題について複雑な気持ちを持っているわが父上は、黙っていた。いや、とくにどんな気持ちもまるで持っていなかったのかもしれない。

「常識で考えないと」とスミスがいった。「とりわけこういう厳しい時期には。先祖はパラークシに大洞窟とかいろいろなものを作って、そこで暮らせるようにした。千人もの人が、そこで凍期を快適にやりすごせるはずだ。あの町を不可侵の聖地かなにかみたいに扱うなんて、馬鹿げてる」

スミサが肉のフライと揚げフラットパンを載せた皿を運んできた。スタンス叔父は食事を楽しむどころではないほど怒り心頭に発して、早口にまくしたてた。「もしおまえがパラークシで盗みを働いたと耳にしたらな、スミス、おれは——」

「どうするっていうんです？　あなたはぼくらに対するなんの権限もありませんよ、スタンス。ぼくらは旅人だ。どこの村にも拘束されない」肉をひと切れ、口に放りこむと、スミスはぼくたちの長《おさ》の前にしゃがんで、相手の顔をじっと見つめて、「モーター車を修理してほしいのか、しなくていいのか？」と聞きとりにくい声で尋ねた。

分別がスタンス叔父の癇癪《かんしゃく》を抑えこんだ。「ちゃんと仕事をしろ、スミス」

「たとえあなたの車のスプリングを、ぼくがパラークシの車庫から持ってきたスペアと交換する必要があったとしても？」

「スペアをどこから持ってきたか、わたしたちには知りようがない」父さんがすばやく口を出して、スタンス叔父にぼくたち全員の死刑宣告になる馬鹿なことをいう暇をあたえなかった。「わたしたちにはどうでもいいことだ」

「もうじゅうぶん明るくなった」スミスがいった。「仕事をはじめる時間だ」

3　雪解け期

こうして、あらゆることが起こる前の最後の凍期に、スミスは村のモーター車を修理して、ぼくたちの命を救ってくれた。

スペアのスプリングになるものが荷車内の各種金属の山の中に見つからなかったので、スミスは壊れた板バネを外し、小片をまとめて火鉢《ひばち》の脇《わき》の金床《かなどこ》で熱し、リベットで留め、槌《つち》で叩《たた》いた。父さんとぼくは手を貸した。板バネの大きさが合うか試すために何度となく外に出かけるのは、びくびくものだった。荷車の外は身を切るような寒さだ。ようやく修理が仕上がると、スミスはモーター車の燃料用に石炭を分けてくれて、ぼくたちは蒸気音を立てながらヤムに戻った。スプリングがぼくたちを出迎えに駆けてきて、うれし泣きをしながら父さんを、次にぼくを抱きしめた。それは決まり悪さの極みだったが、幸いなことにほかのだれもが屋内にしっかり閉じこもり、炉の前で身を寄せあっていた。

凍期のあいだ、ほかに興味深い出来事はとくになかった。ぼくたちはたびたび腹を減らしたけれど、ノスからもらった魚のおかげで餓死はせずにすんだ。星夢《ほしゆめ》で見たなにかが食料配給は大ロックスの意志に反していることを示唆《しさ》していた、と主張する少人数の一派が、食料倉庫を襲撃した。警告が間にあって、襲撃者たちは撃退された。襲撃者たちは傷の手当てをしながらこそこそと自分の家に戻ったが、太陽神フューが自分たちを見捨てたのには立派な理由があるに違いないと口にしつづけた。これほどの寒波は記憶にない、と襲撃者たちはいう。そしてもしフューさまが――大ロックスの姿になって――氷魔ラックスの手中からこの星を引き離すことができるなら、われわれがフューさまの悩みの種になったときには、この星を逆方向に引っぱっていくことも同様に可能なはずだ。この話を、襲撃者たちは神殿でのその次の会合で持ちだしたという。頭の痛いことに、それはすじの通った話として受けいれられた――そもそも宗教を信じるほどの愚かな人々によって。

そしてある日、世界は濡《ぬ》れてきらめき、太陽フューはきのうまでより力強く輝き、ぼくたちの気分も上むきになりはじめた。ついに雪解け期がやってきたのだ。それから数日のうちに、この年最初の狩猟動物たちが目撃されていた。

ワンドはこの年、作物の生育期間を可能なだけ確実に長くするため、例年より早めに女性たちを農作業に駆りだした。それに対して信心の強い村人たちからは、当然のごとく異論が出た。スタンス叔父《おじ》もそのひとりだ。ぼくはそうした会話のひとつがはじまる場に居あわせる栄誉に浴した。

スタンス叔父が叫んだ。「こんな早い時期に種まきしたことは、いちどたりともなかったぞ。これはありとあらゆるヤムの記憶に反することだ！」

「昔の過ちをいだいたままラックスに落ちるがよいのです！」ワンドがいい返す。

「わたくしたちは食べなくてはなりません！」

そこでふたりはぼくの姿を目にとめ、前例のない議論の場をよそに移した。

ここでいっておかなくてはならないのは、ぼくたちの文化的なあれこれの行為や慣習が、神聖犯すべからざるといっていいものであることだ。鮮明な先祖の記憶を持っている結果として、変化はつねに抵抗にさらされる。ワンドが種まきを早めようとしたことは、地球人の目には非常に現実に即したことと映るだろうが、ぼくたちから見れば新奇的すぎてぎょっとしそうなほどだ。もちろん、ワンドの指図に人々は従うだろう。ワンドは女長《おんなおさ》で、すなわち農作業に関する全責任を負うのだから。けれどスタンス叔父は、勝ち目のない戦いでも決して避けたりはしない。父さんの常識的な意見にスタンス叔父がああもしょっちゅう突っかかるのは、それが理由だ。トリガーも右に同じ。

日々、暖かさが増していき、狩猟隊が新鮮な肉をもたらすようになると、成果のなかったデヴォン採鉱場へのモーター車旅行は、無用な空騒ぎだったように思えはじめてきた。ぼくの息子や孫息子が星夢の中であのおそろしい一夜を追体験したときにどんな風に思うだろう、とときどき考えてしまう。あれは恥ずかしい体験だが、ぼくはそれをギーズ設定にしなかった。そこには学ぶべき教訓があるからだ。ぼくたちには子孫に対する責任があり、きちんとした理由もなしに自分たちの命を危険にさらしてはいけない、という教訓が。そして子孫たちが、のちの時代にぼくたちの行動を裁定するだろう。

季候がよくなるとすぐに、ぼくは自分の夢見の池に足を運んだ。家の外に出て、四六時中目の前にいる父さんや、頻繁に姿を見せるスタンス叔父とトリガーから離れられるのは、すばらしいことだった。父さんとぼくの関係はとてもよかったけれど、冬は長かったし、雪解けのころにおたがいを少々いらだたしく思うようになっているのは、ごくごく自然なことだ。

太陽フューの日ざしは暖かく、両手を頭の下に敷いてあおむけに寝転ぶと、ヒゲ草が心地よく肌をくすぐった。ハッチのパイプからかぐわしい煙のすじが何本も立ちのぼる。ひとりきりで心安らかに、ぼくは落ちついた気分で星夢に入りこんだ。

ぼくの心の目に、ひとつの顔が映った。茶色い瞳《ひとみ》がぼくを見つめている。

チャームがふたたびそこにいた。

馬鹿な！　こんなことはありえない。ぼくは凍期のあいだじゅう、あの水搔《みずか》き持ちの女の子のことを考えるのをやめようとしてきた。だから春が来たいま、あの子はすっかりぼくから去っていて当然なのに！

気を引きしめて、ぼくはハッチのパイプをはじめて吸ったときの記憶を呼びさまそうとした。

「無理やりやろうとするな」そのとき父さんはそういった。スタンス叔父もそこにいたし、ワンドや、村のほかの重要人物たちもいた。最初にパイプを吸ったとき、少年は男に変わる。それは自分の遺伝子を次の世代に伝える能力の、象徴だ。緊張しすぎているせいで、この最初の機会に夢見が起こらないこともたびたびある。けれど、ぼくは誇らしげに微笑《ほほえ》みかけている父さんの顔を目にしつつ、パイプを吸ってくつろいだ気分になり、すると不意にぼくの心の中で、夏の空のような鮮やかさで、だれかの声がした。

『来て、ブルーノ』

スプリングの顔がぼくを見あげていた。ずっと若くて、おかしなくらい一心で、唇がかすかに膨《ふく》れている。ぼく／ブルーノは身をかがめて、スプリングを抱きしめ……。

頬《ほお》が熱くなるのがわかった。ぼくはいまにも自分自身の受胎の瞬間を、こんな大勢の人たちを前にして星夢で見ようとしていた。さらに悪いことに、ぼくは自分自身の母親に性的な魅力を感じていた。頭が混乱するシチュエーションだ。あわててそこから引きあげ、それからぼくは、もっと早い時期の父さんの記憶に楽々入りこめることを知った。こうしてぼくは父さんの視点から、ある狩りを刻々と追体験し、獲物にとどめを刺し、血のにおいを嗅《か》ぎ驕《おご》り高ぶった一瞬を味わい狩りが上首尾に終わったことを祝う言葉を聞いた。それはほんとうに現実のようだった。

『よくやったな、ブルーノ！　たっぷり二、三日分の肉だ』

ぼくのはじめての星夢！　ぼくはそこから抜けだすと、待ちかねたようすの大人たちの顔にむかってにやりとした。「すばらしい狩りだったね、父さん！」とぼくがいうと、父さんは誇らしげな笑みを浮かべた。

その日以来、ぼくはもっと昔に遡《さかのぼ》って星夢を見、四世代分の記憶にかなりくわしくなっていた。いま、現実の春の第一日目に、ぼくは気怠《けだる》くて未開拓地に手をつける気になれなかったので、父さんの若いころをぶらぶらと見てまわった。ほんとうをいうと、存命の先祖の記憶をこまごまと調べるのは不作法なこととされているのだが、父さんに知られることは絶対にないはずだ。

ぼくは父さんとスタンス叔父の関係を少し不思議に思っていた。ぼく自身には兄弟がいないせいもあって、父さんが確実に手にしていた長《おさ》の座を、生まれてきたその瞬間に奪った男に対して、父さんがほんとうはどんな気持ちなのだろうとたびたび考える。

親しみのこもった軽蔑《けいべつ》は熱烈な忠誠につながるものらしい。父さんが自分の弟をちょっとばかり驢馬男《ろばおとこ》――この言葉はもう、ぼくの語彙《ごい》の一部になっていた――だと思っているのはまちがいないが、兄という立場ゆえに父さんはいつも弟を守ってやろうとした。ヤムの男長《おとこおさ》としてのスタンス叔父を、父さんは支えた。スタンス叔父の短所をわかっていて、まちがいをおかしたときは控えめに修正してやった。そういう観点から、ぼくは記憶から記憶へと跳んでまわることができた。〝見出しをたどる〟と呼ばれる方法だ。ミスター・マクニールがコンピュータの検索機能を使うのと似ている。スタンス叔父が厄介事から抜けだすのを父さんが助けてやった一連の実例を追っていくうちに、そうした記憶の中からくっきりと見えてきたことが、ひとつあった。

父さんは、スタンス叔父よりもすぐれた長《おさ》になっただろう。

ぼくはじっくり考えてみた。ふたりが持つ先祖の記憶はほぼ同一だ。スタンス叔父の持つ記憶は父さんより二年長いにすぎない。確かに叔父の立ち居ふるまいは、ぎこちない父さんよりも、立派に見える。いかにも長《おさ》らしい物腰で、長を演じてみせる。だがそれは演技であって、それ以上のものではない。スタンス叔父は愚かで迷信深く、叔父の欠点に関する記憶がもっとたくさんあるのを父さんが——たぶん忠誠心から——ギーズ設定にしたことが、ぼくにはわかった。スタンス叔父は驢馬そのものだ。違いは耳が長くないことだけ。

ぼくは起きあがると、夢見の池の静かな水面を見つめた。膝《ひざ》をついて、顔に水を跳ねかける。星夢を見ると、だれでも少し汗をかくことがある。水は冷たく、空気は暖かかった。ぼくは服を脱いで池に飛びこみ、陽気に水を跳ねちらかし、まわりの木々にむかって叫んだ。太陽フューがぼくを見おろして微笑んでいる。ラックスは遠く離れていて、昼の空にその姿はない。

馬鹿にしたように囃《はや》したてる声が聞こえたのはそのときだ。トリガーとコーンターが池のほとりで、笑いながらぼくを指さしていた。

服を着ていないと、だれでも無防備に感じるものだ。地球人も同じだろうか？　自分がなにか恥ずかしいこと、たとえばお祈りをしているところを見つかりでもしたような気分だった。ぼくは大急ぎで池からあがると、濡れた肌の上に衣類をまとった。

「びしょ濡れじゃないか！」かん高く笑うトリガーは、馬鹿そのものだった。

こいつはスタンス叔父の息子で、事故にでも遭わなければ、いつかは長《おさ》になる。

「じつのところ、スタンス、種の発芽の具合がよくないのです」ワンドがいった。

「ほら見ろ！　いったとおりだろう！」この災難を前にして、スタンス叔父は喜んでいるのかと思う声をあげた。「種まきの時期を早めるのは、親山羊《おややぎ》さまに対する侮辱《ぶじょく》だ。親山羊さまを信じていないといっているも同然。あんたのせいでおれたちは、深刻な事態になってしまった」

「原因はなんだと思う？」たわごとばかりのスタンス叔父を無視して、父さんがワンドに尋ねた。

「植えた種が最後の雪解けで腐ったのかもしれません。あるいは、大倉庫でドライヴエットが大発生しましたから、あの獣《けだもの》が種に尿《にょう》をまき散らしたのかもしれません。不作だった去年の収穫から採った種だから、もともとひ弱だったのかも。なんともいえませんね」

「ひとつ、わかっていることがある」とスタンス叔父。「これはあんたの責任だ、ワンド」

「それは認めます。けれど、認めただけでは状況は改善されません」

　ワンドとスタンス叔父、父さん、そしてぼくは、〈どん底〉の名で知られる土地のまん中にいた。無知《シリー》なメイの苗木畑を別にすれば、例年この村でもっとも収穫の多い土地だ。ヤムの北側、南むきの斜面に位置するそこは、水はけがよくて日もよく当たり、密集したトガリ木の生け垣に囲われて、野生のロックスやロートやほかの反芻《はんすう》動物を締めだしている。ここで女性たちは、村の作物を栽培していた。いまも大勢の女性が畑に出て、元気のない作物の芽のあいだから雑草を引き抜いていた。

「根菜類も、見たところこれよりよくはありません」ワンドがつけ加えた。

「こうなるとわかっていたはずだぞ。そうだろうが《ラックス》、村では十か十一世代前にも種まきを早めようとしたことがあるんだからな。今回失敗に終わったのとまったく同じに、
　そのときも失敗だった」

　それを聞いて、ワンドが顔色を変えた。スタンス叔父をにらみつける。あんな表情をむけられるのは、ぼくは願いさげだ。ワンドの双眸《そうぼう》はラックスが双子星になったかのようだった。

「この村では十世代前であろうが十一世代前であろうが、作物の不作なんて起きてい

ませんよ、スタンス。当時は温暖な年が続いて、収穫はすばらしかった。思いだしてもらえますか、わたくしの先祖がそのときの女長《おんなおさ》でした。なにが狙いでそんな下らない嘘《うそ》をいうのです？」

時間が止まった。スタンス叔父には少しも恥じいっているようすがない。礼儀に反する最悪の罪をおかしたところだというのに。自分の言い分を証明するために、記憶を捏造《ねつぞう》したのだ。なのに叔父は、うるさく吠《ほ》えるちんけな小動物を相手にしているかのように、怒り狂った女性の頭越しに平然と視線を投げている。

「そんなことよりいま問題なのは」とスタンス叔父はいった。「ノスからもらった魚の借りを、こんな状態でどうやって返すかだろう？」

ぼくはその場の全員が、止めていた息を同時に吐きだしたように感じた。

「あなたはノスの人々にこの状況を説明する必要があります」心を静めつつワンドがいった。少なくともワンドは、自分の主張を押しまくらないだけの礼儀を持ちあわせていた。

「おれが、じゃない」スタンス叔父はたったそれだけの短い言葉のどこかで、ワンドの提案が不適切なばかりか幼稚でさえあるといっていた。「失敗はあんたに責任がある領分で起きたことなんだからな、ワンド」

「わたくしが魚の交渉をしたわけではありません」

すべての視線がかわいそうなわが父上にむいた。

「わかったわかった」父さんは逆らわなかった。「わたしがノスに行って土下座してくるよ、それでこの村が平和でいられるのなら」

ぼくの鼓動が激しくなった。心の目の中で、チャームがぼくに微笑みかける。「いっしょに行ってもいい、父さん？」

「当然だ。屈辱のなめかたを練習するこの上ない機会になるだろうからな。おまえにそれを逃してほしくはない」

用件はそれで終わりのはずだったが、ワンドはまだ怒りをくすぶらせていた。「話は変わりますが」とワンドは不快げに、「先日、興味深い提案が話題になりました。信じがたいことに、それを考えついたのは無知なメイ《シリー》でした」

スタンス叔父が身を強《こわ》ばらせた。その提案がどんなものだろうと、反対する気だ。

「それで？」

「シリー・メイは、村でロックス以外にも動物を飼い慣らすことを試みてはどうかと考えたのです。柵《さく》で囲った広い牧草地に動物を入れて、飼いやすいように交配させていくことができるのではないか、と。ロートやスノーターや、そういった動物を」

「おい、そいつらは狩りの獲物にする動物だぞ！」

「ロックス以外の動物は全部、狩りの獲物でしょう」

「とんでもない話だ。おれたちはいちどたりとも狩りの獲物を飼い慣らしたことなどない。問題にもならん。そんな話には耳を貸さんからな」

「ところがあいにく、これはあなたの権限内の話ではないのですよ、スタンス。家畜に関わる仕事は女性のものです。とにかく、次の狩りのときに生きたままの動物の子どもを二、三匹、連れてかえってきてもらえませんか？　あとのことはこちらが責任を持ちます」

「断じてそんなことはせんぞ！」スタンス叔父にとってなにが問題なのか、ぼくにもわかった。もし村で家畜の群れを育てるようになったら、狩りをする必要はなくなる。そして叔父は、自分が権限を持つもっとも華々《はなばな》しい仕事を失うだろう。ワンドは叔父を気にもかけずに、「この件については、また考えましょう」といった。

意思決定という面では、このときの話はそこで終わりだったが、じつをいうと、気になる続きがあった。そのとき、ぼくは自分の船を点検するために、父さんとスタンス叔父よりも先に村まで戻っていた。次のノスへの旅に船をいっしょに持っていき、だれかに管理を任せてむこうに置きっぱなしにする算段だった。こうすればずっと継続するつながりが作れるはずだ。ぼくの船は本来、粘流《グルーム》用の滑走艇《スキマー》だが、ノスの船大工は船体の下に木釘《きくぎ》で固定できるような仮底を作って、通常の水質のときでも船を航海可能にできるだろう。ぼくは仮底を手に入れられるよう、父さんを説得する策を練った。

船はわが家の庭に置かれて、終わったばかりの凍期の最悪の被害に備えて獣皮を被せられていた。ぼくはその下に這《は》いこんで、船を点検した。凍期の極端な乾燥作用で、肋材が割れることがありうる。ノスの人々は寒い時期のあいだ、もっと小さな船を自分たちの小屋の中にしまっておくので、ぼくもそうすることを父さんに提案したけれど、却下された。

ほっとしたことに、船にはなんの害もないことがわかった。継ぎ目に二、三の細いひびがあったが、それは船が水に入りさえすればふさがるだろう。父さんとぼくで修理した去年の損傷箇所は、もうほとんど見てもわからない。そこにしゃがみこんでいると、近づいてくる足音が聞こえ、それから滅多にないような怒りでかすれた父さんの声がした。

「またあんな真似《まね》をしたら、もうおまえを手助けしてやらないからな、スタンス！」

姿をあらわすには手遅れだった。ぼくはもう、聞いてはいけないことを聞いてしまった。村のリーダーたちの口論が進んでいく。

「あのときは一瞬うっかりした、それだけのことじゃないか」スタンス叔父は軽い調子で答えた。

「いいや、これは本気だ。いままでずっと、おまえの失敗を取り繕《つくろ》ってきたが、もう限界だ」

「わかった、よくわかったから」スタンス叔父はなだめるような口調だった。「ノスに行ってくれるのはありがたいよ、ブルーノ。感謝している」

父さんが口をひらくまでに間があった。叔父を責めつづけて気を晴らすのと、日々生きていくのに必要な用事と、どちらが重要かを考えているのだとぼくにはわかった。有用な道のほうが勝ちをおさめた。「楽な仕事じゃない。ロネッサは手強《てごわ》い相手だ……」

ふたりの声は小さくなっていった。ぼくはその場にしゃがんだまま、頭を絞った。いまのはいったいなんの話だ？　父さんはよほどのことがなければ怒りを爆発させたりはしない。スタンス叔父はなにをやらかしたんだろう？　さっきの、過去の収穫に関する叔父の愚かな嘘の件だろうか？　それとも、これはそれだけの話ではないのか？　きっとぼくが先に村に戻ったあと、ふたりはもっといろいろ話をしたはずだ。好奇心が頭をもたげる。適切な機会まで待って、話し好きなわが父上から探りだそう。けれど、はっきりとわかることがひとつあった。スタンス叔父がどれほど父さんにおんぶしているかということだ。父さんがいなければ、村は破綻《はたん》してしまうだろう。あと何年かしたら、今度はぼくが大馬鹿トリガーをまったく同様に支えてやるよう求められる。そのときぼくは、父さんと同じような忍耐と良識を見せることができるだろうか？

スタンス叔父が狩猟遠征に出かける計画を立てたので、モーター車は父さんとぼくのノスへの旅で使えることになった。

何年か前、スタンス叔父は試しに狩りでモーター車を使ったことがあり、そのときの凱旋《がいせん》をぼくはよく覚えている。車の後部には動物の死骸《しがい》が満載で、狩猟隊のほかの面々ははるかに遅れて徒歩で車を追っていた。村人たちが歓声をあげながら集まってきた。あとになってようやく明らかになったことだが、じつは獲物を追いかけていた叔父が踏みならされた道を外れて車を走らせ、追跡に熱中するあまり小さな沢を車で飛びこえようとした結果、モーター車は無用の長物化していたのだ。狩猟隊は事故現場に野営し、棒と石を使った梃子《てこ》で三昼夜奮闘して、モーター車を元の平らな地面まで持ちあげた。スタンス叔父が誇らしげに見せびらかした動物の死骸は、騒々しい音を立てる追っ手を見て仰天したスノーターの群れが、勝手に沢に転落したものだった。「それがおれの主張の正しさを証明している」狩りの真相がだれもの知るところになると、スタンス叔父はそういった。

意味深なことにそれ以来、モーター車が狩りで使われたことはいちどもないが、可能性はいつも保留にされていた。「いや……今回の狩りではモーター車は使わないことにしよう」問われればスタンス叔父は、考え深げにそう答えるだろう、これまで熟慮を重ねてきたかのように。

その朝はよく晴れて、くっきりと濃い影が長く伸びる中、出かけるぼくたちを見送ろうと村人たちが集まった。ほとんどの村と同様、ヤムも昔から使われている道どうしが交差する辻《つじ》に位置している。北に行くと荒れ地と、アリカという大昔の街が、南に行くと海岸とノスがあり、東に行っても海岸に出るが、その海に面して聖なる町パラークシがある。西にあるのは川と浅瀬だ。ヤムの村を形作るのはそうした道路脇《わき》に散在する家で、辻のあたりでは道が広がって、見通しのいい広場ができている。この辻は、北側の男性たちの家と南側の女性たちの家のあいだの境界線でもある。

　この広場で、モーター車に乗った父さんとぼくは村人たちから温かい声をかけられていた。外交用の外套《がいとう》を着た父さんは、見る人に強い印象をあたえた。ぼろぼろの古い上着姿のぼくは見劣りがする。スプリングが父さんのそばにつきまとって、ぽっちゃりした手で触りまくっていた。狩猟隊の先頭に立って行進してきたスタンス叔父が、脇を通っていく。叔父は挨拶《あいさつ》がわりに、長《おさ》の徴《しるし》の飾り房《タッセル》が付いた槍《やり》を頭上に掲げた。

「幸運を、ブルーノ！」部下たちを一列縦隊で後ろに従え、芝居がかった足取りで進みながらスタンス叔父が呼ばわった。狩猟隊がいつも一列縦隊で村の中を行進していくことに、そうすれば叔父がリーダーであるのをはっきり見せつけられるという以外の理由があるのか、ぼくは知らない。知っているのは、村人たちの視界から外れたとたん、一行はだらだら歩きの集団に堕《だ》して、おしゃべりしたりふざけて取っ組みあったり、列から遅れて小便をしにいったりすることだ。ぼくも狩猟隊の一員として村を出たことがある。一行は獲物のあとを追うのよりも、行方不明の隊員の跡《あと》をたどることに多くの時間を費やしていた。

「よい狩りを、スタンス！」父さんは叫びかえすと、警笛を鳴らした。そしてぼくたちは車を出し、南へむかって走る車のあとから、村のちびどもが歓声をあげて走ってきた。ぼくには理由が想像できないが、ちびどもはいつだってそうする。ミスター・マクニール呼ぶところの、集団ヒステリーだ。気がつくとぼくは父さんを急《せ》かして、スロットルを大きくひらいてちびどもをふりきらせようとしていた。

ミスター・マクニールといえば、彼がこの旅の最初の訪問相手だった。

「デヴォン採鉱場での交渉のことはお気の毒でした」住居の外でぼくたちを出迎えて、ミスター・マクニールはいった。「忠告はしましたがね。不干渉の方針は非常に厳密なのです」

「ほかでもない、あなた方の採鉱作業そのものがその方針に反していることに、あの交渉のとき気づいていればよかったんですが」父さんが鋭い指摘をした。

「かもしれません。ですが、そんな話をいくらしても無益です」

「どういうことでしょう?」

ミスター・マクニールは網目状に広がった小道のひとつに足をむけた。庭の花の中には、もう咲いているものがある。父さんとぼくは背の高い地球人のあとについていき、それはまるでスタンス叔父の狩猟隊のようだった。ミスター・マクニールは言葉を探しているようすだ。

「このところ採鉱事業であまり利益があがっていないのは、きっとご存じでしょう」ミスター・マクニールがようやく口をひらいた。立ち止まって、黄色いラッパ形の花を絞め殺そうとしていた雑草を引っこ抜く。

「採鉱場ではロリンのせいにしているそうですね」

「そのとおり」しゃがんだ姿勢のまま、ミスター・マクニールは父さんを見あげた。「どうもわたしたちには、ロリンを理解することができないようです。みなさんはロリンについてなにをご存じでしょうか？」

それはおかしな質問だったが、地球人らしくもあった。「ご質問の意味がよくわかりませんが？　ロリンはロリンです。ほかにどう答えようがあるでしょう？」

「ロリンに好奇心が湧《わ》きませんか？」

「いいえ。ロリンは単に、そこに存在するものですから。ラックスや太陽フューやなにかと同じように」

「しかし、わたしたちがこの星に来たときには、興味を持たれたでしょう」

「それは当然です。あなた方は新しい存在でしたから。われわれの記憶の中にないものだった」

ミスター・マクニールは指さして、「あそこに。見えますか？」ロリンが二頭、草花の中にしゃがんで、雑草を抜いていた。「さっきあの二頭は、木の上からわたしを見ていました。いつものように。そしてわたしが草取りをするのを見て、いまは自分たちでやっている。あれはわたしを手伝おうとしているのでしょうか？　わたしから学習したのでしょうか？　なにも考えずに単にわたしを真似ているのでしょうか？

それともほかのなにかなのか？　ロリンには少し不安にさせられると思いませんか」

ぼくにはロリンは全然不安に思えなかった。「ロリンはしょっちゅう、ぼくたちの真似もしますよ」ぼくはいった。「なんの意味もないことです」

けれど父さんは、それより前の話題について考えをめぐらせつづけていた。それは父さんにはよくあることで、ほかのみんなが新しい話題に移ったころ、突然さっきまでの話を持ちだす。歳《とし》を取りつつある徴候だ。

「あなたは、採鉱場の話をしても無益だとおっしゃった」

ミスター・マクニールは口ごもった。「事態が改善されないようなら、採鉱場を閉鎖せざるをえないでしょう」

「そして、この星を出ていく?」

「ええ、そうなると思います。まだなにも決定は下されていません。ともかく、このロリン問題にケリをつける必要があるのですよ。誤解しないでください——わたしたちはロリンを敵だとは思っていません。けれど、厄介の種ではあるのです。ロリンたちがそこにいると、なぜか生産性に影響するらしい。それこそロリンたちがテレパシーで、もっとのんびりやれとわたしたちに命じているかのように。いまのはもちろん、馬鹿げた話です。しかし……。こんなことをいっている者もいます、この星はわたしたちとロリンの両方が住めるほどには、大きくないのだと……」

ぼくは奇妙な喪失感を憶《おぼ》えた。ロリンはこれからもずっとこの星にいるだろう、それは確かだ。それは地球人たちが去っていくだろうということを意味する。ぼくは地球人たちが好きだ、とりわけミスター・マクニールが。地球人は賢く、ぼくが星夢で遡ったかぎりの昔からこの星にいて、保護者のように安らぎをあたえてくれた。凍期が来てラックスが不吉な光をぼくたちに投げかけるときには、地球人は悪しきラックスと対等に張りあえるのだと思うと心強かった。

少なくとも、そのときのぼくはそんな風に考えていた。

「ですから、どういうことになろうと」ミスター・マクニールの話は続いていた。「そばにつきっきりで使いかたを教えることができなくなるだろうという状況で、わたしたちのテクノロジーの成果をみなさん方にあたえるようなことは、できません。テクノロジーによってみなさんの生活様式は短期間で向上し、それに伴って人口も増加するでしょう。そのあと機械が故障しても、修理の仕方も新しい機械の作りかたもみなさんにはわからない。そうなると、いまより増加した人口を維持できなくなる。長期的に見れば、それは災厄なのです」

「この星に来た直後からわれわれの援助に着手してくださっていたら、そうはならなかったでしょうね」父さんがいった。

「地球人たちは責任を負いたくないのさ」そういったのは村なし男だった。ゆっくりしゃべりながら前かがみに歩いてきて、ぼくたちに混じった。「おれたちにテクノロジーを使いこなす知性があるか、確信がないんだ」

「それはまったく違う」ミスター・マクニールはいらだたしげにいった。「その理由はきわめて単純なものだ。わたしたちがやってきたとき、この星にあったのは田園社会と、しあわせに暮らしているといえる人々でした。方針の件を持ちだすまでもなく、わたしたちにはものごとを変える権利はありません。ここはみなさんの世界であり、みなさんの文化があります。それを尊重することを覚えてください」

「飢えている人々はしあわせではない」父さんはいった。「たとえ田舎《いなか》暮らしの間抜けどもでも」

「この問題は周期的なものなのです。ラックスのように巨大な天体が太陽の引力に影響を及ぼすこの星系は、非常に安定しているとはいえません。しかし信じてください、豊作の年が続くときはふたたび来ます。もしかすると、来年からということもありえます」

　ぼくたちの比ではない天文学の知識を持ちだされては、ほとんど反論のしようがなかった。父さんとぼくはモーター車に乗りこむと、ノスを目指した。

　ミスター・マクニールの偽善者ぶりにうんざりしたといって、村なし男もぼくたちについてきた。この男がノスでなにをするつもりなのか、ぼくには見当もつかなかった。村なし男がノスで大歓迎されることはないだろう——それをいえば、ほかのどこでもだが。こいつがいるとぼくは落ちつかず、どきっとするほどかわいいチャーム——たとえ足に水掻きがあっても——のことを、やましい気分で考えていた。

交渉は散々な結果になった。とはいえ、それは予想されていたことだ。魅惑的なわが父上に性的に惹《ひ》かれているロネッサは、理知的にふるまった。問題は、最年少のノスの代表者にあった。

ぼくたちは車座になって、魚を獲《と》るときに使う筌《うけ》に似た造りの枝編み細工の腰掛けにすわっていた。ノスの人々は物作りに関しては、習慣に従う傾向があった。交渉がはじまるとまもなく、前の年にぼくと悶着《もんちゃく》を起こしたあのいまいましいカフが、ノスでは大きな権力をふるっていることが明らかになった。ウォールアイが病身なので――半盲である上、脚も不自由だ――カフは父親の男長《おとこおさ》の地位をやすやすと奪いとりかけている。

「これははっきりいっておく」まず平身低頭してみせた父さんに対して、カフはいった。「きさまらは去年、大量の魚の干物をおれたちのところから持ってってった、今年そのお返しに作物を持ってくると約束してな。それが今年になったら、きさまの村の作物が不作だと抜かしやがる」

「まだ不作と決まったわけではない。そのいいかたはきつすぎる。収穫はやや少なくなりそうだが」父さんは控えめな表現をして、「ヤムで必要な分にはぎりぎり足りるだろう」

「そればかりか」だが、このつけあがった若造は父さんを無視した。「今年は食い物をもっとくれとせびりに来た。ヤムはいったいどうしちまったんだ？　自分の面倒も見られなくなったのか？　ノスにもっと頭を下げてみせるのが当然じゃないのか？」

「これは不運な出来事だ」ウォールアイがおだやかにいった。「だが、こういう事態になることはある」

「黙ってろ、親父《おやじ》。おれたちが目指すべきは、こういう事態が絶対に二度と起きないようにすることだ。ヤムにそのことを、一発ではっきりと思い知らせる必要がある」

「お待ちよ、カフ、わたしにはそんな必要があるとは……」

「この件はおれがケリをつける、ロネッサ。こいつらのことはわかってるんだ」傲慢《ごうまん》な氷結青二才《フリーザー》がしゃべりつづける。「こいつらがどんな考えかたをするかも。こいつらは人生の半分をただ日を浴びて寝そべって、作物が育つのを眺めてる。そうやって何世代も経《た》つうちに、妙ちきりんな精神構造が生まれてきた。こいつらは――」

いきなり父さんが口をひらいた。「確か、備蓄食料はロネッサの管轄《かんかつ》のはずだろう、カフ？　きみは現在の備蓄状況を直接把握しているのか？　わたしの見るところでは――」

「――ほかの村の人間が生きてられるのは、自分たちのおかげだと考えてるらしい。こんな――」

「それは凍るほどのいいがかり《フリージング》だ。重要なのは――」

「おれの話の邪魔をするな、ブルーノ。これからきさまらにわからせてやる――」

だが、カフがいったいぼくたちになにをわからせるつもりだったかは、わからずじまいになった。父さんが尋常でないことにわれを失ってカフに飛びかかり、喉首《のどくび》をつかんだので、カフの言葉は喘鳴音《ぜんめいおん》に変わってしまったからだ。父さんはそのままカフを二、三度揺さぶり、カフは首に縄《なわ》をかけられたスノータターのように無意味に足を蹴《け》りだした。それから父さんはカフを放りだした。父さんがカフを席に戻すつもりでそうしたのはまちがいないとぼくは思うけれど、激したときのわが父上は、いつも力の加減がわからなくなる。カフは部屋を横切ってすっ飛び、古びた石壁に激突した。そして気絶したまま床にすべり落ちた。

この交渉の全過程を通じて、これが唯一、満足感を味わえた瞬間だった。

だがロネッサは非難の叫びをあげた。「フューさまの名にかけて！　そりゃやりすぎだ、ブルーノ！」

ウォールアイは足を引きずって息子のところまで行き、脇にかがんで頭を持ちあげた。「あんたはこの子を殺しかねなかった」

「わたしとしたことが《ラックス》」父さんは悔恨《かいこん》のつぶやきを漏《も》らした。「申しわけない。自分でも、なにを考えてこんなことをしたのやら。いや、なにも考えていなかったんだ」

やめればいいのに、父さんはくわしく説明しようとしていた。「頭が完全にまっ白になった。とにかく、この若い氷《フリージ》――ああ、若い御仁を傷つけたとしたら、そのすべてを深くお詫《わ》びいたします。彼をどこかへ運ぶならお手伝いしますが、ウォールアイ？　いや、水を汲んできます」父さんは途方に暮れたようにきょろきょろした。

「あんたはこの子にもう手を触れるな」ウォールアイがぴしゃりといった。「そしてヤムが自分たちの問題を抱えてラックスに落ちようと、わたしの知ったことか」

「駄目だ、ちょっと待て、ウォールアイ」ロネッサが即座に口をはさんだ。「早まった真似はやめよう。まずあんたが、カフの態度が悪かったことを認めるんだ」

「そんなことはせんぞ！」

「わたしの提案をいうよ。この調子ではなんの結論も出ないだろう。気を静める時間が必要だ。じっくり考える時間が。いま話しあっているのはノスとヤムに関することで、ここにいるわたしら五人だけのことじゃない。個人的な恨《うら》みは棚上げにすべきだ。日暮れまで休会にして、また集まろうじゃないか」

「意識が戻ったようだ」ウォールアイがいった。

カフが頭をあげて、うなり声を出すと、険悪な表情で父さんを見据えた。「覚えてろよ」と毒々しくつぶやく。カフは視線をぼくのほうに移した。明らかに苦痛を感じているのに、その唇に悪意のある笑みがかすかに浮かんだ。かねてから願っていたように、ぼくをぶちのめすところを思い浮かべているのだ。

「では日暮れ時に会合を再開する」ロネッサがきっぱりといった。

父さんとぼくは恥辱《ちじょく》にまみれて、その場を退散した。正確にいえば、恥辱にまみれたのは父さんだ。けれど、そのいくらかはぼくにも及んでいた。「崖《がけ》のあたりを歩いてくる」と父さんはいった。「すまない、ハーディ。さっきは馬鹿なことをしてしまった。しばらくひとりになる必要がある。入り江の上流のほうをぐるりとまわってくるから、日暮れにここでまた会おう、いいか？」

そして父さんは、祖父の友人のホッジが村なし男の親になった歴史的な場所があるほうへ、逃げるように去っていった。これが運命を変えうる重大な場面でなければよかったのだが。というのは、ぼくはこのとき、チャームのことに頭を切り替えてしまっていたからだ。そしてたちまち、とてもそわそわした気分になった。チャームに会いたくてたまらず、然《しか》るべき手順を踏むのも面倒に思えた。その手順がどんなものかさえ、よくわからなかった。ノスの村人に尋ねるわけにはいかない――ひょっとして、このあたりでチャームを見かけませんでしたか、などとは。そんなことを聞かれた瞬間、相手はこの若者はチャームにぞっこんらしいと考えはじめるだろう。いまにも人種混交が起こるのではないか、と。

ぼくが入り江の土手に腰をおろして、それについて思いめぐらせていると、問題はひとりでに解決した。時間をあたえてやれば問題というものがそういう経緯をたどるのは、しばしば経験することだ。

「こんにちは、ハーディ。わたし……わたし、あなたがこのへんにいるような気がして」

白い服に身を包んだチャームが、目を丸くして清らかに、おずおずとぼくに微笑みかけて、えくぼが浮かんだり消えたりした。ぼくは胸がどくんと大きく鳴るのを感じた。

「ええと」ぼくは怖《お》じ気づいて、もぐもぐといった。

「あなたの滑走艇《スキマー》がモーター車に積んであるのを見たわ。だからあなたを捜しに来たの」チャームはぼくの横にすわって、膝《ひざ》に掛かった服をなでて皺《しわ》を伸ばした。その服は明らかに地球製の生地《きじ》でできた、滅多に見られない代物《しろもの》だった。ノスの女性たちのほとんどは動物の革を着ている。「わたしに会えたのがうれしくないの?」チャームが尋ねた。

「ええと」

「隠《ラックス》れて!」とチャームが叫んだのは、ぼくたちがすわっている土手の上の道を蒸気音が近づいてきたからだ。「あのモーター車に乗っているのは、氷結《フリーザー》カフに違いないわ!」

そしてチャームは片腕をぼくの肩にまわすと、ぼくを土手の斜面に押し倒した。ぼくたちは肘《ひじ》で体を支えて、下草の隙間《すきま》から目を凝らした。ノスのモーター車が北のほうへ速度を上げてガタガタと通りすぎ、名前をいうのもはばかられるカフが調速器に目をむけていた。どうやら体調が回復して、機械に癇癪《かんしゃく》をぶつけているらしい。

チャームに腕をまわされて腹ばいになり、チャームの腰がぼくの腰に押しつけられ、チャームの頬がじっさいにぼくの頬に触れているその瞬間を、ぼくは楽しんでいた。

ヒゲ草がやさしくぼくたちをくすぐっているが、それは獲物を探しているからだ。ぼくはその場で死ねたら、しあわせな気分のままでいられただろう。チャームは身動きする気配もなかった。入り江の海水がため息のような音や軽やかな音を立てるのを背中に聞きながら、ぼくたちは道を見守った。カフが車で巻きあげた砂埃《すなぼこり》の中を村なし男がぶらぶらと歩いていったが、ぼくたちには気づかなかった。

とうとうチャームがぼくから体を離してすわりなおし、両腕で膝を抱え、いかめしい顔で水辺を見つめた。

「ねえ、わたしと会えてうれしいか、っていう答えをまだ聞いていないんだけど」

「ええと」その言葉を口に出すには思い切りが必要だった。「ああ。うれしいよ」

「どうして?」チャームはくるりと体をまわして、ぼくとむきあった。

「きみが……好きだから」

「そんなことをいわれても、女の子は信じない。でも、わたしはあなたの言葉を信じるわ。あなたがほんとうにわたしを好きであってほしいの、だってあなたと会うのはわたしにとって大きな賭《か》けだから。この前までの凍期にわたしがあなたのことを二、三度口にしたものだから、母さんはとても警戒している。ただ名前を出しただけなのに。それのなにがいけないかわたしにはわからないけれど、母さんは不安になった。わたしはあなたを好きになってはいけないということらしいの、なぜならあなたは、這いつくばって作物を植えているせいで両膝に厚い胼胝《たこ》のある根掘り虫だから。母さんにいってやったわ、わたしはそんなこと気にしないって。わたしは自分が好きになった相手を好きになる」

　ぼくはその言葉をじっくり考え、鼓動は正常な速さに戻っていった。呼吸も再開できたようだ。「きみのお母さんはぼくの父さんを好きだけれど、父さんには胼胝がある」とぼくは指摘した。なにをいっているんだぼくは？「いや、父さんに胼胝はない。ぼくたちの村のだれにもない。どこから胼胝なんて話が出てきたんだ？」

「それが根掘り虫の見分けかただといわれているわ」

　ぼくはズボンの裾《すそ》を引きあげた。「どこに胼胝があるって」

「あら」チャームは目を凝らして、「どこにもないわね」

「ぼくの父さんも不安がっているよ」と今度はぼくが、「ぼくはなにもいわないようにしていたのに、それでも父さんは心配している」

「なにをいわないようにしていたの？」

「きみのことを」

　チャームはえくぼ付きの満足げな笑みを浮かべた。「あなたがわたしを好きなのは、知っていた。女はそういうことがわかるものなの」そこで不思議そうな表情になって、「でも、お父さまはなにを心配することがあるの？」

　ぼくは答えないつもりだった。もしヤムの村人に胼胝があるとしたら、それは熱心に働いた結果なのに対して、水掻きのある足は遺伝上のものだから。不面目な奇形が子孫にまで伝わったのだ。

「お父さまはなにが心配なの？」チャームは重ねて尋ねた。「わたしはあなたのお友だちになれるような、いい子じゃないってこと？」

結局は隠しておけることではなく、「足だよ」とぼくは口走った。

「足？」チャームはまだ理解できないようだ。

「水搔き」

「水搔き？」

「足の指のあいだの」

チャームは顔をきれいな桃色に染めて、あっけにとられたようにまじまじとぼくを見た。そして怒ったように息を吐くと、黒い靴《くつ》の片方を脱いだ。すわった姿勢のまま片脚をあげる。スカートが膝からずり落ちた。チャームの膝はとても美しかった。チャームは足の指を動かしてみせた。

水搔きなんてなかった。

チャームの足の外見はぼくのとまったく変わりがなくて、ただしもっとかわいらしかった。

「ぼくは嘘を教えられていたんだな」少しでも面子《めんつ》を保とうとして、ぼくはそういった。

「それにしても、水搔きのある足だなんて、フューさまもびっくりだわ。グルームライダーのひれ足には水掻きがある。でも人間にはない。足に水掻きがあるというのは、わたしだけの話だったの、それともノスの村人みんな？」

「ええと、きみたち全員なんだ、じつをいうと。それから、きみたちの血はグルームのあいだ、どろりとした濃いものになるともいわれている」

「なぜそんなでたらめをいう人がいるの？」

ぼくたちはしばらく考えこんだが、しまいにぼくが、まったくの推測を口にした。

「もしかすると、ぼくたちを引き離しておくためかもしれない。ヤムの村人がノスの村人と親しくなりすぎるのを防ぐため。結局ぼくたちには、胼胝や水掻きじゃなくても違いがいろいろある。大勢の村なし男にうろうろされたりしたら、嫌だろう？」

「子どもを作る気はある？」チャームの質問はいきなりだった。

「それは……そうなると思うよ。いますぐじゃないけれど。ぼくは若すぎる」

これもまた、あなたたち地球人と違うところだ。ぼくたちは人生の遅い時期に子どもを作ろうとする。自分の経験をできるだけたくさん、わが子にあたえてやれるように。

「馬鹿いわないで《ラックス》！」チャームは叫んだ。「わたしはそういう考えかたはしていないの。そんなことより」と、ぼくが口をはさむまもなく話題を変えて、「スキマーに乗らない？ふたりであなたの船を海まで運びましょう」チャームは跳ねるように立ちあがると、ぼくの手をつかんで引っぱりあげた。

土手をのぼってノスの男性集落にむかう道をたどりはじめたとき、ぼくはこの上なくしあわせな気持ちだった。それは運命というものが、人に自分は安全だという錯覚をいだかせる典型的な手口でしかなかったのだが。

けれど幸福感はもう少し長続きした。太陽フューが空から微笑んで見おろす中、ぼくたちの船は軽風に乗って入り江を疾走《しっそう》し、浅い砂州を通りすぎて、岬《みさき》のあいだを抜け、外海に出た。チャームはノスのすべての村人同様に有能な船乗りだったので、ぼく自身の未熟さは問題にならなかった。真横に風を受けて船の進路を南東に定めると、ぼくたちは右舷の船べりに隣りあって腰をおろした。チャームが舵柄《かじづか》を、ぼくが帆脚《ほあし》索《づな》を受けもつ。ぼくたちはとりとめもなくおしゃべりし、おたがいを知っていった――ノスとヤムの村人どうしに可能なかぎり。チャームはいつまでも進路を維持したままでかまわないと思っているようで、しばらくするとぼくは不安になってきた。波が舳先《へさき》を越えて船尾のほうまで洗いはじめ、冷たい海水が音を立ててぼくたちの足のまわりを流れた。

「そろそろ引き返したほうがいいんじゃないかな?」ぼくはいってみた。

チャームはちらりとぼくを見て、一瞬にやりとすると、舵柄に飛びついた。まもなくぼくたちは、いま来た方向へと飛ぶような速さで引き返し、ぼくの気分もふたたび上むいた。陸が見えていると根掘り虫はおかしなくらい元気が出る。ぼくは船を走らせるのが大好きだけれど、岸からあまり遠くにさまよい出るのは好きではない。

チャームを盗み見たぼくは、あることに気づいた。

「あの結晶はどうしたの？」

チャームの手がさっと首もとに動いた。そしてうろたえたようすで、「ああ、どうしよう！　さっきまであった《ラックス》のに」一心に考えこむ。「あなたを捜し……ていたときは、首に掛かっていた。そのあと……男性集落に行ったときには、もうなかったわ」チャームがやっているのは、ぼくたちこの星の人間に可能な方法による記憶の視覚化だ。チャームは過ぎた瞬間を生き直して、結晶が年若い胸の谷間で揺れているのを感じ――あるところで感じなくなる。「ふたりで地面に伏せたときよ」チャームはふさいだ声でいった。「カフが車で通りすぎるのを、腹ばいでやりすごしたとき。草が結晶を紐《ひも》から外したに違いないわ、ひょっとして食べちゃったのかも」

あのときぼくたちは、一面のヒゲ草の上に伏せていた。地面を掘って虫を捕まえる雑草が広がっている上に。ヒゲ草は植物にしては高レベルの好奇心を持ち、興味を引かれたものはなんでもヒゲの先でいじりまわす。両肘で上体を持ちあげた姿勢のチャームの首からぶら下がっている結晶は、ヒゲ草には見逃せなかっただろう。

「きっと見つかるよ。紐はもうなくなったとしても、結晶はヒゲ草には食べられないから」

チャームはそれでも納得しなかった。「草は離れたところまで結晶を運んでから放りだしたかもしれないわ。土手の上の道まで運びあげたかもしれない」植物はいちばん飢えた仲間が餌《えさ》にできるように、獲物をほかの植物へと順送りにする。食べるのにむかない獲物は、はるか遠くまで運ばれることもありうる。「だれかに拾われちゃうかも！」

「拾った人は、だれのものか気づくさ。あんなものはほかにノスにはないし、それをいえばヤムにだってないからね。きみに返してくれるよ」

「その人は母さんに渡すかもしれないわ！　あれをなくしたなんて知られたら、母さんに殺される！」

「急いで戻ったほうがいいな」といったとたんにぼくは後悔することになった。チャームが帆をぴんと張ったのだ。船は傾いて、ぼくたちはバランスを取るために船べりから大きく身を乗りだし、舳先の水切り音はしたたるような音から絶え間ないシューッという音に変わっていた。これは危険だ。

ぼくたちは岬のあいだにいる一群の漁船を全速ですり抜けた。漁船の男たちは通りすぎるぼくたちに無関心だった。ぼくは内陸者《もの》の服装だったし、チャームは女性だ。漁師たちにはぼくたちの存在に注意をむける理由がない。けれど、ひとりの長身の男が、ぴんと張った釣り糸を引きあげる途中で、片手をあげて笑顔を見せた。

「父さんよ」とひと言だけいったチャームは舵柄にかかりきりで、手をふりかえす余裕もない。「さあ、しっかりつかまっていて。これから砂州を越えるから」

砂州は波が複雑で、固まった砂に船が乗りあげて難破するかもしれないので、分別のある船乗りはその縁沿いに進むが、チャームはとにかく急いでいて、そんなことは念頭になかった。それに、と考えてぼくは憂鬱《ゆううつ》になったのだが、これは彼女の船じゃないし。

けれど、チャームは自分のしていることを把握していて、大きな波をつかまえると砂州の上を乗り切り、その先は水深の深い入り江だった。ぼくはほっとして深いためいきをついた。船が猛突進するあいだ、ぼくは息を止めて、海面下一ハンドの海底にいる貝を見たりしていた。「ここまで来れば、あとちょっとね」チャームがいった。だが、それはまちがっていた。そのとき、ぼくたちの人生は永遠に変わろうとしていたのだ。

固いものがドンとぶつかる音がして、船はよろよろと右舷に傾いた。座礁《ざしょう》した、とまっ先に思った。船はさらに傾いたが、ぼくが帆に風をはらませてやると、元の姿勢に戻った。

「なにがあった？」ぼくは叫んだ。

「わからない」チャームはくるりとふりむいて、海面の航跡をじっと探った。「見て、あそこ。なにか浮いている」

そういわれて、ぼくにもわかった。この船の航跡の気泡が急に曲がっているところだ。海面のすぐ下に、なにか黒っぽいものがある。

「ロリンの死体だ」ぼくはいった。伸ばされた片腕が見てとれた。

チャームは船を回頭し、ぼくたちはゆっくりと風に運ばれて、その物体のほうに戻っていった。ぼくはその物体に嫌な予感が湧いてきた。近寄るにつれて、それはロリンには見えなくなっていく。

チャームがぼくの不安を声にした。「あれは……あれって人間よね」

船はそれの横に並んだ。ぼくは鉤竿《かぎざお》を突きだして、それを引っかけた。それは顔を下にむけて浮かんでいて、丸まった背中だけが海面から出ていた。着ているのは黒っぽいシャツとズボン。これだけ大きいのは、ほぼまちがいなく男性だ。

そして背中のまん中に傷口があって、桃色の雲がそこからまだ漂っていた。

だれか、あるいはなにかがこの男を殺したのだ。ぼくはまず、スノーターが牙《きば》で突き刺したのだと思った。ぼくたちの世界では、人間が人間を殺すことはない。少なくとも、ほとんどない。けれどこんな傷ができるには、この男がスノーターの前に自ら横たわる必要がある。ありそうにない展開だ。スノーターの前に横たわって、牙で突き刺されるのを待ったりする人はいない。

ぼくは吐き気がしてきたが、それは死体を見つけたことだけが原因ではなかった。なにかほかの理由がある。死体の大きさと形に関わるなにかが。

「だれだ？」ぼくはささやいた。

だがぼくの頭の中では、これは父さんじゃない。これは父さんの大きさで父さんの形だけれど父さんじゃない。父さんは外交用の外套を着ていた。この人はシャツとズボンしか身につけていない。これは父さんじゃない。

「その人を上にむかせて」チャームが小声でいった。

　ぼくは膝をついて、その人の腰まわりの紐をつかんで、引っぱった。男性は横をむきかけたが、またくるりと元に戻って、ぼくは船から引きずりだされかけた。男性は重たかった。もういちどやってみたが、同じ結果になった。そこでぼくは徐々に勢いをつけることにした。男性を引っぱったあと、元に戻ろうとするあいだは逆らわずにいてから、また引っぱると、一回ごとに少しずつ動きが大きくなっていく。

　とうとう、元に戻りかける瞬間にその方向の力が弱まって、体はむきを変えつづけ、男性の顔がぐるりとこちらをむき、その両目は空を見あげていた。

　そう、それは父さんだった。ぼくの父。ぼくの男親であり、教師であり、ぼくの人生のほとんどで友人にして相棒だった人。

　チャームの言葉が聞こえた。「心からお悔《く》やみをいうわ、ハーディ」

　そのときぼくが感情を抑えようとしたのは、悲しみと弱さと絶望から泣き叫ぶのをチャームに聞かれたくなかったからではなく、ぼくたちは子孫のことを考えてやる必要があるからだ。ぼくの子孫はどこまでも世代を下ってこの瞬間を訪れることになるだろう。

チャームがそばにいても、ぼくはこれまで感じたことがないほど孤独な気分だった。ぼくたちは父さんの死体を縄で船につないで、いちばん近い陸地までゆっくりと曳《ひ》いていった。そこはノスの男性集落の崖下にある砂浜だった。ぼくたちはノスの漁船のあいだに船を引きあげると、縄をほどいて、波が来ないところまで父さんを引きずっていった。数人の漁師がやってきて、死体をまじまじと見た。漁師のひとりがぼくたちを手伝おうとした。

「父さんに近寄るな!」ぼくは自分がわめくのを聞いた。

その漁師はなにもいわずにあとずさった。もしかすると、その男が犯人ということもありうる。だが、それはないだろう。だれの仕業《しわざ》かはわかっている、とぼくは思った。

チャームがそっと声をかけてきた。「お父さまをモーター車に乗せるには、手伝ってもらう必要があるわ、ハーディ」

「ノスの村人の手伝いなんて必要ない、むしろお断りだ!」

「わたしも……わたしもノスの村の者よ」

ぼくはチャームに目をむけた。彼女は泣いていた。

「父さんの背中を刺したやつがいる」

「それがノスのだれかとは限らないわ」

「それ以外にありえない。ありえないどころか、それがだれかもわかっている。

冷血野郎《フリーザー》のカフだ！」

そのときまでにかなりの人数が集まっていた漁師たちから、怒りのこもったざわめきがあがった。「口に気をつけるんだな、根掘り虫小僧」

気をつけるどころか、ぼくはまわりの敵意を持った顔を見あげて、「カフは今日、父さんと諍《いさか》い事をした。カフがモーター車であんたたちの村の女性集落のほうへのぼっていくのを、ぼくは見た。父さんは崖のほうへ散歩にいっていて、その道を下ってきたに違いない。カフは父さんを待ち伏せていて、殺したんだ」

「おまえは男長《おとこおさ》の息子のことを話しているんだぞ」漁師のひとりが剣呑《けんのん》な顔でいった。

「お願いだから、そんな風にいうのはやめて、ハーディ」チャームがいう。

そうしているあいだにロリンが三頭やってきて、父さんの脇にしゃがみ、父さんの体に手を当てると、ため息をついた。ぼくはしたいようにさせておいた。ロリンのすることは、とにかく謎《なぞ》だ。

「謝罪の言葉がほしいところだな」といったやつがいた。

ここは短気を起こすべき時ではなかった。けれど、敵意のある群衆に囲まれて、父さんを――まちがいなく、ノスのだれかに殺された父さんを――見おろすように立っているときに、ぼくの謝罪を要求するのを耳にしたら……。ぼくの謝罪だと！　もう限界だ。ぼくはその声の主のほうをふりむいた。

「ラックスに落ちやがれ！」ぼくはそいつの顔にむかって叫んだ。

その男はぼくに暴力の気配を感じたようで、あとずさった。ほかの連中は逆だった。ぼくは両腕をつかまれた。もがきながら、ぼくは数発の蹴《け》りを決めてやったが、結局押さえこまれた。険《けわ》しい顔が並ぶ中を、浜辺を引きたてられていく。だがぼくは怒りに囚《とら》われたままで、恐怖はまったく感じていなかった。

「網小屋に入れとけ」だれかがいった。

扉がひらかれ、男たちはぼくを中に放りこんだ。ぼくは悪臭を放つ漁網の山の上に落ちたので、怪我《けが》はしなかった。男たちのひとりが戸口の内側に残って、捨て台詞《ぜりふ》を吐く気満々でいたが、ぼくにはそんなものを聞く気はさらさらない。飛びかかって、そいつを扉から引き離すと、鼻に強烈な一発を食らわす。今度はそいつが網の上に転がる番だった。そのときにはほかの連中が戸口に群がって、おずおずと中を覗《のぞ》きこんでいた。ぼくはそいつらにむかって突進したが、単純に数の差であっさり行く手を阻まれた。ふたりくらい殴ってやったが、むこうの手の数のほうが圧倒的に多くて、ぼくを網の上に投げもどした。

「こいつには思い知らせてやらないと」といったのはぼくが最初に殴った男で、おそるおそる自分の鼻を触りながら戸口の仲間たちのところに戻っていった。

空気は一触即発で、自分が自分をどんな状況に追いこんだかに気づいて、ぼくの怒りは下火になった。その場には二十人ほどの漁師がいて、そのうちの何人かは、グルームで海面に追いやられてきた魚を殺すのに使う棍棒《こんぼう》を手にしている。地球人と違って、ぼくたちは生来の暴力的な種族ではないが、あのときは異様な狂気が漂い、とうとうぼくもこわくなってきた。漁師たちは小屋の中に殺到して、そこに倒れこんだぼくに目を据えた。その目にぼくが、自分たちと同じ人間として映っていたとは思えない。ぼくが危険な動物として見えていたはずで、そのせいでぼくを攻撃するのはとても容易になっていただろう。

ぼくは弾《はじ》かれたように立ちあがり、足をばたばたさせて絡《から》んだ網をほどくと、上階《ロフト》への梯子《はしご》をのぼった。ロフトは建物の三方を取りまく張り出し《バルコニー》で、幅はぼくたちスティルクの身長の倍くらい。梯子を投げ落としてから、引っぱりあげたほうがよかったと気づいたが手遅れで、ぼくはひとつに混じりあった漁師たちの怒声が獣の咆哮《ほうこう》と化すのを見おろしていた。聞いた話を思いだす、グルームのあいだ、ノスの漁師たちは血への飢えに取り憑《つ》かれ、海面に取り残された魚たちの中に船を漕《こ》ぎつけて見境なくひたすら棍棒で魚を殴りつづけ、その間ずっと咆哮をあげているのだと。漁師たちはもはや人間ではなくなっていた。捕食動物だった。

その漁師たちが梯子をロフトに立てかけた。大柄な男がのぼってくる。ぼくはそいつがてっぺん近くに来るまで待ってから、梯子を後ろに押した。そいつはほかの連中のまん中に落下し、咆哮がいっそう高まった。新たな男たちが、何本もの梯子を持って小屋に入ってきた。そして数カ所で梯子をのぼりはじめる。

手近な梯子を押し倒そうとしたぼくは、目の前にあるのがチャームの顔だと気づいた。

チャームは最後の数段を駆けあがると、ふりむいて下の群衆を見おろした。「もういいわ、そこまでよ！」

チャームは叫んだ。咆哮は静まっていった。「そこから下りてこい、チャーム！」あがった叫び声はそれひとつだった。「あんたを傷つけたくはない！」

「とにかく落ちついて！」チャームが叫びかえす。「あなたたち、ノスの漁師でしょ！　プライドはどこへやったの？　グルームライダーの群れみたいな真似をして！」

その言葉は腹立たしげなつぶやきを呼んだ。それが真実だったからという面もあるし、チャームは女長《おんなおさ》の娘で、漁師に対してはなんの権威もなかったからでもある。それでもこの村でのチャームの地位は否定しがたいもので、梯子をのぼっていた男たちは二の足を踏んだ。

「これはウォールアイが対処する問題よ！」チャームは叫んだ。

「ウォールアイを呼んでこい！」だれかが叫ぶと、同じことをほかの連中も叫びはじめ、緊張の瞬間は過ぎて空気が変化し、ぼくは命拾いした。

「ありがとう」男たちが男長《おとこおさ》の到着を待とうと網の上に大の字に飛びおりはじめるあいだに、ぼくはチャームにいった。

チャームがぼくにむけた表情はよそよそしかった。「せいぜいうまくやることね」

といって梯子を下りると、小屋を出ていく。チャームはあくまでもノスの村の一員であり、ぼくは村人のひとりを殺人者呼ばわりすることで、彼女を怒らせたのだ。

しばらくのあいだ、ぼくはそのことで罪悪感をいだいて、自分がまちがっていた可能性を検討したが、父さんの死を受けいれようとする段になると、罪悪感はたちまち悲しみに変わった。父さんなしでぼくはどうなるんだろう？　父さんなしでヤムはどうなってしまうんだろう？

時間が経つにつれて、ふたたび怒りが湧いてきた。ぼくの父さんが殺されたのに、この村の連中は本来なら最低限でもカフを問い質《ただ》しているべきときに、ぼくを囚人扱いしている。ぼくは梯子を下りた。ぼくを見張っていた連中に緊張が走り、この激した若造の相手をしようと身がまえた。

「そこを通せ」ぼくはいった。

「ウォールアイが来るまでここにいろ」

「どうして？」

「まあ落ちつけ」

やってきたのは、ロネッサだった。「いっしょに来るんだ」彼女はぶっきらぼうにいった。

見張りのひとりが抗議した。「おれたちはウォールアイを待ってるんだ」

「ウォールアイは上の集会所にいる」とロネッサ。「ここまで歩いて下りてこられないのはわかるだろ」

見張りたちは不服そうにつぶやいたが、結局ぼくを小屋から出ていかせた。会話もなく集会所まで歩く途中でヤムのモーター車の脇を通り、父さんの死体が後部の荷台に載せられているのを見た。海水が路面にしたたっている。涙が出そうだった。この前に荷台に積まれていたのは魚の干物だったのだ。ぼくの怒りはすっかり消えて、悲しみがぼくを押しつぶしかねない気配があった。ぼくは集会所の中に入った。先刻、父さんがそこにすわって、しゃべって、生きていて、そしてカフを壁に投げつけた場所に。

ウォールアイとチャームがそこにすわっていた。カフの姿はない。ロネッサとぼくも腰をおろした。父さんがいないと、その部屋はひどく重苦しくて、虚《うつ》ろだった。

ウォールアイがまず口をひらいた。「聞いたところでは、わが息子のカフがきみのお父上を殺した、と非難したそうだが」

口をきける自信がなかったので、ぼくはうなずいた。チャームはぼくに目をむけようとしない。

ウォールアイが続ける。「きみは若くて軽率だ」

「その自覚はあります。でも、それで事実が変わることはありません」ぼくはなんとかそれだけ口にした。

「わが息子カフ」ウォールアイは見るからに悲しげにいった。

ロネッサが老いぼれの間抜けに我慢していられなくなって、「わたしらはみんな、ブルーノのことを大変お気の毒に思っている」と割りこんできた。「ブルーノは大した男だったよ。ヤムで最高に大した男だった。ヤムのおまえさんたちは、ブルーノ抜きでやっていくのがいかに困難かを知ることになるだろう。スタンスはそれがとても困難だと知るだろう。だからといって、おまえさんがカフや、ノスのほかの村人のだれであれ非難するのは、まずいことだ。おまえさんは聡明な若者だ。ちょっと考えてみな、おまえさんがヤムに帰ってそんな話をしたら、むこうでどんなことになるかを」

つまり、そういう方向で話を進めるつもりなわけだ。それが当然なのはわかる。次の冬はきついものになるだろうし、ヤムはノスの善意にすがることになる――そしてある程度は逆もまた然《しか》り。だが、ノスの男がヤムの男長《おとこおさ》の兄を殺したと非難されたら、善意の存在する余地はなくなる。

「いま話しているのは、ぼくの父さんのことだ」話の要点を理解したぼくの声は、弱々しかった。

「そして、わたしの息子のことでもある」ウォールアイがいった。

「あなたはあいつと話をしたんですか?」ぼくは尋ねた。

「ああ。そんなことはしていないといっていた」

「ぼくが自分であいつと話をしたい」

「それは無意味だろう。そんなことをしても、あの子の否定は変わるまい」

「あいつのいうことを信じるんですか？」ぼくは尋ねた。

「あれはわたしの息子だ」とウォールアイ。

「あなたはどうです、ロネッサ？」

「男の考えかたってものはわからない」ロネッサは思ったままを口にしていた。「ここでお父さまに襲われたあと、カフが内心どんなことを考えていたかも、わたしにはわからない。もしカフが女なら、あいつはお父さまを殺していないとわたしはいっただろう。けれどカフは男で漁師だし、漁師というのはわからない連中だ。とはいえ、そうしたことはなにひとつ重要じゃない。ほんとうに重要なのは、おまえさんは自分の疑念をヤムに持ち帰っちゃいけないってことだ。これはほかでもない、ヤムのためにいっているんだよ」

「ブルーノは大した男だった」ウォールアイが独《ひと》り言《ごと》のようにいった。「大した交渉人だった。スタンスではああはいくまい」

ぼくは自分の怒りの大半が不安から生じたものであることを悟りはじめていた。父さんが死んだいま、ぼくはスタンス叔《お》父《じ》とその愚かな言動にすべてを左右される。ヤムのすべてでも同様だ。ぼくは孤独と怯えを感じた。これまでは、なにが起ころうと父さんがかならずそこにいて、ぼくたちを守り、スタンス叔父のまちがいを修正してくれた。ぼくたちが失ったものを知らされたとき、スタンス叔父もきっとぼくと同じ気分になるだろうことは、ささやかな慰めだった。そういえば、スプリングはどうしよう？　ヤムの全村人の中で、この知らせをいちばん伝えたくない相手が、スプリングだった。

ここまでのあいだ、チャームは黙ってすわったまま、まったく無表情にぼくを見ていた。ここにいたって、ぼくはさっきわめき散らしたことを後悔していた。ノスの人々の前でノスの男長《おとこおさ》の息子を非難するなんて馬鹿な真似は、すべきではなかった。いまやチャームでさえぼくの味方じゃない。ぼくは疑念を心にしまっておくべきだった。

そして後日、報復を……。

ぼくはチャームに小さく微笑みかけ、彼女が微笑みかえしてくれないかと期待した。そうはならなかった。ロネッサがそれに気づいて、「おまえさんのおかげで、チャームは大変なことになっちまったんだよ。いずれこの子とカフが結ばれる日が来るだろう。申し分なく似合いのふたりだ」

それはどんな考え抜かれた言葉よりもいっそう深く、ぼくを絶望の淵《ふち》に沈めた。

思いもしなかったことだが、ウォールアイがぼくをその夜、泊めてくれるといいだした。話し合いが終わったのは遅い時間で、寒さがどんどん増していた。デヴォン採鉱場からの帰り道でモーター車が故障したときの記憶は鮮明で、それはこれからも変わらないだろう。夜に車を走らせるのは、ぼくとしては危険すぎて遠慮したいところだ。

なので、ぼくはウォールアイの申し出を受けいれた。

ウォールアイの家まで歩くには、少し時間がかかった。この老人はとにかく動作が遅い。家に着いてみると、そこはスタンス叔父の家よりずっと大きくて、寝部屋は上の階にあった。囲いのない張り出し《バルコニー》のような造りで、網小屋のロフトに似ている。ウォールアイは苦しげに梯子をのぼって、厚いロックス毛の毛布に覆《おお》われた獣皮の山のところにぼくを連れていった。

「きみの寝床はここだ」口ごもってから、「この前、ヤムの男がこの家に泊まってからずいぶんになる。きみのお父上も昔はときどき泊まったものだ」

それを歓迎の言葉と受けとって、ぼくはお礼をいった。ぼくは先祖の記憶を引っぱりだして、ふたりでしばらく昔のことについて語らった。年寄りはこういう話が好きだ。ウォールアイはいま何歳なのだろうとぼくは思った。忌《い》まわしいカフとぼくはほとんど同い年だが、この男長《おとこおさ》が父さんよりずっと年上なのはまちがいない。ウォールアイは息子を作るのを、可能なかぎり先延ばしにしたのだ。

忌まわしいやつが戻ってきたのは、ウォールアイとぼくが一世紀以上前に発生した異常な粘流《グルーム》について話しているときだった。当時は海水が濃くなりすぎてスキマーはその上をほとんど動けず、海面に取り残された魚も捕獲する前に日光を浴びすぎて腐ってしまい、巨大な海獣が住み慣れた深海に戻ろうと、海面直下で重々しい肢をふりまわした、とかそういう話を。

「ラックスじゃあるまいし、この氷結野郎《フリーザー》がなんでここにいるんだ！」

というのがカフにとっての歓迎の言葉だった。

「この子は今晩ここに泊まる」ウォールアイが温和にいった。

「いいや、それはない！」

「落ちつけ、カフ。この子のお父上が亡くなったんだ。真夜中にひとりでヤムに送りかえすわけにはいかん」

「こいつをぶちのめしてやる」最初に会ったときと同じことをいうとは、カフという若者はやりたいことがあまりないらしい。「こいつは、あの間抜けな老いぼれの背中を刺したといって、おれを責めたんだぞ。おれはそんなことはなにもしちゃいない。昼間はほとんど、モーター車の弁装置を調整してた。ところが、そのときこいつがなにをしてたと思う？　チャームにつきまとってやがったんだ。だから、そこをどけよ、親父。おれにこいつをぶちのめさせろ」

「フューさまの名にかけて、カフ！　おまえはそのうち男長になる。少しは大人らしいところを見せたらどうだ？」

「この氷結野郎《フリーザー》の始末をつけたらな。ついでにいまからいっとくぜ、親父、おれが男長《おさ》になったら物事は変わる。ヤムへは二度と施し物をしないってのが手はじめだ。あの氷村《フリーザー》の連中はおれたちを骨の髄までしゃぶってやがるからな」

「おまえの見解はもうよくわかっている。しかし、思いださせてやる必要があるようだが、わたしがいまも男長《おとこおさ》だ」

カフはぶつぶついいながら引き下がった。ウォールアイとともに記憶の小道を下る旅はそこまでになった。ぼくはあてがわれた寝具に体を休めて、ロックス毛の毛布にくるまった。

ぼくは横になったまましばらく寝つけず、父さんの死体を発見したときを生き直していた。そのときの恐怖は夜がゆっくりと過ぎるにつれて大きくなるようで、気がつくとぼくはすすり泣いていた。その長い夜のどこかで、ぼくはその出来事をギーズ設定にする必要があるかもしれないと思いいたった。

ギーズについては前も話した。特定の記憶への再訪を禁止《タブーに》することだ。子孫たちを、父さんの死の結果としてぼくが襲われている個人的な悲しみにさらす権利は、ぼくにはない。だからぼくは、その夜の残りのあいだ、精神を集中してギーズを設定した。将来、夢見をするぼくの子孫たちは、このギーズに出くわすだろう。もちろん子孫たちは、彼らがそうしたいなら、それを無視することができる。ギーズ設定にされた記憶はなおもそこにあって、消し去ることはできないのだから。けれど子孫たちは、ぼくにはギーズを設定するだけの理由があったのだと当然のように考え、先祖であるぼくに敬意を払って、ギーズ設定を守るだろう。こうして今日という日とその悲しみは、永遠に覆《おお》い隠されることになる。

当然ながら、ぼく自身の記憶の中を除いて、だ。

ぼくは早い時間に目ざめて、まだ寝ているウォールアイとカフを残して外に出た。太陽フューがすでに丘の上に姿を見せて、白い家を桃色に染めていたが、ぼくはノスの美観を味わう気分ではまったくなかった。空気は新鮮で冷たい。ぼくは火口《ほくち》と薪《まき》の束《たば》をモーター車の火室の中に積み、近くの公共ヒーターにあった火のついた棒で着火すると、運転室にすわって震えながらボイラー圧が高まるのを待った。

ぼくの後ろでは、霜《しも》で白くなったロックス毛の毛布が父さんの死体を覆っている。

「わたしのいったことを忘れるんじゃないよ」

その声にぼくは飛びあがった。それはロネッサで、朝の冷えこみ対策に毛皮をしっかり着こんでいた。

「忘れません」昨晩のぼくは、ロネッサはまちがっていると思った。日が変わったいまは、ぼくにもロネッサが正しい気がする。父さんが死んだのは変えようのない事実で、ヤムとノスのあいだに敵対感情を煽《あお》っても、得るものはなにもない。

それよりも、これは個人的な仇討《かたきう》ちの問題だった。

「こういって慰めになるかどうかわからないが、わたしほどブルーノを惜しむ人は少ないだろう」

ぼくはカッとなった。「ぼくほどじゃない。それにスプリング」

「スプリング……？　ああ、おまえさんの母親のことか。彼女は……あの人を好いていたのか？」

「当然だろ、フューさまに誓って。父さんはいい人だったんだから」

「女が男を好きになっても変ではないこともある」ロネッサは思いがけないことをいった。「少なくとも、当のふたりにとっては変ではないことが。それで思いだしたが」ロネッサの声がきつくなって、彼女はノスの猛女《ドラゴンレディ》に戻っていた。「おたがいの村どうしの関係を尊重するなら、わたしの娘には近寄るな」

ぼくは返事をしなかったし、むこうも返事を待ってはいなかった。それは命令であり、ロネッサにとって自分の命令は守られて当然だったから。

「きみはとても注意深くならなくてはいけないよ、ハーディ。大人にならなくてはいけない、ともいえる。人々はきみを、スタンスの助言者という父上と同じ立場に置くだろう。きみを仰ぎ見たいとも思うだろう。だから、口をひらく前によく考えることが必要だ」ミスター・マクニールは含み笑いをして、「最初はなかなか慣れないだろう。これまでのきみは、ずけずけものをいう青二才の氷男《フリーザー》だったんだからね」

村なし男がめずらしく役に立つことをいった。「トリガーに気をつけろよ」

村に戻る途中でミスター・マクニールのところに立ち寄ることにしたのには、ふたつの理由があった。第一に、気分が沈んでいて、人と話す必要があったから。第二に、助言を必要としていたから。荷台に父さんの死体を積んで、どんな顔でヤムの村人たちの前に出ればいいというのか？

じっさい、この訪問は悪い考えではなかった。ミスター・マクニールは、デヴォン採鉱場で製造されたウオッカという地球様式の蒸留液を垂らしたスチューヴァをふるまってくれた。彼はぼくの知らせに厳粛《げんしゅく》に耳を傾けた。適切なときに同情の声をあげた。そしてさっきの、先入観抜きの忠告をあたえてくれたのだ。

「そうですね……」といってぼくは考えこんだ。

「カフ相手に仇を取るつもりかな？」ミスター・マクニールはいった。「それはやってはいけない。もしどうしてもやるなら、神に誓って、尻尾《しっぽ》をつかまれるな」

ぼくはあることに気づいた。例によって暗がりにいる村なし男のほうをむいて、

「父さんとぼくは、きのうおまえをノスまで乗せていってやった。カフがモーター車で通りすぎたすぐあと、おまえが同じ方向へ歩いていくのを見た」

「見ていたのか？」村なし男は驚いた顔をした。

いくつもの考えがいちどに思い浮かんで、どの順番で検討したらいいかわからず、しかもそのいくつかは手をつける前に忘れてしまいそうに思えるというのは、むずかしい状況だ。ぼくは本題から離れないことにした。

「きっとあのあと、あんたは道の先の女性集落近くでカフに追いついたはずだ。弁装置を調整していたと、あいつはいっていた」

「カフなら見た。そうだ。レンチで弁装置をいじっていた」

「あるいは、レンチで弁装置をいじるふりをしていた」

「一心に作業をしているように見えたが」

父さんは背中を刺されていた。「あいつはナイフとかそういうものを持っていなかったか？」

ミスター・マクニールが割りこんできた。「事故の可能性があることも認めるべきだよ、ハーディ。父上は土手で足をすべらせて、なにか尖《とが》ったものの上に落ちたのかもしれない」

「父さんは足をすべらせたりしません」ぼくの目に映る父さんは、不死身同然だった。そんな馬鹿げたかたちで死んだりはしない。ぼくは村なし男にむき直って、「そのとき、カフはナイフを持っていた？」

「カフは漁師だ。いつでもナイフを持ち歩いている。だがじっさいに見たわけではない。意識して目をむけたのではないから」

「父さんの姿は見なかったのか？　反対方向から来たはずだ、岬から下る道を引き返して」

「見なかった」

村なし男はノスの生まれだ。母親はノスの女性だし、ノスで成長したが、父親はヤムの人間だ。どちらの村に義理立てするだろう？　枝葉の問題のひとつに話を移す頃あいかもしれない。「おまえはノスになんの用があったんだ、それにしても?」

村なし男は口ごもった。「用があったわけじゃない。おれはあそこで生まれたってことを、忘れないでほしいな」

ミスター・マクニールが、「それは重要なことではないよ、ハーディ」

そこでぼくのいらだちが爆発した。「きのう起きたあらゆることが重要なんです! いまこの瞬間、父さんが死んだときのことは父さんを殺したやつの記憶の中にあって、それはこの先もそこにあるんだ、この先いつまでも! ぼくたちみたいに考えることは、あなたにはできない。ありとあらゆる記憶が、ぼくたちには重要なんだ。記憶はいつまでも保たれて、結びつきあい、ぼくたちの文化を織りあげていく。この世界の人間が他人を殺すことがほとんどないのは、それが理由だ。この罪と不名誉をだれの身に被せることになるのか、ぼくたちにはまだわからない。けれど、人がひとりかそれ以上の子どもを持つことがあれば、記憶は広まっていく。千年すれば、ノスの男がひとり残らず、この殺人の記憶を持っていることだってありうる!」

「きみたちの出生率からすれば、それはほとんどありえないだろうがね。それはともかく、きみたちの文化に関するわたしの知識からすると、カフには動機が非常に希薄だ。きみの父上は挑発されて頭に血がのぼり、カフに襲いかかった。それが父上らしくないふるまいなのはカフもわかっただろうし、自分がその原因であることを恥じさえしたかもしれない。父上が平常心を失ったことよりも重大な問題はいくつもあったし、カフもそれはわかっていた」

「そしてカフは、もし父さんがいなくて、スタンス叔父が施し物の交渉をしにノスへ行くようなことがあれば、自分たちの返事が『ラックスに落ちろ！』になるだろうこともわかっていた。それこそあいつの望む事態だ！」

長く、考えこむような沈黙が続いた。ぼくたちは蒸留液を垂らしたスチューヴァをすすった。やがてミスター・マクニールがいった。「わたしたち地球人はきみたちをおだやかな人たちだと思っていたんだが、どうやら、厳しい時代になると社会というものは壊れてしまうことがあるのを失念していたようだ。それはわたしたちにも何度も起きたのだが、過去の時代の出来事として忘れ去られてしまった。わたしたち地球人は記憶遺伝子を持たないし、脳もふたつの部位にしか分かれていない、三つではなく。思いだしたいことがあれば電子工学的な記録を探るし、自分たち自身を胸くそ悪く感じることだけを目的にそんなことをする人はいない。そう、もし将来、食料問題が起きれば——深刻なそれが、ということだよ——わたしたち地球人が援助する可能性は当然あるはずだ、方針なんぞがどうだろうと。父上の死は、わたしが責任者たちを説得して考えを変えさせるのを助けてくれるだろう。不干渉はそれはそれで重要なことだが、平和な社会が野蛮な状態に転落していくのを黙って見ているのは、まったく別の話だ」

「それはどうも」ほかにいうことを思いつかなかった。

　ぼくたちは立ちあがって、日ざしの中に出ていったが、村なし男はいつもの片隅にうずくまっていた。庭は花が満開で、至るところが派手な色合いだった。ぼくの目には、それはきつすぎた。どこを見ても気分が落ちつかない。反対に、ミスター・マクニールはそれを大いに気に入っていた。ぼくを案内してまわりながら、スイセンやチューリップや地球のことを話し、ぼくがそこから受けた印象は、宇宙で多色の灯台のように輝く星というものだった。ぼくは地球が、物理的に、どんな風かを尋ねた。

「そうだな、きみたちの星ととても似ているが、少しばかり大きいし、古い」といいながらかがんで、花壇に入りこんだ数匹の締め上げ虫を取り除き、「古いというのは、開発が進んでいるという意味だ。地球では、この規模の庭園を造ることはできない」

「なぜです？」

「土地の余裕がないんだ。大勢の人、たくさんの工場。大半のものはドームの下にあるし、海は酸素マットに覆われている」

「なんだかぞっとする場所みたい」

「美しい場所なんだがね」ミスター・マクニールはため息をつくと、庭の境界で立ち止まり、川堤のイソギンチャク樹を嫌悪感もあらわに見つめた。「きみには想像もつくまい……。いいかい、村なし男が警告したとおり、トリガーには気をつけるべきだ。きみはヤムの序列の中で上のほうに移ることになるわけだが、トリガーはそれをよく思うまい。そしてきみの信用を落とそうとするだろう」

「あいつにそんなことをする頭はありませんよ」

「それでもだ……」ミスター・マクニールは先へ進み、やがてぼくたちはモーター車を駐《と》めたところに出た。そろそろ出発する時間だ。けれど、ぼくはそうしたくなかった。毛布に覆われた父さんの死体が、解けた氷をしたたらせて、無言でぼくを責めている。もしぼくがきのうずっとそばにいたら、父さんは殺されることはなかっただろう。なのに幼稚なぼくは会合に退屈して、かわい子ちゃんを捜しにいってしまい、だから父さんは死んだ。

きのうの記憶は何度となく探り直していたから、いまのぼくにはそれが大きな分かれ目だったとわかっていた。父さんが死んだのは自分にも責任の一部があることを受けいれられるようになった瞬間から、ぼくはきのうまでとは違う人間になり、人々を違う目で見るようになった。そして他人の欠点に寛容になった、と思う。

火室の火は弱まっていたし、荷台にはほとんど薪がなかった。父さんを載せる場所を作るために、ノスの男たちが薪をおろしたのだ。ミスター・マクニールに薪の束をいくつか貸してもらうかどうか、検討する。ミスター・マクニールの住居の裏にコップ樹の小さな人工林があることに、ぼくは気づいていた。一年のこの時期で、燃料むきの樹木はコップ樹だけだ。豪雨期のあいだ、コップ樹は大きな葉で水を集めて、それを樹の下のほうへ吸いこむ。この星のほかの木が、根から水を吸いあげるのとは正反対に。そして豪雨期以外の時期にはコップ樹は休眠状態で、木部は乾き、燃料として理想的になる。

けれど、親切なミスター・マクニールにもうこれ以上の恩を受ける立場になりたい気分ではなかったので、ぼくは蒸留液の缶を持ちあげて、中身を燃料タンクに注ぎこみはじめた。

そしてそのとたん、なにかがおかしいことに気づいた。においがしない。

蒸留液は鼻に激しくツンとくる悪臭がして、それがぼくにはとても不快だ。ぼくがいま注いでいる液体は、まったくにおわなかった。指を液体に浸してから、舌に触れる。味もしなかった。

「変だな」

「どうかしたのか？」

「これはどうも水らしいんです。水の缶が混ざっているんだ。燃料タンクを空《から》にして、入れ直さないと」

まず隣にある缶の中身を確かめる。それも水だった。そして最後の三つ目の缶も。

「きみがきのうの夕方に出発しなくて、幸いだったな」ミスター・マクニールが指摘した。「きみはここととヤムのあいだのどこかで燃料切れになっていたはずだ。そしてそのまま、一巻の終わりだっただろう。夜はまだひどく寒い。想像するに、酒に目がないノスの漁師たちが、大勢できみのモーター車を囲んで宴会をひらいたのに違いない」

「そんなことをしたなら、缶に水を詰めなおしたりしないですよ」

「だが、漁師たちは現にそうしたわけだろう？」

「だれかが詰めなおしたのは確かです。ぼくにはわからない理由で」その件を考えるのは、ミスター・マクニールに任せることにした。ぼくが父さんは殺されたのだと主張したとき、最初ミスター・マクニールは少し疑わしげだったが、これは決定的な証拠に思える。二面攻撃だったのだ。もしなんらかの理由で刺殺がうまくいかなかったときには、燃料のすり替えが死への旅路を確実にする。しかも後者はぼくを始末することにもなっただろう。ぼくも殺人犯の計画に含まれていたのだろうか？

急にぼくは身の危険を強く感じた。

ぼくがヤムに車を乗りいれたのは、午後の影が道を横切って伸びるころになってからだった。村人たちはモーター車の蒸気音や金属のトレッドが砂利《じゃり》を砕《くだ》く音を耳にしてぼくのほうに目をむけるが、手をふったりはしない。うろたえたように顔を背ける。体を強《こわ》ばらせる。女性たちは子どもを自分の近くに呼び寄せる。

不穏な帰村だった。

スタンス叔父の家の外に車を駐め、ブレーキを引く。不安で胃がひくついた。村人たちが家々の戸口からのろのろと出てくると、押し黙ったまま道端に立って、ぼくを見つめた。車の踏み段を下りるとき、スプリングの姿が目にとまった。涙で顔を濡らしたスプリングの視線は、ぼくではなく、父さんを覆った毛布にむいていた。

スプリングは知っていた。村人たちはみんな知っていた。父さんの死の知らせは、ぼくよりも先に届いていたのだ。

トリガーを従えたスタンス叔父が、自分の家から大股《おおまた》に歩みでてきた。

「戻ったな」叔父の声は刺々《とげとげ》しかった。「ずいぶん時間がかかったもんだ」

「ミスター・マクニールのところに寄っていたから」

それを聞いた叔父は、見下すようにまくし立てた。「なにをしていただと？　自分の父親の死は一刻も早く知らせに戻ってくるべき重大事だとは、考えなかったのか？　責任感のない青二才の氷結野郎《フリーザー》めが！」

村人が、大勢の人たちが近くに寄ってきた。ハーディの公開羞恥刑《しゅうち》になりそうな気配だ。ざわめきは敵意に満ちていた。スタンス叔父には味方がついている。

「そのことについては、もうすっかりご存じのようですが」ぼくはきわめて理性的に指摘した。

「たまたまだ」スタンス叔父は怒声をあげた。

「どうやって知ったんです？」

「フューさまの名にかけて、おまえに説明してやる必要がどこにある？　自分の家に戻って、おれたちがこの件について集会をひらくあいだ、中でじっとしていろ。とっとと行け！」

そういわれてその場を立ち去りかけたのは、それが習慣になっていたからだ。だが、そこで思いだした。父さんは死んだ。そしてぼくの地位は、じっさいにはぼくの人生すべてが、変わっていた。いまは立場をはっきりさせるときだ。

「そうはいかない」

「なんだと！　おれに逆らう気か？」

「閉じこめられるのは、過ちをおかした者だ。ぼくはなにもまちがったことはしていない」

「まちがったことはしていない？」自分の有利になるならすぐさま癇癪を抑える才覚を、スタンス叔父は備えていた。合理的に聞こえる平板な口調でしゃべりはじめる。これは大変名誉なことだという思いが、ぼくの心に湧いた。これまでのぼくの全人生で、スタンス叔父が直接話しかけてきたことはほとんどなかったからだ。「おまえのしでかしたまちがったこととはなにか、おれが教えてやろう、ハーディ、それを自力で考えつく知性をおまえが欠いているのは明らかだからな。第一に」といって左手の人差し指に触れた右手の人差し指で、左の人差し指をまっすぐ上に伸ばしてからヤムじゅうの人たちによく見えるようにして、「おまえにとって有益な学習体験になっただろう重要な会合からふらふらと抜けだしたこと。第二に」二本目の指を立てて、「水掻き持ちの娘と遊びまわるのにかまけて、おまえの父親に見むきもしなかった結果、父親が事故に遭ったとき、その場にいて助けてやれなかったこと」

「事故？」

「黙っていろ！　もしおまえがその場にいたら、あいつは死なずにすんだだろう。第三に――」

「その氷《フリージング》な指を立てるのをやめろ！」激怒で視界を赤く染めながらぼくは叫んだ。

「第三に、おまえは独断で、われわれのノスの友人たちを、おまえの父親を殺したといって非難した。その非難は正当な根拠なしになされたものであり、その非難はわれわれと漁師たちの関係を深刻な危険にさらし、この村の収穫の悲惨な状況に鑑《かんが》みればその非難が深刻な結果をもたらすだろうことは……」

立てた指を、強調するように顔の前に突きだされたぼくは、その指が意味する言葉をたどれなくなりはじめていた。突然、指は四本になった。

「……帰る途中で道草を――」

指が目の前から消えた。ぼくはスタンス叔父に飛びついたらしい。信じられないことだが、ぼくたちは取っ組み合いをしていた。けれど、叔父に一発でも拳《こぶし》を浴びせるのはむずかしかった。両腕がろくに動こうとしない。まるでもどかしい夢のようだった。やがて、ぼやけていた相手の顔の輪郭《りんかく》がくっきりして、スタンス叔父がはっきり見えるようになった。そしてぼくは、人々に両腕を押さえられていることに気づいた。

「……をしてもまったくおまえのためにはならんぞ、ハーディ」スタンス叔父がしゃべっている。

「あれは事故じゃない！」ぼくは叫んだ。「なんでぼくのいうことを聞こうとしないんだ？　父さんは背中を刺されたんだぞ！」

押さえつけている手をふり払い、人々を押しのけてモーター車にむかう。

「自分の目で確かめろ！」ぼくは叫びながら、ロックス皮の毛布を取り去った。

そして、胸に蹴りを入れられたような衝撃に襲われた。

皮膚《ひふ》をてからせ、ひれ足を脇腹沿いに折り曲げて、最後の咆哮で針状の鋭い歯を剝《む》きだしにした、グルームライダーの死骸が荷台に載っていた。


母親が会いに来たのは、ぼくの自宅軟禁二日目だった。

そのときまでにスタンス叔父の訪問は数回あったが、ぼくは話をするのを拒んだ。あまりにみじめな気分なので、傷口に何度も塩を塗りこみたいだけで同情心などない相手とはなにひとつ話しあう気になれなかったから、という理由もあるし、ぼくのいうことを相手は信じる気がないだろうから、という理由もある。あるいは、すべてを政治問題として処理しようとしているので、ぼくを信じたくないだろうから、というべきかもしれない。

スプリングは違った。けれど、母親ですら事故死説を支持していた。

「人を殺したなんていうおそろしい記憶で子孫を苦しめようとする人がいると思う、

ハーディ？　おまえのお父さんは足をすべらせて海に落ち、溺《おぼ》れ死んだというほうが、はるかにありうる話だ。それにそう考えたほうが、はるかにあたしたちみんなのためにもなる」

「でも、じっさいはそうじゃなかったんだ！　償《つぐな》わなくちゃならないやつがいる！」

「そんなことをしても、お父さんは戻ってこないよ」スプリングは静かにいった。

「父さんは戻ってこない、そうだよ。でも、そうすればぼく自身がはるかに安心できる」

「どういうこと？」

「蒸留液がすり替えられたのが、父さんの殺される前じゃなく、殺されたあとだったら、と考えてみて。ぼくのいいたいことがわかる？」

「ハーディ、蒸留液の一件は、ただの手違いだったとしてもおかしくないだろ。お父さんはヤムで、この村で、水を入れるのに缶を使っていたんだから。革よりも運びやすいといって。出かける前にあの人が、缶をまちがえてモーター車に積みこんだ可能性はある」

「父さんは絶対にそんなまちがいをする人じゃなかった。第一、出かける直前に父さんが庭で蒸留液槽から缶に中身を入れるのを、ぼくは見ている」

「それはなんともいえないけれど……」スプリングは丸々とした顔に当惑を浮かべ、ぼくに疑わしげな目をむけた。「それから、お父さんの死体がなくなったことで……」

「グルームライダーはグルームの時期までは川を遡ってこないんだから、死体がノスですり替えられたのはまちがいない。だれかがあの獣の死体を地下倉庫から取ってきた。犯人たちは、ぼくを嘘つきに見せようとしたんだ。もしかすると、人々に傷口を見られたくなかったのかもしれない。この村の人たちは、父さんが死んだことをどうやって知ったの、そういえば？」

スプリングはため息をついて、「ノスの男性が、あの日の午後遅くに、この村の狩猟隊を偶然見つけたんだ。もちろん、そのあと狩猟隊はまっすぐ村に戻ってきた」

「そこからノスにむかえばよかったのに。そしたら、ぼくの助けになってくれたはずだ。それに、ぼくも少しは信用してもらえただろうし」ぼくは恨みがましくつけ加えた。

「ヤムの村人にとって、刺し傷のことはおまえがそういっているだけなんだ。狩猟隊は、ブルーノは溺れ死んだと聞かされた。そしてこの村には、ノスと仲違《なかたが》いせずにいる理由がじゅうぶんにある」スプリングは理路整然といった。

ぼくはスプリングに、チャームの話をもっとしたかった。ヤムの村人の中で、いちばん理解してくれそうなのはたぶんスプリングだし、傷口の件ではチャームがぼくにとって最高の証人だった。

でも、チャームはぼくのいうことを裏づけてくれるだろうか？　それは疑問だった。チャームの忠誠心はノスの側にある……。

「わかるだろう、ハーディ、村人たちはブルーノを喪《うしな》ったことで、ものすごく動揺している。あの人はみんなに好かれていたし、あの人がスタンスを陰で支えていたことは、だれもが知っていた。そして、スタンスはだれよりも嘆いている。単に、ブルーノが兄だったからではなしにね。ブルーノの助力が得られない未来におそれを持っている。それに、今回の狩猟遠征はどう見てもまったく上首尾じゃなかった。獲物が近くにいなかったらしい。去年を厳しい年だったというなら、今年はさらに厳しくなるだろうね。だから人々は、責めを負わせる相手を探している。それがおまえだった。村の人たちをあまり非難しちゃ駄目だよ」

　これはそんな単純な話ではないのだが、もっと深く踏みこむには、スプリングはいい人すぎた。じっさいは、村人たちはぼくが嘘をついたと思っているのだ。そしてぼくたちも地球人と同様、虚偽や誤情報によってでも、直面している問題に対処することができる。ぼく以外のヤムの人たちの記憶という記憶には、いまや、父さんは事故で溺死《できし》したという確固たる認識が刻まれることになった。そしていまから先、ヤムで生まれる子どもという子どもが――ぼくの男性の子孫全員を除いて――同じ偽りの記憶を持つことになる。たとえ真実が周知のものになることがあっても、その記憶が完全に正されることは決してないだろう。嘘は歴史に残っていく。そして歴史とは神聖なものだ。嘘をつくことは犯罪なのだ。

　心が痛むのは、村八分にされているからだけではなかった。それは罪悪感ゆえでもあり、ある一点でスタンス叔父のいったことは正しかった。もしぼくが父さんをひときりにしなかったなら、父さんが殺されることはなかっただろう。だからある意味、ぼくはしばらくのあいだひとりきりになれたのを喜んだ。そのおかげで、気持ちを整理する時間ができたから。軟禁された人間は、星夢を見て有益に時間を使い、その結果、解放されるときには以前より賢明になっているものとされているが、ぼくは気にかかることが多すぎて星夢どころではなかった。

スプリングは毎日、食べ物を持ってきてくれて、やがて最後の雪解け水も干上がるころ、ぼくはとうとう家から出る準備ができたと感じた。

4　初夏

　ぼくは負債《ふさい》を返し終えた。村人たちはなにごともなかったかのようにぼくに接した。記憶がどれほど深く浸透するものかを考えれば、それは寛大な態度だった。男性集落をぶらついていると、直近の狩りのようす――いい結果ではなかった――が耳に入り、女性集落に足を運ぶと、作物の収穫に関して同様の気が重くなる話が聞こえた。

　スタンス叔父《おじ》から、二日後の次の遠征時に自分の狩猟隊に加わらないかと誘いがあった。それは明らかに善意の徴《しるし》だったので、ぼくは誘いを受けた。コーンターも行く予定だし、トリガーや、さらにヤムの重要人物が二十人ほど。獲物の群れがトットニーの近くを移動中だという知らせが届いていて、それはロックスに乗って一日の距離だ。この好機を見逃せる状況ではない。

　ぼくが解放された日は晴れわたって心地よかったが、そういう温暖な天気になるのは――人々が飽きることなく口にしたように――例年より遅かった。まもなくぼくは、まわりの沈鬱《ちんうつ》な空気にうんざりして、自分の夢見用の小さな池に出かけ、いまよりしあわせだった昔の日々に浸《ひた》りこんだ。それはまた、前より高くなった自分のヤムでの地位に見あうように、数世代分の体験を吸収するための時間でもあった。昔、本人から聞いたところでは、父さんがいちばん昔に遡《さかのぼ》って星夢《ほしゆめ》を見たのは二十世代分だという。神話的なドローヴとブラウンアイズの時代にはまだ遠いが、それだけ遡れば、人生とはいったいなんであるかをよく理解するにはじゅうぶんだ。

ぼくはなだらかに水面に落ちこむ斜面に寝転がった。番《つが》っているロックスの遠いいななきのほかは物音もしない。秘密の場所にひとりきりで、パイプに火をつけ、心を静めて、記憶を開け放した。

父さんがいっしょにいた、といってわかってもらえるだろうか？　ぼくの心の中で、ということだ。この世から父さんがいなくなったことはさみしいけれど、たぶんその思いは地球人ほど悲痛ではない。父さんはこれからもつねにそこにいて、ぼくはいつでもそうしたいときに、訪ねていくことができる。こうして、夢見をはじめたぼくは、すでによく知っている父さんの若い時代を急いで遡った。だがすぐに、いつもどおり、魅力的な脇道《わきみち》にそれてしまい、祖父がしあわせだった日々で道草を食っていた。目的を持って星夢を見るには、相当な自制が必要だ。

『おい、女の子がふたり、こっちに来るぞ、ほら！』

勘弁《ラックス》してくれ！　ぼくはまたも、村なし男が孕《はら》まれたときに出くわしていた。今日はたぶん、本格的に星夢を見るにはむかない日なのだろう。ぼくは徐々にもっと最近の時代に引き返して、わが父上の人生を体験した。ぼくが主張していたカフ犯人説は政治的自殺行為になりかねなかったので、父さんの死につながるほかの原因が見つからないかと漠然と考えながら、そこかしこを見てまわる。父さんはその人生で、ほかにも敵を作ったのだろうか？

　とある屋内の場面にたまたま行きついたぼくは、一瞬ののちに、そこがスタンス叔父が受け継ぐ前の祖父の家だと気づいた。のちの非常時に薪《まき》として燃やされることになる古い椅子《いす》に、祖父その人が腰かけている。父さんは床にすわっていた。ぼくは父さんから、子どもっぽいくらいの異様な興奮を感じとった。三十人かそれ以上の男性と数人の女性がまわりの壁際《かべぎわ》に立って、じっと見つめている。

『さあ、ゆっくりと息をして。力を抜いて、煙が作用するのを待つんだ。心を開け放て』

　祖父が話しかけているのは、少年時代のスタンス叔父だ。これはスタンス叔父の成人の儀式、はじめてハッチのパイプを吸ったときのようすだった。いまのトリガーとあまりにも似た顔をした、この間抜けな若者は、煙にむせいでげえげえいった。まわりの人からこびへつらわれていないスタンス叔父の姿を見るのは、いい気分だった。祖父が椅子から飛びあがって、スタンス叔父の背中を叩《たた》く。父さんはくすくす笑っている。叔父に対する父さんの気持ちが、トリガーに対するぼくの気持ちと同じだったことが、ぼくにはわかった。

やがて初体験者は落ち着きを取りもどし、大きな音を立ててひとつかみの苔《こけ》で鼻をかむと、口にパイプをくわえて再挑戦に取りかかった。

『気を楽にしろ』祖父がいう。『力むな』

あらためて肺いっぱいに煙を吸った少年時代のスタンス叔父は、目に見えてくつろいだ。ハッチにはそういう作用がある。スタンス叔父は毛皮の寝床にあおむけに寝ると、経験豊富な人のようにパイプを吹かした。その顔の表情が矢継ぎ早に変化していく。いま叔父がなにをしているかは想像がついた。夢見をはじめた当初に、ぼくたちだれもがすることだ。記憶から記憶へ、ある先祖から別の先祖へと跳びまわって、どこかに集中するのではなく、果実の鉢《はち》から熟した実を選びとるように、最高に刺激的な記憶を拾いだしているのだ。

そのとき突然、スタンス叔父の表情が凍りついた。

『どうした、息子よ』祖父が尋ねる。

スタンス叔父は返事をしない。集中するかのように顔をしかめる。息を殺した沈黙の中で時間が経過する。スタンス叔父の閉じたまぶたから涙がにじみ出す。

『なにがあった?』激しい声になって祖父が問う。

そこで父さんの視界は急に曇《くも》った。記憶が揺らめいてかすむ。強制的な要求が、ぼくの心に入ってきた。**立ち去れ。ここから離れろ。行け。**

ギ、ー、ズ、だ。

父さんはこの記憶をギーズ設定にしていたので、ぼくとぼくの子孫に対する父さんの信頼を裏切らずには、ここから先を探ることはできない。これは重要な出来事だろうか？　ぼくはスタンス叔父の成人の儀式にとりたてて関心はなかったが、叔父がそのとき掘りあてた一族の歴史の断片がどんなものかは、知りたいと思った。祖父の昔のことに関する恥ずべきなにかだろうか？　村なし男の受胎のときよりもひどいことがあったのか？

もどかしい気はするが、ギーズを無視はできない。よほどのことがなければギーズは設定されないからだ。ぼくは夢見をやめにして、ぶらぶらと水辺に歩いた。一年のこの時期、ふつうなら池はハバタキウオでいっぱいだ。この生き物は凍期を淡水の底で冬眠して過ごし、暖かい季節になると水面にあがってきて、ひれを虹色《にじいろ》の半透明な羽に成長させ、宙に飛びたつ。ぼくは泥の積もった池の底を覗《のぞ》きこんだ。視界には一匹のハバタキウオもいなかった。

そこで気づくべきだったのだ。

けれど太陽フューの日ざしが背中に温かく、ぼくは長い軟禁から解放されたばかりで、気分が昂《たか》ぶっていた。雪解けが遅かったせいでハバタキウオはまだ泥に潜ったままなのだろうなどと考えていると、輝くなにかがぼくの目を捉えた。

膝《ひざ》をついて、池の中に目を凝らす。雲が太陽をよぎって、まばゆい反射が弱まり、池の底がはっきりと見えるようになった。きらめく宝石がぼくにウィンクしていた。それは桃色の結晶で、銀色の台座にはめ込まれている。悪しきものの死を象徴化した、あまりにありふれたデザインだが、池に沈んでいるこの結晶は、その並外れた大きさと美しさから、前に見たことがあるものだとわかった。

それはチャームの持っていた結晶だった。ノスで不幸な出来事があった日に、チャームがなくした結晶。

それがどうしてここにあるのだろう？

最初は、ハバタキウオが運んできたのかと考えた。あの魚は輝く物に引き寄せられる。けれどぼくはもっぱら、それを池から回収してチャームに返すことばかり考えていた。ノスをもういちど訪れる口実を、ぼくはずっと探していたのだ。それに、これでチャームも、ぼくをもっと好意的な目で見てくれるようになるかもしれない。

それは水面から腕の深さのところに沈んでいた。腹ばいになって、池に手をさしいれる。

ひび割れるような音が鳴り響いてぼくは危険に気づいたが、手遅れだった。急いで池から腕を引きあげようとする。まったく動かせない。ぼくの腕は冷たい圧倒的な力で握りしめられていた。水面には輝く結晶状の模様が浮かんでいる。ぼくはその場に捕らわれてしまった。

池の中に氷魔がいたのだ。

喉《のど》が涸《か》れるまで叫んでみたが、ここはトットニー街道からだいぶ離れていて、だれかの耳に届いたとは思えない。ぼくはうつぶせに横たわり、結晶をつかもうとする動作の途中で手を動かせなくなったまま、池の底のどこかにたくさんの触手を持つ化け物が潜《ひそ》んで、ぼくが死ぬまでこうして捕らえたままでいる気なんだと悟った。

しかも、それは長い時間にはならないはずだ。やがて太陽フューはその温《ぬく》もりもろとも地平線の下に沈んで、ラックスが夜空にのぼるだろうから。そのときぼくは恐怖と寒さが身にしみて、発狂し、悲鳴をあげてじたばたしているうちに、疲れて凍え死ぬだろう。そしてぼくが動かなくなったのを感知した氷魔は、朝になって気温が上がったころ、結晶化を解いてぼくを水中深くに引きずりこみ、食らい尽くす。

日が暮れるまでに、トットニー街道を通るだれかがぼくの叫びを聞きつければ、話は別だ。そうなれば、その人たちは毛布や熱い煉瓦《れんが》やテントを持ってきて、氷魔が獲物を解放してくれるかもという望みをいだいて結晶を削っていくだろう。脅威を感じた場合には、氷魔はじっさいにそうすることがある。けれど、トットニー街道を通る人など、朝になるまでいそうにない。だが朝になれば、スタンス叔父の狩猟隊がここを通りかかって……。

狩りに出るとき、狩猟隊はぼくの家を覗いて、ぼくがいないことに気づくだろう。「無責任な青二才の氷男《フリーザー》め」そのときスタンス叔父は、ある種の冷酷な満足感をこめていうに違いない。「きっと例のノスの娘の尻《しり》を追いまわしにいったんだな。ふん、あんなやつはラックス行きだ。さあ、諸君、おれたちは狩りに出かけねばならん！」狩猟隊が通りかかるころ、ぼくはすでに池の中に引きずりこまれているだろう。

そんなことを考えていると、またひとしきり悲鳴が出たが、それを耳にする人はいなかった。そもそも、だれかが聞いていることが、まずありえない。いや、だれも聞く人がいないように、仕組まれていたのだ。ハバタキウオの仕業《しわざ》ではない。そう、そこには慎重な計画の痕跡《こんせき》が刻まれていた。ぼくがここを夢見処《どころ》にしているのを知っている何者かが、結晶をここに沈めておいたのだ。これは偶然などではない。何者かがなんとしてもぼくを亡き者にしようとしている。おそらくは、カフが。

そして、それは成功した。

そのあとも何回か叫んでみたが、成果はなかった。恥ずかしくも平静を失ったぼくは、腕を引き抜こうとしたりじたばたしたり叫んだりしたあげくにへとへとになって、じっとうつぶせのまま、人生をもっと有益に使えばよかった、人々にもっとよくしてあげればよかったと考えていた。

肩になにかが触れるのを感じたのはそのときだ。

あまりに不意のことだったので、ぼくは怯《おび》えて悲鳴をあげた。あおむけに転がると、捕らわれたほうの腕がねじれて痛かったけれど、氷魔から獲物をかすめ取るべくやってきたのだろう、牙《きば》を持つ腐食動物かなにかを撃退しようと身がまえた。

しかし、そこにいたのはただのロリンだった。目を見ひらいた三頭のロリン。そいつらはぼくを取り囲んでしゃがむと、ぼくの体に手を載せ、やさしい声で喉を鳴らした。ロリンがそばにいると不思議と安心できて、緊張がやわらいだぼくは目を閉じた。ぼくの内側でなにかが起きている。心臓の動きが遅くなるのを感じとれた。これ以外の状況でなら絶対にぎょっとしたはずだが、心の働きもいっしょに鈍っているらしい。思考はグルームのようにゆっくりと、雲を枕《まくら》にしているようにおだやかに流れた。怯えるどころではないほど心安らかだった。心満たされていた。ロリンがぼくを包みこむように体を押しつけてきて……。

ぼくは目をさました。

ぼくは池の水辺からじゅうぶん離れたところで、草の上に横たわっていた。そよ風が水面にさざ波を立てる。捕らわれていたほうの腕は赤らんで痛みがあったが、無傷だった。そちら側の手の中にチャームの結晶があった。太陽は傾いている。ロリンは姿を消していた。

ぼくは生きていた。生きていることはすばらしい。

驚きを噛《か》みしめながら、ぼくはヤムへ歩いて戻った。

スプリングの家に行ったのは安らぎを求めてのことで、それは生き物としての欲求といえた。夕方で外は暗くなり、スプリングは家のランプを灯《とも》しているところだった。ロリンがそばにいることで生じた幸福感はこのときには消え去っていて、ぼくは寒さと動揺で震えていた。

「腰を落ちつけて、なにがあったか聞かせてごらん」ぼくが口をひらく前にスプリングはそういった。スプリングは話をしやすい相手だ。

「もうずいぶん遅い時間ですが、ぎりぎり間にあって戻ってこられましたね」といったのはワンドで、ミスター・マクニールの住居での村なし男のように暗い片隅に隠れていた。「一年のこの時期、夜はとても寒くなります」

ぼくは熱いスチューヴァをすすりながら、夢見の池での出来事をくわしく話し、ふたりに結晶を見せた。スプリングは時おり心配げに舌打ちし、ワンドは黙って聞いていた。

ロリンの件を話したところで、スプリングがいった。「ロリンは前からそういうことをしてきたようだね、ときどき。そういう気分になったときに」

ぼくは自分の持っていた疑念を口に出した。「去年、あの池に氷魔はいなかった。じゃあ、あいつはいったい、どうやってあそこに入りこんだのか？　氷魔は飛べないんだよ、フューさまもご存じのとおり」

「豪雨期にかなりの大水がありましたからね」ワンドがいった。「川沿いのほかの池のどこかから泳いでこられたでしょう」

「ぼくの夢見の池は高台にあります。どれだけ水があふれても、池の高さまでは来ません。それに、去年の豪雨期は例年ほど激しくありませんでした」

「何者かが故意に氷魔を池に入れたといいたいのですか？」

「そういうことだとぼくには思えます」

「村の子どものだれかが氷小魔《アイスゴブリン》を捨てたというほうが、ありそうな話です」ワンドはこの一件を重視しないことにしたようだ。子どもたちは面白半分に未成熟段階のとても小さな氷魔を瓶《びん》の中で飼い、それを氷小魔と呼ぶ。ぼく自身も昆虫を餌《えさ》にして飼っていた。

「冬のあいだに氷小魔が、あんな広さの池を支配できるほどに大きく成長することはありえません。成長しきった氷魔が、生まれ育った池からぼくの池に移し替えられたに違いないと、断言します」

「それこそありえません！　氷魔を棲《す》み家《か》の池から外に出す手段はないのですから。そんなことをしようとしたとたん、氷魔は池の水を凝固させるでしょう」

反対意見ばかりいう馬鹿な年寄りにむかって怒りを爆発させるのはかんたんだが、そんなことをしてもぼくにはなんの得にもならない。それになんといっても、ヤムの女長《おんなおさ》はこの女性なのだ。ぼくは相手を理詰めで説得しようとした。「わかりました、では、もし仮にだれかがその手段を見つけだしたとしたら、と考えてください。あの池がぼくの夢見処《どころ》であることは、大勢の人が知っています。そして、ノス・チャームが結晶をなくしたことも、大勢の人が知っています。カフも、そのひとりです」

ワンドが反対意見をいおうと皺《しわ》くちゃの老いた口をひらく。そのようすは魚の干物以外のなにものでもなかった。

ぼくはすぐさま、「だとすればカフにとって、池に氷魔を仕込んで、結晶を沈めておくのは雑作もないことでしょう、いずれ遅かれ早かれぼくがそれを見つけるのを承知の上で」

ぼくは同意を期待してスプリングをちらりと見たが、彼女は黙ったまま、丸々とした桃色の顔に考えこむような表情を浮かべていた。

ワンドは、説得力のあるぼくの推論に混乱して、逃げを打った。「どちらにしろ、これは男性の問題です」と切って捨てるように、「わたくしたち女性とは無関係なことですね」

「ぼくがいっているのは、ノスの男がヤムの家系をひとつ絶滅させようとしているという話ですよ、それを自分とは無関係だというんですか？　次はだれの番でしょうね？　スタンス叔父とトリガーかも？」

「わたくしの忠告を受けいれて、カフのことで愚にもつかないことをいうのをおやめなさい。この村はノスからのありったけの支援が必要になるのですよ、次の凍期には」

「どんな計画が進んでいるかを、ノスのほかの人たちも知っていたとはいっていません。カフのやっていることにノスの村人も同意しているなんて、いっていないんです。カフが、個人的に、父さんとぼくに恨《うら》みを持っているという話をしているんですよ。

そしていま父さんは死に、ぼくも間一髪で助かったばかりです」

「あなたのお父さんがカフに襲いかかり、未熟な愚か者であるあなたが、カフの将来の相手となる女性といっしょにいるのを見られたことは、周知の事実です。しかし、カフがスタンスとトリガーに反感を持つ理由がなにかあるのですか？」

ぼくは口ごもった。じっさいには、スタンス叔父とトリガーの名前を出したのは、話を大きくしようとしてのことだ。「ヤムのリーダーたちへの恨みを晴らそうとしているんですよ、原因はこの村の食料不足にあります。カフはぼくたちの村をノスが支援することに不服でしたから」

「そしてそのために」とワンドは皮肉な口調で、「カフは奇跡のように、生きた氷魔をノスからあなたの池まで運んだのですね。ああフューさま、カフはなんと利発な青二才の氷男《フリーザー》なのでしょう！」

スプリングが落ちついた声で、「あなたがそういうのはもっともだけれども、ワンド、なにかおかしなことが起こっているのも否定できないだろ」

「それに蒸留液の一件もある」ぼくはいった。「だれかが缶をすり替えたんだ」

「それはノスの漁師たち数人が、あなたの車の蒸留液で酔っぱらったのです。愚かで軽率なことに。しかし、殺意あってのことではありません。ですから、あなたにとっていちばんいいのは、こうしたことのすべてを忘れることなのです、ハーディ。あなたは悪行の償《つぐな》いをすませました。これからは、自分の人生を生きていきなさい。ここでの話はスタンスにはなにもいわずにおきます」非の打ち所なく常識を持ちあわせた小柄で皺くちゃの女は立ちあがると、家を出ていった。

ぼくは母親のほうをむいた。「ほとんど口をはさまなかったね」

「おまえのことが心配なんだ、ハーディ」

「ぼくがいまの話をうっかりしゃべって、また家に軟禁されるかもしれないから？」

「いいや。心配なのは、おまえのいったことが正しいかもしれないからだよ」

ぼくたちはしばらく、黙ったまますわっていた。しまいにぼくが口をひらいた。

「人殺しをした人間が、それに耐えて生きていけるものなのかな？」

「それは若者らしい質問だね。そういう考えかたをするところが、若者がとても……い、善良なゆえんなんだ。でも子どもを作って、育て終えてしまうと、心のありようがゆっくりと変わっていく。自分がなにをしたところで、それがだれの記憶にも伝わっていかない、という考えかたに慣れてくる。もうだれも、後ろから監視してはいないという気分になるんだ。やりたいことがなんでもできる」

「だれかに後ろから監視されている、なんて思ったことは全然ないよ」

「思うようになるんだ、責任を負えば負うほど、もっとそう思うようになる。その気持ちは耐えがたいほどになることがある。そしてある日、おまえは成すべきことをして、自分の子どもを持つ。そのとたんに、おまえは自由だ。それは人をのぼせあがらせることができる」

「それは、父さんを殺したのは年長の人間だろうということ？　そしてぼくも殺そうとしていると？」

「その可能性は除外できないよ、ハーディ。カフが犯人だと決めつけるのはまだ早い」

翌日、スプリングのいったことを考えていると、村の広場に狩猟隊が集合している音が聞こえてきた。それまでカフにむけられていたぼくの怒りは、夜のうちにもっと抑制されて論理的なものになっていた。第一に、ぼくはだれが犯人かを確実に突きとめなくてはならない。次に、復讐《ふくしゅう》を遂げて、それをギーズ設定にし、永遠にその状態が保たれることを期待しなくてはならない。そして——と自分にいい聞かせる——復讐は単なる個人的な満足のためのものではない。それは今後の殺人の企てに対する防衛手段でもあった。ぼくは自分だけでなく、スタンス叔父やトリガー、そしておそらくはヤムのほかの人たちも守ることになる。

スタンス叔父を守るというぼくの願いは、いくらか目減りした。家の扉が押しあけられて、尊大な間抜け本人が、日の光を背にずんぐりした姿を入口にあらわしたときに。

「まだ寝ているのか、ハーディ？」

「今日の予定を考えていた」

「おまえの今日は、おれの知るところでは、おれたちの狩りに同行する日だ」

「ぼくの予定はそうじゃない」

「村を飢えから救うことよりもさし迫った用事など、あるものではない」スタンス叔父は、事を大げさにいい立てることに長《た》けていた。

「ところが、あるんだ」

いら立った叔父は家の中に踏みこんできて、「起きんか、この怠け者のひよっこ氷男《フリーザー》めが！　ここに突っ立って、おまえといい争っている暇はないんだ！」

「じゃあ、出ていけばいい」

子どもはいつ大人になるのだろうなどと考えたことは、それ以前にはいちどもなかった。一般に、それは男が父親になる能力を持ったとき、あるいは、最初にハッチのパイプを吸ったときかもしれないとされている。しかしぼくの場合は、そうではないようだ。それはぼくが、父さんの死を受けいれ、これからは独力でやっていくのだと自覚し、断固たる行動で自分の未来の針路を決めたときだった。父さんが生きていたら、四六時中庇護されていると無意識に感じて、そんなことはできなかっただろう。断固たる行動とは、スタンス叔父に出ていけといったことで、そのときぼくは自分が引きさがらないのをわかっていた。なぜそんなことがわかったのか？　ぼくははるか遠い昔の先祖のだれかがそのときのぼくと同じように、おかしな制服を着た長身の男性に抵抗するという、この上なく鮮明な逆流《バックフラッシュ》に取り憑《つ》かれているからだ。いつかはその逆流の出どころになっている記憶を、突きとめたいと思っている。

　スタンス叔父は、ぼくが一気に大人になったことをなんとも思わなかった。公正を期せば、日の当たる場所から暗い部屋に入ってきたばかりの叔父には、ぼくの目に輝く成熟の光を見てとることができなかったのだ。

「いますぐ寝床から出ろ！」叔父が怒鳴った。

　自分の上にそびえるように立っている人の前で寝転がっていることには、不利がある。ぼくは寝床から起きだして、立ちあがった。ぼくのほうが背は高い。相手に近づいていく。服を着ていればもっとよかったのだが、そういうことは四六時中細部に至るまで計画しておけるものではない。

「狩りの重要性はよくわかっています」ぼくはしっかりした声でいった。「だからぼくがほかに用事があるというなら、それはより重要性の大きなものに違いないことを、あなたはわかるべきだ。いまそのことで議論している時間はありません。あなたが狩りから戻ったら、話します。さあ、もう行って、スタンス」

　ぼくはその瞬間から、「叔父さん」をつけずに呼びかけるようになった。

　スタンスのまわりの空気がまさに、いらだちを原動力に震えているように感じられた。ひらいた扉からさす光の陰になってスタンスの顔は見えなかったけれど、揺るぎないリーダーの表情を浮かべたままに違いないとわかる。と、スタンスはいきなりくるりとむきを変えると大股《おおまた》に歩み去り、ぼくは自分が息を詰めていたことに気づいた。

スタンスが部下たちに呼びかけるのが聞こえ、ほどなく狩猟隊は恒例の縦隊を作る。スタンスはいつもどおり威勢よく歩んでいったが、手にした男長《おとこおさ》の徴《しるし》付きの槍《やり》は、ドライヴェットが飾り房《タッセル》を囓《かじ》りでもしたかのように、妙にみすぼらしく見えた。そのすぐ後ろに続く筆頭狩人のクォーンは、顎《あご》をあげてスタンスと同じくらいに不屈の顔をしている。ほかの狩猟隊員たちが一列縦隊で従う。秩序のないロックスの一団が最後尾についていった。

村から見えないところまで進むと、年長の隊員たちはすぐさまロックスの背中によじのぼって、獲物の姿が見えるまでのんびりしはじめるのだが。

ぼくは服を着ると、安全な距離を置いて狩猟隊のあとをついていき、午前の半ばにはまた自分の夢見の池にいた。

池の周囲を注意深く歩きまわって、ぼくに罠《わな》を仕掛けた人物の正体の手がかりを探す。自分でもなにを見つけられる気でいるのかわからない。めずらしいものがあれば、それを食べられるか少なくとも分解できるのではないかと思ったヒゲ草が、ぶ厚く地面を覆《おお》った葉の下に引きずりこんでいるだろうから。そしてじっさい、関心に値するものはなにも見つからなかった。もっと広い範囲を視野におさめようとして、手近な木にのぼる。高い大枝に具合よく腰かけると、トットニー街道が、さらに遠方にはふらふらと東に進む狩猟隊が見てとれた。北のほうには樹木のない一面の茶色と緑色の荒れ地が、空にむかって盛りあがっている。南に目をやると、ちらりと海が見えた。

そのとき、ほかのものがちらりと目に入った。

それはヒゲ草に覆い隠されているので、地面の高さからでは見えない。だがこの高さからなら、南にむかうふた組の轍《わだち》が見てとれる。並行して走るかすかな窪《くぼ》み。少し前につけられたものに違いない、雪解けの直後、地面がまだ水浸しのころに。

とても特徴的な轍だった。

一台のモーター車が南の方角からやってきて、ぼくの夢見の池に立ち寄ってから、引き返していったのだ。

カフに対するぼくの疑念のありったけが再浮上した。ノスのモーター車がぼくの夢見の池にやってきたらしいが、なんの用があって？　ぼくには答えがわかっていた。氷魔を運んできたのだ。どうやってかは見当がつかない。だが、なんらかの手段でそれは遂行された。氷魔は大きすぎて、カフはバケツに入れて運んではこられなかっただろう。氷魔をポンプで棲み家から汲みあげて、モーター車の大きな水のタンクに移すことはできただろうか？　いや、カフがホースを水にいれたとたん、氷魔は池を結晶させるはずだ。ぼくは大枝から下りると、轍をたどって南へ歩きながら、さらなる証拠を探した。まもなくヒゲ草はハビコリ草に取ってかわられたが、そのときにはもうどこを見ればいいか把握していたので、轍をはっきりと見てとれた。

午後早くに捌《さば》きの入り江にたどり着いた。この入り江の名前は大昔の出来事に由来する。異常に濃いグルームに海面に追いやられたズーム——大きな水棲《すいせい》哺乳類——の小群が、獰猛《どうもう》なグルームライダーから逃れて、自分たちから浜辺に乗りあげた。それはズームたちにとって、なんの救いにもならなかった。ノスから男たちがやってきて、群れを殺し、はらわたを抜き、扱いやすい大きさの塊に切りわけて台に並べ、天日干しにしたのだ。その冬、宴《うたげ》が途絶えることはなかった。

ゆるい下り坂が湾に続いていた。豪雨期には激流に地面が覆われるが、一年のいまごろには五つの池が飛び飛びに海まで連なっているほかは乾いている。岩がちの地面の割れ目からハジケ草が狭い範囲で生えているだけのこのあたりでは、モーター車の轍は見てとれなくなっていた。坂のいちばん上の池に近寄る。ほかの池より小さくて、幅三ペースくらい。小石を拾って投げいれた。

なにも起こらない。そよ風が水面を波立たせた。

ぼくは二番目の池に小石を投げた。

一瞬にして表面が凍りついた。氷魔が棲みついて、じっと潜んでいるのだ。ほかの三つの池にも小石を放ると、同じことが起こった。ということは。四つの池には氷魔がいて、ひとつにはいない。ぼくは最初の池に戻った。池の手前までしかヒゲ草が生えていなくて、池の縁は岩が剝《む》きだしだ。その岩の表面におかしなかすり傷がいくつかあったが、豪雨期の雨に流されてきた巨礫《きょれき》につけられたものだろうと判断した。

だいぶ時間が経《た》ったので、もう戻らなくてはならない。氷魔はこのいちばん上の池から運ばれてきたに違いないとは思ったが、どうやったのかは考えつかなかった。

ぼくの夢見の池に戻ったときには、とうに午後も遅い時間だった。最後にもういちど池の周囲をすばやく調べまわる途中で、池の縁からはみ出したヒゲ草の塊を持ちあげてみる。

そこにそれはあった。太く編まれた綱が池の上にはみ出したヒゲ草の下から、水の中に垂れさがっている。草を払いのけてみると、綱は少なくとも二十ペースの長さがあった。

そしてぼくは、氷魔がここに運ばれてきた方法がわかった。

とても単純な話。カフ——でもだれでもいいが——は、捌きの入り江の池までモーター車を走らせて、綱の一端を車の後部の牽引用杭《けんいんようくい》に縛りつけ、もう一端を池に投げいれただけ。氷魔が瞬時に池を凝固させる。そこでカフはモーター車を発進させて、池をひとつまるまる、中の氷魔ごと引きずってきたのだ。そしてぼくの夢見の池までやってくると、凝固した池を突き落として、氷魔のいない安全な元の水の大半と入れ替えた。それから、罠がうまく仕掛けられたと確信して、車で去っていった。綱を持ち去ることができなかったのは、そうするには氷魔が入り江の池の水をふたたび液化するまで待つ必要があるからで、カフは早いところ自分の村に戻りたかったのだろう。

なんと巧妙な手口。

高揚《こうよう》した気分でヤムに戻ろうとしかけたとき、低くなった太陽と長く伸びた影によって露《あら》わになったものが目に入り、戦慄《せんりつ》が背骨を駆けあがった。

ほかにもモーター車の轍があったのだ。さらにふた組の轍が。

そしてその轍がむかう先も、やってきたのも、ヤムの方角だった……。

これはどういうことだ？

これはつまり、ヤムのモーター車がぼくの夢見の池にやってきたということだ。二台のモーター車がこの池にやってきたのか？　あるいは可能性として――どれだけ必死に考えても、ぼくにはこの可能性を退けられなかった――この件に関わったモーター車が一台だったということもありうるのではないか。その一台はヤムからやってきたものだとする。そして南の捌きの入り江にむかい、氷魔を池ごと引きずって戻ってきて、それをこの池に落としてから、自分の村に戻った。ヤムに。これですべての轍に説明がつく。

ぞっとするかたちで、すじが通る。

家に戻ったのは闇《やみ》が落ちるころで、灯した火の前にすわって、踊る炎に照らされながら、この謎《なぞ》をどう解釈したらいいか考えた。

父さんが死んだあとヤムに戻ってきたとき、訃報《ふほう》はぼくより先に届いていた。ノスの猟師が狩猟隊に教えたらしい。さて、猟師が海から離れたところまで来ることは滅多にないので、これはつまり、狩猟隊がノスの近くの丘で獲物を探しまわっていたということでまちがいない。

標的が見つかると、狩猟隊員たちは獲物を取り囲もうとして幾手にも分かれる。この手法での狩りは広い土地にわたって展開されることになり、男たちは四方八方に散らばってたがいの視野から外れ、連絡を取りあう手段は叫び声と口笛だけになる。その結果、集団が統制を欠くのはありうる話で、こうして多くの時間が行方不明の狩人の捜索に浪費される。

あいつはどこへ行ったんだと仲間たちが気にしはじめる前に、狩猟隊のひとりが半日ほども姿をくらましているのはたやすいはずだ。ここで問題にしている狩りの際に、ノスに忍びこんで、父さんを殺し、さらにぼくも亡き者にするために蒸留液をすり替えてから、よそに行っていたのを気づかれることなく狩りの現場に戻るのは、狩猟隊のだれにでも可能だった。そいつはそのあとで、ぼくの信頼性を大いに傷つけるために、父さんの死体をグルームライダーとすり替える時間すらあっただろう。

はっきりと疑わしいのは、スタンスだ。

しかし、人は自らの兄弟を殺したりできるものだろうか？　それにはよほどの理由が必要なはずだ。そして父さんは、スタンスにとってとても役に立つ存在であり、かつその点では気をきかせて裏方に徹していた。父さんのほうがすぐれた人間だからといって、スタンスが発作的な妬《ねた》みに支配されておかしくなったというのは、ありそうな話ではない。実際問題、ありえない。父さんが自分から男長《おとこおさ》の座を奪うのではと、スタンスが考えたとか？　それもありえない。ヤムの強みのひとつは、弟に対するわが父上の揺るぎなき忠誠心にあったのだから。

父さんが殺された日のことについては、狩猟隊の人たちがいま出かけている狩りから戻ってきたら聞いてみることにしよう。

次に、モーター車についてだ。

氷魔の運搬がおこなわれたのは、ぼくが家に軟禁されて腐っていたあいだ、もしかするとぼくがノスから戻ってまもなくかもしれない。けれど、気づかれることなくモーター車を使用するのは、だれにも不可能だ。点火して、圧力を上げる必要がある。それにはとても時間がかかるし、スタンスの家の庭を出て村の中を通っていくときに機械が立てる騒々しい音のことはいうまでもない。だから、この何者かは車を使うための口実を考えだす必要があったはずだ。村の人たちはそのときのことを覚えているだろう。だいたい、モーター車はそう頻繁に使われるわけではない。だれが運転していたかは難なくわかるはずだ……。

ぼくは前途有望な気分で眠りについた。あすは山のように質問してまわることがある。

翌朝、ぼくは納屋《なや》の中に駐《と》められっぱなしで冷えきったモーター車を調べてみた。牽引用杭は荷台の後ろから上むきに突きだしていた。金属部分がてかてかしているのは最近使われた証拠だが、ほかに手がかりになるものはない。車のほかの部分に汚れはなく、例外は押しつぶされたヒゲ草の跡《あと》がある車輪だけ——とはいえ、車輪にはそういう跡があるのがふつうだ。車内には、最近運転した人を特定できるものはなにも残されていなかった。

村の大倉庫に足をむける。そこにはふたりの女性といっしょにスプリングがいて、わずかな蓄えの一覧を作っていた。

「狩りに出かけたんだと思っていたよ」血色のいい顔に心配げな表情を浮かべて、スプリングがいった。

「ほかにしなくちゃいけないことがあったんだ」

「まさか、スタンス叔父さんと喧嘩《けんか》したんじゃないだろうね。あの人はぜひおまえに狩りに加わってほしがっていたのに」

不意にこんな光景が思い浮かんだ。狩人たちがいつものように起伏のある丘陵地帯に散らばり、ぼくもそのうちのひとりで、するとスタンスが突然、槍をぼくにむけて構え、四角い顔に殺意を浮かべてぬっと立ちはだかり、近くにはほかのだれもいない。スタンスがぜひぼくに狩りに加わってほしがっていたのは、それが理由だろうか？

「スタンスはちょっとムッとしていたけれど、そのうち忘れるよ。ところで、父さんが死んでから、だれかがモーター車を使っていた覚えはない？」

「モーター車を使う？」スプリングは驚いたようすで、「覚えがあるどころじゃない。毎日のように使っていたよ。新しい土地を耕したのさ」

これは明らかにぼくの聞かされていない話だ。「新しい土地って？」

「豪雨期からこっち、芽の出ない作物が多いのを埋めあわせないとだからね。晩生《おくて》の作物を植えていたんだ」

「だれがモーター車を使おうっていいだしたの？」

「思いついたのは無知《シリー》なメイだ。利口だね、あの子は。鋤《すき》をロックスじゃなくモーター車につなぐんだ。作業がずっと早く進む。いままでそうしたことがなかったなんて、信じられないよ」

「そのときモーター車を運転したのはだれ？」

「そんなのは、あたしたちほとんどみんながやってみたことがある。すごくかんたんだからね。じっさい、いちばん問題になるのはおまえのスタンス叔父さんだ。あの人はモーター車を自分個人の所有物だと思っているらしくてね、でもワンドが、車がつねに村全体の財産だったことを指し示す先祖の記憶を持ちだした。これにはおまえの叔父さんも、なにもいい返せなかったよ」スプリングはいかにも満足げにいった。

「そこであたしたちは車に点火して、畑に走らせていったのさ、あとはスタンスがラックスに落ちようが知ったことか。みんながなんとなく思っていることだけれど、シリー・メイの提案ではなかったら、スタンスももっとあっさり受けいれただろうね」

「ぼくもその場にいたかったたな」ある考えが湧《わ》いた。ぼくは自分の家に長いこと軟禁されていたけれど、家の外の物音ひとつ聞こえなかったわけではない。「車が毎日出かけていったり戻ってきたりするのを、聞いたことがないけど」

「それは、車をスタンスの家の庭に毎晩戻しているわけではないからさ。その件でも、おまえの叔父さんと一戦交えてね。夜は畑で火を燃やして、車はそこに置いたままにしたんだ、毎朝すぐ作業に取りかかれるようにね。スタンスは、火格子の掃除だの、管の汚れ落としだの、煙室から煤《すす》を掻《か》きだすだの、ほかにもフューさまがご存じのなんだかんだが必要だと泣き言をいい続けたんで、しまいにワンドから、建設的な話をなにも思いつかないなら、口を閉じて狩りに行けといわれていたよ。それでもスタンスは、ひどい事が起こると予言しながら何日かまとわりついていた。ああいうとき、おまえのお父さんがいてくれたらねえ。スタンスが邪魔しないようにしてくれただろうに」スプリングの青い目は残念そうな思いであふれていた。「ブルーノは、おまえのスタンス叔父さんのあしらいかたを心得ていたからね」

「そうだね」といいながらぼくは、頭を働かせていた。覚悟を決めた男性——その点では、女性ということもありうるとぼくは気づくにいたっていた——なら、モーター車を畑から捌きの入り江まで走らせて戻ってくることができるだろう、夜のあいだにラックスの光の下で、暖かい運転室の中で安全に。こんな賢いやり口はあるものではない。「だれか夜のあいだにモーター車を使った人はいる？」

「そんなことをする気になる人がいると思う？」

「ちょっと知りたいだけだよ」

スプリングは答えなかった。たぶん、答えるまでもない質問だと思ったのだろう。

穀物袋に目を落として、浮かない顔になる。

「おまえのお父さんがいなくてたまらなく寂しいよ」ようやく口をひらいたスプリングはそういった。

ぼくは理解したい気持ちになれないなにかを前にしていた。スプリングのようすが変なことに動揺したぼくは、その場にいたほかの女性たちにいまの話を聞かれていなければいいがと思いつつ、大倉庫からこそこそと出た。なんの成果もないままに。


けれどその二日ほどあと、事態は大いに進展した。

午後遅く、わずかなロート肉の割り当て分を揚げていると、モーター車の蒸気音が聞こえた。窓辺に急ぎながら、きっと狩りが大収穫をあげたので、殺した獣を回収するためにスタンスがモーター車を取りに戻ってきたのだろうと最初は思った。だが、うれしいことにそれはまちがいだった。村を走り抜けていくのはノスのモーター車で、ロネッサが運転輪を握っている。

そしてぼくの心臓が大きくどくんと打ったのは、ロネッサの隣に立っているのがチャームだったからだ。

チャームは前にも増してかわいくなって、白子《アルビノ》の毛皮で作った短いドレスを着こみ、緋《ひ》色《いろ》の藁《わら》でできたつば広の帽子で太陽フューの強い日ざしを遮《さえぎ》っていた。モーター車が女性集落にむかう途中で、チャームは窓辺に立っているぼくを目にした。

そしてチャームは、ぼくに手をふって、微笑《ほほえ》んだ。

ぼくの心臓はもう一回どくんと打ってから、痛いほど激しく動きはじめた。息もうまくできない。ぼくは深刻な身体的不調に陥っていた。もしチャームと話をする機会が来る前に死んだら、憐《あわ》れというものだ、いまやぼくは許してもらったらしいというのに。突然、その午後は美しいものとなり、近くで冗談をいいあう男たちの声が歌声のように思えた。

ぼくはどうしちゃったんだ？　チャームはただの女の子で、しかも水掻《みずか》き持ちじゃないか。

スタンスもトリガーも狩りで村をあけていたので、ほかの村人たちは同意しないだろうが、ぼくは自分が男性集落の責任者だと結論づけた。そうとなれば、ぼくが父さんの見映えのする外套《がいとう》の一着を身にまとい、道を歩いていってこれはいったいなにごとかを調べるのは、ごく当然のことだ。父さんのいちばんいい外套――外交用の外套――がノスでの悲劇的事件のあいだに失われてしまったのは、残念なことこの上ない。時おりぼくは、カフが自分の家でひとりきりのとき、その外套を着て、悦《えつ》に入っている姿を思い浮かべることがある。

チャームは大倉庫の中にいて、いっしょにいるロネッサはワンドと口論中だった。

「それはあなた方が気になさることではありません」そういったワンドの萎《しな》びた顔には、強情さを示す皺《しわ》が刻まれていた。

「わたしらも気にすることになるだろうね、おまえさんたちが今年また、食料をせびりに来たら」ロネッサがいった。

「前の凍期にあなた方が助けてくださったことには、感謝いたします」ワンドは感情をこめずにいった。「一方わたくしたちは、今年も食料不足が起きることのないよう、すでに手を打っています」

「わたしらはあんたたちが打った手とやらを知っておく必要がある、きっちりとね。これからあんたのところの畑を見せてもらわなくちゃならない」

「なんですって！」

「そっちに異存がなければの話」

「異存がなければ？　もちろんありますとも！　わたくしたちの畑のことに、口出しはいっさい無用です！」

「あんたのところの作物がどんな具合かは、車でちょっと脇を通っただけでも、すぐわかったよ。だから、わたしを案内してまわったほうがあんたのためだと思った。あんたがこの件を面倒にしなければいいともね、ワンド」薄く笑みを浮かべて、「これは猛女《ドラゴンレディ》としていっているんじゃない。わたしはいま、友好的な隣人としてここにいるんだ」

「あなたにはヤムではなんの権利もありませんよ、ロネッサ！」

ノスの女長《おんなおさ》は声を高くして、「ここを訪問したのは平和的な意図からだ。うちの村じゃ、わたしはこのところ、前の凍期にあんたたちに援助してやった件で、批判の矢《や》面《おもて》に立たされていてね。だから、その貸しを返してもらえることを、確かめなくちゃならない。わたしが自分で見てまわってだ！」

議論に割りこむのはいまだと、ぼくは判断した。「それはとても理にかなっていると思いますよ、ワンド」

「理にかなっているですって！」ワンドは金切り声をあげた。「わからないのですか、ハーディ？　この女は、ヤムに権威をふるえる立場になる気でいるのですよ！」

「それは違います。ぼくたち自身がこの人をその立場にしたんです、前の凍期に、魚の取引をしたときに。そのことに議論の余地はありません。ぼくたちはノスの村に借りがある、そして話は以上終わり。いますぐ出発して、ロネッサを案内してまわればいい。まだまずいことはなにも起きていないんだし」

老いた首すじに血管を浮きださせて、ワンドはぼくをにらみつけた。そして口をひらく。ぼくは決まり文句が降ってくるのを待ちうけた。『ラックスも同然のあなたになにがわかるというのです、愚かな若者よ』ところが驚いたことに、ワンドは態度をやわらげてうなずいた。

「あなたのいうとおりなのでしょうね。困難が続いて、神経過敏になっていた女性がいるようです。わたくしもこのところ、数々の批判にさらされてきました。おいでなさい、ロネッサ。暗くなる前に見にいくものがたくさんあります」

口論のあと和解した人たちにありがちなことだが、ワンドとロネッサはお世辞合戦を演じながら立ち去った。じっさい、ふたりは肩を組まんばかりで、ロネッサはチャームのことを忘れていた。ぼくたちは見つめあって立ちつくした。チャームはずっと笑顔だ。

「おみごとだったわ、ハーディ」

「父さんが生きていたときでも、ぼくはいまとそっくり同じ言葉で口をはさめたと思うんだ、でもそうしていたら、黙っていろといわれただろうね」

「でもそれはもう全部、昔の話よ」

「ぼくの家を見にこない？　きみに渡す物が家にあるんだ」

「わたしに？」チャームはぼくを見つめ、ぼくは彼女が急にそわそわしてきたように感じた。「わたしになにを？」

「来ればわかるよ」

男性たちの好奇の目にさらされながら村の中を歩いていくあいだ、チャームは黙りこくっていた。ぼくは挑戦的に周囲をにらみつけた。なんといっても、ヤムの男長《おとこおさ》の甥《おい》がノスの女長《おんなおさ》の娘につきそうのは、まったくもって自然なことではないか？　ぼくは家の扉をあけてチャームを中に導き入れると、最後にもういちど村をねめつけまわしてから、扉をしっかりと閉じてぼくたちをふたりきりにした。

岩造りの壁には取り外せる部分があって、その裏の隠し場所から結晶を取りだし、チャームに手渡す。

「ああ、ハーディ！　ほんとうにうれしい！」そして衝動的にチャームは、飛びつくように両腕をぼくの体にまわして、ぎゅっと抱きしめた。胸を押しつけられてぼくの心臓がドキドキいっているのを、チャームが感じとったのはまちがいない。「どこで見つけたの？」

「トットニー街道を少し外れた池の中だ」

チャームはぼくの体を放してあとずさり、体のふれあいがなくなったぼくたちのあいだに、目に見えない壁のような気まずさが生じた。「池の中？　なぜそんなところにあったの？」

「説明するから、すわらないか」

父さんが死んだあと、ぼくは二束《ふたたば》の毛皮の寝具をいっしょくたにして置いていたので、ぼくたちはその上に隣りあって腰をおろすことになった。こういうすわりかたは気分がいい。ぼくはチャームと最後に会ってからの出来事を順に話していき、それに耳を傾けるチャームは目を丸くして、そのうちあたりが暗くなってたがいの姿が見えなくなってきた。

「どう思う？」ひととおり話し終えると、ぼくはいった。

チャームは口ごもった。「どうって、あなたはすごく気をつけなくちゃいけないわ。あなたの身になにかあったら嫌だもの」

「え？」チャームの言葉に力づけられて、「どういうこと？」

「あの……。だれの身にもなにも起きてなんかほしくないの、わかるでしょ？」表情は見えなかったが、チャームは毛皮の上でそわそわとすわりなおして、「わたしは、他人がひどい目にあうのを見て喜ぶようなタイプじゃないってこと」それはものすごい早口だった、とぼくは思いたかった。

「それは、ぼくのことを好きだという意味？」闇の中だと勇気をふるうのはずっとたやすくなる、あの温かな茶色い目がぼくの魂を剝きだしにすることがないから。

「その……そうよ」

「ぼくが根掘り虫であっても？」

「そんなこと！」チャームの焦《じ》れったげな手ぶりを、ぼくは見るというより感じとった。そのとき、形を崩しやすい毛皮の山がぼくに味方してくれて、チャームがぼくに倒れかかってきた。ぼくは彼女に腕をまわした。

　その瞬間に扉がひらいたのは最高のタイミングとはいえなかったけれど、この状況がいつまでも続くものではないのはもともとわかっていた。ランプのまばゆい光に思わずまばたきして、輝きに目が慣れてくると、ぼくの母親のやさしい顔がそのむこうに見てとれた。不幸中の幸いというものだろう。

「ハーディったら、なんてことなのフューさま！　ロネッサがチャームを捜しているよ。今夜はワンドの家に泊まるそうだ。チャーム、急いでワンドの家にお行き！」

ぼくたちふたりは立ちあがっていた。チャームは途方に暮れた声で、「ワンドの家ってどこですか」

「連れていってあげる」とスプリング。「おいで」

そしてふたりは出ていったが、チャームがそこにいたという感じは家の中に、そしてぼくの心の中にしばらく残っていた。ぼくは自分の毛皮の寝床に横になると、この午後の出来事を生き直した、正確かつ隅々にまでわたって。その夜の半分をかけて。地球人にはできないことだ。あなたたちはそれで損をしていると思う。

チャームはくすくす笑いをこらえた。「ごめんなさい。でもあんまりおかしくって、ほんとに」

時間は翌朝。ノスへ戻るモーター車の出発は、狩猟隊の儀式張った帰還のせいで遅れていた。

「これがこの村のやりかたなんだ」ぼくは言い訳がましくいった。

「だからって、あなたの叔父さんのスタンスは、どうしてあんな風に槍をふりまわすの？　それにどうしてほかの人たちはみんな、ロックスの後ろをひょこひょこ歩いているの、縦の列になって？　ふつうに歩いて村に入ってくればいいじゃない？　漁師《と》がノスに戻ってくるときは、なにも大げさなことはしないわ。港に入ってきて、獲ったものを荷揚げするだけよ」

狩りに出るときの一列縦隊隊形を村へ帰りつくときにも繰りかえすのがスタンスのしきたりで、ただし出発時には最後尾をふらふらとついていったロックスたちが、獲物の重さによろめきながらスタンスのすぐ後ろに位置しているのが違う。狩猟隊の残りは、そのロックスのあとからついてくる。このすべてが、狩りの成功はスタンス個人に帰するものだという印象をもたらす。

「いま話しているのは、くさい魚のことなんかじゃない。ぼくたちは狩人なんだからね。きみたちとぼくたちは違うんだ」

村の人間としての誇りを見せたぼくにとって不幸なことに、スタンス流の隊形はこのときはスタンスには裏目に出ていた。いつもどおり、威張《いば》りくさって先頭を歩くスタンスに六頭のロックスが続いているが、そのうち五頭は束ねたテントや毛皮を運んでいるだけだった。いちばん前の一頭だけが、四日間の奮闘の戦利品を背負っている。その戦利品は、首の長い痩《や》せこけた三本足動物が一頭で、それは太陽フューの苛烈な凝視を浴びて、多くのきわめて異常かつ好ましからざる突然変異が起きている大中央山脈からさまよい出てきたものと思われた。ふだんならそういう動物は食用とは見なされないのだが、いまは厳しい時期なのだ。

その生き物を目にしたチャームは、よく響く声で笑いを爆発させた。「まあ、おいしそう！」

「狩りたててる最中にくたばったんだろ、そいつはさ、スタンス？」まばらな野次と笑いに混じって、そんなことを叫ぶ人もいた。

　だが、その裏では落胆の空気が漂い、多くの人たちがそそくさと自分の家に引き返して、大ロックスがぼくたちを見捨てたか、それどころかもしかすると、なんらかの至らぬ点があるぼくたちに天罰を下しているという、この最新の証拠を前に思い悩むことになった。神殿は今夜、人でいっぱいになるだろう。

　ロネッサが大股にスタンスに歩み寄った。「じゃあ、獲物はこれで全部なんだな?」「狩物がほとんどいないのだ」意気消沈した狩猟隊員たちが各々《おのおの》の家に散っていき、女性たちがロックスを大倉庫に連れていくと、スタンスの威厳は小さくなっていった。いまのスタンスはありのままの姿に見えた。失敗を受けいれた小柄な男性だ。ロネッサの批判的な視線を前にして、取り繕《つくろ》ってみてもしかたない。「まだ狩りの時期には早い」スタンスはつぶやいた。

　そんなスタンスにロネッサは身もすくむような視線をしばらくむけてから、モーター車にひらりと飛び乗った。「乗るんだ、チャーム」ロネッサは怒鳴るようにいって、調速器をまわした。たちまちエンジンが煙を吐きだし、加速しながら道を走り去る。角を曲がって南へ進路を変えるとき、チャームが手をふった。

　スタンスがぼくのほうをむいた。「狩猟隊は人手が足りなかったのだ、おまえのおかげでな」

　はいそうですか、というわけにはいかない。「獲物をほかに一頭でも見たんですか、じっさいに殺したあの変な生き物以外に？　もしかすると、探す場所をまちがえていたのかも？」

スタンスはぼくに、ついさっきロネッサがスタンスにむけていたのと似ていなくもない視線を寄越した。それからくるりと体をまわすと、うなだれて足早に自分の家に入っていった。

狩猟隊員たちは狩りから戻ったあと、酒場に集まるものと、伝統で決まっている。彼らが酒場に腰を落ちつけたころを見計らって、ぼくも足を運んだ。そこにいたのは気の滅入る一団だった。いつものようににぎやかに祝杯をあげてみんなでご機嫌になっているのではなく、男たちはひとりきりで、あるいはふたりだけで長椅子《ながいす》にすわり、黙ってエールを見つめていた。ぼくは自分のマグを手にすると、トリガーとコーンターの隣に腰をおろした。

「四日分の狩りにしちゃ、大して肉は手に入らなかったな」ぼくはあえてそう切りだした。

「ふん。おまえさんならもっとうまくやれたとでもいう気かね」コーンターはそれを自分個人への非難と受けとって、嚙みつくようにいった。「少なくとも、おれたちはじっさいに狩りに行ったんだ」

「そうだ」とトリガー。「少なくとも、おれたちは行った」

「ところで、おまえはどこにいたんだ？」コーンターが聞く。「おれたちは三人とも今回の狩りに行くものと、思ってたんだけどな」

「気分がすぐれなかったんだよ」

「出発のとき、親父《おやじ》はスノーターみたいに怒り狂ってたぜ」トリガーがいう。「おまえには手間を取られる価値がない、とかいってた。ヤムにとって氷《フリージング》なお荷物だとな」悪意のある含み笑いをして、「おまえの立場になりたかないね。親父はおまえのところに行くはずだ、ワンドとの話がすんだらすぐに」

「ワンドと話したあとだと、余計怒り狂ってるだろうな」コーンターがいい足す。

ぼくは早くも、こいつらの相手をするのが面倒になってきた。「あいにくだが、スタンスとはもう話をしたんだ。じゃあおまえらは、ぼくがいっしょに狩りに行っていたら、もっといい結果になったとでも思うのか？　獲物がぼくの魅力に惹《ひ》きつけられて出てきたとか？」

「もしかするとな」とトリガー。「断言できるか？　少なくとも、もっとひどくはなりようがないんだ」

「もしかすると、おまえの父親は獲物がいる場所で狩りをしようとすべきだったのかもな」

「ああそうかい、じゃあそれがどこだか知ってるんだろ、このお利口さんは？」

ぼくは望む方向へ会話を導きつつあった。「しばらく前にノスのほうへ行ったときは、成果があったんだろ？」

「ノスのほう？　ああ、あのときのことか、おまえの親父が……」トリガーの声は小さくなっていった。トリガーでさえ、それなりに人に気を遣うことはできるのだ。

「あれはいい狩りだった」とトリガーはいった。

「あのときおまえたちは、三日間で五頭のロートを仕留めた。たぶん、作戦がよかったんだ。獲物を丸く包囲したんだよな？　獲物のいる場所に大きな円を描くようにみんなで散らばって、内側に追いこんでいったんだろ？」

「まさにそのとおりだ」過ぎた良き日々を思いだしつつ、トリガーがしあわせそうにいった。

「でも、そもそも獣がいなけりゃ包囲できない」コーンターが指摘する。

「それはいえている。それに、包囲作戦にはほかにも問題があって」ぼくは巧《たく》みに話を誘導した。「それは狩猟隊員がたびたび迷子になることだ。丸一日迷っていることもある」

「おれがノスで迷子になった、なんていったやつがいるのか？」大声で問いただすトリガー。「おれは迷子になんかならなかったぞ！」

「おまえのことだなんて、ひと言もいってないじゃないか。でも、ほかのだれかが？」

「だれひとり迷ったりしなかった！　おれたち狩人が迷ったことなどないんだ！」

コーンターが考えをめぐらせる目つきでぼくを見つめて、「迷子のことにやけにこだわるじゃないか?」

「ちょっと気になっただけだ。狩りの作戦を考えているうちにね」

「出しゃばるな!」この話題で興奮を募らせていたらしいトリガーが叫んだ。「狩りの作戦を考える権利があるのは、おれの親父だけだ。しかもおまえの親父が死んだいまは、横槍も馬鹿な意見もなしに考えられる!」死者への敬意や、ぼくの気持ちへの思いやりは、一瞬で消え去った。

「ラックスに落ちやがれ」ぼくはつぶやくと、腰を据えたままのふたりを残して席を立った。トリガーは父親の狩りでの有能さをいいたてることにばかり熱心で、ぼくの役にはまるで立たない。

ふたりの狩人が槍を壁にもたせかけて近くに立っていたので、ぼくはそこに加わると、さっきと同じような話題をふった。

「ロート?」といったのはスタンスの筆頭狩人であるクォーン。「ロートは一年のこの時期に、海岸近くで捕まえられることが多い。粘流《グルーム》を待っているところをな」ロートは脚の長い動物だ。この動物は習慣的な移動パターンの一環として、グルームの時期には海へむかう。そして海水が濃くなると、海に足を踏みいれてどんどん進んでいき、海面に取り残された魚を大きな下顎ですくい取る。

「それで、今回の前の狩りのときは、ノスの方角にロートの群れがいると聞いて出かけたんですよね」

「それを教えてくれたのは、おまえの父親だ」とクォーン。「ノスからの噂《うわさ》を耳にしたんだそうだ」

「しんどい狩りだった、あのときは」そこにいたもうひとりの男、パッチがいった。「ロートは足の速い獣だ。すごく速い獣だ。抜かりのなさが肝心だ、ロートを槍で仕留めるには。でっかい輪で取り囲まなくちゃいけない」

「でっかい輪、ね」

「そうとも、でっかい輪さ」パッチはゆっくりと、しかもよく考えた上でしゃべる。ひとつの話題から次の話題に移るときも、沼地を抜けていくかのように果てしなく慎重だ。「取り囲む輪はでかくしなくちゃいけない、それがロート狩りの秘訣《ひけつ》だ」

「それだと面倒が起きることもありそうですね、一日の大半は、みんなほかの人たちの姿が見えないわけだから」

「そうとも、そうとも。面倒が起きることもある」パッチがこの新たな考えかたを咀《そ》嚼《しゃく》するあいだ、ぼくは叫びだしそうなのをこらえていた。

「だれかが迷子になるかもしれない」ぼくは思い切っていってみた。

「おれたちが迷うことは絶対にない」クォーンがきっぱりといった。これが嘘《うそ》なのはもちろんで、その証拠にぼく自身が狩りに出たとき迷子になったことがあるのだ、いちどならず。だがこれは、経験の浅い者は数えないでの話なのだろう。ぼくはクォーンの狩人としての誇りを侮辱《ぶじょく》してしまった。

「丸一日、ほかのだれの姿も目にしないことがあるが、それでもその日の最後にはかならず顔をあわせる」パッチがいう。

「一種の本能だな」とクォーン。

「狩人の本能だ」とパッチがいった。

「それでこの前のノスでの狩りのときはどうでした？」ぼくはやけくそ気味に聞いた。

「長い時間、姿を目にしない人がいませんでしたか？」

　自分が時間を無駄にしているのはわかっていた。「一日じゅう、人を目にしたことはほとんどなかった」とパッチがいった。「しかし夕暮れには、みんなが顔をあわせる。狩人の本能というやつでな」
　二、三日前には、父さんを殺したやつ、そしてぼくを殺そうとしたやつの特定にむけて、自分が大きく前進していると思っていた。いまは、出発地点に戻ったも同然だ。わかっているのは、犯人はノスの者よりもヤムの者らしいということだけ。
　途方に暮れながら、次に打つ手を検討しようと家に戻った。もしかすると、父さんが死んだ日にヤムの男がうろついていたのを、ノスのだれかが見ていたかもしれない。けれど、ノスに行って父さんの死について蒸しかえすことを考えると、ぼくの心は怯《ひる》んだ。ぼくが以前、罪があるのはノスの男だと口にしていたことを、ノスの人々は覚えているだろう。ぼくがノスに行って無事で帰ってこられたら、幸運というものだ。

日も暮れて外の空が暗くなり、ぼくは家の明かりをつけ、暖炉の火をおこして、干物の塊を煮はじめた。干物には心底うんざりしかけていた。その匂いのことはいうまでもなく、味をどうにかできないものかと考えていたとき、扉が押しあけられて、スタンスがずかずかと入りこんできた。スタンスは部屋の中央に陣取ると、大きく胸を張って、ラックス並みのおそろしい思いをさせようとするかのように、眉《まゆ》をしかめてぼくをねめつけた。そちらに一瞥《いちべつ》をくれて、単にだれが来たか確認するという目的を果たすと、ぼくは鍋《なべ》にむき直った。表面に汚らしい白い薄皮が張っている。それは、以前ミスター・マクニールが聞かせてくれたところによると、とても栄養豊富だという。ぼくはスタンスの視線が背中に突き刺さるのを感じていた。

「なにか必要な弁解があるか？」やがてスタンスの声がした。

それは奇妙な問いかけだけれど、スタンスの問いかたの典型だった。ぼくはたちまち答えを考えだした。それを平然と答えるのが肝要だ。

「とくにないですよ、別に。あなた自身は必要な弁解がありますか、スタンス？」

「なんだと！　こいつ！」足早に部屋を横切る音がした。ぼくの肩に手が掛けられて、くるりとふりむかせようとする。「いまなんといった？」

ぼくはふりむいて姿勢を正した。ぼくのほうがスタンスより頭ひとつ分背が高い。おかげで、肩に掛けられたスタンスの手は、友好的な身ぶりのように見える。スタンスはそれに気づいて、さっと手を引っこめた。ぼくは無言でいた。

スタンスが本題に入った。「はっきりさせておくぞ、ハーディ。今後おれの部下たちをわずらわせたら承知せんからな」

「わかりました」

「いいや、わかっていない。おれの部下たちをわずらわせるなといったんだ」

「わかりました。ほかになにか？」

スタンスはまごついて突っ立ったまま、「これ以上なにがあるというんだ」

「それなら話はこれで、スタンス」

ようやく嚙みつくところが見つかったスタンスは、「スタンス叔父さんといえ、この小生意気な青二才の氷結野郎《フリーザー》！　スタンス叔父さんだ！」

「あなたはぼくの叔父ですね、確かに」

「ならそれを忘れるな！」

「忘れっこありませんよ、スタンス」

ぼくのいいたいことは伝わったらしい。スタンスは若干表情を変えたが、手に負えないロックスにくれてやるような目つきでぼくを見たままだった。「部下の話では、おまえはあいつらの能力に疑問を呈したそうだな、そしてついでに、おれの能力にも。これを見すごすわけにはいかんぞ、ハーディ。見すごすわけにはいかん！」

「そんなことをいわれたら、いらついて当然でしょう。なぜあの人たちは、あなたにそんな話を聞かせたんでしょうね」

「おまえはそんな話はしていないというのか？」

　ぼくはこの愚かな小男の相手をするのに疲れてきた。父さんに手綱《たづな》を取ってもらえなくなったスタンスは、自分の息子の尊大な原型にすぎなかった。驢馬男《ろばおとこ》。こいつを追いはらうにはどうしたらいい？　ぼくは話題を変えようとしてみた。

「狩りの結果はほんとうに残念でした。獣たちがすぐに移動をはじめるのを期待しましょう、そうでないと、次の凍期もひもじい思いをすることになります。今回のよりひどい凍期があったかどうか、思いだせますか、スタンス？」

　スタンスは口をあけたまま、ぼくを凝視した。ようやく、いかにもやっとの思いというようすで、「おまえは、自分の知識も及ばなければ、おまえの小っぽけな権威の範囲も超えた事柄の話をしているぞ、ハーディ。思いださせてやる必要などないはずのことだが、おれがここの男長《おとこおさ》であり、計画を立てるのはおれの責務なのだ。昔のことは昔の話。役に立たん。今回の凍期が異例だったかどうかなど、どうでもいい」そういうスタンスの目つきにかすかな狂気があったのは、ぼくの思いこみだろうか？演説の練習として言葉の具合を試しているかのように、スタンスは延々としゃべりつづけた。「問題なのは未来であり、おれたちは不屈の精神と常識を持って、それに臨まねばならん。生き抜くための戦いにおいては、網を広く打たねばならん。おれたちはこれまで、あまりに長く昔に浸りすぎ、そしてその結果、同じ過ちをおかしつづけてきたのだ、何世代も何世代ものあいだ」

　この男がしゃべっているのは冒瀆《ぼうとく》的な話だ！　スタンスは気でも狂ったのか？　それとも、思ったより小賢《こざか》しいのか？　これは罠で、ぼくをこの話に同意させておいてから、それを糾弾《きゅうだん》するとか。あちこちで痙攣《けいれん》しているスタンスの顔をランプの明かりが下から揺らめかせ、憑《つ》かれたような雰囲気をもたらしている。スタンスの目は反対側の壁を虚《うつ》ろに見つめていた。通りがかりのだれかが足を止めて聞き耳を立ててはくれないかと――そしてもしスタンスが暴力をふるいはじめたら、入ってきて助けてくれないかと、ぼくは願いはじめていた。

「おれたちの現在の苦難を解決する方法を求めて、昔を探しまわるのは無意味だ。おれたちが陥《おちい》っている窮状に先例はひとつもない。昔の――」

「スタンス！」ぼくは相手の両肩をつかんで、揺さぶった。

「なんだ？」スタンスはわれに返ったようにまばたきした。

「いったいなんの話をしているんです？」

　ぼくに目の焦点をあわせて、「おれは……。いまは大変な時期なのだ、ハーディ。おまえはなにも理解していない」ぼくに対する態度が一変していた。しゃべることで激しい怒りが解消したらしい。大言壮語していた人物は消えて、いまのスタンスはランプの明かりの中でぼくを見あげる、どちらかというと小柄な男にすぎなかった。

「時間が経てばわかる」とスタンスはつぶやくと、驚いたことに、まわれ右をして家を出ていき、扉を静かに閉めた。

ときどき気分転換で寝床にしているロフトへの梯子《はしご》をのぼっているときも、ぼくは当惑したままだった。ヤムの難題の数々のせいで、スタンスは錯乱《さくらん》したのだろうか？つまり、父さんの助けなしでは、スタンスは長《おさ》の務めを切り盛りできないということになるのだろうか？　不意におぞましい考えがぼくを捕らえた。もしスタンスが発狂したら、トリガーが長《おさ》になるが、そのときヤムはどうなってしまうだろう？　たぶん代理の男長《おとこおさ》が指名されて、トリガーが分別年齢に達するのを、仮に達することがあるとして、待つことになる。これについては先例多数だ。

そのときには、もうひとつの可能性がある。代理の男長がその地位に就《つ》いているのは、正式の長《おさ》が地位を引き継ぐに足るだけの責任能力を持ったと見なされるまでのこと。そしてもしトリガーが、なんらかの成熟に達したという徴候をまるで見せなければ、ぼくが正式の長になることもありうる。

こんなたじろぐような可能性に思いをめぐらせているとき、家の扉がきしみながらひらき、押し殺したささやき声がして、忍び足で梯子の下に近づいてくる者たちがいるのを、ぼくは聞いた。

ぼくたちの世界では、人が他人の住居に押しいることはない。そもそもこの世界では犯罪がまったくといっていいほど起きないし、その理由はいうまでもない。最近の殺人やその未遂といった事件がなければ、ぼくはその場の状況にも、心おだやかに困惑しているだけだったろう。だがいまのぼくは、最悪の事態を予測した。

ぼくは音を立てずに毛皮の山から転がり出ると、衣服を引き寄せて着こんだ。侵入者たちは梯子の足もとにいて、ささやきあっている。どうすればいい？　ぼくには武器がなく、もし侵入者たちがぼくに危害を加えるつもりなら、ナイフを持ってきているだろう。ロフトの床面の上に頭を出した最初のやつを蹴《け》りつけることはできるが、それは先延ばし戦術にしかならない。そのあと梯子をのぼってくるやつらは、もっと慎重になるだろう。叫び声をあげることはできるが、真夜中の叫び声に少しでも注意を払う人はいない。そういう叫び声は、黒逆流《ブラックフラッシュ》――睡眠中に見るおそろしい逆流《バックフラッシュ》で、あなたたち地球人なら悪夢と呼ぶだろうもの――を見たせいに決まっているからだ。

撤退する以外に、ぼくに取れる行動はなかった。おそらく、ぼくの敵は男性集落の半分をぼくに差しむけることができるはずだ。ノスの漁師たちに追いたてられた記憶は、いまも非常に鮮明だった。暴徒に追われるのは、じつにおそろしい体験だ。暴徒は自分たちのほうが伝統や習慣の力より上だと考える。しかも今度は、ぼくを救いだしてくれるチャームはいない。

何年も前のことだが、このロフトは倉庫に使われていた。切妻《きりづま》壁の外には、品物を運びあげるための腕木と滑車付きの出入り口がある。子どものころ、ぼくはその装置でよく遊んだが、ある日、綱が切れてぼくは地面に叩《たた》きつけられた。綱が付け替えられないままだったのは、非常に残念だ。綱があれば、脱出は楽々だっただろうから。現実には、ぼくの選択肢は、出入り口をひらき、下枠に腰かけて、闇の中へ体を押しだす以外になかった。

激しく地面にぶつかり、いったん起きあがったがすぐまた倒れこむ。右の足首がいまいましいほど痛んだ。どこかを折った気がする。

「ここにはいないぞ」上から声が聞こえた。

「ここにいるのはまちがいない。どこかに隠れてやがるんだ」

ラックスが頭上で不吉に光り、寒さが体を蝕《むしば》み、ぼくが逃げたことに追っ手たちが気づくのも時間の問題でしかない。できるかぎりの速さで、ぼくは足を引きずりながら女性集落へむかった。夜中に遠くまで逃げるのは無理だ。急いで隠れ場所を見つけなくてはならない。村は寝静まっていた。鎧戸《よろいど》の隙間《すきま》から漏《も》れている明かりはない。

まもなく、ぼくはとある扉を叩いていた。

「ハーディ！　大ロックスの名にかけて、夜のこんな時間になんで外に出てるんだい？」

「すぐ説明するから」

ぼくはスプリングを押しのけるようにしてすばやく家に入りこむと、ふりむいて扉を閉じた。ふっくらした桃色の体をしたスプリングは、地球製の生地《きじ》の白い部屋着を着て、小さなランプを手に、ぼくをじっと見ていた。

「おそれていたことが起きたんだね？」

「だと思う。なにかが起きたことに違いはないよ」

「襲ってきたのは何人だった？」

「ひとりじゃなかったのは、まちがいないけど」

「だれだったかはわかる？」

「それがわかるまで待ってはいられなかったんだ」スプリングがランプを消して、ふたりで闇の中にすわったまま、ぼくはここまでの出来事を話した。「あいつらが夜のあいだに遠くまで捜しに来ることはないと思う」ぼくはいった。「ここにいればぼくは朝までは安全でいられる、もしあなたがそれでかまわなければ」

「もちろん、かまわないさ」

女性に頼るのは、妙な気分だった。男性が女性と関わりあう期間は通常とても短くて、相手をよく知る時間はない。ぼくには、赤ん坊のころ、温かくてほっとする両腕に抱かれていた記憶はあるが、男性集落で自分の父親と暮らすようになったのは、すべての少年と同様に、地球人ならまだ幼すぎると考えるだろう年齢のときだった。そしていま、ぼくはここで、自分の安全をふたたび母親の手に委《ゆだ》ねている。そうすることで、安心を感じている。ぼくの母親は、とても例外的な女性だ。変わり者だと思っている人もいる。スプリングが男性からも女性からもともに敬遠されずにいるのは、外向的な性格と気立てのよさのおかげにすぎないのではないかと思う。スプリングの姿を見るたびに、彼女と父さんがひっきりなしに落ちあってはおしゃべりしていたのを思いだす。ふたりは体に触れあってさえいた、何年経っても。そして父さんが死んでしまったいまもまだ、ぼくはスプリングを頼りにしていた。

「ありがとう」とつぶやきながら、ぼくはスプリングの声のなにかにバツの悪い思いがしていた。「明け方には出ていくから」

「どこへ行くつもり?」

「まだ決めていないんだ。ノスかな、もしかして。あまり遠くまでは行きたくない。ここではなにかおかしなことが起きていて、ぼくはそのようすがわかるようにしていたいんだ」

「おまえはノスではまるで好かれていないんだろ」

「それはなんとか解決できる。なにもかも誤解だったんだ」

「あの女の子は、おまえを大いに助けてくれるはずだよ」

「女の子?」

「まったくもう、フューさまだってご存じだし、あたしの目もごまかせないからね、ハーディ。おまえのお父さんとあたしは……人とは違っていた。おまえもそれを受け継いでいるはずだ、それがなんであれ」ため息をついて、「それはおまえにとって災難でもある。それはすばらしいときはとてもすばらしい思いを味わわせてくれるが、長くは続かない。人はふたりひと組で死ぬものじゃないからね。だれかがひとりきりであとに残されることになる。だから、楽しめるあいだに、おまえのチャームと楽しんでおくんだ。おまえのお父さんは、あの子もきっとあたしと同じような気持ちになっているんじゃないかといっていた。あの子がおまえを見ているようすからすると、とね」

「男と女があなたと父さんみたいなつきあいかたをしているなんて、ほかに聞いたこともないけど」

「ないのかい？　じゃあ聞かせてあげよう。ヤムには、あたしみたいな女性がほかにもいる。ブルーノみたいな男性もいる。問題なのは、自分がまわりとは違っていると認める勇気が、その人たちにはないことだ。ブルーノがその勇気を持てたのは、もしかすると村で高い地位にあったからかもしれない。どうすれば気持ちよくなれるかを、あたしに教えてくれたのはブルーノだってこと、知ってたかい？」

こんな話に耳を傾けざるをえないのは、この上なくバツが悪かったけれど、夜の寒さに身を切られるよりはマシだった。

ぼくの沈黙の意味をスプリングは理解し、話を締めくくる口調で続けた。「これでおまえも知ったわけだ。あたしは寝に戻るよ。毛皮はそこの隅《すみ》にある。ランプはつけないでおく。捜しているやつらは、それを目印にするだろうから」

「明け方には出ていくよ」

「そのころには火の下で煉瓦《れんが》が熱くなっているだろう。ひとつ持っておいき。それと予備の毛皮も二、三枚ね。大倉庫裏の小屋にロックスが何頭かつながれているから、一頭連れていくといい。長い道のりを行くことになるんだから」

「ほんとうにありがとう」

「がんばりな、ハーディ」

スプリングの部屋着が衣擦《きぬず》れの音を立てるのが聞こえたかと思うと、思いもかけないことが起こった。

ぼくは額に温かな息を、そして柔らかな唇を感じた。

そしてスプリングは離れていった、驚いているぼくを残して。


鎧戸の隙間からさしこむ薄明かりに目ざめたぼくは、立ちあがって、そのとたんに床に倒れた。片方の足首が激しく痛む。あらためて、今度はもっと慎重に立ちあがり、足を引きずっていちばんそばの鎧戸に近づくと、それをあけて、足首をおそるおそるつついてみた。足首は暗赤色に大きく膨《は》れあがり、黒ずんだ斑点《はんてん》が散っていた。スノーターの皮なし腿肉《ももにく》のようだ。それはその状態で遠くまで歩けそうな足首には見えなかった。ぼくはもう何枚かの毛皮を体に巻きつけて腰をおろすと、次に取る行動を考えた。

この家でぐずぐずしているわけにはいかない。スプリングがこの足首に気づいたら、手当てをして、ここにとどまるようぼくを説得しようとするだろう。それを避けたくて、昨夜は足首のことを隠しとおしたのだ。スプリングは治療師を呼んでこようとさえするかもしれない。それは駄目だ。出発しなくてはならない、足首がどうだろうと。ヤムにいるかぎり、ぼくは安全ではない。

ぼくは痛みをやわらげようと、一瞬、横になり……。

叫び声と扉を連打する音に飛び起きた。明るい日光が燦々《さんさん》と部屋を照らしている。ぼくはスプリングの信頼に背《そむ》いてしまった。ぼくの敵たちがここまでやってきたのだ。

「わかった、いま行くから！」

スプリングがロフトから梯子を下りてきた。ぼくを見ると、唇の前で指を一本立ててから、裏口を指し示した。

扉の殴打が再開された。すぐにこいつらは、家の脇にまわりこむだろう。鎧戸はあけられているから、部屋の中は丸見えだ。ぼくは毛皮を何枚か引っつかむと、よろめきながら裏口を出て、そのあと扉を静かに閉めた。

「服を着るまでくらい待っててちょうだいよ、フューさまのために！」とスプリングが声を張りあげるのが聞こえた。「こんな朝っぱらからなんの用さ、いったい？」

返事はくぐもっていたが、いらついているのはわかった。

物が壊れる音と、怒ったスプリングの叫び声が聞こえた。敵どもが家に押し入ったのだ。だれか男が、大声で横柄にスプリングを問いただす。ぼくは逃げ場を探して見まわした。女性集落は道の両側それぞれに家々が一列に連なっていて、各戸が隣と狭い路地で隔てられている。ぼくの前には、ひらけた草地が日ざしを浴びて広がっていた。樹木はほとんどなく、身を隠せる物もないに等しく、朝日が長い影を落としているだけ。いまのぼくに走るのは無理だ。歩けるかどうかさえわからない。だが運まかせにはできなかった。ぼくにできるのは、敵たちが家の中にいるあいだに横をまわって正面に出て、道のまん中で叫んで、できるかぎりの注意を自分に引きつけることくらいだ。そうなれば敵も手を出せないかもしれない。

足を引きずりながら家の角を曲がって、幅約四ペースの路地に出る。そこでぼくは、諦観《ていかん》が胸の中でふくれあがるのを感じながら、よろよろと壁にもたれかかった。

路地の出口は仮設の建物のようなもので完全にふさがれていた。あとからふり返れば、それがなにかは一目瞭然なのだが、恐慌状態で目がくらんだそのときのぼくには、それは自由への障壁としか映らなかった。そして恐慌状態のぼくはその障害物に爪《つめ》を立て、なにかがたわむのを感じ、もんどり打って腰の高さの柵《さく》を乗りこえ、闇の中にいる自分に気づいた。両手が毛皮の塊を探りあてる。ぼくはその塊の下を這い進んで隅っこに体を押しこみ、息を静めようとした。

「あの子を見かけてもいないよ、決まってるだろ！」スプリングの怒鳴り声が聞こえた。「ここが女性集落なのをお忘れじゃないかい、氷男《フリーザー》さんたち？」

「あいつはこのあたりのどこかにいる」もっと近くで男の声がいう。

それを聞いてぼくが凍りついたのは、それがよく知っている声だったからだ。それと同時に、謎の新たな一部が解けた。

まさにそのとき、ぼくの下の床面が移動をはじめた。

あまりの不意打ちとありえなさにぼくは大声をあげかけたが、その前に自制を取りもどした。ヤムは地震に襲われているのだと自分にいい聞かせる。それでぼくの目下の窮状がどうにかなるわけではない。ぼくはじっと息を潜めて横たわり、スプリングがぼくの敵たちを納得させ、やつらが立ち去ってくれるのを期待するだけだ。

揺れは続いていた。だらだらといつまでも、耳障りな軋《きし》み音を伴って。これは地震などではないと、ぼくにもわかってきた。もっとずっとかんたんに説明がつく。

ぼくは荷車かなにかに乗っていて、それが移動中なのだ。

そう気づくと同時に、別の考えも浮かんだ。もしかしてこの荷車は、ぼくを敵たちから遠くへ連れ去ってくれるのでは。

ぼくは横むきに寝そべって、動物の死骸《しがい》のように荷車の動きに合わせて体を揺らしていた。絶対に避けたいのは、荷車の主の注意をこちらに引きつけてしまい、これはなんだというなり声に続いて毛皮をめくられることだ。そして荷車は道のまん中で止まって、荷車の主が、ここでなにをしているんだと大声をあげはじめる。

それを敵たちが聞きつけて、スプリングの家から飛びだしてくる。日がのぼったいまこの場では、やつらはぼくに暴行はしないだろう。けれど、いまのぼくにはわかっている。やつらはご立派な口実をひねり出して、ぼくを連行するだろう、やつらが好き勝手できる場所へ。

そう、父さんの地位を引き継いだはずのぼくでも、それには逆らえない。なぜなら、ぼくが耳にした最後の声は、スタンスのものだったからだ。


「さあいいか、おとなしくそこから出てくるんだ」

そして毛皮がめくられた。

いきなり光を浴びてぼくはまばたきし、逃げだす体勢をとったところで、自分の見あげている顔がなじみ深いものであることに気づいた。

「フューさまもびっくりだ！」と叫んだのはスミスで、「ハーディ青年じゃないか」

ぼくはひと目で荷車の中のようすを見てとった。スミサの巨体が火の消えた火鉢《ひばち》の脇にどしりとひざまずき、前端には金属製の物体と石炭が山積みされ、工具やら野菜やらの籠《かご》が乱雑に散らばっている。荷車の尾板と吊《つ》り下げられた獣皮のおかげで、ぼくの姿は道からは見えない。スミサが驚きを抑えて、大きくにやりと笑った。これは心強い徴候だ。

「どうかぼくをあいつらに引き渡さないでください」ぼくは早口にいった。「村を抜けたら、ちゃんと説明します。あと、車を止めないで、フューさまの名にかけてお願いですから」

ひと言もいわずにスミスは、ぼくをさっと毛皮で覆い直した。

ぼくはじっと待った。叫び声が聞こえた。荷車はガタガタと走りつづけた。ロックスが止まらないよう、ロリンのウィルトが御《ぎょ》しているのだろう。

叫び声が近づいてくる。

スミスが怒鳴りかえした。「ぼくが自分の荷車の中身を知らないとでも？」

すぐ近くで、息切れしたスタンスの声が呼びかけた。「そうじゃない、だが、おまえさんが見ていない間に、あいつが尾板をこっそり乗りこえたかもしれないだろう。少しのあいだでいいから、止まってくれないか？」

「その間抜け連中がぼくの荷車の中をうろつくのを許すと思ってるなら、考えなおすんだね！」

「人殺しを匿《かくま》うことになるかもしれないんだぞ！」

「そのときはそのときだ」

「そこにいるのか、ハーディ」とぼくの叔父が怒鳴る。「遠くまでは逃げられんぞ。おれたちはおまえを追いかける。おまえはいつまでも正義から逃げてはいられない！」

ぼくは正義から逃げる必要はなかったが、スタンスから逃げる必要があるのは確実だった。一対一ならぼくはスタンスに勝てるだろうが、明らかにむこうには狩猟隊から選び抜いた面々の加勢がある。しかもそいつらにスタンスは、ぼくが人殺しだと思いこませたのだ。だれを殺したかといえば、最近殺された人はほかにいないのだから、父さんを、だろう。

確かに、ぼくはそのときノスにいた。そして不可解にも、唯一の証拠品を紛失した——父さんの死体を。さらにぼくはカフに対する激しい非難を口にしたが、それは自ら罪をおかした者が騒ぎたてているように思えたかもしれない。

もしスタンスがぼくを捕まえたとして、そのあとはどうなるのだろう、とぼくは思った。いちばんあまい措置は、ぼくの追放だ。それよりは自分の家に監禁され、そこで失火が起きるというほうがありうる……。ぼくは毛皮の下で縮こまった。どうなるかを、身をもって知りたくはない。

ぼくを追いかけて、捕まえようとしている叔父。この男はほかに、なにに関与してきたのだろう？　昨夜のぼくの家への急襲は？　十中八九。ぼくの夢見の池にいた氷魔は？　氷魔を運んでこられるくらいには、モーター車の運転に慣れている。蒸留液の一件と、父さんの殺害は？　そう、スタンスはそのとき、ノスの近くで狩りをしていた。そして、ぼくが狩人《かりうど》たちにあの日の陣形を聞いてまわるのを、嫌がっていた。

しかし、スタンスには自分自身の兄を殺すような真似《まね》ができただろうか？

どうやら、できたらしい。

しかし、なぜそんなことをしようとしたのか？　そして、なぜいまはぼくを追いかけているのか？

父さんが、少なくとも、いまも生きていたとして、それによってスタンスが得られるものはいくらでもある。父さんはスタンスの役に立ったし、必要不可欠ですらあった。けれど、スタンスがそのことに気づいていなかったとしたら？　ぼくたちの先祖は記憶を授けてくれることはできるが、その記憶を賢く使えるだけの分別をもたらすことはできない、とはしばしばいわれるところだ。もし仮に、スタンスがうぬぼれと愚かさのあまりに、父さんの助力を長《おさ》としての自分への干渉、いやそれどころか挑戦だと見なしはじめていたとしたら？

スタンスはそこまで愚かだろうか？

それに、たとえもしそうだとしても……ぼくを標的にしているのはなぜだ？　ぼくのなにが脅威になるというのか？

ぼくを覆《おお》い隠していた毛皮が、ふたたびめくられた。

「さあ、ハーディ！　村を抜けたぞ。では話してもらおうかな、これはいったい全体どういうことかを」

ぼくは尾板の上に吊り下げられた獣皮の隙間から外を覗き見た。少し後方で、女性集落の家々に両側をはさまれた道のまん中に、男たちの一団が突っ立っていた。スタンスと狩猟隊員たちだ。全部で五人。あれがぼくの敵どもだ。では、ぼくの味方はだれだろう？

「それがわかればいいのに」

「火鉢のそばにおいで、少年」といったのはスミサだった。「ここはまだ、温《ぬく》もりが残っている」

〝少年〟と呼ばれるのは、むっとしたけれど、スミサの声には親切さしかなかった。ぼくは這い進んで、スミサの巨体の脇にある狭い長椅子に体を引きずりあげた。

「足首がそんなでは、遠くまで行けない」じっと視線を注ぎながら、スミサがいった。

「でも、ヤムにはいられません」

「それはさっきのようすでわかった」とスミス。「人殺しがどうとかいうのは、なんのことだい？」

「それがわかる前に逃げだしてきたんです。だけど思うに、ぼくが父さんを殺したといって非難しているんでしょう」

「ヤム・ブルーノを？　ありえないもいいところだ。きみとお父さんはいつも仲良くやっていただろ？」

急に涙ぐんでしまった自分の弱さに腹を立てながら、ぼくは唾《つば》を飲みこんで、「ええ」とつぶやいた。

「だよな」スミスはため息をつくと、火鉢をはさんだむこう側に腰をおろした。「トットニーに着くまで、時間はたっぷりある。これがいったい全体どういうことなのか、話してくれたほうがいいんじゃないかと思うよ」

ぼくが話し終えたときには、太陽は高くのぼっていた。荷車はガタガタと進みつづけ、車輪が道にあいた穴に落ちるたびに傾いたり揺れたりした。スミスは無言ですわっている。スミサはしばらくしてのっそりと立ちあがると、食事の仕度《したく》に取りかかって、弱火にかけた古びた鉄製の深底鍋で丸パンを揚げはじめた。鈍重そうな体格に反して、平気な顔で揺れにバランスを取っている。

「その女の子」やっとでぼくが説明し終えると、スミサが、「あなたの証人。あなたの話に出てきたのは、わたしたちがこの前の凍期に会った女の子ではない？」

「違う、そのときの子はヤム・ファウンだ。父さんを見つけた日にいっしょに船に乗っていたのが彼女だったら、なんの問題もなかっただろうな。でもぼくは、このごたごたにノス・チャームを引きずりこみたくない。そんなことをしたらロネッサも許しちゃくれないだろう。あの人は、父さんを好きだったからぼくに我慢しているだけなんだし」

「詫びをいえば、ロネッサもわかってくれるはず。あの人は確かに気性が激しいけれど、目の前にきちんと示されれば理屈はちゃんとわかる」スミサは自信ありげにいった。

「でもどっちみち、スタンスと部下たちはアリバイに耳を貸そうとしないと思う」

「だから、横から攻める。父親を殺したといって非難したのはまちがいだったと、ノスの人たちにいうだけでいい。そうなればチャームも味方について、あなたの父親が殺されたころには自分があなたといっしょにいたと、ヤムのみんなにいえるようになる」

「でも……。チャームは女の子だ。それも水掻き持ちの」

スミスがくすくすと笑って、「ある考えがひとたび脳足りんな頭に入りこんでしまうと、それは確実に何世代にもわたって力をつけていく。人種混交に関する古い俗説がまた顔を出したようだ。いいかい、少年。ぼくはファル生まれの水掻き持ちで、男性だ。スミサはアリカ生まれの根掘り虫で、きみはそういう目で見ていないかもしれないが、女性だ。その上、その外にいるウィルトはロリンだ。それでもこうして、ぼくらはいっしょにいる、水掻き持ちと、根掘り虫と、ロリンが。男性と、女性と、ほかのなんだかが。けっこう仲もいいし、協力しあっている。きみには異様に思えることかもしれない。ぼくらは、この世にこんな当たり前なことはないと思ってる」

「アリカには息子だっている」スミサがいった。

「息子には、ほかの人と比べて異様なところはないよ」とスミス。

そしてぼくは、スプリングの言葉を思いだした。『聞かせてあげよう。ヤムには、あたしみたいな女性がほかにもいる。ブルーノみたいな男性もいる。問題なのは、自分がまわりとは違っていると認める勇気が、その人たちにはないことだ』

明らかに、スミスとスミサにはその勇気があった。

「ノスに行って、そこで和解するんだ。チャームはきみの味方についてくれる」スミスがいった。「まちがいない」スミスは立ちあがって、揺れる荷車《ラックス》の後部まで歩いていくと、獣皮を押しのけた。「なんてこった！」スミスは叫んで、「あそこを見てみろ」

遠方に、少人数の男たちが槍を持ち、ロックスを連れて、ぼくたちのあとを追っているのが見えた。男たちには急いでいるようすはまったくなかったが、その必要もないのだった。時間はたっぷりあるのだから。

「あいつらをふりきるのは無理だ」スミスがいった。

ロックスは、スノーターのような速く動ける獣ではない。自分たちの歩調でのろのろと歩こうとする。けれど、力はとても強く、この荷車を引いている二頭のロックスが、敵たちの荷物を運んでいるロックスの群れの先を進みつづけることには、なんの困難もないだろう。問題が起こるのは、こちらのロックスが食事の時間になったと決めたときだ。そうなるとロックスは立ち止まり、頭を下げて道端の植物を食《は》みはじめ、どれだけ怒鳴りつけようが蹴りつけようが、満腹して動く気になるまで先へ進ませることはできない。

なにごとにもいつもの自分の調子で対処するらしいスミサが、丸パンと肉のフライの大皿をまわしてきた。「時間はたっぷりある」とスミサは気楽な調子で、「ロックスはさっき食事をした」

「そのうちなにかの手段を考えつくさ」とスミス。

ぼくとしてはもっと具体的な計画のほしいところだったが、食事はありがたかった。

ぼくは食べはじめた。丸パンは風変わりだがいい味で、きっとスミサが旅のあいだに見つけた香草を使っているのだろう。肉はグルームライダーのようだ。噛みでがあるのはスノーターの肉と似ているが、かすかに魚くさい。ぼくはろくに噛《か》まずに飲みこんだ。食事はきのうの午後以来だ。スミサがおかわりをくれた。その間ウィルトは、清潔とはとてもいえないへなへなの獣皮からなにか流動物をすすっていた。

ぼくは追っ手が気になってしかたなかった。「でも、あいつらが追いついてきて、荷車の中を調べられたら？　ぼくをここで見つけたら、目撃者も残しておこうとしないんじゃ」

「だろうね、事態がきみの推測どおりなら、まちがいなく」スミスはうっすらと笑って、「でも、ぼくはきみに休む暇をあげるつもりだ、だってスタンスよりもきみのほうが信用できるからね。前の凍期に荒れ地の道で、きみが自分を保っていたようすを、ぼくは忘れてないよ、あのときスタンスは精神的にまいってたけれども。さて、さっきもいったように、あいつらをふりきるのは無理だ。そこでどうするかというと……」

昼下がりに荷車はガタガタと矢尻森に入っていき、イソギンチャク樹の木立《こだち》の葉状体が頭上を閉ざし、なにかを期待するようにこちらへ伸びてきた。スミスは荷車の前部に行って、手綱をウィルトから受けとった。ロリンがぼくたちのところへやってくると、スミサは毛皮で彼をくるみ、顔が確実に隠れるようにしてピン留めした。そのあと、スミサはぼくにも同じことをした。荷車は暗さを増す森の奥へ進んでいく。ぼくは尾板の上の獣皮を少し分けひらいて、外を覗いた。追っ手たちは百ペース離れて、その距離を保っている。むこうとしてもほかに手がなくならないかぎりは、強引に荷車の中を調べてスミスを怒らせたくはないのだ。スミスが時おりヤムに来てくれなければ、機械類は壊れたままになってしまう。追っ手たちは日が暮れるまで待機戦術をとってから、火鉢でいっしょに温まらせてくれと公共心に訴えて中に入りこむつもりだろう。

しかしいま、その待機はやつらの予定より早く終わりを迎える。

「行って、ウィルト！」と鋭い声でスミサ。

ロリンはぼくを押しのけるようにして道に飛びおり、驚くほど人間そっくりの走りかたで、ぼくたちの左側の森に走りこんだ。

スタンスと部下たちは勝ち誇った叫び声をあげた。ロックスを放りだして、ウィルトの行く手を遮る角度で森に全速力で駆けこむ。すぐにその姿は視野から消えた。最後の瞬間にぼくは懸念をいだいた。「このことであいつらがあなたを責めたてたりはしない？」

「たいじょうぶ」スミサはぼくに食料の袋を手渡しながら、「ウィルトはしばらくしたら、やつらにわざと捕まる。やつらがウィルトを連れて戻ってきたら、ウィルトはミルクをひと袋もらいにロリンの巣穴に出かけたのに、やつらが追いかけてきたので怯えたんだといってやる」

巣穴でミルクをひと袋なんてもらえるんだろうかとか、あのロリンはどうやってこのすべてにおける自分の役割を理解できたんだろうとかは気になったけれど、いまは話しこんでいる時間はない。叫び声は森の中に消えていた。「ありがとう」とぼくはいうと、尾板を乗りこえて道に飛びおりた。

スミサの大きな顔が上からぼくを覗きこんでいた。「ノスに行く。あの女の子に会う。謝罪する。ノスの人たちを味方につける」

「そうするよ」ぼくは誓った。「ほんとうにありがとう」

ぼくは道の右側の森に入りこむと、足を引きずりながら南へむかった。足首をかばい、うるさくまとわりついてくるイソギンチャク樹の葉状体を払いのけながら。葉状体には手荒に対処することが必要だが、手荒すぎてもいけない。詳細は挿し木《さき》用の切り枝を集める育樹者に聞いてほしい。

逃亡は人に勝利の高揚感をもたらすことができる、とくに追っ手が逆方向にむかっている場合には。太陽をつねに肩の上に、足を引きずりつつも着実に南下しながら、ぼくの意気はしばらくのあいだ高いままだった。

やがてぼくはイソギンチャク樹の木立を抜け、あまりまとわりついてこないコップ樹や、ぽつぽつとキイロノ実をつけた低いトガリ木のあいだに入りこんだ。熟していない酸っぱいキイロノ実で喉の渇きを癒《いや》しているうちに、ぼくは意気消沈しはじめた。太陽はもう思ったより低い。まもなくラックスがのぼってくるだろう。

夜を安全に過ごせる場所を見つける必要があったが、ノスまでは徒歩で一日かかるし、ぼくの知るかぎり、その途中に人の住んでいる場所はない。確かにスミサは、ぼくがまちがいなくたくさんの毛皮を持っていくようにしてくれたが、これでも足りはしないだろう。大きな火を焚《た》いて、そのまわりにテントを張る狩猟隊員たちでさえ、たがいを監視しあう必要がある。夜中に人々を襲う病に徘徊《はいかい》というものがあり、寒さのもたらす恐慌状態が徐々に募って人から常識を奪い去り、命取りな暗闇の中へ無意識にふらふらと歩きださせるのだ。

ひとりきりで、テントもなく火も焚かないぼくは、徘徊を発症する確率が高い。ぼくは怯えはじめていた。

ぼくは自制心を呼びおこして、周囲の状況を考えてみた。このへんの森はそれほど木が密集しておらず、上部に低木の木立のある小山が数百ペース南に見えた。ぼくはそちらの方向へ進み、まもなく息を切らせつつ頂上に着いた。足首がずきずきと痛む。太陽は低く、影が長く伸びていた。ぼくは目をつむって、太陽神フューへの短い祈りの言葉を唱えた——このときのぼくの精神状態がわかろうというものだ。

目をひらいて、野山をじっくり見渡す。

ひらけた土地が南にうねっている。荒れ地の低い丘、森林、蛇行《だこう》する川のきらめき、そして彼方《かなた》に海。人の気配はない。家もなければ、立ちのぼる煙も見えない。ひとつとして。

ぼくは頭を働かせようとした。似たような状況に囚《とら》われた先祖の記憶を求めて心の中を探ったが、ひとつも出てこなかった。もっと夢見に一生懸命になって、この種の危難についての体験をもっとたくさん入手しておけばよかった、と後悔しはじめる。いまから夢見をしてみても遅すぎる。星夢を見るには心の安らぎが必要だが、いまのぼくは安らぐどころではない。それにどのみち、ぼくの先祖の中にこうした窮地に陥るような間抜けな人がいたとは思えなかった。そんな人がいたら、きっと子孫を残す前に死んでいたはずだ。

実現性のある解決策はひとつだけ。あの道に引き返せば、スミスはとっくに遠く離れただろうが、スタンスとその一味をなんとか見つけてその慈悲にすがることはできるかもしれない。彼らは夜を切り抜けるのに必要な装備をひととおり持っている。それで少なくとも、ぼくは今夜を生き延びられるだろう——ただし、スタンスが正規の手続きである公開裁判抜きに、その場で即座にぼくにケリをつけようと決心しなければだが。

イチかバチか、ぼくはそれに賭《か》けざるをえない。スタンスがぼくの唯一の希望だった。まわれ右をして、ぼくは北にむけてよろよろと引き返した。

イソギンチャク樹の木立まで戻ってきたとき、なにかが聞こえたような気がした。

立ち止まって耳をすます。確かになにかの音がする。ハジケ草が踏みつぶされる規則的な音が、なにかの接近を告げている。最初はロートの足音かと思ってから、いや、この背の高い動物は触手が首に巻きつくのをおそれて、イソギンチャク樹に近づかないものだと思いだした。そしてこの足音はスノーターにしては規則正しすぎる。となると、スタンス一味のだれかでしかありえない。あの氷結野郎《フリーザー》どもの存在を、こんなにありがたく思ったことはなかった。

「スタンス叔父さん！」ほっとしたぼくは、敬称付きで呼びかけることさえした。

「ぼくはここです！」

踏みつけられた低木の折れる音がしたかと思うと、一頭のロリンが目を見ひらき、唇に指を当てて、ぼくに走り寄ってきた。

「ウィルト！」

ロリンはぼくの脇に来ると、毛深い前足でぼくの手を取って、ぐいっと引っぱった。ぼくをふたたび南にむかわせたがっている。

「ハーディ！」遠くから叫び声がした。「どこにいる？」

ウィルトが前よりさし迫った感じで手を引いた。決断すべき瞬間だ。そこでふと、ぼくの子孫たちが――もし存在するならば――ぼくの選択をどう思うだろうという思いが浮かんだ。スタンスを選べば、たぶん当座は安全だ。一方、ロリンを選べば、先行きはわからない。

だがウィルトには、どこか安心させてくれるものがあった。

ぼくはウィルトに導いてもらうことにした。ウィルトはぼくの手を握ったまま走りはじめ、ぼくはつんのめるようにしてあとに続いた。さっきのぼった小山の裾《すそ》をまわりこみはじめたときには、叫び声はもっと近づいていた。ぼくは木の根に足を引っかけて足首に突き刺すような激痛を感じ、倒れこんだ。ウィルトがぼくの脇にかがんで、強く引っぱった。彼はなにかの音声を発して指さすと、ぼくから離れてトガリ木の低い枝をかき分けた。

そこにぼくは希望を見た。

ぼくは前に這い進んだ。ふつうならトガリ木に近づくのは馬鹿のすることだ。トガリ木は通りかかった獲物を長い棘《とげ》で串刺《くしざ》しにし、狙いどころがよければスノーターすら仕留めてしまう。だがこのトガリ木の茂みは動きを見せなかった。とても多くの生き物がロリンのそばでそうなるように、静まりかえっている。ぼくは無傷のまま棘を押しのけて進み、上に垂れ下がった葉状体に覆い隠された砂地の地下通路に這いこんだ。そこでぼくは力尽きて地面に突っ伏した。ウィルトが横にひざまずいて、冷たい前足をぼくの額にあてた。

「やつはこのへんのどこかにいる」あまりに近くで声がしたのでぼくは思わず起きあがって、地下通路の天井に頭をぶつけた。

「愚かなひよっこめが」スタンスの声だ。「この夜を生き延びられるとでも思っているのか？　そんなことより、これでおまえたちもわたしのいうことを信じる気になっただろう。みんなやつの声を聞いた。そしてさっきの場所ではハジケ草が踏みつぶされていた」

「おれはただ、スミスのせいで焦《あせ》ったんだよ。スミスがあのロリンを送りだしたのは、きっと陽動作戦だったんだ」

「それはどうかな。ラックスじゃあるまいし、どうやったらロリンに話を理解させられる？」別のひとりが聞く。

「あのロリンは何年もスミスといっしょにいるんだ。それにロリンが馬鹿じゃないのは知ってるだろ？」

「まあ、ともかく、ハーディがこんなところで無事でいられる見こみはない」とスタンスがいった。「それにやつは、自分から有罪を認めたようなものだ。罪をおかした者でなければ、こんな風に逃げたりはせん。スミスはハーディのことなどなにも知らなかったと考えていいと思う。ハーディは荷車の後ろのどこかに隠れていたのだ。まったく《ラックス》、あそこには山のようなガラクタがあるからな。そしてロリンが小便をしに出ていったとき、やつはその機会を利用した」

「じゃあロリンが、あんたの甥そっくりに見える格好をしていたのはどういうわけだ？」

「そんなことは忘れてかまわん。すんだことはすんだことだし、氷結《フリーザー》ひよっこはこの夜を生き延びられんだろうから、スミスの反感を買う意味などはない。行くぞ、おまえら。フューはもう沈む。ロックスのところへ戻ったほうがいい」

「それでも、もう少し捜したほうがいいと思うんだが」と男たちのひとりが迷っている口調で、「少なくともあの子を自分の愚かさから救ってやれるかもしれない」

「いいや」スタンスがぴしゃりといった。「もうじゅうぶん捜した」

「おまえさんがあの子を見つけたがってないように思われるかもしれないぜ、スタンス」

スタンスの声はリーダーならではの仰々しさを帯びていた。その顔に浮かぶ表情が見えそうな気さえする。「このすべてがおれ自身の一族内で起きたことは、おれの深い悲しみとするところだ。おれはわが甥の死を、悪い血すじの男性の家系を絶やすために不可避な贖罪《しょくざい》と受けとめる。それは悲劇ではあるが、これが次善の策なのだ。さもなくば、ヤムでは議論、釈明、それに対する反論がしばらくのあいだ繰りひろげられ、最悪の場合、ノスの良き友人たちの感情を害する可能性もある。いまそんなことになったら、おれたちはお手上げだ。そうだ、ヤムのことを思って、おれは自らの親族を犠牲にするのだ」

「それはあなたの名声を高めるだろう、スタンス」

男たちの声は遠ざかっていって、ぼくはウィルトとふたりきりになった。

そして夜は遠くない。

地下通路は低くて狭く、大きさはかろうじてぼくがウィルトのあとについて這い進める程度。まもなく、ぼくたちは完全な闇の中にいた。両側にほかの地下通路がいくつもあいているように感じられ、ぼくは正しい道を進みつづけるためにウィルトの毛むくじゃらの足をしっかり握りしめていた。果てしなく這い進む。寒くはなかったが、膝が痛くなってきた。あとどれくらい進むのだろう、そして目的地に着いたら、そこにはなにがあるのだろう。

ロリンが地面の下の穴の中に住んでいるのはだれもが知っていることで、ヤムの近くに大きな巣穴があると噂されている。そして、ぼくたちが知っていることはそれでほとんどすべてだ。それ以上調べてみようとは、だれも思わない。身のまわりの光景の当たり前な部分には、ぼくたちはほとんど好奇心を持たないのだ。ぼくたちはロリンを狩ったり、食べたりはしない。それはたぶんロリンが、ぼくたち自身を小さく毛むくじゃらにした姿と、あまりにも似すぎているからだろう。だからロリンは、ほぼまったくぼくたちから干渉されずにいる。

ひとつ、ぼくたちにわかっていることがある。ロリンが友好的なことだ。ロリンたちは、困っている人がいると助けてくれる。ロリンには、不愉快にさせられるような特性はなにひとつなく、ぼくはたびたび思うのだが、太陽神フューだの大ロックスだののいろいろその手の馬鹿げたもののかわりに、ロリンに祈りを捧げたほうがご利益があるのではないだろうか。少なくとも、ロリンならぼくたちの祈りを耳にすることができるはずだ。けれどこんな異端の考えは、いちどとしてだれにも話したことはない。フューさまに忠実なスタンスがどんな反応をするか、容易に想像がつく。

数年前、ぼくは父さんとロリンのことを話しあった。父さんの話では、星夢を見ていてロリンに関するなんらかの真剣な考察が出てきたことはいちどもなく、ロリンがいかに温厚でいかに助けになるかという実例が頻繁に出てくるだけだったという。けれど、いくつかの伝説があった。そうした伝説のひとつは、かつてロリンはしゃべることができたが、テレパシー能力を発達させるにつれて、徐々にしゃべる能力を失ったのだと語っていた。

伝説というのは、いまでは血すじが途絶えている大昔の人たちが体験した事柄だと思われる――それゆえに、現存する人たちの星夢の中では呼びおこされることがない。そして口承によって伝えられ、おそらくその語り継がれる過程で、しまいには、嘘も同然のものにまでなってしまった。宗教とはそうした嘘に基《もと》づいたものだ。大ロックスの姿になった太陽神フューが、かつて極悪非道の氷魔ラックスの手中からこの星を引き離した、とか。あるいは、雲の上の親山羊《おややぎ》さまがあらゆる人々を生んでいる、とか。

そして、ドローヴとブラウンアイズの伝説がある、はるか昔、ラックスの力がふたたび優勢になったかに思われたとき、世界を救った不死の恋人《カップル》たち。どうやって救ったのかは、ぼくには見当もつかないが。伝説の告げるところでは、この英雄譚《たん》においてロリンが重要な役割を果たしたといい、それもまた、ぼくたちがこの生き物にとても好意的な理由になっていると思う。

そしていま、こうしたすべてを理由に、と同時にほかに選択肢がないので、ぼくは自分の命をロリンに委ねていた。

這い進んでいくと、突然、周囲のようすが変化した。地面が柔らかくて乾いたものになり、もっと砂っぽくなった。空気は暖かく、黴くさかったが不快ではない。地下通路の壁が広がった。ぼくはウィルトの足を手放し、両腕を四方八方に伸ばしてみたが、触れるものはない。ぼくがいるのは広さ不明の洞窟《どうくつ》だった。ウィルトの手がぼくの手をつかんで、上に引っぱった。逆らわずに、ぼくは立ちあがった。耳に届くのは、たくさんの引きずるような足音と、だれかが革水筒をすするのと似ていなくもない奇妙な音。

ぼくはロリンの巣穴にいるのだった。

そういう場所があるとは前からいわれていたが、ぼくの知るかぎり、その中に入った人間は、ぼくがはじめてだ。そのときには、なぜ自分がそんな特別扱いをされているのだろうという疑問は湧かなかった。ロリンといっしょのときにいつも感じるように温もりと安心感があり、それは外の世界が危険だらけなのと比べて歓迎すべき変化だった。これで今晩は安全に過ごせる。

「ありがとう、ウィルト」ぼくはつぶやいて、ロリンの手を放した。

足を引きずって先に進んだぼくは、すぐに天井から垂れさがったなにかにぶつかり、それは揺れながら遠ざかったがまた戻ってきて、ぼくの額をぺたりと打った。握りしめてみると、それは温かくてしなやかで、生き物の一部分のようだった。

思いきり伸びあがって、手の届くかぎりのところまでそのなにかをたどっていく。腕の長さぎりぎりに近いところで、天井に広がる同じように柔らかい肉に指先が行きあたった。よろよろとさらに先へ進む。肉の天井は続いていた。さっきとは別の垂れさがった肉が顔に当たった。

「ウィルト?」

ロリンの手がぼくの腕に触れた。

「これはいったいなんなんだ?」

ウィルトはさらに先へとぼくを導き、すぐにぼくはより密に、より低く垂れさがった肉をかき分けながら進むことになった。頭が軽く天井にぶつかった。ウィルトに下むきに腕を引っぱられて、ぼくは素直に腰をおろした。するとウィルトは、垂れさがった肉のひとつをぼくの口もとに持ってきた。

それでぴんと来た。これは巨大な乳首なのだ。

ふだんは潔癖症ではないぼくだが、液体が唇をちょびっと濡《ぬ》らしたときに吐きだそうとしたことは認めざるをえない。さらに、無数のロリンがまわりにいるにもかかわらず、一瞬の恐怖を感じた。想像にすぎないが、ぼくたちがいまその下にすわっているのは、ロリンの掘った洞窟に押しこまれた想像もつかない大きさの獣だ。いわば洞《どう》窟牛《くつうし》。もしこの獣が腹をすかしたときには、いったいこいつの口はどこにあるんだ？　おそらくロリンはこの乳首から栄養を得ている。かわりにこの獣はロリンを食べているのだろうか、そしてそれが果てしなく繰りかえされてきたのだろうか？　そのことがなにを示唆《しさ》するかは、ぼくがこれまでおこなった夢見には——いや、ぼくの知るかぎり、ほかだれのにも——出てきたことがなかった。

ウィルトが乳首の先端をぼくの口に押しつけた。まあ、試してみたところで、なにが失われるわけでもあるまい。ぼくは乳首を吸った。

温かい液体に味はなかった。だが、自分がどれほど喉が渇いているかを自覚するにつれ、かすかな風味程度ではなくコチャジュース——ぼくのお気に入りの飲み物——の味が感じとれてきた。ぼくはむさぼるように乳首を吸った。ほどなくぼくは眠気を感じ、温かで柔らかな壁にもたれかかった。ここでは、天井と壁はひとつながりだった。

じつは自分がいまいるのは、この巨大な生物の体内らしいという事実を認識しかけると同時に、ぼくは眠りに落ちた。

ウィルトに手をぐいと引っぱられて、目がさめた。立ちあがれるだけの高さがあるところまで、這って壁から離れる。足首の具合はよかった。ロリンは不思議な治癒力《ちゆりよく》を持っている。ウィルトに導かれて発光する一種のキノコが群生している脇を通りすぎると、不意に地面が砂地に戻った。洞窟牛の体内から迷路のような地下通路に出たのだ。しばらくすると前方に日の光があらわれ、やがてぼくは目を細めて太陽フューの暖かな光を見つめていた。じつのところ、意外なほど暖かかった。最初、きっと真昼に違いないと思ったが、影の長さでまだ朝であることがわかった。ノスまで歩くのにおあつらえむきの日和《ひより》で、ぼくの気分も高まった。

南にむかって進むと、まもなくトットニーとノスを結ぶ古い街道に出た。パラークシが繁栄の中心地だったころには、たぶん主要街道だったのだろう。いまは、海岸沿いの起伏する丘陵地を縫《ぬ》がくねくねと縫っているにすぎない。時おり、海が垣間《かいま》見えたが、狩りの獲物になる動物はまったく見なかった。最近の狩りで成果があがらないといってスタンスを責めるのは気分のいいことだが、じっさいは、とにかく動物たちが今年は姿を見せないのだ。たぶん、もっと遅い時期になって出てくるのだろう。

それに対して、樹木はいくらでもあった。前にこの道を通ったのは四年前だが、ぼくの目には、樹林に覆われた部分の広さがあのときの倍になっているように見えた。コップ樹やイソギンチャク樹の木立の大半は聖なる植林地で、それは樹木の間隔が整然としていることですぐわかる。だがそうした木立のあいだに、風で種をまき散らされたさまざまな種類のミズフキノ木の木立があった。五十世代しないうちに、この土地は森で覆いつくされるだろう。

そう考えると喜びがこみあげてきたが、なぜなのかはわからなかった。

ノスへの道すがら、人の姿はほとんど見なかった。たまたま小作地と、その聖なる森に出くわしたぼくは、娘といっしょに萎《しな》びた根菜を鍬《くわ》で掘りおこしている女性に話しかけた。独立農民の大半がそうであるように、このふたりは清潔にはほど遠かったが、それはぼくだって同様だ。

「今年も作物を育てられる期間は短くなりそうですね」ぼくは思い切って声をかけた。

老女は干からびたキイロノ実のような皺だらけの顔に埋もれた目で、よそよそしい視線を寄越した。「それでもなんとかなる。ずっとそうだった」

頑固な老いぼれの愚か者。もしこの数畝《うね》分のしおれた野菜だけが次の凍期用の食料だとしたら、この親娘《おやこ》が生き延びられないのは確実だ。ぼくにちらりとむけられた老女の娘の視線には、怯えが見てとれたと思う。娘といってもぼくよりはるかに年上で、ぼくの母親くらいの年齢だろう。

「なぜノスに引っ越さないんですか?」ぼくは尋ねた。

「なぜそんなことをせにゃならん?」老女はいい返した。「ずっとここで暮らしてきたんだ」

定住集団で暮らすことの利点を説明してやりたかったが、この老女が理解できそうな単純ないいかたを考えつけず、結局、「ノスではいまも魚がたくさん獲れます」といった。

「うちの人が漁に出てる」老女はにべもなかった。

うちの人。老女の娘は行きずりの旅人の落とし子だろうと思っていたが、ぼくが目にしているのは、スミスとスミサのような例外的男女関係の、また別の一例らしい。孤立状態が原因で、村落でなら噂話になるようなかたちで男女がいっしょになってしまうのは、独立農民にはありがちなことだ。そしていっしょにいれば、奇妙なかたちの愛情も芽生えうる。
と、ぼくはいつもいい聞かされてきた。けれど、その逆をスプリングに示唆されたことがある。『村人たちの不寛容さのせいで、独立して小作をはじめざるをえない人たちがいるんだよ、ハーディ。村で暮らしているときに愛情が生まれて、それからその男女が追いだされるんだ』

いきなり娘のほうが口をきいた。「父さんが漁にいって二十三日だよ、母さん」

胸に穴があいたような嫌な気分になった。ぼくはささやかな悲劇に立ちあっているのだ。ぼくの視線を捕らえた老女の娘は、現実にむきあうようぼくから母親にいってほしがっているかのようだった。自分はすでに試みて、徒労に終わったのだ、と。

「二十三日といったら、長い時間です」ぼくにいえたのは、それがせいぜいだった。捌きの入り江までは午前中いっぱいかからずに歩ける距離だ。「長すぎるといわざるをえません」

「うちの人は帰ってくる!」母親は金切り声をあげた。

この老女に敵意を持たれてしまった。「ええ、きっとそうに違いありませんね」ぼくはなるべく本気に聞こえるようにそういって、歩きだした。

たぶん百ペースほど進んだところで、走り寄る足音が聞こえた。老女の娘はぼくに追いつくと、「この前、捌きの入り江まで行ってきた。あんたはもう気づいてただろうが」

ぼくは立ち止まって、女に目をむけた。顔は幅広で感じがよく、小作仕事のせいで年不相応に皺が刻まれていた。同じ理由で腰が少し曲がっていた。腰まで垂れた茶色の髪が首のあたりでぞんざいに縛ってあるのは、かがんで仕事をするとき顔にかからないようにするためだ。今日は暖かいとはいえ、薄着もいいところ。軽い革の仕事着とロックス毛織りのスカートだけ。胸はえぐれていて、乳首の輪郭は腰のあたりに見えた。この女は子どもを生んでいない。彼女の血すじの記憶は途絶する定めにある。この女が自分の生涯をまっとうしても、それはそれだけのことでしかない。

これは地球人にはぴんと来ない話だろう。男女が関係を持つ期間が短いぼくたちの世界では、女性は美しくある必要があり、男性は強くある必要がある。あるとき、ミスター・マクニールにそう指摘したら、こういわれた。『失礼なことをいって申しわけないのだが、ハーディ、だれもきみのお母さんを美しいとは呼べないだろう』だが前にも話したように、ぼくの父さんとスプリングの関係は例外なのだし、父さんは父さんでスプリングのぽっちゃりした顔の陰になにか愛らしいものを見出していたに違いない。

ぼくは目の前の女に尋ねた。「それで、なにか見つかりましたか？」

「父の船が、いつもの場所に、逆さまのままで」

「ほかにはなにも？」

女はそれ以上のことをいおうとしなかった。確かに、かんたんに決めつけられることではない。それでもぼくは、小さなV字谷と、坂を下って海辺まで連なっている池を思い浮かべていた。年老いた男が濡れたハジケ草に足をとられて坂をすべり落ちはじめ、地面に指を立てるが体を止めることができないまま、池のひとつに足が浸かって……。翌朝までに男は死に、それから氷魔が池を液状に戻して、男の体を引きずりこむ。そして数日が経ち、水際に骨が転がる。

けれど、それはだれの骨でもありうるし、この女はそれが自分の父親のものだと思いたくないのだ。

「父の姿はなかった」女はいった。「わたしはあんたといっしょにノスに行く」

「お母さんはどうするんです？」

「母は来ないよ」

「でも、それでは飢え死にしてしまう」

「いや。わたしがいなければ、次の凍期を越せる分はある。その先は母しだいだ」女は濃い眉《まゆ》の下からぼくを見て、「わたしの名前はヘレン」

「とても地球人風の名前ですね」

「父がつけた」

ヘレンがほかにほとんど口をきかないまま午後遅くになったころ、ぼくたちはノスに着いた。


「おまえ、なんでここにいる？」とノス・ロネッサが身も蓋《ふた》もなく聞いた。「わたしらは、おまえが死んだと思っていたんだが」

なんとも幸先《さいさき》の悪い出だしだが、それればかりかどこか不吉ですらあった。ぼくはロネッサとウォールアイが激しく議論をしているところへ飛びこんでしまったらしい。ノスの集会所の近くまで来ると怒鳴《どな》り声が聞こえたし、中へ入るとふたりが敵意を剝きだしにしてにらみあっているのと出くわした。いま、怒りを浮かべた三つの目と、白濁したひとつが、ぼくを凝視していた。

「またあとで来ます」ぼくは舌をもつれさせながらいった。

「いやいいんだ、入っておいで」とウォールアイは、唇を歪《ゆが》めて笑みを作った。「ヤムからのお客さんはいつだって歓迎だ。明らかにわたしたちは、きみの、あー、健康状態についてデマを聞かされていたらしい。事実は口伝えにされるあいだに歪む。結局のところ、唯一信頼できるものは記憶なのだ。さあ、おすわり。なにがあってここへ来たのかな、ハーディ?」

この人たちはどんなデマを聞かされていたのか、そしてだれから? その疑問はあとまわしと決めた。ぼくの話は長くなるだろうし、話が最後までたどり着くはるか前にロネッサの忍耐が切れてしまう気がしたから。いまのぼくに必要なのは、劇的に話を切りだして、この人たちの注意を釘《くぎ》づけにすることだ。

「命の危険にさらされているんです」とぼくはいった。「匿ってもらうためにここへ来ました」

ウォールアイは話に引きこまれたようで、「なんと!」と叫んだ。

ロネッサのほうは疑わしげに鼻を鳴らした。「匿ってもらう場所ならヤムで探せばいいだろう、自分の村なんだから」

「危険はヤムの中にあるんです」まるでスタンスの口ぶりを拝借しているかのように、話をわざと大ごとにしているような雰囲気を帯びてきた。ぼくは方向転換した。「そもそもは父がノスで殺されたときに遡ります。ぼくが愚かだったことを認めます。ひとえに、自分を見失っていたということに尽きます。馬鹿げた非難をいろいろと口にしたことを、心からお詫びします。この謝罪を受けいれてもらえるといいんですが」

「ふん」とロネッサ。

「この村の男たちのところへ行って、自分がまちがっていたとはっきりいってまわれば、それでいい」ウォールアイが救いの手を出してくれた。「時が経てば、なにごとも大した問題には思えなくなる」

「それで」と話を続けながら、ぼくは経緯のかなりの部分を端折《はしょ》ることにした。「すべてはあなたが二、三日前にヤムへ来た日に頂点に達したんです、ロネッサ」

「二、三日前にヤムへ行ったりはしていないよ」

「ぼく自身があなたと会いましたが」

「会えないって。行っていないんだから。ヤムには三十日かそれ以上行っていない」

ロネッサは腹立たしげに断言した。

「それはまちがいない」とウォールアイもいう。

ぼくはまじまじとふたりを見た。なんのつもりでそんなでたらめをいうんだ？「でもあなたは、ヤム・ワンドのところへ作物のことで話をしにきたんですよ！」

「それは三十日以上前のことだろ、さっきもいったが。わたしの記憶に疑義を唱えるのかい？」輝く石のような目をして、威嚇《いかく》的な胸で上等な革の上着を張りつめさせ、ロネッサは席から腰を浮かしかけた。

「違います、違います、もちろんそうじゃなくて……。ちょっと待ってください」ぼくはいった。「少し考えさせてもらえますか」

ロリンだ。だれでも知っているように、ロリンは人の心に影響を及ぼすことができる。たとえば。地球人の採鉱場で作業効率が低下したこと。ぼくが夢見の池で氷魔から逃れたこと。ロリンはなんらかの方法で意識の流れを遅くするのだ。それは場合によっては、完全な意識の喪失《そうしつ》を引き起こす。

ロリンの巣穴に入ったのは気候がやわらいできたころで、ぼくは足首を怪我していた。外に出たときにはすっかり暖かくなって、足首は治っていた。

ぼくはどれくらいの期間、眠っていたのだろう？

ロリンが関わっていれば、どんなことでも起こりうる。

「すみませんでした」ぼくはいった。「あなたのいうとおりです。ぼくは時間の経過がわからなくなっていたんですね。このところ、あまりにたくさんのことが起こったので」

「それにしても、おまえさんは矢尻森で道に迷って、森の中で死んだと聞かされていたんだがね」とロネッサ。

「無事だったんです。ぼくが死んだと話したのは、だれですか？」

ロネッサは肩をすくめた。「とくにだれというわけじゃない。この村で周知のことになってからずいぶん経つ」

正しい事実を手にすることとの重要さを示す好例だ。ここ三十日間に受胎された子どもたちはみな、ぼくが矢尻森で死んだという話を、未来の世代に伝えていくことになる。それはあとで修正されるだろうが、ぼくに関する記憶はしばらくのあいだ混乱したものになるだろう。そのせいで心もとない気分になる人も出てくるはずだ。

ぼくの訃報とロリンの能力を考察するのはあとまわしにすることにして、ぼくは考えを整理した。ぼくたちはなじみのある筌風《うけ》の枝編み細工の腰掛けにすわって、低い卓を囲んでいた。この前ぼくがこの部屋にいたとき、父さんは生きていた。父さんはカフを壁に投げつけた。父さんの温かな気配がすぐそばに感じられて、ぼくは無意識のうちに星夢に入りこみかねなかった……。

ぼくは気を引きしめ直して、要点をかいつまみつつ今日までの出来事をふたりに話した。

ぼくが話し終えると、ロネッサがいった。「この前はカフで、今度はスタンス。ヤムの男長《おとこおさ》がおまえさんを殺したがっているなんてことを信じてもらえると、本気で思っているのか？　自分の甥を、ってことだよ？　とても信じられない」

「もしわたしたちがきみを信じるとしたら、ヤムとの関係がむずかしいことになる」とウォールアイが指摘する。

「それはぼくにはどうしようもありません」ぼくは一日じゅう歩きづめだったし、いつからなにも食べていないかはフューさまのみぞ知るだったし、疲れていた。「ひとつだけ教えてください。父が死んだ日に、スタンスはノスにいましたか？」

「ヤムの狩猟隊が東の崖の上にいたな、ここからそう遠くはない」とウォールアイ。

「村の中では、ひとりも狩人は見なかった」

「わたしもだ。もしヤム・スタンスが村に来ていたら、わたしたちがそれを耳にしなかったはずはないだろ？」とロネッサ。「あれは静かに動きまわれるような男じゃない」

「そうする必要があれば、別でしょう」ぼくはいった。話をしているあいだ、ぼくはふたりの顔を観察して、ごまかしている気配を察知しようとしていた。ぼくにもふたりの側の事情は理解できる。政治的な影響が生じたり、不愉快な記憶が残ったりしそうなことには、いっさい関わりたくないのだ。とくに、ヤムの男長を殺人で告発する関係者にはなりたくないだろう。その一方、このふたりはほんとうになにも知らないのかもしれない。ふたりの顔からはなにも読みとれなかった。ごまかしている気配ひとつ見えない。

「村にいた唯一のよそ者は、村なし男だ」といったロネッサの声には、無理もないことだが嫌悪感がこもっていた。「わたしの知るかぎりでは」

「あの男なら、あの日ぼくも見ています。でも、あの男には父を殺す理由がなにもない」

「村なし男は、理屈の通った行動をするとは限らない」ロネッサがいった。

ウォールアイがいい添える。「子どものころのあの男は乱暴者だった。ノスで暮らしていくことを許されるには、手に負えなすぎた。そして問題が起きた、ギーズ設定のままにしておくに越したことのない問題がね。だからあの男は、村を去らねばならなかった」

「権力者に恨みを持っているようなやつは、思いがけない機会があれば逃さないだろうよ……」ロネッサは遠まわしないいかたをした。「おまえのお父さんが背中をむけていたら……」

「村なし男が恨むとすれば、相手はノスの権力者のはずです。あの男はヤムにはなんの恨みもない。父を殺す理由がありません」

「あの男が受胎したときの状況は……」ロネッサが口ごもる。

「そのことは全部知っています。星夢で見ましたから」

「当然だね。おまえのお祖父《じい》さんが関係していることだ」

この女はぼくをいらだたせようとしている。「関係してはいません。たまたまそのとき、その場にいただけです」

「まあ、いずれにせよ」ウォールアイがとりなすように、「村なし男はヤム・スタンスよりも有力な犯人候補だ」

「ロリンの洞窟の外から聞こえたのがだれの声だったかは、さっきいったとおりです」

「それをきみのお父さんの死と結びつける理由はなにもない。スタンスは、きみがひと晩じゅう外にいることを心配していたのではないかな」

絶望的だ。この人たちの考えは固まっている。「わかりました」ぼくはいった。「意見が一致しないということで一致しましょう。ところで、しばらくのあいだノスにいてもいいですか？」

「チャームを困らせたら承知しないよ」ロネッサが嚙みつくようにいった。

「チャームを困らせたりはしません」

「どういう意味かはわかっているだろ」

「まあまあ、ロネッサ」ウォールアイがぼくに助け船を出してくれた。「ハーディがノスにしばらくいるかどうかは、男性集落の問題だ。ハーディがこの村の男たちに謝罪してくれれば、あとはわたしには反対する理由がない。村にいてくれることを歓迎すらするよ。彼からヤムについての有益な知識を得られるだろうからね」

「こいつはチャームとあんたの息子の邪魔になるかもしれないんだよ！」

ウォールアイはため息をついた。「それはカフの問題だ。ときどき、あの子の将来が心配になる」

「あんたのいうあの子は、いつかわたしたちの男長になるんだけれどね」

「そのとおり、わたしが死んだときに。そしてあの子は、あんたの悩みの種になるだろうな、ロネッサ」

ぼくがここに来たとき目にした敵意がふたたび浮かびあがってきたいまが、外に出ていく潮時《しおどき》のようだ。

5 粘流《グルーム》

昔、村の外れの河口を帆走渡し船が横断していた。船を操っていたのは村なし男の母親の父親で、その人が死んだあとはだれもその仕事を引き継がなかった。運ぶものがそれほどなかったのだ。漁で生計を立てている男性集落には予備の船があったから、専門の船便はほとんど不要だった。ノスの聖なる植林地は、その古い石造りの船着き場のあたりからはじまって、岬《みさき》までの丘の斜面一帯を覆《おお》っている。森を抜ける小道は右に左に折れ曲がりながら崖《がけ》の上に至ると、そこから海岸線沿いに東にむかって捌《さば》きの入り江に達する。ある日、村なし男の母親になる女は、ぼくの祖父とその友人ホッジとの歴史的な出会いにむけて、この小道をのぼっていったのだった。

ぼくが見つけたとき、チャームはひとりきりで、廃《すた》れた船着き場にいた。一本のウミススリノ木の木陰《こかげ》で逆さまにされた渡し船の残骸《ざんがい》にすわって、入り江の対岸を見やっている。ぼくの滑走艇《スキマー》が彼女の脇《わき》にあった。彼女はぼくに背をむけていたし、着古しただぶだぶの革の仕事着を着ていたから、最初はチャームだとはわからなかった。彼女だとわかったのは、例によってぼくの鼓動が急に危険なほど大きくなったからだ。

「やあ、チャーム」

古びた厚板の上でくるりとふりむいたチャームは、目をまん丸にした。近づいていくと、体を激しく震わせているのがわかった。ぼくをまじまじと見つづけたまま、言葉がない。

「ぼくだよ」と陽気に声をかける。「死んでなんかいないから」

それは控えめにいっても、無神経な第一声だった。けれどこの時点まで、ぼくたちふたりはどちらも、相手に対する心底の気持ちをまるで口にしていなかった、ということを考えに入れてほしい。ぼくは昔についての膨大な知識を持っているかもしれないが、未来と、それがチャームとぼくになにを用意しているかを知る手立てはなにも持っていないのだ。

チャームはまだ身を震わせていた。両手で目を覆い、両腕で膝《ひざ》をはさんで背を丸めてすわっている。それから指がひらいていき、ふたつの茶色い目が一瞬、疑い深く、ぼくを見つめた。そしてまた顔を覆うと、静かにすすり泣きはじめた。

ぼくは自分が生きていることに罪悪感を覚えかけた。腰をおろして、彼女に腕をまわし、ぼくが男性集落に移る歳《とし》になる前に母がぼくをあやすときに口にしたような、意味のない言葉をつぶやいた。とっさにしてやれることとしては、それが精いっぱいだった。ぼくはしばらくのあいだそうしてすわっていて、なにかが起きるのを待った。

そのなにかは、まちがえようのない、そして劇的ともいえるかたちで起きた。こちらにむけて体をひねった彼女が両腕をぼくの首にすばやく巻きつけると、ぼくを引き寄せて、びっしょり濡《ぬ》れた顔で頬《ほお》ずりしたのだ。

「死んじゃったと思っていたの」彼女はささやき声でいった。「みんなに、あなたは死んだといわれた。わたしも死んじゃいたかった」

ぼくはどうしたらいいか見当もつかなかった。「知らなかった……全然気づかなくて……」

チャームは腕をゆるめて、両手をぼくの肩にのせると、濡れた茶色い目でぼくの目を覗《のぞ》きこんでいたが、一瞬で冷静そのものの態度になると、「いいえ、気づいていたはずよ」といった。「それに、わたしみたいな気持ちになった人は、相手からも同じように愛してもらわなくちゃならないの。そうでなかったら、馬鹿みたいじゃない？だからキスして、いいでしょ？」

いわれたとおりにした。それまでいちどもしたことがなかったので、たぶんあまりうまくはできなかったけれど、ようやく終わったときにチャームはしあわせそうなため息を漏《も》らした。「もう、どうしよう！」彼女は叫んだ。「ほんとに、ほんとうにわたしを愛しているのね！」

愛していると告白されるのは、なにかと面倒な話だ。その結果、ありとあらゆる責任が覆いかぶさってくる。その責任を受けいれたなら、てきぱきと行動して、その気持ちが消え去らないうちに後世の血すじに記憶を伝えなければならない。だが幸運にも——と人々はいうのだが——それはとても楽ちんでこの上なく楽しいことで、すんでしまえば、関係した女性のことは忘れて自分の人生に戻ることができる。

父さんとスプリングと同じ道を進むことになるのでなければ、だが……。

その話をしておかなくてはならない。

「チャーム、ぼくにはきみをほんとうに愛していると、いい切ることができないんだ」

チャームの顔から血の気が引いた。「わたしと愛の営みをしたくないっていうの？」

「もちろんしたいよ、でもそれはいい結果にならないと思う」ぴったりの言葉がなかなか見つからない。「つまりね、ぼくは……迷惑をかけたくないんだ。のちのちのことに、ぼくは耐えられないと思うんだよ。きみが女性集落に去って、ぼくは時たま、道できみを見かけるだけ……。そんなのは耐えられない」

チャームの表情からはなにも読みとれない。「そういうのは嫌だというのね。じゃあ、どうしたいの？」

「父さんと同じ道を進むことになると思う。父さんとぼくの母親は、ぼくが生まれてからも、ときどきこっそり会っていた。あのふたりは、たがいを手放そうとしなかった。ぼくもきみを手放すことはできないと思う。きみをそんな目にあわせるのは、いいことじゃない」

「なぜ……どうして自分もご両親のようになると思うの？」

その告白をするには、大変な努力が必要だった。「はじめて会ったとき以来、きみを忘れることができずにいるんだ」ぼくは覚悟していた。チャームがぼくに馬鹿なやつといって立ちあがり、歩み去るのを。もしかすると冷血野郎《フリーザー》のカフを捜しにいくのかもしれない。

「じゃあ、わたしたちふたりともそうなのね」彼女はさらりとそういった。

いま耳にした言葉が信じられずに、「え？」

「あなたのお父さまとお母さまの考えは正しかったと思う。こっそりやったということ以外はね。ほかの人たちにどう思われたってかまわない、みんなラックスに落ちちゃえばいいんだから！」

ぼくは状況についていけなかった。ぼくの人生はほんの短時間で変わってしまっていた。ふつうは次にどんな行動をとるものなのか？　夢見をしていれば軟禁されていた時間をもっと有効活用できたのにと思いながら、ぼくは記憶を調べたが、先例はひとつも見つからなかった。信頼すべきわが父上の記憶のどこかにそれがあることはまちがいないが、その手の事柄を掘りだすには時間がかかる。父さんがそれをギーズに設定した可能性すらある、まさか息子が自分とこうも同じ道を進むことになるとは思わずに。

チャームが両手でぼくの顔を包んで、自分のほうにむけた。「まさか記憶を見てまわっているの?」にやにやしながら彼女は尋ねた。

「ええと、いなくもないかな」

チャームはくすくす笑って、「それって習慣に囚《とら》われすぎよ! 昔はなんの参考にもならないわ。だって、わたしたちみたいな気持ちになった人は、いままでにいやしないんだから!」

「ぼくたちはちょっと特別なのかもしれないね」あいまいないいかたをしたのは、ぼくの両親の恥ずべきふるまいに触れたくなかったからだ。

「特別に決まっているわ。永遠にこのままなのよ、ハーディ」チャームはぼくをぎゅっと抱きしめた。

けれどもぼくは、子作りをした男たちと酒場での会話を交わしすぎていた。子作りの作業が終わってしまうと、女性はその魅力を失う。男たちはみんながそういっていた。

だからぼくは、愛の営みをしてしまったら、ぼくの心の目に映るチャームをまばゆく光るものにしている輝きが、突然ふっと消えてしまうのではないかとおそれていた。もしそんなことになったら、彼女はひどくつらい思いをするだろう。ぼくはこの先の人生を彼女といっしょに送りたいし、いまの状態を終わらせるものはすべて願いさげだ。愛の営みは、まさにその終わらせるものになりえた。

チャームはぼくの両手を握りしめたままだった。そして彼女はぼくが愛の語らいを続けるのを待っていたが、ぼくは話題を変える必要があった。

「あの結晶をつけているんだね」ぼくはいった。

「見つけてくれて、ほんとうに助かった」チャームはぼくの手を離して、結晶を指でいじった。「もっとこれに似合う服を着てくればよかった。二度とあなたと会えるなんて思っていなかったから。そうよ、いったいなにがあったの？　どうしてあなたが死んだなんて話になったの？」

「それはあした話すよ」日暮れ時で空が暗くなりはじめていて、ぼくは身震いした。ズームが一頭きりで盛んに水しぶきをあげながら河口を渡っている。空腹と疲労にいきなり襲われたぼくは、ほんの一瞬だが奇妙なことに、快適な洞窟牛《どうくつうし》の中を恋しく思った。今日という日はぼくの子孫たちが何度となく訪れる一日になるだろう。「長い話なんだ」

「じゃあ、あした聞かせてね。ハーディ……」

「うん？」

「今夜、いっしょに眠れればいいのにって思ったの」

「ぼくもだよ、でも、ぼくたちの気持ちは穏便なかたちでロネッサに伝えなくちゃいけない」

「そうね。待てるわ、なんとかね」

ぼくたちは村へと戻っていった、手をつないで。

ウォールアイはぼくひとり用の家を手配してくれた。来訪者に対する通例のもてなしかたと同様、ぼくもウォールアイとカフ親子のところで暮らすしかないと思っていたので、これにはほっとした。自分自身の家を持ったことで、ぼくはこの村の一員であるかのように感じた。この家の前の住人はグルームライダーに喰《く》い殺されたのだが、ぼくたちが何世代もかけて学んだことのひとつが、歴史は滅多に繰りかえさないということだった。ぼくは家に棲《す》みついていたドライヴェットを追いはらうと、その夜はぐっすり眠って、伝説のドローヴとブラウンアイズの夢を見た。

翌朝、ウォールアイにもらった魚の燻製《くんせい》を温め、急いで食べてしまうと、ぼくの彼女に会いたくてたまらない思いで朝の日ざしの中に歩みでた。男性集落の家は道の片側沿いに並び、丘の斜面が背後に盛りあがっている。幅が広くて草木の生えていない土手が、河口の茶色い水面になだらかに下っている。一年のこの時期には、漁船はすべて土手に引きあげられて上下逆さまにされていた。男たちが、砂を含ませた沼海綿《ぬまかいめん》で船をこすっていた。

「きみはヤム・ハーディだね。わたしはノス・クレイン。前にきみがわたしの娘と船を走らせているのを見たよ」

背が高くて、硬そうなもじゃもじゃの赤毛の男性が、ぼくの前に立っていた。ぼくは無意識に最悪の事態を予想したが、男性の視線に敵意はいっさいなかった。むしろ心配すべきは、ほかの漁師たちがぶらぶらと近寄ってくるのが目に入ったことだ。

「しばらくのあいだノスにいられればと思っています」ぼくはいった。

「そうなればチャームは喜ぶだろう」その返事は心強かった。クレインは近寄ってきた連中のほうをむいた。全部で六人。そのうち三人は、魚を殴り殺すのに使う棍棒《こんぼう》を手にしている。たぶん、だからどうしたということではないのだろうが。「覚えているだろう、ヤム・ハーディだ」クレインが男たちにいった。

男たちはうなり声をあげた。覚えているのだ。

いまは下手《したて》に出るときだ。「この前ここに来たとき、父が殺されました」ぼくはいった。「ぼくは気が動転して、考えなしなことを口にしました。申しわけないと思っていることを、みなさんすべてに知っていただきたいと思っています」

「いうことはそれだけか！」漁船の陰からカフが飛びだしてきた。「きさまはおれを、おまえの親父を殺したといって責めたんだ！　きさまが謝る必要のある相手は、おれだ！」

カフが正しいのはいうまでもない。けれど、ぼくの自尊心が愚かにもそれを許そうとしなかった。「ぼくがここにいる人たちにいったことは聞いたんだろう。あれにはおまえも含まれる。だからおたがい、もうあのことは忘れないか？」

「いいや、忘れるものか！　おれは謝罪を要求する！」

「凍っちまえ、カフ」

よろけるようにぼくに近づいてきたカフは、両手を握りしめ、いつもよりさらに桃色の顔をしていた。ようやくその機会を手に入れたという顔。カフはぼくを叩《たた》きのめすつもりでいた。けれどカフはぼくとあまり変わらない体格だったし、チャームは自分のものだというこいつの態度を思いだしたことで、ぼくの拳《こぶし》に力が入った。

カフがまだのたのたと近づいてくるあいだに、ぼくはやつの鼻に先制の一撃を決めた。それでカフは立ち止まった。両目をうるませて鼻を握りしめ、ぼくの腕が自分より長かったという事実を検討している。カフはまわりの人々に訴えかけた。「やつはおれを殴った！　みんな見ただろう！　卑怯《ひきょう》な根掘り虫がおれを殴りやがったんだ！」

「もういい、いい加減にしろ！」ノス・クレインがぼくたちのあいだに割ってはいった。「きみたちはもう大人のはずだろうが、ふたりとも！」

カフはすでに後ろに下がっていた。「いまのことは親父《おやじ》の耳に入《は》るからな！」

ぼくたちはカフが立ち去るのを見送った。革のショーツを穿き、裸の背中がさっきまで作業をしていた船の泥で縞模様《しま》になり、おさまらない怒りと癇癪《かんしゃく》を心いっぱいに抱えたずんぐりした姿を。残念な状況だった。ぼくはノスで敵などほしくはないのだ。すでにヤムにいる分だけでじゅうぶんすぎる。

「おいで、ハーディ」男たちが自分の船のところに戻っていく中、クレインがぼくをそこから連れだした。「竜骨《キール》の作業を手伝ってくれないか。このへんで手伝いをしている姿を見てもらえたら、ずいぶん違うぞ、もし村にいたいなら」

「ウォールアイがぼくを村にいさせる気になるとはとても思えませんね、あの人の息子の鼻を殴ったんだから」

「ウォールアイはきみに借りが出来たんだよ。きみがやったのは、あの人が自分でする力のなかったことだ。きみには包み隠さず話をするよ、ハーディ。カフは手に負えなくなっている。ウォールアイがこの村の男長《おとこおさ》なのは、あの人がだれよりも昔までの記憶を持っているからで、それゆえわたしたちはあの人に敬意をいだいている。けれどウォールアイは足が不自由で、カフは暴れ者だ。そしてふたりは同じ家に住んでいる。そうなればなにが起こるかは、決まったようなものだ。ウォールアイが家を出られるような具合ではなかったときなんだろう、ウォールアイの指示のいくつかを、カフが村人たちに伝えるようになった。いまではわたしたちも、そうした指示がかならずしもウォールアイの出したものでないのを知っている。カフがたびたび、自分勝手にでっち上げているんだ。わたしたちはあの親子に抗議した。思いあがった若造が、わたしたち漁師にあれをしろこれをしろというんじゃないと。しかしウォールアイはカフに味方した。カフに無理強《むりじ》いされて、だとわたしたちは思っているがね。つまりいまでは、カフがこの村の男長なんだ、事実上の」

「父さんとぼくが前にここに来たとき、ウォールアイはカフがご自慢のようでしたよ」

クレインは顔を歪《ゆが》めて笑った。「きみのお父さんはカフを壁に投げつけたそうじゃないか。そんなところを見せられたら、父親らしい気持ちが湧《わ》いてこようというものだろう？　ともかく、いまや事態はそのころよりずっと悪くなっている」

「ヤムは今年もまた、食料を請《こ》いにくると思います」

「この村が現在の体制では、それは聞き入れてもらえないだろう。とりわけ、きみのお父さんがいない状況ではね。あの人はロネッサをうまく丸めこむことができた。スタンスがロネッサにもたらす影響は、その正反対だ」

クレインは好意的に思えたので、粘流《グルーム》に備えての仮竜骨からの釘《くぎ》抜き作業をふたりでやりながら、ぼくはノスに逃れてくる原因になった出来事を話した。その最後にぼくが発した質問に答えて、クレインは首を横にふった。

「いいや、青年。わたしはあの日、きみの叔父《おじ》さんのスタンスを見ていない。一日じゅう漁に出ていた。チャームと船に乗っているきみのほかには、内陸者《もの》はひとりも目にしなかった。スタンスの狩人《かりうど》たちが崖の上にいたのは、知っているがね」

ぼくたちは作業を続けた。時おりぼくはこちらへむかってくるチャームの姿を期待して、女性集落の方角の道にちらりと目をあげた。

クレインはぼくがだれを待ち望んでいるのか、わかっていた。「あの子なら今日は来ないと思うよ」

「はい、なんですか？」相手がなんの話をしているかわからないそぶりでさりげなくそういいながら、金槌《かなづち》と梃《てこ》で頑固な釘の相手をする。

「ロネッサはあの子を外に出さない理由を探そうとするだろう、わたしがロネッサという女性をわかっているとするならば。そしてわたしは、彼女のことをとてもよくわかっているんだ」クレインは険《けわ》しい顔でひとり笑いした。

ぼくは話がわからないふりをするのをやめて、「その件でぼくに打つ手はないんでしょうか？」

クレインは黙って考えながら、最後の釘を叩きだした。重い仮竜骨が外れた。ふたりで両端のそれぞれを持って、慎重に仮竜骨を持ちあげ、船体の脇におろした。これで喫水《きっすい》の深い漁船が滑走艇《スキマー》に改装されて、グルームの濃い海水むきになった。ぼくたちは水際《みずぎわ》までぶらぶらと歩いて、手の埃《ほこり》を洗い落とした。白い大きな鳥が入り江の上低くに降りてきて、水面に獲物を探している。

グルームワタリ鳥だ。グルームが近づいている最初の徴候。

クレインはさっきから考えこんでいる。ようやく口をひらくと、「わたしには三人の娘がいる、それぞれが違う女性との子どもだ。わたしは自分の記憶をのちの世代に伝えたかった。だれでもが望むように。それは死を免れる手段ではないかとときどき思うよ。どっちみち、わたしは失敗したがね。ロネッサはわたしの最後の頼みの綱になった。それはもうあっという間に。ロネッサは美人だったから。いまもだが。そして」と、一瞬の笑みを浮かべて、「彼女は愛情が去ったあと、あっという間に手放せる女性でもあった。だが、わたしは理解しそこねていた。赤ん坊は恋人どうしのうち、強いほうの性を選ぶと、つねづねいわれているのに。なのに、ロネッサとのあいだに息子ができると期待していた？　はっ！　そしてチャームが生まれた。長いあいだわたしは、男の子ではないという理由でチャームを憎んでいた、わたしの記憶を途絶えさせたという理由で。しかし、わたしたちの記憶はすべて途絶えるんだ、遅かれ早かれ。チャームが大きくなってくると、女性集落のほかの子どもたちとは違っているのがわかった。あの子はわたしといっしょに漁に出たがって、わたしに会いにくるようになった。そして漁の興奮を満喫した。あの子はいった、もし作物が育つのを眺めているのよりも退屈なことがあるとしたら、それは魚が干物になるのを眺めていることだ、と」クレインは思い出し笑いをした。「こうもいっていた、もし自分が次の女長《おんなおさ》になるのであれば、自分が氷結《フリージング》とってもやりたいことをやってやる、ロネッサはラックスに落ちろ！、と」

「じゃあ、彼女とロネッサの仲は良くないんですか？」

「あのふたりは多くの点でうまくいっているが、ロネッサは親分風を吹かせたがるし、チャームは人の意のままになろうとしない。だから、それがきみの答えだよ、ハーディ。チャームはそうしたいと思えば、きみと会う手段を見つけるだろう」

チャームがそれを見つけるのには、その日の午後までかかった。ぼくはクレインやほかの漁師たちがグルームに備えるのを手伝って、午前中の残りの時間を送った。そのあとぼくたちはそのへんにたむろして雑談したり燻製肉に囓《かじ》りついたりし、ぼくが自分はここの人たちとてもうまくやっているなと思っていると、ロネッサが目をぎらぎら光らせ、髪をなびかせて、人々の中に猛然と押しいってきた。

「チャームを見なかったかい、おまえさんたち？」といったところでロネッサはぼくに気づいた。「おい、ハーディ！ チャームがどこにいるか知っているなら、わたしに教えたほうが身のためだよ、いますぐ！」それからロネッサは逆さまにされた船が並んでいるのを、そのひとつの下から自分の娘の足がはみ出しているのが見つかると思っているかのように、鋭い視線で探った。

ぼくたちはみんな、なにも知らないという顔をしていた。

「とにかく、あの子に近づくんじゃないよ、ハーディ。それだけ守ってくれればいい。チャームにはいろんな責任と、あと立場ってものがある。あの子を氷結根掘《フリージング》り虫とつきあわせるわけにはいかないんだ」そしてぼくが返事を思いつく前に、怒ったまま大股《おおまた》に歩み去っていった。ロネッサがぼくにいだいていたかもしれない好意は、父さんの死ですべて消し去られていた。

ノスでのぼくの敵は、カフひとりではないのだった。

「大した女だ、まったく」ロネッサが女性集落の方角へ力強く足を運ぶのを見送りながら、男たちのひとりがいった。

ロネッサが立ち去ったのは際《きわ》どいタイミングだった、というのは、ほとんど間髪を容れずに、樹木にすっかり遮《さえぎ》られた入り江の陰から船が帆走してきて、砂浜に乗りあげたからだ。チャームが大声で呼びかけてきた。

「ハーディ！　乗って！」

ぼくはその小帆走船《ディンギー》に乗りこんだ。「きみのお母さんがついさっきまでここにいた」

「あのラックス女。わたしがきのうあなたといっしょにいたのをだれかに聞かされて、ショックを受けたの。とにかく、その話はしたくないわ。わたしはノスの次の女長《おんなおさ》で、それはつまり、わたしは自分が氷結《フリージング》とってもやりたいことをできるということだと思う。それで、今日は最高の日和《ひより》だから、あなたを誘って崖のほうへハイキングしようと思うの」

ぼくたちは昔の渡し船の船着き場の少し先で船を引きあげると、聖なる森を抜けて岬へとのぼっていった。しばらくかかって、息を切らしながら、岩がちな高台《たかだい》に出た。

「あそこ！」うれしそうにチャームがいった。「ほらあれを見て！」

はるか下に、河口を横断するかたちで砂州が見えた。さざ波を立てる青い色の下の、白っぽいおぼろな影。そのむこうには、海が水平線まで続いていた。果てしなく、神秘的に。世界の縁のさらにむこうにはアスタという土地がある。広大な海面には、そよ風で帆を膨《ふく》らませた小っぽけな漁船が数隻《せき》。船はすべて、速度を上げてノスにむかっていた。

それも当然のことだった。巨大な壺《つぼ》からミルクを海面にしたたらせたかのように、青白い曲がりくねった線が一本、海岸から水平線まで海を横切っている。その線の上や前後で白い鳥たちが滑空したり旋回《せんかい》したり、あるいは海に飛びこんだりしている。グルームワタリ鳥だ。濃度の高い海水が接近して海面に追いやられてきた魚やほかの生き物を、ついばんでいる。やがては獰猛《どうもう》なグルームライダーの群れもやってきて、見つけた獲物はなにもかも、港に戻るのが間にあわなかった漁師たちを含めて、むさぼり食うようになる。そのあと、群れはグルームの最前線を追って移動を続け、海の安全が戻ってくる。

「ちょっとすごいでしょ！」チャームが感嘆の声をあげた。「毎年感動するの。グルームワタリ鳥はグルームを追って世界を一周する。それを毎年毎年、何回も何回も、心臓発作を起こして死ぬまで続ける。年ごとに、あの鳥は濃度の高い海水の上に卵を産んでは、食べたものをそのまわりに吐き戻しつづけて、空から見おろしたときにこの大きな白いゲロ溜まりが卵の場所の目印になるようにしているわけ」

「自分の卵かどうかは、どうやってわかるの？」

「においだとわたしたちは考えているわ。それぞれの鳥のゲロは少しずつにおいが違う。やがて準備の整った雛《ひな》は、卵の殻《から》をつついて頭を突きだせる大きさの穴をあけて、ゲロを餌《えさ》にする。雛はじょうぶな胃を持っているのね。わたしは絶対食べる気にならないけど。そして雛は、殻の外に出てグルームに浮かぶ自信がつくまで、卵を小さな船がわりに使う」

ぼくのような根掘り虫には、すごく奇妙でとてもほんとうとは思えない話だった。

「波でゲロが散らばっちゃうように思うんだけど。卵だって雛が穴をあけたら沈んでしまうだろうし」

チャームは、答えを知っている人間ならではの優越感に満ちた笑みを浮かべた。

「グルームの上で波は起きないの、ゆっくりしたうねりみたいなものがあるだけで。それに卵の殻もグルームに沈んだりしないわ、お馬鹿さん」

そのいいかたはチャームの目線からの話すぎる。自分の縄張《なわば》りについてなら、ノスの女長《おんなおさ》の娘であるチャームはこの地域特有の知識を大量に蓄えていて、ぼくに勝ち目はない。地球製の生地《きじ》でできた薄青の服を着たチャームは、うぬぼれたにやにや笑いでぼくを見ていた。これは少々鼻っ柱を折る必要がある。

この状況への対処法はひとつしかない。ぼくはチャームを引き寄せて、キスをした、激しく。

「まあ」口がきけるようになると、チャームはそういった。「いまの、いいわね。これからも、わたしがどんなにお利口かを教えてあげるたびに、こういうことが起こるの？　だったら、グルームライダーの話をさせてちょうだい、あの身の毛もよだつ生き物のことを」

　ぼくはもういちどキスをした。さっきよりしっかり抱きしめたので、チャームの乳房がぼくの胸に押しつけられた。気がつくと、ぼくは彼女のお尻《しり》をなでまわしていた。そしてぼくはたちまち、たまらなく、かき立てられていた。

　ぼくはチャームを放すと、すばやく後ろに下がったが、やや手遅れだった。

「あら！」と叫んだチャームは、突起状に盛りあがったぼくのショーツをまじまじと見ていた。

「きみはこういうことを目にしたことはないはずだ」ぼくはバツの悪い思いでつぶやいた。

「母さんみたいな女性といっしょに暮らしている女の子は、母さんの男友だちのようすをときどき目にせずにはいられないわ」突然チャームは手を伸ばして、ぼくをぎゅっと握った。「ここをこうしたのはわたしなの、ほんとに？」

「そうみたいだね。ごめん。これはぼくの意思じゃなくて……」

「いいの、とってもうれしい」温かな茶色い瞳《ひとみ》がぼくの瞳を夢見心地でじっと見つめ、ぼくを握ったままの手がやさしく動く。

「そういうことはしないのがいちばんいいかな」ぼくは間一髪でチャームの手から抜けだして、景色に意識を集中させようとした。銀色に縁取られたグルームと、旋回し鳴き叫ぶグルームワタリ鳥。

「野暮な人ね」チャームはヒゲ草が生えている一角を見つけて、その上に横になると、ごわごわしたヒゲに背中を揉《も》むようにされて身をくねらせた。「わあ、これはいい気持ち。いらっしゃいよ、ハーディ、我慢してないで。いっしょに寝そべって」わざとだったのかもしれないし、ヒゲ草の動きのせいだったのかもしれないが、チャームの青い服の裾《すそ》が太腿《ふともも》までずり上がっていた。すべすべの完全無欠な脚の奥に、白いパンツがちらっと見えた。チャームは両腕をあげてから頭の後ろに手を差しこんで、胸が薄い生地を押しあげるような姿勢を取った。堅い小さな乳首がぼくの視線を引き寄せた。それに触りたいという抗《あらが》いようのない欲求を感じた。「いらっしゃい、ハーディ」もういちどチャームがいった。

膝の力が抜けてチャームの横に倒れこんだぼくは、彼女を抱き寄せると、両胸に手を走らせた。ぼくの心臓は荒々しく鼓動し、チャームは呼吸を速くしながら、服の前に上から下までずらりと並んだボタンを外していった。ぼくは意識を彼女の太腿にむけて、口ごもった。「こういうことはいちども経験がないんだ」

「じゃあ、ふたりともなのね。わたしたち、うまくやれると思う？」

「ぼくはすばらしい気分だよ」

「よかった。そうなってほしかったの。今日はそのためにあなたをここまで連れてきたんだもの、これをするために」チャームはお尻を持ちあげて、パンツをするりと脱いだ。「ほら、あなたもそのショーツを脱いで」

「だけど……」

「つべこべいわない。ノスにいるかぎり、わたしのほうが地位が上なの」といって、器用な指使いでぼくのベルトを外す。そしてショーツをぐいと引っぱると、ぼくのバツの悪さの源がひょっこり姿を見せた、それ自身の信念を持って、やる気満々で。

ぼくがチャームにキスをしたのは、もしかすると不可避の事態を遅らせようとしたのかもしれなかったが、彼女はぼくをしっかりとつかんで自分の上に引っぱりあげると、ぼくを中へと導いた。

その時点で、ぼくの精神は活動を停止した。

終わったあと、ぼくが覚えているのは、チャームが空を見あげて、かわいらしい顔をまっ赤に輝かせながら、「いままで生きてきた中でいちばんすばらしかった」といったこと。ぼくはしばらくのあいだ、彼女の脇に横たわり、彼女の胸に手を置いて、そんな彼女を見つめていた。

このときの記憶が将来決して途絶えることのありませんように。彼女の顔と空、見えない昼間の星々に感謝を捧げているかのようなチャーム。

と、チャームがぼくに体をむけて、キスをしてから、いった。「そろそろ戻ることを考えないと。母さんはわたしを捜しているでしょうね、あの憐《あわ》れな年寄り女。あの女《ひと》がこんないい思いをしたことがいちどとしてないのは、断言できる。母さんは妬《ねた》んで、それをごまかすために、あなたといっしょにいたことでわたしに腹を立てるはず」

「妬むってなにを？　お母さんに話したりはしないよね？」ぼくたちが崖の上で愛を営んだのを、チャームがのんきにロネッサに教えてしまうことを考えると、全身が冷たくなった。

「母さんは気づくわ。こういうことはわかっちゃうものよ」チャームは立ちあがると服のボタンをかけ、パンツを手に取って穿き、手を伸ばしてぼくを引っぱって立たせた。「一日じゅう寝そべって、わたしの服を見あげている気じゃないでしょうね」とぼくにいい聞かせる。「お薦《すす》めできることじゃないわ」

ぼくはため息をついて現実世界に復帰すると、あたりを見まわした。なにかが変わっていて当然な気がしたが、なにひとつ変わってはいなかった。グルームはさっきのままで、見てもわからないほど少しずつぼくたちのほうへ進んでいた。そして、滑空するグルームワタリ鳥も、この一角までぼくたちがのぼってきた岩々も、村からの小道が高台に出る地点の森の間隙も……。

ぼくは気がかりな逆流《バックフラッシュ》を体験した。

ぼくたちはその記憶とは別の道を通ってここへ来たが、岩の形や位置は見覚えのあるものだった。風化して老人のように見える、背の高い柱状の花崗岩《かこうがん》。三つ並んだ、それよりも小さな岩。木々や茂みは変化しているだろうが、岩は変わらない。

この地点のそばで、村なし男が受胎されたのだ。

チャームといっしょにいるとき、ぼくの心は注意力を欠くことがある。今回は天の定めがその隙《すき》を突いて入ってきて、ぼくのかわりに体を動かしていた感じだ。愛の営みはどこでだってできたのに、じゃあ大ロックスの名にかけて、なぜぼくたちはこの不幸の起きた場所で愛を営むことになったのか？

チャームはそのことの意味あいに気づいていないようだった。「さっきから全然しゃべらないじゃない」手をつないで、村にむかって小道を下っているときに、チャームがいった。「わたしがどんなに美しくて、あなたがどんなにわたしを愛しているかを、ずっと考えてでもいるの？　ならいいけれど、そうでないとすると、理由もなく不機嫌だということでしょ」

おそろしい予感に捕らわれていたんだ、などとチャームに話すわけにはいかない。この時点までぼくはつねに、自分の運命の手綱《たづな》を握っていると感じていた。だがいまや、ぼくの確信は揺らぎ、自信は薄れていた。世の中はとてつもなく大きく、ぼくは小っぽけだ。ぼくにできることはなにもない。ぼくはある状態から別の状態へ巨大な手で動かされているのだ、以前ミスター・マクニールに教わったゲームの、無力な木製の小人のように。そしてやがてその小人はゲーム盤から払い落とされてしまうが、それでもゲームは、そんな小人がいたことなどなかったかのように進んでいく。

「これからもずっときみを愛しているよ」ぼくは反射的にそういった。だが、ぼくが口にしたことは真実だろうか？　ぼくには未来をどうすることもできない。自分の体を思いのままに動かすこともできない。ぼくはチャームを相手に愛を営んだ。ぼくがふたたび彼女と愛を営む気になることはあるだろうか、それとも酒場での人づきあいを求めて、漁師たちの背中を親しげに叩き、役目を果たし終えた彼女のことは忘れてしまうのだろうか？

木々の下は暗く、通りすぎるぼくたちのほうにイソギンチャク樹の葉状体がひもじそうにたわんだ。どこかでグルームワタリ鳥が鳴きわめいているのは、海岸沿いを低く飛びすぎようとしたときに、突き出ていた触手に捕まったのだろう。断末魔の羽ばたきが叩きつけるように森の中に響いた。

「わたしだって、これからもずっとあなたを愛しているわ」とチャームは答えたが、ぼくの手をぎゅっと握りしめたことには気づいていないようだった。

昔の船着き場に近づいていくと、黒っぽい人影が大股でこちらにむかってきた。距離があるうちは、船着き場にある日の当たった空き地で照り輝いている、銀色の機械が見えただけだった。やがて歩いてくる男の姿が、背後のまばゆい輝きの中からにじみ出してくる。男は背が高くて脚が長く、膝まで届く外套《がいとう》を揺らしながら歩いてきた。

チャームが先に、男がだれだか気づいた。

「村なし男がここでなにをしているの？」チャームはいった。

ミスター・マクニールは一列に植わった花を相手に、入念に作業を進めていった。ノズル付きの缶から蒸留液を吹きつけながら、「村なし男をきみのところへ使いに出さなくてはならなかったのは、申しわけない、ハーディ。だが人々に、重大なことが起ころうとしていると悟《さと》らせたくなかったのだ」

「そんなに重大なことって、なにが起ころうとしているんです?」ぼくは尋ねた。

ミスター・マクニールはその質問を無視して、「チャームもいっしょに来たんだね」と考えこむようにいった。「これは予想外だった」

「いっしょに来るといって聞かなかったので」

「ハーディが行くところなら、わたしも行きます」チャームがいった。「これからはそれが決まりです」

「きみは運のいい男だね、ハーディ。わたしよりも運がいい」ミスター・マクニールは金属の筒をポケットから取りだした。「さてと。後ろに下がって」

ミスター・マクニールが筒を花壇にむけると、草花がぱっと燃えあがった。庭の大半はこれ以前にもう、黒ずんだ灰に変わり果てていた。近くの花壇からはまだ煙が立ちのぼっている。ミスター・マクニールの浮かべている苦悶《くもん》の表情が、当然の質問をすることをぼくに許さなかった。

けれど、チャームはこの人のことをほとんど知らなかった。「どうしてご自分の花壇を燃やしているんですか、ミスター・マクニール?」とチャームは質問した。

「デヴォン採鉱場からの命令だ」素っ気ない答えだった。

ミスター・マクニールはぼくたちを従えて、何ペースか離れた円形の花壇へと小道を歩いていくと、ふたたび蒸留液を吹きつけはじめた。

「だけど、ものを燃えあがらせる銃みたいなものをお持ちなんじゃないですか？」チャームが聞いた。「地球人がよく使っているやつ」

「レーザーだね。あるよ」苦々《にがにが》しげな口調だった。こんな風なこの人を見るのははじめてだ。「だがレーザーが燃やすのは、撃って当たったところだけだ。わたしがしなくてはならないのは、痕跡《こんせき》ひとつ、種ひと粒残さずに消し去ることだ。この花々がまた生えてきて、この星に固有の植物と競合する可能性は、微塵《みじん》も許されない。固有の植物か！」荒々しく吠《ほ》えるような笑いを漏らし、片手をふって周囲の景色を示す。「その糞《くそ》ったれな固有の植物とやらを、ちょっと見てみるがいい！　這《は》いよって、締めつけて、手近なものはなんでも食べてしまう。わたしの花々のどれかに、あんな中で生き延びられる見こみがあるなんて、本気で考えられるか？」

「見こみなしだな」村なし男が言った。

「でも……」とチャームは悲しげに、「とってもきれいだったのに。あの花たちは、地球がどんなところかを教えてくれました。それに、この庭の外に生えたりはしなかったじゃないですか。わけがわかりません」

ミスター・マクニールはため息をついた。「わたしが規則を破っていたということなのさ。だれにも気づかれなかったのは、だれもここでなにがおこなわれているかを見にこようとしなかったからだ。きのう、ミセス・フロッグアットがやってきて、あの女はわたしの家の外でも中でも、ここで目にしたものが気に入らなかった。こういわれたよ、わたしは過去に固執しているが、いま自分が暮らしている星がいったいどこなのか、気づくべきときだ、と。わたしが知らないとでもいいたげに！　それからあの女はここへ来た理由を話し、どうやらわたしは怒り心頭に発したのだろう、大変な口論となり、しまいにわたしは、デヴォン採鉱場に帰って二度とここへは戻ってくるなと、あの女を怒鳴りつけた。あの女は小型自動車《バギー》に乗りこみながらあたりを見まわして鼻を鳴らすと、わたしはこの大量の地球の植物できみたちの星を汚染する危険をおかしているから、自分で除去すべきだといった。規則集に従えばそれは正しいが、規則はかんたんに曲げることができる。そんなのは単なる腹いせでいっただけだと思ったよ。ところが今日になって、それは本部長命令というお墨付きを得た……。ここもすんだ。下がりなさい」そして筒の狙いをつけた。

　花壇がまっ赤な炎をあげて爆発した。

「じゃあ、その人はなんの用があって来たんですか？」ぼくは尋ねた。腹のあたりに不安感がしこる。この花が焼かれるのが、どうにも不吉に思えた。それはおそろしい前兆に思えた。ぼくは物事がこれまでとなにも変わらずにあってほしかった。ちらりとチャームを見たが、彼女はそんな雰囲気を察した風はなかった。彼女が悲しんでいるのは、ここの花々が好きだったのに、それがいま命を奪われているからにすぎない。

「重大なことが起ころうとしているとおっしゃっていましたが」

「家に入ろう」ミスター・マクニールはいった。

村なし男はいつもどおり暗がりに腰をおろした。チャームとぼくは窓下の長椅子《ながいす》に並んですわった。ミスター・マクニールは薄茶色の液体が入ったグラスを手に、むかい側の席についた。地球の品物がいまも部屋じゅうにある。美しいもの、得体の知れないもの。そうした品物は燃やされなかったのだ。

「きみたちにこれを説明するのは、かんたんなことではないのだが」といったミスター・マクニールの視線はぼくたちを通りこして、庭から立ちのぼる煙にむけられていた。そのまま話の切り出しかたを考えこむ。ぼくはどんなおそろしいことが起きたのか、あるいは起きようとしているのかと考えて、急に身震いに襲われた。「わたしたち地球人は、もう長いことときみたちの星に滞在している」とミスター・マクニールはようやく話しはじめた。「そしてわたしたちは、きみたちにとって良き隣人であろうと努めてきた」

地球人がはじめてこの星に来たときの記憶に至るほどの昔に遡《さかのぼ》って星夢《ほしゆめ》を見たことはないが、ぼくには地球人との関係はつねに良好だったように思えた。ぼくはうなずいた。

考えをめぐらせつつ飲み物をすすって、「わたしたちの住む銀河系のこの領域には、ふたつの宇宙航行種族がいる」とミスター・マクニールはいった。「ひとつは地球人、もうひとつは、前にも名前を出したキキホワホワという種族だ。両者ともそれぞれの流儀で善良な種族だが、物事への取り組みかたには差異がある。ともに忠実たらんとしている行動基準を持っているが、ともに時おりそれを破っている。そうなるのは避けがたいことだ」そこは理解してほしい、とミスター・マクニールの目がいっていた。「行動基準に忠実であることは、キキホワホワにとっては地球人よりもやさしい。キキホワホワは遺伝子工学者《エンジニア》だが、わたしたち地球人は単なる科学技術者《テクノロジスト》だからだ。キキホワホワは殺傷行為を正当なことと思っていない。それに対してわたしたち地球人は、しばしば自分の命を救うために他者を殺す必要がある。また、時間もキキホワホワにとっては問題にならない。キキホワホワは巨大な生きた宇宙コウモリの体内で、何千年も冬眠状態になって宇宙航行をするからだ。キキホワホワは金属の精錬をおこなわないし、機械類をいっさい使用しない。しかし、必要とされるあらゆる用途に応じた生物を作りだすことのできる生物を所有している」

「それは親山羊《おややぎ》のような生物ということですか？」ぼくは聞いた。

ぼくを見たミスター・マクニールは、宗教的な話が出てきたことで意表を突かれていた。「そういうことになるかな」

「キキホワホワはどんな姿をしているんですか？」チャームが尋ねた。

「生まれるときにあたえられた、あらゆる姿を。宇宙コウモリもキキホワホワのひとつの姿だし、その体内で宇宙を旅する小人たちもキキホワホワだ。小人たちは地球の手長猿とちょっと似ている。とても親切で親しみやすく、きれい好きできちんとした連中だ。

だが、わたしたち地球人はキキホワホワほど賢くはない。金属製の船で宇宙を飛びまわり、行く先々で地獄のような騒ぎを引き起こす。そうしなくては、生き延びることができない。わたしたちは奪い、キキホワホワはあたえる」ため息をついて、「わたしはふたつの種族を対比して、違いを強調しようとしているんだ。これは地球人の欠点ではないということがいいたい」

「なにが欠点ではないと？」ぼくは聞いた。

「わたしたちが生き延びるためには、金属やほかの元素が必要であることはわかるね。わたしたちがこの星へ来たのは、ここにはわたしたちが必要とする何種類かの元素があるからで、それを採鉱するためにきみたちと協定を結んだ。そしてわたしたちは、あらゆることを公正かつ事務的なやりかたで処理してきた。だがいまや、事態はうまくいかなくなってきている。単純化していえば、採鉱場の運営費用が生産物価格を上まわりはじめたのだ。そしてそれは、《星域本部《セクター・セントラル》》と呼ばれる超重要人物たちのグループにとって、受けいれられない事態だった」

「ならば、採鉱場を閉鎖すべきだ」ここで口をきいたのは村なし男で、その口調には棘《とげ》があり、怒りをはらんでいた。この男は、チャームとぼくの知らないなにかを知っている。

「前にもいっただろう、それはありえないと。膨大すぎる資金を投入してきたのだから」

「早く手を引いて損失を少なくすべきだ」

「おまえはそう考える。わたしもそう考える。しかし《星域本部》は別の考えかたをする。遺憾なことだが」ミスター・マクニールはチャームとぼくのほうをむいた。

「いいかい、《星域本部》の考えも正しいんだ、ある面で。採鉱場は利益をあげられる、ひとつの要素さえなければ」

その瞬間、ぼくはこの話がどういう結論に至ろうとしているかを、薄々察した。

「で、その要素というのは？」そう尋ねたとたん、口がからからに乾いた。

「ロリンだ」

「ロリンがどうしたというんですか？」

「ロリンは物事を遅らせる。作業の邪魔をするのだ。坑道にこっそり出入《ではい》りしては、問題を引き起こす。ロリンが近くにいるだけで、作業員たちは生産的でなくなるのだから」

ぼくは採鉱場で遭遇したロリンを思いだし、ミスター・マクニールのいっていることを理解した。「ロリンはそういう存在なんです。あいつらにもどうにもしようがありません。ロリン相手には、だれにも打つ手なしですよ」

「《星域本部》は手があると考えている」

「え？」

「わたしたちは……」ミスター・マクニールは口ごもった。「わたしたちはロリン掃《そう》討《とう》の指令を受けているのだ」

自分が跳ねるように立ちあがったのを意識した。「しませんよねそんなこと！」

「大変遺憾だが、することになるだろう。すでに《星域本部》からの指令が届いてしまったのだ。ミセス・フロッグアットがわたしに会いに来た用件が、それだった。わたしが激怒するのはわかっていたが、自分で説き伏せられると考えたのだ。しかし結果は口論になり、あの女は、わたしが現地化してしまったのだといい、さらに……まあ、あとはいわなくてもわかるだろう」

「なぜその人は、あなたに会いに来たんですか？　勝手に命令を実行してしまわずに？」

「矢尻森の地下にロリンの大きな巣穴がある。この地域で見かけるロリンは、ほとんどがそこからやってくる。矢尻森はわたしの管轄《かんかつ》区内だ。わたしたち地球人が遵守するプロトコルというものがあるのだよ、こんな場合であってもね」

ぼくは怒りの赤いかすみ越しに、ミスター・マクニールの姿を見ていた。「二、三日前に、ぼくは自分でそこに、その巣穴にいました。ロリンがぼくの命を救った上に、面倒を見てくれたんです。ロリンは……」ぼくは正しい言葉を探した。影響力を持ちそうな言葉を。「ロリンはぼくたちに不可欠なんです。ロリンがいなければ、ぼくたちは文明を持てなかったでしょう。ロリンはぼくたちの面倒を見てくれて、手助けをしてくれて、それでいてなにひとつ見返りを求めません。そんな生き物を殺すなんてことができるんですか！」

チャームも愕然《がくぜん》としていた。「あなたたち地球人は、ほかの文明への干渉を許されていないんだと思っていました。もしかして——ロリンは文明を持たないとおっしゃるんですか？　言葉をしゃべらないからというだけで、知性がないとお考えになると？」

「まさか、ロリンはじゅうぶん知的ですよ、お嬢さん」

「なら、なぜこんなことをしようと思うんですか？」

「わたしたち地球人には、自分たちに都合のいいように規則を破る傾向があるのだ。それがわたしたちを偉大にしたのではないかとときどき思うよ——融通をきかせられるということが。だが今回は、それがわたしたちを堕落させた。わたしたちの現在の上司たちは、数百頭の言葉をしゃべらない異星人よりも、利益をはるかに高く評価している。申しわけない。わたしたちの最悪の姿を、きみたちに見せてしまった」

ぼくは自制心を取りもどしはじめていた。「こんな命令に同意されているわけではありませんよね？」

「もちろんいないさ。だからきみにこの話をしたんだよ、ハーディ。きみはロリンを救えるかもしれない唯一の人物だからだ」

チャームがうれしそうに大声をあげた。「ご自分の仲間に背《そむ》くおつもりなんですね！」

「今回に限って、そのとおりだ。わたしも融通をきかせられるのでね」

「大ロックスの名にかけて、どうしたらぼくがロリンを救えるというんです？」ぼくは皮肉な口調になって聞いた。

「それはわからない。ロリンに警告するのでもなんでもいい。ロリンたちを巣穴から逃がすんだ。掃討のためにどんな武器を使うことになるのかはわからない。毒ガスかもしれない。あるいは熱追尾式自走地雷を巣穴に送りこむ可能性もある」

「問題はロリンだけじゃありません。ぼくは巣穴そのものが生きているんだと思います、大きな母胎動物みたいな感じで。洞窟牛とでもいうのか」

一瞬の間があってから、ミスター・マクニールはゆっくりと口をひらいた。「それは知っている。いいかい、ロリンはキキホワホワの一種族なんだよ」

「さっきの宇宙航行種族ですか？」チャームが疑わしげにいった。「ロリンはとてもそういう風には見えませんけど」

「宇宙航行種族というのは服を着ているものだと思っているね、もしかすると宇宙服を？　だがこの星の気候なら、キキホワホワは服を必要としない。いや、この星に適するように体を改良したのだ。もしその体にとっても気温が低すぎるようになったら冬眠し、体細胞は損傷を受けることなく凍期を生き延びることができる。この星でどうしても必要になるのは食料だけで、それはイソギンチャク樹やコップ樹から得られる」

「どうやって？」ぼくは尋ねた。数百頭の飢えたロリンを率いて野山を行くぼく自身の姿を思い浮かべながら。

「知ってのとおり、イソギンチャク樹は獲物を捕らえて消化し、根に栄養を送っている。コップ樹は雨水を集め、それを加工して一種の蜜《みつ》を作り、同じようにする。だから樹液は、ほかの木のように上にむかってではなく、下にむかって流れる。さて、キホワホワは遺伝子操作によって、自分たちの一種である宇宙コウモリに類似した生物を作りだした、ただしずっと小さいものをね。それがハーディのいった洞窟牛だ。洞窟牛は地下に棲《す》んで、イソギンチャク樹やコップ樹の根から樹液を吸いだし、ロリンが食料とするミルクを生産する。ロリンが生きていくのに必要とするのは、このミルクだけなのだ。地球の人間はそのことを知っているから、洞窟牛は最優先の標的になるだろう」

「あなたたち地球人がこういうことを全部知っているのに、わたしたちが知らないのはどうしてなんです？」チャームが聞く。「わたしたちだって、何世代ものあいだに気づいてよかったはずなのに」

「たぶんわたしたちのほうが、好奇心が強かったんだろうね」それははぐらかそうとしているようにぼくには聞こえた。

ぼくが尋ねる。「もしロリンがキキホワホワの一種族なら、あっさり助けを呼ぶんじゃないんですか？　そしてあなたたちのやったことを知ったら、キキホワホワは報復してくるのでは？」

ミスター・マクニールはぞっとするような笑みを浮かべた。「二、三百年かそこらは、キキホワホワが知ることはないだろう。キキホワホワは電波通信をしない。もちろん、テレパシー通信はするが、それは短距離間だけのことだ」ため息をついて、「さあこれで、わたしたち地球人がなにを計画しているかは伝えた。一日か二日以内にはロリンに対して攻撃を仕掛けるだろう。ここではまず、きみがこの件についてできることの結論を出さなくてはならない。手はじめに、村なし男がきみを矢尻森まで車で連れていく」窓の外をちらりと見る。「日暮れ時までには、巣穴の中で安全を確保できるだろう。そのあとのことは、きみしだいだ」

「なにか手を考えます」ぼくはいった。ぼくはどうにかして、ロリンたちに状況を理解させなくてはならない。どうすればいいかはわからない。理解したあとは、たぶんロリンが自分たちでなにか思いつくだろう。

ミスター・マクニールがいった。「きみはロリンのことをとても強く案じている、そうだね？　きみはなんとしてもロリンを守ろうとしている」

「もちろん。ロリンはいい連中です。それにロリンは、ぼくたちをいつも守ってくれます」

ミスター・マクニールは真剣な表情でぼくを見た。「それは当然なんだ。わたしたちは確信しているのだが、キキホワホワは、きみたちこの星の人々も作りだしたのだからね」

一瞬、とてつもない衝撃に襲われた。

だがいま思えば、衝撃を受ける理由などなにもない。ぼくの人生すべてを通じて、ぼくの記憶のすべてを通して、手がかりはそこにあったのだから。それなのにぼくが、自分たちスティルクは――なんというか――比類なき存在に違いないという気分でいただけのこと。天に満ちる霊気《エーテル》の中から、服まで全部着て生まれでてきたのだと。だがじっさいは、ぼくたちは大昔の遺伝的プログラムの産物だった。「つまり親山羊さまって……」

「そのとおりだ」ミスター・マクニールはぼくが浮かべた表情を見つめながら、「少なくともその生命の創造は、けがれがなく、目標の定まったものだった。わたしたち地球人のように、生き延びることと繁殖すること以外の目的を持たずに泥の中から這《は》いだしてきたケースとは違う。わたしたちがこの星を目茶苦茶にしようとしているのも、無理のないことだ。きみたちの起源に誇りを持ちたまえ、ハーディ」

「誇り?」場違いな言葉だった。ぼくは自分たちの生が、なんにせよ、偽《いつわ》りだったように感じていたのに。

チャームが先に立ち直って、ぼくの手をぎゅっと握った。「だからといって、なんにも変わったりはしないわ、愛する人。これっぽっちも変わったりは」

「その子のいうとおりだ」ミスター・マクニールがきっぱりといった。「そして忘れないようにしなさい、自分自身についてより多く知るほど、チャンスも大きくなることを。確かきみは、宗教に好意的だったことは決してなかったね？」

「あんなものがどんなかたちでだろうと正しかったなんてことがあったらたまらない、と思っていました。完全なたわごとならいいのにと。なのにいま、親山羊がぼくたちを作ったのだとあなたに聞かされた。だったら、親山羊なんてラックスに落ちろ！」

ぼくは苦々しい思いでいった。

それからまもなく、チャームとぼくは小型自動車《バギー》のぴかぴかの車内に乗りこんでいた。村なし男が運転装置の席に座った。楽しい気分になってもよかったはずだが、ぼくには重要な考えごとがいろいろとあった。

ミスター・マクニールは庭の残骸の中に立って、ぼくたちが去っていくのを見送っていた。ヤムを飛ぶように通りすぎてトットニー街道に曲がるときには、チャームとぼくは堂々と席にすわって、村人たちに驚きを引き起こさずにはいられなかった。ぼくはコーンターとトリガーが酒場の外に立っているのをちらりと目にした。ふたりはぴかぴかの車内にいるぼくたちを見て、口をあんぐりとあけていた。ぼくはたちまち気分がよくなった。にやりと笑って手をふってやる。そのあと、トリガーはぼくが生き返ったと父親に告げるだろうと気づいた。まあ、スタンスは遅かれ早かれ、その知らせをノスから耳にするだろう。

村からすっかり離れると、ぼくはミスター・マクニールと別れてからずっと気になっていたことを、チャームに聞いた。「これまでにキキホワホワなんて聞いたことがあったかい？　名前を耳にしたことだけでもさ？」

「いいえ。でもわたしは、すごく昔まで星夢を見てみようとしたことはないから。ずっと遡ったら、もしかしてなにかあるかもしれない」

「ぼく自身、全然聞いたことがなかった。どう考えても、なにかが人の口にのぼっているはずだ。たとえなんの記憶が残っていないとしても、伝説の類《たぐい》が。でもぼくたちには、親山羊の伝説しかない」

「なぜこうしたことがわたしたちには全部初耳なのかと聞いたとき、ミスター・マクニールは答えるのを避けたわ。気づいていた？」

「うん。あの人は知っていながら話さなかったことがある。なぜだろう？」

村なし男が突然しゃべった。「それは、知識の多いことがつねにいいことだとは限らないからだ」

「ミスター・マクニールはそうは考えないわ」とチャーム。

「もしかするとあの人は、すべての真実をおれたちに話しているわけではないのかもな」村なし男はいった。

疑いの種がまかれた。それはミスター・マクニールの話に納得しかけていたぼくにとって、悩みの種でもあった。

ぼくたちは、以前ぼくがスミスとスミサといっしょに彼らの荷車でたどったのと同じ道を走っていったが、今回はわずかな時間で矢尻森に到着した。ぼくがスタンスの捜索隊から逃げた地点で、村なし男はぼくたちをおろした。そしてバギーのむきを変えると、ミスター・マクニールのところへ帰っていった。

ふたりで村なし男を見送っていると、そのうちチャームが心もとなさそうにぼくを見た。「道がわかっている自信はあるの？　矢尻森はものすごく広いのよ」

「巣穴の入口はたくさんあるはずだ。ぼくはそのほんの一部分に行っただけで、でもその一部分でさえ、巨大な感じがした」ぼくは洞窟牛という概念と格闘した。そいつは矢尻森の地下全体に広がるほど、馬鹿でかいのだろうか？　そうではあるまい。それほど大きなひとつの洞窟には何本もの支柱が必要になるはずで、そうすると洞窟牛の体にはその支柱を通すための穴があいているはず、ということになる。それはちょっと考えられない。

「もうすぐ暗くなるわ」チャームが念を押すようにいった。

「こっちだ」ぼくは先に立って森の中へ進んでいった。

午後も遅くなって、ぼくたちが少し不安になりはじめたちょうどそのとき、偶然、入口が見つかった。勢力拡大中のハイノボリ草の餌食《えじき》になっている、腐りかけのイソギンチャク樹があった。大して期待もせずに垂れ幕状の草を押しやったぼくは、主根が朽ちたがらんどうの幹の最下部に、じめじめした穴を見つけた。いまやハイノボリ草だけがその樹を支えて立たせているのだった。

「あそこに降りていく気なの？」チャームが疑わしげに聞く。夕刻の風がささやくように森の中を吹きはじめ、その冷たい吐息にチャームは怯《おび》えていた。ぼくは彼女を抱きしめた。彼女は震えていた。

ぼくは穴に体を沈めて、あたりを蹴《け》ってみたが、足にはなにも当たらなかった。けれども、かすかにロリンのにおいがした。そして、地下通路の地面が、あまり遠くない下にあるのがわかった。ぼくは手を放して、落下したが、予想より早く床に着いた。地面は柔らかかった。

「心配いらないから！」ぼくは声をかけた。「足から穴に入ってきたら、ぼくがつかまえてあげる。ここのほうがずっと暖かいよ」

チャームが降りてくる過程を、ぼくはとても楽しんだ。というのは、彼女は薄い服を着たままで、降りてくる途中でそれが腰のまわりにずり上がった状態で、ぼくの両腕の中にすべりこんできたからだ。ぼくは彼女を地下通路の地面におろしながら、その瞬間を最大限に活用して、体の各部位を探求した。もっとも不安を感じるべきときでさえ、チャームがそばにいると、ぼくの心には情欲と愛情がつねに潜《ひそ》んでいる。全力で彼女にキスしていると、ぼくの不安のひとつが消え去っていった。ぼくはいまでもチャームと愛を営みたいと思っている。たぶん、これからもずっとだ。

「地面の穴に落ちるのがこんなにわくわくするなんて、思いもしなかった」チャームが楽しそうにいう。「ふたりでもっとしょっちゅうやらなくちゃ」

「いつでもきみがやりたいときにね」ぼくは自分たちの目的を思いだし、チャームから手を放して、両腕を伸ばした。地下通路は、樹の下のこの地点では高さがあるが、ぼくたちの両方向で、這わないと進めないくらいに低くなっていた。壁は柔らかく、温かくてしなやかで、ぼくが以前来た砂地の地下通路とは違っている。ぼくたちはすでに、洞窟牛の末端部にいるのだった。中空の触手の中に。たぶんこれが、この生き物がこんなにも広い領域にわたって広がっている秘密だ。「さあ、膝をついて、においを嗅《か》ぐんだ。ロリンのにおいがするかい？」

一瞬ののち、チャームがいった。「あっちへ下っていったほうから」

ぼくもそう思った。温かくて、わずかにいい香りのする、なじみ深いにおいが、ぼくたちのほうに漂ってくる。「ぼくが先に行く。すぐ後ろから離れずについてきて」

ぼくたちはかすかに光のあった場所を離れて、闇《やみ》の中へ這いこんでいった。そのあとほんとうにすぐ、せわしなく動きまわる柔らかな音が聞こえてきて、地下通路の壁が広がった。ぼくは立ちあがった。間髪を容れず、温かい毛むくじゃらの手が、ぼくの手を握った。ぼくは、立ちあがろうとしているチャームの体をつかんで、引き寄せた。離ればなれにされるのは嫌だった。

「ハーディ」とチャームはおぼつかなげに、「わたしの手を握っているロリンがいるの。なぜそんなことをしているんだと思う?」

「親しみを表現しているだけだよ。ぼくの手を握っているやつもいる」

「それで、これからどうなるの?」

「どうにかして、ぼくたちはロリンたちに危険が迫っているのを理解させなくちゃならない」

「ロリンたちに、自分たちのリーダーのところへ連れていってくれと頼むわけにはいかないわ。リーダーがいるとは思えないもの」

「危険について言葉で説明しようと思う。その言葉は理解できないだろうけれど、ミスター・マクニールがいうようにロリンにテレパシー能力があるなら、問題はないはずだ。ぼくが話しているあいだに、ロリンはぼくの心に浮かぶ絵を読みとれる」

「もしロリンが、わたしたちの心の絵を読みとれるならね。ロリンが読みとれるのは、キキホワホワの心に浮かぶ絵だけかもしれない」

「ぼくたちはこれに賭《か》けるしかないんだ」

そしてぼくは、ミスター・マクニールがぼくたちに話してくれたことをなにひとつ余さず、ロリンにむかって繰りかえした。暗闇の中に立って、洞窟牛の乳首に髪をなでられながら。話しかけたのは、ぼくの手を握っているロリンにむかってだったけれど、ぼくの言葉は洞窟じゅうのロリンに伝わっているに違いないと思っていた。話し終えたときには、喉《のど》がからからだった。

「すごくうまく話せていたわ」チャームがうっとりした声でいった。「もう少しでわたしにもあなたの心が読めそうだったくらいに。母さんもいまのを聞いていたらなあ。そしたらあなたを、長《おさ》の器だといったはず。もしロリンたちがいまの話を全部は理解できなかったとしたら、それはロリンが馬鹿なせいよ」

ロリンがぼくを引っぱって前へ進んだ。二、三ペースでロリンが立ち止まると、さっきのより長い乳首がぼくの顔をなでた。ぼくはそれをつかんで、吸い飲みした。

「ロリンはまちがいなく理解したよ」飲むだけ飲んでからぼくはいった。「ぼくの喉の渇きに気づいたように」

「なら、どうして大騒ぎにならないの？ もっとあわてて右往左往したり、金切《かなき》り声をあげたりなにかするかと思っていたのに」

「もしかすると、ロリンたちにはなにも打つ手がないのかもしれない」

「でなければ、もしかしてロリンたちは地球人の計画をすでに知っていたのかも。ロリンはデヴォン採鉱場にもいるんでしょ？ そのロリンたちは地球人の心を読んで、ここへ連絡することができたはずよ。わたしたちは、いらないことをしていたのかもしれない」

その可能性はある。なにがどうだったにせよ、ぼくたちは自分たちにできるかぎりのことをしたのだ。不意に、自分がひどく疲れていることに気づいた。すぐさまロリンがぼくの手を引っぱった。ぼくはチャームをしっかりつかんだまま、ロリンのあとについていった。まもなく、天井が低く下がった一画に着いた。チャームとぼくは並んで寝そべった。そこにはわずかな光があって、それは近くにあるキノコの小さな山から発していた。

「愛の営みをしましょ」チャームがささやいた。

「え、ここで？」

「つべこべいわないで」

というわけでぼくたちは、疲れていたにもかかわらず、時間をかけてゆっくりと愛を営み、それは最初のときと少しも変わらずにすばらしかった。

眠りに落ちる前に、ぼくは闇の中に思考を飛ばした。（もしなにかが起こったら、目をさまさせてくれ）

数日単位で寝すごすのは、洞窟牛の中ではむずかしいことではない。

目ざめたとき、短い時間しか経《た》っていないのはまちがいないと思った。チャームはぼくの横で身じろぎしている。声が聞こえてきた。地球人たちの低い声だ。

「どうやらここらしいぞ」

まばゆい光線がさっと周囲を照らした。それでぼくははじめて、洞窟牛の体内の細部を目にした。重そうな不定形の天井に、垂れさがった無数の乳首の影が黒い縞《しま》を描いている。床面の肉から角状《つの》の支柱が伸びあがって天井を支えているのは、予想したとおりだった。チャームとぼくが横たわっているのは、天井が弧《こ》を描いて床になっている端のところで、そのあたりを除いて、そこかしこに干し草の山が散らばっている。遠くのほうは闇だ。無数の乳首と、発光するキノコの小さな山がぼんやりと見てとれる。

あたりには大勢のロリンがじっと突っ立っていた。

ロリンたちはまったくの無防備だった。手になにも持たず、まばたきもせずに光を凝視し、目は反射で濃い深紅色に染まっている。ロリンは動かなかった。ぼくにはそれが、運命に屈したように見えた。ロリンは、逆らうことなく死を受けいれる、あきらめのいい生き物として知られていた。

だが、いまこのときは違うだろう、きっと……。

もっと多くの光線がさしこみ、さらに地球人たちが入りこんできて、洞窟じゅうで影が踊り、目的地発見を知らせる叫び声が洞窟に反響した。チャームはぼくの手をきつく握りしめている。

次に起こったのは、あまりにも驚くべきことだった。

「いったいやつらはみんな、どこへ消え失せた?」と地球人のひとりが仰天《ぎょうてん》した口調でいったのだ。「うわ、やつらのにおいがする。まだここから出ていったばかりだな」

ロリンたちはじっと立って、全身をさらしている。

「おれたちが来るのが聞こえたんでしょう」別の地球人がいった。

ひとり目の地球人が前に歩きだした。背の高い男で、機能的な金色の服になんだかわからない物体をいろいろぶら下げている。乳首のひとつが男のまっすぐ前方に垂れさがっていた。

男がぶつかりかけたとき、乳首は静かに横に揺れて道をあけた。

洞窟牛の乳首は、ぼくに対してそんな真似《まね》をしたことはいちどもなかった。そこに垂れさがっていただけだ。歩いていてぶつかったことが何度かある。闇の中だと、ぎょっとすることもある体験だ。だが、あそこのあの乳首は、ぴったりのタイミングで横に揺れて、あの地球人の通り道からどいた。わけがわからない。

その次に起きたことは、さらに驚きだった。地球人はゆっくりと歩きつづけ、当然ながら時おり、まん前にロリンがいることになった。するとロリンは静かに脇にどいて、男は遮られずに先へ進んだ。脇にどいたロリンを、男の視線が追うことはなかった。物影が動いたことにすら気づいていない。気味が悪かった。まるで選択的に視力を奪われているかのようだ。

「ロリンが地球人たちの心に入りこんでいるのよ」チャームがささやき声でいった。

「そんなことができるなんて知らなかった」といってから、ロリンがぼくを氷魔から救ってくれたときのことを思いだした。

地球人は足を速めて大股に進み、同じような服装の五人の同行者があとに続いた。

「ここにいても時間の無駄です」後方の男がいった。「やつらはまだ遠くまでは行けません。ホッパーを飛ばしましょう、それで赤外線サーチする手も」

「まずはここを軽く掃射しときましょ」あとに続くうちのひとりがいって、ベルトから武器を引き抜いた。

ぼくの手を握るチャームの手に力がこもった。

「そいつをしまえ」指揮官が一喝した。「おれたちの上に天井を落とす気か？」

「ここはなんだか妙ですよ」別の男がいった。「坑道と似た感じがする。あの獣《けだもの》はその場から消え去る能力があるんだ。ときどき、やつらは現実にそこにいるのか、ただの集団幻覚みたいなものなのかと思ってました」

「やつらは現実もいいところだよ」指揮官がぞっとするような声でいった。「そしてやつらは、このへんのどこかにいる」

数本の光線があちこちに揺れた。赤い目をしたロリンが不動のまま見つめている。光大きな光の円がチャームとぼくのほうにむけてふられた。ぼくたちは息を殺した。光はまばゆく、ほかならぬフューよりも明るかった。ぼくは思わずまばたきした。

光は移動を続けて、洞窟牛の曲線を探っていった。地球人の目になにが映っているかはわからないが、ぼくたちのことは目に入っていないし、自分たちが動物の体内にいることにも気づいていないようだった。もしかしたら地球人には、ここが大きな砂岩の洞窟のように見えているのかもしれない。

「われわれはこれから、ここの壁とむこう端の地下通路を一糞ったれセンチ刻みで調べる。ここはもぬけの殻だとわたしが得心するまで、わたしたちはここを離れない。糞ったれめが。やつらがここのどこかにいるのは、わかっているんだ！」

「おおせのままに。自分としては、やつらがここにいないのを納得していますが」

「それは単に、おまえがそう納得したがっているからだ。そもそもおまえは、この計画にまるっきり賛成していなかったからな」

「まったくもって、そのとおりですとも。知的生命体をそれ自身の生息環境で大量殺《さつ》戮《りく》してしまうなんて、許されません。ロリンは敵意の徴候をなにひとつとして見せたことがない——その正反対なんですから」

「それは敵意の定義によるな。わたしはロリンが、全力で採鉱プロジェクトをつぶそうとしてきたと見なしている。わたしはそれをして、敵意と呼ぶ」

「ともかく、自分は小心者の《星域本部》の頭が変になったんだと思いますよ。たぶん連中は、ときどき星の上に足を降ろすようにすべきじゃないんですかね」

心ゆくまで議論しつつ、地球人たちは光をあちらこちらへと投げかけながら、洞窟の先へ進んでいった。

ぼくはささやき声で、「まるでロリンがなにもかもを支配しているみたいだ。ぼくたちはここから抜けだして、ミスター・マクニールに報告しに戻ったほうがいい」

弾力性のある洞窟牛の肉の上にいると温かくて心地よく、いま移動しなかったら、何日もここでうとうとしてしまうだろうとわかっていた。

「本気で外に出たい？　スタンス叔父さんがお仲間を連れて外で待ち伏せていて、あなたがひょっこり頭を出すのを待ちかまえていないと、どうしてわかるの？　わたしたちが村を通りぬけてこの方角にむかうのを、トリガーが見ていたのよ。いまごろはその知らせがスタンスに届いているわ」

確かにそれはいえる。

「ノスに直行すべきだと思う。ぼくが安心していられるのはあそこだけだ。ミスター・マクニールには、ノスから伝言を送ることができる。どっちにしろ伝言より前に、襲撃が失敗したことは伝わるだろうけど。デヴォン採鉱場から連絡が行くはずだから。たぶん失敗の原因として、ミスター・マクニールを非難するんだろうね」ぼくは意を決して立ちあがると、チャームの手を引っぱった。ぼく同様、彼女も立つのが嫌そうだった。

「さあ行くよ！」

「ハーディ……。ロリンがわたしを引きとめているの」

そのときぼくも、自分の体にいくつかの手が置かれるのを感じた。やさしい手が、ぼくを押し戻す。「なにがどうしたんだ？」

「もうしばらくわたしたちを、ここにいさせたいんだと思う」

「しばらくって、フューさま、いつまで？」

「いいから、ちょっとだけ横になって。ロリンはわたしたちになにかを告げようとしているのよ」

　チャームの両腕がするりとぼくに巻きついて、ぼくは彼女の脇に倒れこんだ。ロリンたちが近寄ってきた。いちばん近くのやつの息が顔にかかるのを感じた。そこにいるのがロリン以外のなにかだったら、ぼくは怯えて、そいつを追いはらおうとしただろう。だが、ロリンに怯えるなんてありえない。

「見て！」チャームがくぐもった声でいった。

　すぐそばに光があらわれた。ぼんやりと青白いが輪郭《りんかく》のはっきりしたそれは、大きなひとつの発光キノコだった。滅多に目にしない代物《しろもの》だ、なぜなら、当然ながら、そんなものを見るには、夜、屋外にいなくてはならないのだから。そのキノコのすぐ横に、ロリンの顔がぼんやりと見えている。ロリンは自分の頭を指さし、それからぼくを指さした。

「なにをいおうとしているんだろう？」ぼくはチャームに尋ねた。

「わからない。見て」ロリンは人差し指で輪を描いた。それから、手のひらをあわせて、それを自分の顔の脇で横にしてみせた。まちがえようのない身ぶりだ。

「夢見だわ！」チャームが叫んだ。「わたしたちに夢見をさせたがっているのよ！」

「どうして？」

「だって、ロリンはわたしたちの考えを読めるらしいのよ。だからたぶん、わたししたちの見る星夢から、わたしたちの歴史のあちこちを拾いあげたがっているんじゃないかしら」

「ロリンにそういうことをされてもいいのかな?」ロリンを疑いの目で見るのはむずかしいことで、数日前ならぼくはそんな考えを絶対にいだかなかっただろう。だが、ロリンは植民世界を開拓する宇宙航行種族によって作りだされたという情報が、ぼくの信頼を幾分か蝕《むしば》んでいた。

ロリンはぼくを指さしてから、その指の上のほうに、もう一方の手の指を二本かざした。

「あなたのお父さまとお母さま、ということよ」チャームは直感でそういったのだろう。ぼくひとりでは絶対に見当もつかなかった。

しかし、ロリンは首を横にふった。

「父さんとスタンス叔父?」ぼくはいってみた。

ロリンは深々とうなずいたが、自然な身ぶりというより、人真似のような感じだった。ロリンは二本出していた指の一本を隠した。

「父さん?」

首が横にふられ、ロリンは残した一本の指を見つめた。

「それがスタンス叔父?」

ロリンはうなずいて、にやにや笑いのパロディのように歯を剝《む》きだした。それから、ふたたび輪を描く手ぶりをした。

「ロリンはあなたに、スタンス叔父さんについての星夢を見てほしいのよ」チャームは断定的にいった。

「それは、フューさま、いったいなぜ？」

「ロリンは知っているのよ、なぜ叔父さんが自分を殺したがっているんだろうと、あなたが不思議に思っていることを。その疑問を解くのを手伝うつもりなんだわ」そこで口ごもって、「もしロリンがわたしたちの心を読めるなら、たぶんわたしたちが自分について知っている以上に、ロリンのほうがわたしたちのことを知っている。だから、あなたは夢見をすべきよ。わたしもいっしょに夢見をするけれど、それは練習みたいなものね。今度星夢を見るときには、いままでより数世代昔まで遡ってみるつもりだったの、前から。母さんはいつもいうわ、わたしが船に乗ったり魚を獲《と》ったりに明け暮れて、ものを考える時間が足りていないって。わたしは男の子に生まれるべきだったそうよ」

「そうならなくて、ぼくはうれしいよ」ロリンが急《せ》かすようにぼくの額を指でつついた。「ああわかった、これからスタンス叔父についての星夢を見るよ、そうお望みなら」

　ぼくはあおむけに寝そべると、地球人たちの最後のわめき声が遠くの闇に消えていく中で、心を静めていった。

洞窟牛は、ぼくの夢見の池よりもさらに、星夢を見るのに適していた。じつのところ、氷魔の一件があってから、ぼくはあの池でふたたび夢見ができるだろうかと心配だった。この場所では、温《ぬく》もりと時間を超えた感覚に包まれ、チャームとロリンの存在を感じながら、ぼくはハッチすら必要とせずに、ほんとうにたちまち星夢にすべりこんでいた。

トリガーの誕生に関する父さんの記憶を起点とすることで徹底的な作業をしたいところだったが、トリガーの受胎はぼくよりあとだったので、それは不可能だった。そこでぼくは、中途半端だった前回の夢見を補足するかたちで、スタンスの少年時代からはじめることにした。チャームとロリンのいうところでは、どこかそのあたりに、スタンスの殺意の理由が存在する。

その理由というのがなんであれ、ぼくが生まれる以前の出来事に関係があるはずだというのは、どうも見当違いのような気はする。だが、自分が生まれてからの出来事でスタンスの動機になりそうなものは、なにも考えつかなかった。スタンスとぼくがたがいを快く思っていないのは確かだが、人が殺人をおかすには、その程度ではすまない理由が必要だ——とりわけぼくたちの社会では。

ぼくは星夢を見た。

子どものころの父さんとスタンスの関係は、かなりうまくいっていた。その当時でさえ、父さんがスタンスを思いあがった驢馬男《ろばおとこ》だと思っていたのは、はっきりしているけれども。子どものころのスタンスは人に好かれていて、それは自分がそのうち男《おとこ》長《おさ》になることをつねに意識して、いつも正しいことをしていたからだった。父さんはそれに対して、ちょっとした反抗児だった。第一子はしばしば、自分が得られると思っていたささやかな地位が、性別の同じ第二子の誕生によって奪われた場合、反抗的になる。それは大きな降格であり、恨《うら》みの原因になりうる。けれどぼくは父さんの記憶の中に、スタンスへの恨みは見つけだせなかった。

なんとも奇妙なことに、ぼくが見つけたのは憐《あわ》れみだった。

ぼくは比較的平穏な父さんとスタンスの子ども時代を遡っていった。ぼくたちステイルクには、ミスター・マクニールから聞かされたことのあるような子ども時代の大変動はない。進学、親の離婚、旅行、などなど。ぼくたちは継続的に年長者の行為を目にし、その言葉に耳を傾けることによって学習していく。ぼくたちの両親はぼくたちが生まれるずっと前に別れているし、ぼくたちが自分自身の村から出て遠くへ旅することは滅多にない。ぼくたちの人生でほんとうの大変動といえるのは、女性集落から男性集落への居住地変更だけだ。しかもそれは男の子だけが体験する。

そのとき、ぼくは父さんとスタンスのあいだの関係に、なにかおかしなところがあることに気づいた。

ふたりはいっしょに夢見をしたことが、いちどもないのだ。

気づいてみると、それは異常なことだった。兄弟はしばしば同時に同じ時期に関する夢見をおこなうもので、それはあとで結果を比較しあうのが楽しいからでもあり、子孫に伝えるためのより完璧な記憶一式を蓄積するためでもある。それはいい練習にもなった。

しかし父さんの全記憶を見ても、どこか快適な場所でスタンスといっしょに横になって夢見をした体験は出てこなかった。そればかりか、スタンスが夢見をするところも、まったく出てこなかった。

これは単に、スタンスが夢見に無関心だったということだろうか？　ありえない。将来の長《おさ》にとって基本中の基本の義務のひとつは、時間の許すかぎり昔に遡って詳細な星夢を見ることだ。そしてスタンスは義務に忠実なのが取り柄《え》だ。スタンスは、どういうわけか先祖の記憶をこわがっていたのだろうか？　それともスタンスは、なにか父さんと話しあいたくないと思う先祖の記憶を見つけていて、ひとりでこっそり夢見をしていたのだろうか？

でなければ、なにかの冒瀆《ぼうとく》的な秘密の信念によるものなのか？

先日スタンスがぼくにむかって口にした、異端の言葉をぼくは思いだした。

『昔のことは昔の話。役に立たん。……問題なのは未来であり、おれたちは不屈の精神と常識を持って、それに臨まねばならん。生き抜くための戦いにおいては、網を広く打たねばならん。おれたちはこれまで、あまりに長く昔に浸《ひた》りすぎ、そしてその結果、同じ過ちをおかしつづけてきたのだ、何世代も何世代ものあいだ』

そしてスタンスがその言葉を口にしたときの、正気ではない目つき。

自分がいい線を行っていると確信しつつ、父さんの記憶の中をすばやく遡って、記憶が意味をなさなくなるほど父さんたちが幼稚なころまで進んでいく。ぼくはスタンスの誕生時に出くわした。そこにはふつう以上の興奮が伴っているように思えた。とはいえ、スタンスは男長になる運命なのだから、ある程度の盛り上がりは当然のことだ。

スタンスと男長。スタンスと記憶。

ぼくは最近のことを思いだした。種まきの時期を早めた昔の収穫について、スタンスが口にしたおかしな嘘《うそ》。ほかのさまざまな出来事。それぞれは些細《ささい》なことだが、まとめあげると、ほとんど信じがたい全体像になる。

この瞬間、ぼくは真相を漠然と感じとっていた。

「いったいどうしたの?」チャームがいきなり声をかけてきた。

「なに?」

「体が震えていたわ。ひどい星夢だったの? わたしも何回か経験があって、そういうとき、だれかにそこから抜けださせてもらって、ありがたかったから」

「なぜスタンスがぼくを殺したがっているか、わかったと思う」

チャームは興奮してかん高く叫んだ。「ハーディ!」

「でも、父さんはそれをギーズ設定にした。真相を確信するには、それを破らなくちゃいけない」

「なら、破ればいいわ」

「でも父さんは……。つまり、父さんは理由があってそうしたんだ。なのにそれを……」

「ハーディ、愛する人」チャームはすぐそばまで寄り添ってきた。「あなたのお父さまには、そのギーズのむこう側の記憶を知ることがあなたの生死を左右するなんていう事態は、予想しようがなかった。予想できていたら、そもそもギーズを設定しなかったでしょう。わかる？　お父さまはあなたに、ギーズを破ってほしがるはずなのよ」

「ぼくにはそこまで確信が持てない。ギーズはギーズだから」

「わかった、それだったら、わたしのためにギーズを破ってちょうだい！」チャームは焦《じ》れったげにいった。「わたしたちはたがいに愛しあっていて、永久にいっしょにいたいと思っている。あなたが死んじゃったら、それは無理なのよ。だから、わたしのために極寒《フリージング》ギーズを破って！」

　それにはなにもいい返せなかった。

　ぼくは夢見をはじめて、今度は父さんがもっと大きくなってからの記憶を起点にした……スタンスの成人の儀式を。スタンスがはじめてハッチのパイプを吸ったとき。

『気を楽にしろ』祖父のアーネストがいった。『力むな』

立会人たちがまわりの壁際《かべぎわ》に立っている。スタンスは床に座ってパイプを吹かし、未成熟な顔を緊張させて、記憶を跳びまわっていた。しばらくすると、スタンスが顔をしかめた。

『どうした、息子よ』祖父がいった。

スタンスは長いこと黙っていた。父さんは当惑して弟を見つめている。スタンスはしあわせそうには見えなかった。というより、このかわいそうなやつはほんとうに泣いているようだ。あれは涙じゃないのか、弟の顔に流れているのは？

『なにがあった？』鋭い声で祖父が問う。

そこでギーズ設定になった。

「ほんとうにごめん、父さん」ぼくは声に出してつぶやいた。「でも必要なことなんだ」

チャームが手を握りしめてくれるのを感じ、ぼくはギーズにむかって突っこんだ。霧がかかったようになり、悪霊が繰りかえしささやく。『引き返せ。引き返せ』ぼくはそれを無視して、さっき祖父がいった最後の言葉に意識を集中し、沼地を苦労して通りぬける人のように、死に物狂いで前進した。父さんの意志に逆らって、父さんの記憶の中に無理やり入りこむ。

不意に、自由に動けるようになったと感じた。

『なにがあった?』祖父が問う。

『おれは……。おれはなんだか……』スタンスは涙に光る目をひらいた。『手伝ってくれる、父さん?』

『手伝う? 手伝いなど必要ない。おまえに必要なのは集中することだ。さあ、ぐずぐずするな、それから氷《フリージング》みたいにめそめそするのをやめろ。これだけ大勢の人の前で、馬鹿な真似をするな!』

しばらくのあいだだれも口をきかず、ぼくは思いやりの大波が父さんから自分の弟にむかって放たれるのを感じた。祖父の顔は岩のように固まっている。そこで急に父さんが口をひらいた。

『たぶんスタンスは別のときに試してみたほうがいいんだよ。こんなにたくさん人がいたんじゃ、苦労もするさ』

『苦労だと? なにが苦労だ? フューさまに誓《ちか》って、われわれは全員これをやってのけたのだぞ、ここにいる男も女もみんなが!』

立会人たちは落ちつかなげに身じろぎした。祖父と父さんは小声で話していたが、いい争っているのはわかってしまう。

そこでいきなり、『よし決めた、みんな帰ってくれ！　帰るんだ、出ていけ！　出ろ！』祖父の顔は癇癪《かんしゃく》で赤くなっていた。

人々はぞろぞろと出ていき、スタンスと祖父のほかに父さんだけが残った。

『立会人を追いだすことが必要になったことは、これまでいちどもなかった』祖父は罵《ののし》るようにいった。『フューさまに誓って、しゃんとせんか、青二才！』

『ごめんなさい』スタンスがぼそぼそという。『おれには無理みたいだ……』

『なにが無理だと？　いいや、おまえにはできる！』

そこで長い沈黙。スタンスの目はきつく閉じられていた。努力するあまりに体が震えている。父さんは不愉快なにおいがするのに気づいた。突然スタンスが、絶望して大声で泣きだした。パイプがスタンスの脇の床に落ちて砕ける。スタンスは両手で顔を隠すと、体を丸めて横むきに倒れた。その体の下から広がった尿《にょう》が水たまりを作り、傾いた敷石の上を祖父のすわっている椅子にむかってちょろちょろと流れていった。

祖父はうんざりした声とともに足を引きあげた。

『スタンスに責任はないよ』と父さん。

『おまえはあれだけの凍る《フリージング》ほどの村人の前で、わたしの面目を失わせたのだ、この氷結青二才《フリーザー》めが！』

スタンスは横むきに転がったまま、自分の尿の中で体を引きつらせて、泣き声をあげていた。

『これまでもこういう人たちがいたよ』父さんがおずおずといった。『星夢を見られない人たちが。でも、だからといってその人たちには、ほかになんの悪影響もなかった。むしろ、ぼくたちとは違うかたちで物事を見られるおかげで、とても賢いこともあった。ぼくはときどき、多すぎる記憶がものを考える邪魔になっていると思うことがある。ひょっとすると、これはとてつもない不幸なんかじゃないかもしれない』弟の上にかがみこんで、『どこまで遡ることができたんだ、兄弟？』

スタンスは兄のやさしさに反応を示した。『おれの……おれ自身の記憶だけだ。それより前にはなんにもない。凍える《フリージング》くらいなんにも。ただ、空《から》っぽなんだ』

『おまえのせいでわが一族の男性の血すじの名誉は傷ついた』祖父の声は重苦しく、怒りは失望へと変わっていた。椅子にうずくまったその姿は、縮んだように見えた。

ぼくは父さんが怒りを爆発させるのを感じた。『スタンスに責任はない。ほかのだれでもない、あなたがスタンスを生みだしたんだ。責任はあなたにある。あなたが欠陥遺伝子を伝えたんだ』

『欠陥遺伝子だと？　なにを馬鹿なことをいっている？　おまえは地球人たちとつきあいすぎなのだ、ブルーノ！』

『そんなことより、スタンスをそっとしておいてやって』

そのあとに続いた沈黙の中で、父さんの急な怒りが引いていって、自分の父親に対する確固とした同情に入れ替わるのが感じとれた。

『それで、われわれはどうしたらいい？』といった祖父は打ちのめされていた。

『なにもしないのがいちばんです。村人たちには、スタンスは神経質になっていたが、もうなにも問題はないといえばいい。村人たちはあなたを信じます。あなたは男長《おとこおさ》なのだから』

『だが、もしスタンスの記憶に……欠陥があるなら、次の男長にはおまえがなるべきだ、ブルーノ』

『さっきもいったでしょう、スタンスに責任はないって。弟は長《おさ》に生まれついた。ぼくはそれを奪う気はない』

『本気でいっているなら、おまえは大したやつだ。だが、おまえにとっても楽な話ではないぞ。おまえはスタンスを支援していかなくてはならない……』

ぼくは星夢から抜けだした。知りたいことはわかった。

ぼくはチャームに一切合切を話した。

「だけど、スタンスはどうやって、いままでそれを隠しとおしてこられたの？」

「あの男なりに抜け目がないのさ。それにある種の雰囲気を育《はぐく》んで……なんていうのかな、偉そうな万能者みたいな。それでだれも、スタンスを疑おうとは思わなかった。それに、いつも父さんがついていて、陰で支えたり、自分の脳の記憶葉の中身を提供したりしていたんだ。スタンスが父さんを殺すまでは」これでたくさんのことが意味をなすようになった。

スタンスがモーター車の運転輪を握ったときの無様さ。その種の技能も、記憶と同様に遺伝するものだ。記憶の中の事実よりも、宗教のほうを支持するようになっていること。自分の記憶に疑義を唱えられたかのように、『それなら覚えているとも！』としょっちゅう叫んでいること。ぼくはモーター車での出来事を思いだした。スタンスがさっとふり返ると、火室の炎に照らされたまっ赤な顔で、父さんにむかって叫んだ。『わかってるぞ、ほんとはおれを裏切りたいんだろう、この氷男《フリーザー》め！』ほかにもたくさんある。

「でも、どうしてスタンスはあなたのお父さまを殺したの？」

「前の雪解け期に、作物の不作についてワンドとぼくの叔父が大論争をした。スタンスはでっち上げた記憶を自分の主張の証拠にして、父さんはそのことに気づいた。そのあと、ぼくは自分の船を点検しにいって、そこで父さんがスタンスにむかって、もう手助けしてやらないかもしれないというのを、立ち聞きした。父さんがいまにも自分の秘密をばらして、長《おさ》の座を奪いとろうとしている、とスタンスは思ったんだろう。父さんにはそんなことをするつもりはまるでなかったんだよ、もちろん。でも父さんの忠誠心がどれほどのものかを、当のスタンスが正しくわかっていたとは思えない。その翌日、父さんは殺されたんだ」

「そんなことって……。何十年も経っているのに、あなたのお父さまが突然秘密をばらしたりするなんて、スタンスも考えないでしょ？」

「スタンスが完全に正気だとは思えない。記憶葉に問題があるというだけの話じゃなくてね。長年、楽な暮らしが続いてきたけれど、ここに来て去年から、村では物事が順調に行かなくなった。スタンスには、記憶を探ってそうした状況に対処することができない。スタンスは批判を受けた。そして、だれもが自分に逆らっていると感じはじめた。そこへほかならぬ自分の兄から、これ以上の支援はしないという最後通告を口にされた。もうどうしようもなくなったんだな」

「だけど、自分の兄弟を殺そうと決心するほどのこと？」

「スタンスはトリガーのことも考えなくちゃならなかった。もしスタンスの記憶に欠陥があるなら、当然トリガーにも先祖の記憶がない。もし父さんがスタンスの真相をさらしたら、トリガーが長《おさ》になることはありえなかった」

「なるほどね。でも、スタンスはなぜあなたを殺したがっているの？」

「スタンスの成人の儀式の記憶は、いわば——」ぼくは適切な言葉を探し、結局、地球人の表現を使うしかなかった。「時限爆弾だ。いつ爆発するかわからない。父さんがその記憶をギーズ設定にしたことを、スタンスは知らなかった。いや、たとえ知っていても、遅かれ早かれ、ぼくにギーズを破る理由ができるかもしれない。現にそうなった。そして父さんと違って、ぼくはスタンスになんの忠誠心も持っていない」

「じゃあ、これからどうするの？」

「するべきことはひとつだけだ。ぼくは証人になってくれる人たちがいるところで、あの氷結男《フリーザー》と対決しなくちゃならない。それまでは、ぼくの身は安全じゃない」

けれど、氷結男《フリーザー》との対決は、性急におこなうべきことではなかった。計画を練り、適切な機会を選ぶ必要がある。それに、ほかの優先事項があった。

チャームとぼくがノスに帰り着いたとき、グルームはまっ盛りで、村は活気づいていた。ぼくの抱える問題について人々に話す時期としては、適当ではない。グルームがいま到来していて、グルームは待ってくれないのだ。

「話したいことがあるんだけど、母さん、その話の内容については賢明な判断をしてほしいの」チャームがロネッサにいった。

「わたしはいつも賢明だろ」母親は警戒するように答えた。

「わたしはハーディといっしょに暮らすわ」

「なにをいっているんだ？」泣く子も黙る女長《おんなおさ》が怒鳴った。「わたしの村で、そんなことをさせるか！　それにウォールアイが、おまえを男性集落には住まわせないさ、どっちみち！」

「だったら、わたしたちは渡し船の船着き場のそばの家に住む。あと、そんなにカッカしないほうがいいわよ、母さん。自分だって、ハーディのお父さまといっしょに暮らすチャンスがあったら、飛びついていたんじゃないの。まあ気を静めて」

「あの家はわたしの娘が住むにはふさわしくない」チャームの決心が固いのを見てとったロネッサは、引き延ばし作戦に入った。「屋根が崩れている。全体がドライヴェットの巣だ。渡し船がなくなってから、人が住んだことがない」

「だから、わたしたちがそこをちゃんとした場所にする。もう、いさぎよくあきらめたほうがいいよ、母さん。ハーディを前にして、そのほうがよっぽど威厳が保《たも》てる」

「おまえはその根掘り虫がここで、ノスでうまくやっていけると思うのかい？」

「ハーディはどこでだってうまくやっていけるわ、わたしといっしょに暮らすという意味でだったら」とぼくの彼女がいい、それがあまりに自信たっぷりだったので彼女の母親はなにもいい返せなかった。

グルームに追いやられた魚のように口をぽかんとあけているロネッサを残し、ぼくたちは手をつないで、人々があわただしく働く男性集落をぶらぶらと歩いていった。帆走してきた船が浜辺に乗りあげ、籠《かご》いっぱいの魚をロックスの引く荷車《カート》にあけると、また海に出て砂州のすぐむこうの漁場へまた戻っていく。女性たちはロックスを急《せ》かして歩かせ、魚を積んだ荷車を女性集落へ運んでいき、そこには解体作業班と乾燥棚が待っている。ロリンがそこかしこをぶらぶらと歩いて手を貸したり、ロックスを元気づけたりしているが、そののんびりしたふるまいは周囲の喧噪《けんそう》とは対照的だった。

「カフだわ」チャームがくすくす笑いながらいった。

カフはちょうど自分の滑走艇《スキマー》で戻ってきたところで、ぬかるんだ浜辺に足を下ろしかけて、チャームとぼくを目にした。カフの顔色が曇《くも》った。そのままの姿勢で固まる。カフは魚を荷下ろしするか、ぼくを殴りつけるか、決めかねていた。片足を船の外に、もう片方を中に置いたまま動かない。そこへ大きなグルームワタリ鳥が滑空してきて船べりに降りたつと、カフの籠のひとつから魚をむさぼりはじめた。カフはカッとなって罵りながら鳥に打ちかかり、それで呪縛《じゅばく》が解かれて、獲ってきた魚を浜辺に降ろしはじめ、相方がそれをロックス車へ運んでいった。

「きみみたいな女の子と別れるのは、すごくつらいだろうな」ぼくはいった。

「カフは本気でわたしをほしがっていたわけじゃ全然ないわ、あなたみたいには。プライドが傷つけられたと思っているだけよ。村人にとってはうなずける話だった——男長《おとこおさ》の息子と女長《おんなおさ》の娘。とてもおさまりがいい感じ。でも、そこには愛なんて関係なかった」

男性集落を通り抜けるとき、遠くの岬と、その上空を埋めつくすように旋回する鳥が見えた。鳴き声も耳に届いた。やむことのない耳障りな大音響が、崖から跳ねかえって、河口に響きわたる。脚の長いロートの群れが、狭い浜辺目ざして反対側の土手をどすんどすんと駆けおりてきた。そこでなら幅広の顎《あご》を有効に使える。海面のあちこちに、海草や、死にかけていたり死んでいたりする生き物や、ときには難破した船までが散らばっているのは、すべてグルームで浮かびあがってきた物だ。

「そのうち泳ぎかたを教えてあげる」チャームがいった。

「あんなゴミだらけの中は嫌だよ、それはやめよう」

「あんな状態は長くは続かない。あの浮いている物は、岸に流れつく。海は二、三日できれいになるわ。それに、泳ぎを覚えるのにグルームほどいい時期はないわ、だって、あなたは沈めないんだもの。ねえ、もうちょっと速く歩くのは嫌？　わたし、いま愛してもらわずにいられないの」

ぼくたちは数日がかりで、船着き場のそばの家を住める場所にし、その間、チャームのお父さんのクレインがたびたび顔を見せては、ちょっとした家具や陶器を持ってきてくれた。クレインはぼくに、自分の漁船に乗って漁をしてはどうかといった。

「ハーディが泳げないうちは駄目よ」とチャーム。「それに、彼には自分のスキマーがあるのよ、知っているでしょ？　帆走も習う必要があったわね。あまりうまくはないから」

「グルームがこのへんに来ているあいだは、沈むことはありえないだろう」

「海に落ちてあわてふためいてじたばたしているあいだに、グルームライダーに食べられちゃうかもしれない。わたしはハーディが確実に自分の身を守れるようにしたいの」

チャームは強情で、彼女のお父さんはくすくす笑いながら帰っていった。これに対してロネッサはぼくたちを無視していたが、いちどだけ例外があって、ぼくたちが屋根を修理していたとき、崖の上にむかう途中のロネッサが通りかかった。ロネッサの視線はまちがいなくぼくたちのほうにむいたが、顔がこちらをむくことはなく、ぼくたちがいることに気づいたようすも見せなかった。

「母さんはそのうちここに来るわ」チャームはぼくに断言した。「頑固な馬鹿年寄り。いちど癇癪を起こしたものだから、しばらくそういう態度をとってみせるのを義務みたいに感じているのよ」

泳ぎの練習はこの家に来た三日後に実施された。太陽は暖かくはあるが、これまでの年のように暑くはない。そんな中をチャームはぼくを連れて石造りの船架を下っていった。ぼくはショーツを穿いていた。チャームは地球製の生地でできたツーピースのとても魅惑的な水着を着ていた。最初ぼくは、そんな彼女の姿を見られるのだからこの練習は価値あるものになるなどと考えていたが、事態はすぐさま悪化した。船架《スリップウエイ》はその名に恥じなかった。ぼくはつるつるした海草に足をすべらせ《スリップ》、斜面をすべり落ちて濃厚な冷たい水にどぼんと突っこんだ。ぼくは水を跳ね散らしながら、心臓が止まる思いであわてて岸にあがった。

「それでいいのよ」チャームがいった。「それが出発点。これで水がどんな感じかわかったでしょ。いまのが自信になるわけ」

「ならないよ」太陽が冷たく、小さく、ラックスのようになった気がして、さらに肌を刺すような微風が海から吹いてきた。二十ペースほどの沖が騒がしくなった。大きな泡がいくつもゆっくりと海面に湧きあがると、岸まで届くポンという音を立てて弾《はじ》けた。巨大な肉食動物があの下に潜んで、息を吐きだし、そこらへんになにか餌が、たとえばじたばたしている根掘り虫がいないかを調べに浮上しようとするのが見えるように、ぼくは思った。

「いっしょに水に入って歩いてみましょう」

「あそこのあれが消えてからだ」

泡の弾ける勢いが最高潮に達すると、突然、長い影のようなものが深みから突きだし、海面に倒れこんで、波に揺られてねっとりした水滴をこぼしながらそこに落ちついた。ぼくは肝《きも》をつぶして叫びながらあとずさり、足をすべらせてどすんと尻餅《しりもち》をついた。

チャームが声をあげて笑った。「昔の渡し船じゃないの、お馬鹿さん。数世代前の豪雨期に係船所で沈没したの。毎年この時期にかならず浮かびあがってくるわ」

「だからって、ぼくがそんなこと知ってるわけないだろう？　ぼくはあれが……まあ、なんだと思ったかはどうでもいいよ」浮いてきた場所でひょこひょこと揺れている船は、たぶん全長十二ペース、汚らしくて腐敗して不気味で、海藻に覆われた係船索がまだついていた。

「さて、準備はできた？」チャームはぼくの手を取ると、引っぱって立ちあがらせた。

ぼくは注意深く水面を眺めわたした。少なくとも、数日前のゴミの大半はすでに岸まで流れてきていた。もっと遠くでは、漁船が帆をあげて海に出ていき、積み荷のせいで喫水が深くなって戻ってくる船と冗談を交わしあっていた。カフがあの船の一隻に乗っていて、怯えているぼくを嘲笑《ちょうしょう》しているかもしれない。

「準備できた」ぼくは深呼吸して水の中に歩いていき、チャームがぼくの横にいた。水は凶悪きわまる冷たさで、それこそラックスのまさに地表に足を下ろしたかのよう。ぼくの中に恐怖がこみあげてきたが、それに飲みこまれずにすんだのは、チャームの温かい手のおかげだった。

「だいぶ遠くまで来たわ。次にしゃがんでみましょう、するとあなたの体は浮いてくる。冷たさのことはなにも心配しないで。慣れてくるから。思いだして、海は決して凍らないし、グルームの海水は温かいの」

ぼくには温かくなかったが。しゃがんでいくと、より強い不安の発作が来た。するとチャームがぼくのショーツにちょっかいを出しはじめて、ぼくの気をそらした。ぼくは彼女の水着に同じことをし返してやり、すぐにぼくたちは幼児ふたり組のように笑いながら水を掛けあっていた。おそれが消えたぼくは、泳ぎに挑戦した。それはとてもかんたんだった。水の上に横になって、手足で漕《こ》ぐようにして体を進める。ぼくたちは昔の渡し船を周泳すると、波止場《はとば》のほうに戻ってきて、もう少しふざけあった。なにかの拍子に、チャームの上の水着が脱げた。ぼくはそれを手に取ると泳いで逃げ、チャームはぼくを追いかけながら、息を切らして脅《おど》し文句を叫んだ。とうとう彼女は、ぼくが泳ぎの達人だと宣言し、ぼくたちは家に引き返した。

それは最後のほんとうに楽しい時間のひとつだった。

その夜、ぼくは奇妙な夢を見た。前にもいったとおり、ぼくたちの夢というのはほとんど逆流《バックフラッシュ》のようなものだ。不随意に浮かびあがってくる昔の記憶。それは、星夢で見たことがあるのよりも古い昔から浮かんでくることがある。だから、あなたたち地球人が見る夢とは違って、ぼくたちの夢は完全に現実に即したものだ。このときの夢では、ぼくは父さんになっていた。出てくるのは三人。父さん／ぼくと、スタンスと、祖父は、〈聖なる泉〉ことパラークシへの巡礼にやってきていた。

ぼくたちは大通りの外れに立っていた。家々が、いまや屋根のない枠《わく》だけになっているが、入り江の小さな港の両側の丘に建ちならんでいる。船の姿もなく、人影もなく、なにもない。だれひとりパラークシには住んでいなかった。そこは聖地、伝説のブラウンアイズが生まれたところであり、訪れるのは巡礼者だけだ。感銘を受けるはずなのだろうが、ぼくはそうはならなかった。そこはぼろぼろもいいところのゴミの山だった。このどこを見れば、感銘をあたえてくれるものが見つかるのやら。

若き日のスタンスがいった。『もうモーター車に戻らない？』

祖父は悲しげに、『この場所はおまえになんの影響も及ぼさなかったのか、息子よ』

『うん、退屈なだけ』

伝説によれば、パラークシはぼくたちの記憶がはじまった地だ。パラークシを訪れることでスタンスの記憶葉が機能しはじめるかもしれない、と祖父は期待していたのだが、そういうことは起こらなかった。ぼくたちは防波堤沿いに歩いていき、まもなく一軒の建物の前に着いた。それはほかの建物とほとんど変わらないが、何世代にもわたる巡礼を通じて神殿の番人たちが手を入れてきた部分がいくつかある。そこも住み心地はひどいだろうが、少なくともこの町ではほかのどこよりも修繕がなされていた。扉の上に金色に塗られた紋章がかかっていた。舞いあがるグルームワタリ鳥。『ブラウンアイズの生家だ』厳粛な抑揚をつけて祖父がいった。『彼女はあそこに、アリカからやってきた偉大なるドローヴとともに住んでいた』

スタンスは口をだらしなくあけ、間抜けな表情で紋章を見あげてから、『これで見るものは見たんだろ。さあ、村に帰ろう』

『これから缶詰《かんづめ》工場へ行くのだ』祖父が怒鳴《どな》るようにいった。『こんなに遠くまで来て、この程度であきらめるわけにはいかん』

缶詰工場はもうひとつの聖地で、じつに奇妙な場所だった。パラークシからさほど距離はなく、低湿地近くの平地のかなりの部分を占めている。そのあたりの池には氷魔がうようよいるので、ぼくたちは足もとに注意しなくてはならなかった。缶詰工場は石材造りの巨大な建物で、永遠に持ちこたえそうだ。建物は灰色で近寄りがたく、金属の柱がまわりを囲んでいるが、その柱は錆《さび》がひどくて、跡《あと》かたもなくなっているものが多い。

『ひでえ場所だな』とスタンス。『これのなにが、聖なる、なのさ?』

伝説のいうところでは、缶詰工場は野獣の襲撃からぼくたちの先祖を守るために建てられ、先祖はそこで大凍結《グレート・フリーズ》が過ぎ去るのを待って、みごとに生き延び、記憶を伝えられるようになって、外に出てきた。それを導いたのが、いうまでもなく、ドローヴとブラウンアイズだ。それは感動的な伝説だが、それが真実だと証明できるほどの昔まで遡る夢見をしようとした人も、あるいはその能力がある人も、ぼくの知るかぎりはひとりもいない。

ぼくたちはぶらぶらと正面入口を通って缶詰工場の建物に入った。巡礼者たちがそこかしこに小さな祭壇を設けていた。工芸品を載せた長椅子。大ロックスの彫像、その中には太陽神フューを従えているものが多い。ぼくたちはだれかの悪趣味な冗談に違いない祭壇に出くわした。氷魔ラックスの魔の手に捕らわれた太陽神。ラックスには干《ひ》涸《か》らびた蔓《つる》でできた二十本ほどの腕があっていて、泥でできたその顔には勝ち誇ったような情欲が浮かんでいた。

それよりも小さな部屋に、ごく薄い層状の灰が巨大な山をなしていた。

『本だ』と祖父が説明した。『文字がぎっしり詰まっていて、人々はそれを使って学んだり、記憶の助けにしたりした。この聖なる場所で過ごすあいだに太陽神フューが完全な記憶をあたえてくださったので、先祖たちは本を焼いた。もはや本は無用の長物だったからだ』祖父がちらりと目をやると、スタンスは少しは興味がありそうな顔をしていた。『さあ行くぞ、われわれはこの建物のさらに深くへ進むのだ』『ぼくは行かない』ぼく／父さんはいった。『ぞっとしてたまらないんだ』

目ざめると日の光が家の中に流れこんでいて、チャームがぼくの顔をグルームワタリ鳥の羽でくすぐっていた。ぼくは彼女に夢の話をした。その夢には貴重な記憶が含まれていた。いずれそれが役に立つときが来るかもしれない。

その日の昼が近づいたころ、思いがけないことにぼくの母さんとファウンがロックスに乗ってやってきた。前の夜はミスター・マクニールのところに泊まったという。ふたりに会えて、うれしい気分になった。チャームはふたりを歓迎し——警戒気味には見えたが——みんなですわってスチューヴァを飲んだ。

「どんなご用事でいらっしゃったんですか、スプリング」ぼくの彼女が探るように聞いた。「まだロネッサとは話をしていらっしゃいませんよね?」

スプリングは口ごもり、青い目で当惑したようにぼくたちを見た。「ロネッサ?会ってないよ」

「フューさまに感謝。あの人は変な考えを持っていますから、わたしの母さんは」

「でも、用事ならある。ワンドに頼まれたんだ、ヤムの今後のことについて、ハーディから助言をもらってこいって」

　ぼくは驚きのあまり言葉が出なかった。ヤムでぼくの助言が少しでも考慮されたことなんて、あっただろうか？

「なぜハーディから？」チャームが尋ねた。

「村の男性の中では、ハーディが最長の血すじの記憶を持っている。この子から助言をもらうのは当然のことさ。それに……あたしがおまえに会いたかったんだよ、ハーディ。おまえがまだ生きているんだとほんとうには信じられなくて」

「ほんとうにぼくだよ、スプリング」ぼくは腕を伸ばして、スプリングの手を取った。

「でも、ぼくが最長の記憶を持っているって、どういう意味？　スタンスとトリガーは？」

　スプリングはまっすぐにぼくを見て、「だまそうとしても無駄だ、ハーディ。おまえはスタンスのことを知っている、そうだね」それは質問ではなかった。

「父さんはそれをギーズ設定にしていた。ぼくはそのギーズを破った。そうする必要があったんだ。じゃあ、あなたも知っているんだね？」

「もちろんさ。おまえのお父さんとあたしは、とても親密だったんだ。ほかにはだれも知らない」

「それはよかった。ファウン、きみはこのことを絶対にだれにもいってはいけないよ、いいね？　絶対にだ」スタンスの記憶の欠陥を知っている人は、危険にさらされることになる。

「あなたがそういうなら、ハーディ」そのあとしばらくとりとめのない話をしてから、ぼくは尋ねた。「それで、ヤムでどんな問題が起きているの？」

「宗教だ。おまえの叔父《おじ》が演説の名手なのは、認めなくちゃならない。スタンスは神殿の番人を引退させて、自分が後釜《あとがま》にすわった。演台に立ってわめきちらすんだ、こんなにも太陽神フューが温もりを出し惜しみするのは、あたしたちに腹を立てているからで、ご機嫌を取る必要があるって。そして現に、年々気温は下がっていて、スタンスの説明はほかのどれよりもまともに思える。じっさいには、ほかの説明なんてないんだが。スタンスは村人の心を動かして、パラークシへの集団巡礼なんて話まで出るほどさ！　たぶん、ドローヴとブラウンアイズに、大ロックスにまたがって太陽を空に引きずり戻してくださいとかなんとか、ふたりがしてくれるはずのことを祈るんだろうね。信じられるかい？　よりにもよって、作物の世話や狩りをすべき、いまこのときにだよ！」

「スタンスの宗教的傾向は前からだった。長《おさ》として受ける重圧のせいで一線を越えてしまったのかもしれない、引き戻してくれる父さんもいまはいないし」

「あたしもあの男がおまえのお父さんを殺したんだと思っている」スプリングはこともなげにそういった。「あの男にとって殺人は、ほかの人よりも困難が少ない。わたしたちには昔の記憶を守っていこうとする本能的な衝動があるが、あの男にはそれがないからだ。とにかくなんらかの理由で、あの男はブルーノが自分を裏切ろうとしていると思った。あたしの意見を聞いてくれりゃよかったのに！　おまえのお父さんは、決して自分の弟を裏切る人ではなかった。絶対的な忠誠心を持っていたんだ。そのことでいつも、あの人をからかったもんさ」

「スタンスには、そのことをわかるような頭がなかった」ぼくはスプリングたちに、ぼくが立ち聞きしたスタンスと父さんの口論のことを話した。「だからスタンスは父さんを殺した。ほんのわずかな、それもきっと選びかたがまずかっただけの言葉のせいで」

ぼくの母さんにとって、それは意外な話ではなかった。「そんなことだと思っていたよ。あの男はおまえも殺してしまったんだと、あたしは思っていた」丸い目が涙で光った。「おまえがこのノスにいるという噂《うわさ》を耳にして、どんなにほっとしたことか、言葉では説明できないくらいさ」

「あなたが死んだと思うのは、耐えがたかったわ」といったファウンは、チャームからまたしても疑いの目をむけられた。

「去年、ぼくの船に穴をあけたのも、スタンスだと思う。ぼくがまたしても、ええと、死の手を逃れたと聞いて、あいつはどんなようすだった？」

「逆上して、村じゅうをわめきまわったよ。おまえのお父さんを殺したのはおまえだといい、狩人たちはあいつを支持した。狩人っていうのは、そこが変だよね。凶暴性のあるリーダーを好むんだ。もしおまえのいるのがノス以外の場所だったら、やつらがやってきて、おまえを引きずっていっただろう。でもスタンスでさえ、ノスと悶着《もんちゃく》を起こしたらマズいことは、理解している」

長いこと黙っていたチャームが、口をひらいた。無表情にスプリングを見つめていたが、「スプリング、ほかにどんなご用事でここにいらしたんですか？」

スプリングはぼくの彼女を見た。「なかなか鋭い娘さんだね。知りたいならいおうか、ワンドにいわれたんだ、ヤムに戻ってくるようハーディを説得しろと。ファウンがいると説得しやすくなる、とワンドは考えたようだ」

「母が考えそうなことだわ」ファウンは悲しげにそういうと、家の中を見渡して、チャームに対する率直な評価で締めくくった。「けれどハーディはここでとても満足しているようすね。わたしたちは時間を無駄にしたみたい」

ぼくはスチューヴァをすすりながら考えをめぐらせた。「ヤムに戻る？　それはぼくにとって危険すぎるとしか思えない、男たちがぼくの敵にまわっているのに」

「女性はおまえの味方だし、男性の中でも、スタンスを支持しているのは狩人たちだけだ。ただ、だれもがスタンスをおそれている。村のみんなはリーダーを必要としているけれど、スタンスがそれにふさわしいかは疑っている。あの男はなにをするか予想がつかないからだ。村のみんなはブルーノを尊敬していた、そしておまえはあの人の息子だ。もしワンドとあたしで、おまえが戻ってくるつもりだという話を広めたら、みんながおまえの味方をして、あんな宗教的たわごとはすっかり忘れられるだろう」

「そしてスタンスを追いやるって？　そういう風に事が進むとは思えないな。それに、記憶の欠陥をいい立ててスタンスを責めることはできない。ぼくのいうことを信じようとする人はいないよ。スタンスは怒鳴りまくって、いい抜けてしまうだろうし。駄目だね。それにもしスタンスを追いやれても、男長《おとこおさ》になるのはトリガーだ、ぼくじゃなくて」

「トリガーだって？　ありえない。たぶんあの子も父親同様に先祖の記憶を持っていない。おまけに、あいつは馬鹿だ。あんなのが長《おさ》になったら、ヤムはおしまいだね」

血色のいい顔に、いつにない厳しい表情を浮かべて、「そんなことになったら、あたしがまっ先にトリガーを殺す」

スプリングのぞっとするような言葉が、石壁に反響してまわった。ぼくはすべてに思いをめぐらせた。ここはチャームとぼくがわが家《ホーム》として作りあげた建物だ。片隅《かたすみ》には毛皮が積んであって、そこでぼくたちは愛の営みをした、すでに何回となく、おたがいの体に純粋な喜びを感じながら。この扉の外には、チャームが泳ぎを教えてくれた波止場があって、あれはほんの昨日のことだ。二、三百ペースむこうには、男性集落と、漁船と、好意的な反応ばかりがあって、チャームのお父さんが漁を教えてくれることになっている。

いまやここがぼくの故郷《ホーム》ではないのか？

スプリングはぼくの考えを読んでいた。

「ワンドは愛をまったく考えに入れていなかった」と母さんはいった。「おまえが堂々と勇ましくヤムに乗りこんできて、スタンスに長《おさ》の座を明け渡せというだけのことだと考えていた。でも、そうは行かないんだろ？　おまえはその子抜きではどこへも行くつもりがないし、その子をどんな危険にもさらす気がない。それは理解できるよ、あたしにもブルーノがいたんだから。ワンドにはそんな相手がいたことがないから、理解しないだろう。あたしから、できるかぎりの説明はしておくが」

「ごめんなさい」

「おまえは変わったね、ハーディ。ワンドはそれも知らなかった。以前のおまえは……どことなく冷笑的だった。ほんとうに大事なことなんてなにもないように見えた。おまえのお父さんはそれを心配していたよ。おまえはあまり人間を好きではない、とあの人はいっていた」

「スタンスみたいな馬鹿にふんぞり返られていたら、そうなっても不思議はないよ」

「そして、おまえはあの男から逃げた。ヤムに戻りたがらないからといって、責めるわけにはいかないだろう」

「ぼくにはここでの責任があるんだ、スプリング。それはぼくにとって、ヤムの将来よりも重要だ」

「そうだろうね」スプリングはチャームに笑顔を見せたが、それはむしろ悲しげだった。「自分が最善だと思うことをしなさい、ハーディ」

そのあとまもなくふたりは立ち去り、ぼくは悲しみと罪の意識を感じることになった。

けれど、チャームもぼくも若くて立ち直りが早かった。翌朝には、ヤムははるか遠い彼方《かなた》に思えるようになっていたが、それでもふたりで朝食の支度をしているとき、チャームが心配そうな表情でちらりとぼくを見たのに気づいた。

「行く気はないんでしょ？」

「もちろんないよ」

彼女は笑顔になって、ぼくの肩に軽くパンチを入れ、そしてぼくたちはノスでの自分たちの人生に戻った。
二、三日後、チャームのお父さんのクレインが、ぼくを漁に連れていった。クレインの滑走艇《スキマー》は長さ約八ペースあるがとても狭くて、ぼくが乗りこむと危なっかしく揺れた。チャームの泳ぎの訓練が新たな自信をあたえてくれていてよかった。さもなくば溺《おぼ》れていた可能性があるばかりか、ほんの数日前だったら水に落ちただけで恐慌状態になって悲鳴をあげ、面目を失っていただろう。カフが浜辺に並んだ仮竜骨のあいだから、ぼくの失敗を期待して見つめていた。

「まず、川の上流にむかう」ぼくが無事に腰を落ちつけると、クレインがいった。「海に出る前に、きみに感覚的に慣れてもらうためだ」

思いやりのある判断だった。船は非常に不安定な感じで、外海に出たらゆっくりした波のせいでもっとひどくなるだろう。ぼくは自分の小さな帆船には慣れていて、そこではぼくのどんな動作もすぐさま船の姿勢に反映された。けれど、クレインの大きな滑走漁船ははるかに重量があって、もっとたくさんの帆を掲げ、横揺れした。ゆっくりした傾斜運動を、乗組員が重心を移動させて即座に修正することはできない。船が河口の中央に滑走していくと、風が帆を膨《ふく》らませて、船は重々しく左右に傾き、そのたびに絶対元には戻らないんじゃないかと思えた。ぼくは恐怖で叫びそうになるのをこらえた。

クレインが両舷側に滑走用帆桁《ブーム》を突きだすと、状況はずっとよくなった。それは各々《おのおの》がたぶん六ペース長の重い円柱状の棒で、網が翼状に垂れさがっている。それが船の釣り合いを保つ役割を果たした。

「少しは気分がよくなったか？」とクレインが含み笑いをしながら尋ねた。長年の風と太陽が皺《しわ》を刻んだその顔は、笑うと干からびたキイロノ実さながらに皺くちゃになった。

ぼくはまもなく、外海に出るかわりに入り江の河口近くで漁をしても、結果的にほとんど損はしないことに気づいた。グルームがこの星を周回して進む前方で、小さめの魚は逃げだそうとするがたいていは追いつかれて、海面に追いやられる。もっと大きな魚はグルームの影響に逆らうことができるが、それでも多くの時間を海面で休んで、空気を吸い、捕食動物が近づいてきたときに潜るための力を蓄えている。

グルームが河口を遡る際の状況はこれとは異なり、魚を前方へと追いたてる。ここのように湾も注ぎこむ川も小さいと、濃くなった海水が淀《よど》んでいるふつうの水とぶつかる。そうした淀みのひとつからチャームがぼくを救いだしてくれたのが、彼女との最初の出会いだった。魚はそうした淀みに大挙して逃げてくる。

「あれはウォールアイだな」その記念すべき出会いの場所に船が近づいたとき、クレインが不意にそういって、びっくりしたぼくは物思いを断ち切られた。

足の不自由なノスの男長《おとこおさ》は、ほかの男ふたりといっしょに、藪《やぶ》に覆われた低い岬の縁に立っていた。男のひとりは前かがみになって、岩の上のなにかを調べている。この距離からではっきりとはわからないが、それは死んだロリンのように見えた。

男たちの声が、水面を渡ってはっきりと耳に届いた。

「……事態が一変する。むこうがこれを知ったら――」

「むこうがこれを知ることは、あってはならん」といった少しかん高い震え声は、ウォールアイのものだ。「いまこのときに、それだけは避けたい。ふたつの村が協力することが重要なのだ」

「その上、これは役に立つ可能性も……」

そこで彼らはぼくたちの姿を目にし、急にウォールアイが黙れと合図をするのが聞こえた。三人は関心の対象である物体のまわりに、それを視界から遮るようにして集まった。ウォールアイが最後に低くいうのが聞こえた。

「この件はわたしが処理する。おまえたちは忘れろ」

三人の視界を外れて小さな湾に入りこみながら、クレインはにやにやと笑っていた。

「水面を渡って音があんなにはっきり聞こえるとは、驚きだね。あれはいったいなんの話だったんだろうな」

そこで濃度が少し低い水域に入りこんだスキマーは、心配になるような高さのさざ波が船べりに打ち寄せるところまで沈んだ。ぼくはじっとすわっていた。こういう性質の水の中で泳ぐのは、ぼくには無理だ。クレインは舵柄《かじづか》を押し倒し、帆を少し下ろして、進路をグルームの縁沿いに変更した。船はまた浮きあがり、それから速度が落ちた。右舷の網が突然重くなって、再び濃度の低い水にむかって船を右旋回させていた。

「網をしまえ！」クレインが命令を発する。

ぼくはクレインから教わっていたとおりに作業した。まず下のロープを引くと長い網の下の縁がぴんと張って水面から持ちあげり、次に上のロープを引くと右舷の帆桁《ほげた》と網が旋回して船内に入る。網は暴れる魚で膨らんで、きらめいていた。下のロープから手を離すと、魚たちは船底にこぼれ落ちて、跳びはね、あえいだ。

これを三回繰りかえすと、船の動きはのろく、そしてぼくの感じでは、危なっかしくなってきた。「もう魚に覆いを掛けていいよ」満足げにクレインがいった。クレインが船を風上にまわすあいだ、ぼくは魚を足で押しのけるようにして進みながら、なめらかな革を魚たちの上に広げると、その革を突き固めて空気を追いだし、空気がなくてもがいている魚の大きな包みを作りあげた。地球の魚と違ってこの星の魚は空中の空気を呼吸できるので、ということは窒息死させることが可能だ。

クレインはリーボード——舷側に取りつける一時的な竜骨——を降ろし、船はそよ風を受けて時おり進路を変えながらゆっくりと進んだ。「あすは外海に出ても平気そうかな?」クレインが尋ねた。

「出てみたいです」

「チャームはもう一日、きみなしでもだいじょうぶ?」

ぼくは考えてみた。「ぼくがこの村で暮らしていくには、生活の糧《かて》を得る必要があります。彼女もそれは理解してくれるでしょう」

「きみが下す必要のある決断は、ひとつだけではないよね」

「ぼくはヤムに戻るつもりはありません、そういう話をされているなら」

クレインが目を細めると、むかい側の丘の斜面を集中したようすで見あげたので、ぼくもその視線を追った。「数年前、あそこの野原じゅうにスノーターがいて、ヒゲ草だとかを掘りかえしていた。だがいまでは、めったにスノーターを目にしない。なにかがあったんだ。狩りはその原因じゃない。その一方、グルームはいまも毎年やってきて、こうして魚も捕れる」

「ここは暮らしやすい場所です」ぼくはいった。

「飢えた内陸者《もの》の集団がいくつもうろついていて、あちこちの村を襲っているという噂がある。わたしはときどき、この村が襲われたらどうなるだろうと考えるんだ。わたしたちは漁師だ。槍《やり》や弓の扱いには慣れていない。それに対して、ヤムの男たちは狩人だ……」クレインはぼくを見つめて返事を待った。

「ヤムの人たちが飢えきれなくなったら、ぼくたちを襲うだろうとおっしゃりたいんですか?」

「そうじゃない、ハーディ。わたしがいいたいのは、ヤムに食料をあたえることについて、この村の人たちが不平をいうのはじつにもっともではあるが、ヤムがあたえてくれるものをこの村が必要とするときが来るかもしれない、ということだ。例えば、防護とかね」

「同盟を結ぶということ?」

「そのとおり。そして、もしそういうことになったら、きみとチャームは……そうだな、いってみれば、きみたちは事態の中心になるだろう」

男性集落に戻っていくあいだじゅう、ぼくはそれについて考えこんでいた。

クレインの言葉は結果的に予言になった。

グルームは過ぎ去った。それといっしょにグルームワタリ鳥や、グルームライダーや、その他あらゆる捕食生物や腐肉喰《ぐ》らいや便乗生物も去っていった。波は鋭く立つようになり、海はふたたび荒れるようになった。魚の干物が食料倉庫に運びこまれ、漁師たちは船に仮竜骨を取りつけ直した。そのあと、漁師たちは家の屋根に注意をむけた。グルーム後の最初の嵐がやってきたとき、ノスはそれに対する備えができていた。

とうとう最後の嵐がおさまると、今度は豪雨期がやってきて、雨がまっすぐ上から下に、やむことなく降りつづいた。人々は家の中に引きこもった。ロリンだけは相変わらず、頭を下げ、毛皮を皮膚《ひふ》に張りつかせ、小さな背丈の割りには大きすぎるように思える歩幅でゆっくりと、村の中を歩いていくのを見かけた。ロックスはロックス小屋に入れられるか、多くの場合は、飼い主の暮らす場所から床の溝で仕切られて、家の中で世話をされた。

こんな風にして、ノスは凍期に備えていった。これまで何度もの凍期がやってきて、去っていったように、また一年がやってきて去っていき、人生は続き、記憶は永遠に保たれる。

そしてこうした確信を持っていたことも、次に起きたことを衝撃的にした理由の一部だった。

ある朝、魚倉庫が襲撃されたのだ。

チャームとぼくはそのとき、ロネッサを訪ねていた。もし義務的訪問というものがあるなら、それがそうだった。ロネッサはぼくたちをていねいだが冷ややかに迎えいれ、チャームが頬に軽くキスをするのは許したが、ぼくのことは無視した。スチューヴァを出されたので義務のようにすすったが、井戸から汲んだ水そのままじゃないかと思うほど薄かった。チャームは途切れがちな会話にぼくを引きこもうと懸命だったがほとんどうまくいかず、やがてロネッサが急に戦法を変更してぼくに話しかけはじめたが、それはまるでぼくがいまもヤムに住んでいるかのような調子だった。

「それでスタンスは最近どんなようすだい？」ロネッサはにこやかに聞いた。「神殿のことにひどく熱心だそうじゃないか。それからおまえさんの親類の――なんて名前だったか――ファーンだっけ？　あれはかわいい子だった。おまえさんたちの仲はたいそう順調なんだろうね」

「母さん」チャームが口を出した。「なけなしの正気もどこかへ行っちゃったの？　彼がもうずいぶん、ヤムの人たちと会っていないのは知っているでしょう」

チャームの口調でたちまちロネッサもいつもどおりに戻って、「知っているさ」と怒鳴った。「村じゅうがなにが起きているかを知っているだけでもひどいもんだが、そんなことはラックス行きでいい。わたしが吐き気を催すのは、人として不気味で邪悪な――」

そのタイミングで、扉が激しく叩かれた。

「ロネッサ！　ロネッサ！」

「なんだい？」

「倉庫だよ！　男たちが魚倉庫を荒らしている！」

「わたしじゃなくて、ウォールアイにいいな！　男のことはあいつの責任だ！」

「この村の男たちじゃないんだ！」

扉があいていれば話がしやすくなるのにと思うとたまらなくて、ぼくは扉をあけた。びしょ濡れの女性がよろよろと入ってきた。ぼくはその後ろで扉を閉め、女性は壁に寄りかかって、あえぎながらお祖母《ばあ》さん並みの胸もとを握りしめた。見かけたことのある人だ。ノス・ベル、魚の捌き手で、太った話し好きのお年寄り。いまはほんとうに話すべきことがあるが、息切れが激しくてうまく話せない。

「じゃあ、どこの男たちだというんだ、いったいフューさま？」

「み、み、見たこともない連中だよ！」

「消え失せろといってやればいいじゃないか？」

「いったよ。メイヴもファウンテンもほかのみんなも、だけど……だけど、連中は聞く耳持たなかった。あたしたちを、まるでロックス扱いで横に追いやったんだ。ひどい連中だよ！　この腕の痣《あざ》を見ておくれ！」

「ウォールアイに知らせてきます」ぼくはいった。

「おまえはわたしといっしょに来るんだ、チャーム」ロネッサがぴしゃりといった。

「どういうことなのか徹底的に調べてやる」

壁にもたれてすすり泣きながら雫《しずく》を垂らしているベルを残して、ぼくたちは外に出ると左右に分かれた。まもなくぼくは人々をかき集めて、一行で女性集落へ引き返したが、足の不自由なウォールアイの速さに合わせなくてはならなかったので、思うようには急げなかった。その間、カフがぼくに質問を浴びせつづけた。

「何者だ、その男たちってのは？　ヤムのやつらか？　だとしても驚かないけどな」

「ぼくにはどこから来た連中か見当がつかない」

「それがヤムのやつらなら、おまえには見れば絶対わかったはずだ」

「だから、まだ見てないんだよ」

「なら、ヤムから来たんじゃないって、なんでわかる？」

「もう黙ってくれないか、カフ？　どこから来た連中か見当がつかない、といっただろ。それはそうと、ぼくたちが着くころには連中は逃げているんじゃないかな、きみがお父さんを急かさなかったら」

「おれの親父にケチつける気か？　いったい自分を何様だと思ってるんだ、え？　これに片をつけたら、おれは――」

「さっきもいったが、黙れ」

というしだいで、魚倉庫に到着したのはまとまりの取れた集団ではなかった。木造の高い建物の両開きの扉の外に、六人の女性が立っていた。

「連中はまだ中にいます」とノス・ファウンテンがいった。この背の高い初老の女性が唇を震わせているのは、憤怒のせいもあるし、泣きだす徴候でもある。「連中がロネッサとチャームをどんな目にあわせているか、ご存じなのはフューさまだけです」

中に入ってみると、無傷のロネッサが、ぼろぼろの毛皮をまとった男たちの一団を長々と叱《しか》りつけていて、チャームはいつでも加勢できるよう脇に控えていた。男たちの中に知った顔がひとつもないことがわかって、ぼくはほっとした。男たちは手押し車を持ちこんでいて、それに魚の干物が山積みになっているのが、薄暗い建物の中で見てとれた。

「あの魚をいますぐ元の場所に戻せ！」とロネッサは叫んでいた。そこでぼくたちに気づいて、「時間がかかりすぎだよ。ウォールアイ、この盗《ぬす》っ人《と》どもに全部を元に戻すよう、いってやって」

カフが父親のかわりに責を果たした。「聞いただろ。あれを全部棚に戻せ」

「あれが必要なんだ」声をあげた男は背が高くて髭《ひげ》を生やし、かつては頑強だったように見えなくもなかった。だがいまは、骨張った肩に掛かった毛皮がしな垂れた帆のようだ。「おれたちが飢えているのがわからないのか？　むこうの丘で女たちや子どもたちが待っているんだ」

「そりゃお気の毒」とカフ。「先のことをもっと考えときゃよかったんだよ。グルームのとき、捌きの入り江で漁ができたはずだ」

「わたしたちは漁師じゃない。トットニーから来たんだ。今年は狩りの獲物がまるであらわれなかった。それに作物も実らなかった」男の声がはっきりしないのは、干物で口をいっぱいにしているからだった。よそ者たちの全員が、まるでぼくたちが口の中からでさえ食べ物を引っぱりだすのではとおそれているかのように、必死になって口をくちゃくちゃ動かしてはごくりと飲みこんでいた。「この夏は涼しかった。わたしたちの村だけじゃない」干物を山積みにした手押し車を守るように取り囲んでいる男たちは、憐れを誘った。

ウォールアイがはじめて口をひらいた。「頼むということもできたろうに」

「あなた方は断ったでしょう」

「いまはお断りだよ！」ロネッサが叫んだ。「これ以上聞く気はない。さあ、魚を戻して、出ていけ！」

「この人がいったように、この人たちの村だけじゃない」ぼくは口をはさんだ。「ほかにもこういう人たちはいるはずです」

「それがいったい、なんだっていうんだ？」ロネッサは腹立たしげにぼくをふり返った。

「ぼくがいいたいのは、ぼくたちはこの方針で行くのかということです。飢えてノスにやってくる人たちを、片っぱしから撃退していくんですか？」

「先の見通しを立てられなかった根掘り虫に、片っぱしから食い物をやる余裕はない」

「このわずかな人たちに食べ物をあたえる余裕はあります」ぼくは背の高い男に尋ねた。「あなた方は狩人ですよね？　槍は武器にできますか？」

男はぼくの言葉を誤解した。「槍はむこうの丘に置いてきた。わたしたちは戦うつもりで来たのではない」

「でも、必要なときには槍を武器にできる」ぼくはウォールアイのほうをむいた。「ぼくたちはこの人たちを迎えいれて、ここで暮らさせてあげるべきだと思います。この人たちに食べ物をあたえる余裕は、じゅうぶんあります。槍を武器にできる男たちがノスにいれば、役に立つはずです」

「防衛か」ウォールアイは考えこんだ。「この者たちは槍の作りかたをわたしたちに教え、それを使えるようにこの村の男性を訓練できるな」

「おっしゃるとおりです」

ロネッサとカフがいきなり叫びはじめた。ふたりとも同じことをいおうとしているのだが、結果的にたがいの言葉を聞こえなくしていた。要するにふたりが抗議しているのは、訓練になど興味はないということだった。新参者を追いだしたいのだ。

騒々しいふたり組が息継ぎをしている間を突いて、ウォールアイは背の高い男に聞いた。「わたしたちの仲間になる気はあるかね？」

「ご親切に感謝します」男は握手するために手を差しだした。「トットニー・ヤードです」

「ノス・ウォールアイだ。あなた方を歓迎する。女性たちや子どもたちを連れにいってきなさい」

倉庫を出ていくとき、男たちはまだ口を動かしていた。長い沈黙が降りた。カフもロネッサも、ウォールアイが思いがけなく長《おさ》らしさを見せてぼくの提案を受けいれたことに、面食らっている。ウォールアイを見直した、という空気が徐々に広がっていた。

チャームがいった。「これがいちばんの解決策よ、母さん」

しぶしぶながらロネッサはうなずいた。「だが、あの八人の男たちとその家族だけだ。それ以上のトットニーからの避難民はいらない、いいね？」

カフがいった。「これで、ヤムから氷結野郎《フリーザー》どもが来るのを、防げるようになったわけだ」

こうしてノスは武装をはじめ、森の木を切って槍を作り、村の男たちが戦えるように訓練した。豪雨期は続き、雨が例年よりも冷たいようにぼくたちは感じた。いくつもの盗賊集団が野山に出没しているという噂がしきりで、中でもとりわけ無謀な一団が、ミスター・マクニールの住居をほんとうに襲った。その知らせをもたらしたのは、ぼくが小作地からノスまでいっしょに来た女性、ヘレンだった。しばらく姿を見ていなかったが、村なし男といっしょに暮らしはじめたというのは聞いていた。

「襲撃は夜だった」とヘレンはぼくたちに話した。「信じられる？　破れかぶれだったに違いない。ミスター・マクニールの持っているブザーのようなものが、突然鳴りだした。それでわたしたちはみんな目をさまし、明かりがついた。そして、庭にいた、全部で十人、ボロを着て、凶暴そうな男たちが」

ぼくたちは網小屋に集まっていた。十五人くらいで、ウォールアイとカフ、それにロネッサも来ている。ヘレンがロネッサといっしょにやってくるまでは、男たちは網を修繕していた。いまは帆柱止め栓やオールの水掻《みずか》きは脇に除けられて、ぼくたちはこの衝撃的な知らせに耳を傾けている。

「男たちはドアのまわりに群がって」とヘレンは話しつづけ、「激しく叩いた。だれかが窓に石を投げつけた。ガラスがいたるところに飛び散った。そりゃこわかったよ。男たちは叫んでいた。食べ物を要求しているのではなしに。ミスター・マクニールを出せといっていた」そのときのことをありありと思いだして、ヘレンは震えた。

「それはどういうことだ？」ウォールアイが聞いた。「なぜミスター・マクニールを呼びだす？」

「あの人が地球人だから。男たちはありとあらゆることで地球人を非難していた。地球人は人々を救えるはずなのに、飢え死にするままにさせているだとか」

「それは正しいな」とカフ。

「それに、地球人はこの星から立ち去ろうとしている、船に荷物を詰めこんで、わたしたちをみんな見捨てる気だ、ともいっていた」

ロネッサが鼻を鳴らした。「そんな馬鹿な話はないね。地球人はもう何世代ものあいだこの星にいる。デヴォン採鉱場だの坑道だのあれやこれやに大変な労力を注いできた。いま出ていこうとはしないよ」

「とにかく、わたしは男たちのいったとおりに話しているだけだ。男たちは荒れ地の外れにあるオカムに住んでいて、なにが起きているかを目にした。オカムの人たちが目にしたのは、地球人が機械類をシャトルに積みこんでいるところだった。そしてシャトルは発進していった」

「だからといって、地球人が立ち去ろうとしているということにはならない」ウォールアイがいった。「シャトルはいつも機械を積んで往来している。ところで、そのときミスター・マクニールはどうしたんだ？」

「ミスター・マクニールはレーザーライフルを手に取って、男たちに下がっていろといった。そして、それで男たちの手押し車を燃やして、自分になにができるかを見せつけた。雨でずぶ濡れだった手押し車を、ミスター・マクニールは苦もなく燃やしつくした」

カフが、「そんなテクノロジーがあるのに、なぜ地球人はおれたちを飢えさせるんだ？」

　ぼくが答えた。「それが地球人の方針なんだ。すべてにわたってのみこんでチャームが補足する。「ミスター・マクニールはわたしに、その人がどれだけ納得し納得しているわけでないのは地球人もわたしたちと同様だし、最後に重要なのは、その人がどれだけ納得しているかだといっていたわ」彼女はぼくに寄り添うと、腕を絡《から》めてきた。

「飢えも重要な問題だ」ロネッサがこわい顔でいった。「それからフューさまのために、そいつとそんな風にべたべたするのはやめろ、チャーム」とぶつぶついいながら、やさしいにはほど遠い強さで自分の娘を小突いた。

　このときのこともまた、ぼくがたびたび再訪する出来事のひとつだ。変化のない豪雨期の薄暗さに包まれた網小屋。あけられたままの両開きの扉の外で幕のように降る雨。床にすわりこんで、膝を覆っている網のことを失念している男たち。ぼくにくっついているチャームの温もり。痩《や》せこけたヘレンが座の中心になっていて、第二の皮膚のように体にぴったりの上等な革をまとった長身のロネッサは女性を感じさせた。ウォールアイは柱にもたれて体を支え、まもなく死ぬことになるのだ……。

　そして遠くでごろごろという音が聞こえ、ぼくは最初それを雷だと思った。そのときにいちばん重要なのはその音だったのだが、その時点のぼくにはそれがわかっていなかった。ぼくはそのときの自分の感情をたびたび再訪しているが、そこに恐怖はなく、お決まりの背景であるチャームへの情欲を伴って、ヘレンの話に対する関心だけがあった。

「そして次に、あの地球人は襲ってきたやつらにレーザーをむけたんだな？」期待をこめて、カフが推測を口にした。

「その必要はなかった。ミスター・マクニールは男たちに、自分にはこの星を離れるつもりはないし、地球人の方針の制限範囲内で、自分のできるどんな手伝いでもする——地球人ならだれもがそうするだろうように——といった。それを聞いて男たちは少し野次を飛ばしたものの、ずいぶん落ちついたようだとわたしは思った。ミスター・マクニールもそう考えたようで、男たちを招きいれて軽い食事を出そうとした。疑わしく思っていたのは、ジョンだけだった。そしてジョンが正しく、ミスター・マクニールはまちがっていた」

「ジョンってだれだ？」とカフ。

「あんたたちは村なし男と呼んでいるが、あの人もふつうの名前で呼ばれていいんじゃないの？　それはともかく、建物の中に入ってしまうと、オカムの男たちはどうにも手に負えなくなった。ミスター・マクニールの持ち物である地球の品々を見まわすと、それを手に取ってあれこれいいはじめた。ひとりなどはなにかを床に落とし——それがなんだったのかはわからないが——それは粉々に砕けた」

チャームがぼくの腕をつかむ手に力をこめた。「あの変な音はなに？」彼女はささやいた。「床が揺れているわ」

「それでミスター・マクニールは、そんなふるまいをするならなにも食べさせないといってやった。男たちを信用した証拠に、銃はしまっていた。男たちのひとりが、もし自分たちがミスター・マクニールを捕虜にして、殺すと脅迫すれば、地球人たちは援助せざるをえなくなるといった。男たちはミスター・マクニールを……包囲するようにして近づいていった。そのときだった、ジョンがふたたび銃を取りだしてきたのは。

あとでミスター・マクニールは、ジョンは早まって行動しすぎたといったが、わたしにはジョンが正しかったのがわかる」ヘレンが目を見ひらいて息をのんだのは、その瞬間の不随意な逆流《バックフラッシュ》に襲われたからだ。「ジョンが男たちのひとりに銃の狙いをつけ、すると突然、男の服から煙があがって……そして男は倒れ、それから部屋の反対側にあったものが割れたり崩れたりしはじめて、壁に火がついた。ミスター・マクニールがジョンの手から銃をもぎ取り、襲撃者たちはみな建物から逃げだした、床に倒れているひとりを残して。そしてわたしたちが見ている前でその男は……男は……」ヘレンは話を中断して、気分を静め、それからずっと落ちついた声で、「いま、それにギーズ設定をした。自分に娘ができることがあるかどうかはわからないが、もしそうなったなら、わたしが見たものを娘には見せたくはない、決して。わたしは絶対に――」ヘレンは言葉を途切れさせると頭を傾《かし》げて、耳をすませた。

外で人々が叫んでいた。ウォールアイは無理をして柱から体を離した。「外でなにが起きている？」

ぼくたちは急いで雨の中に出た。チャームはぼくの腕を握ったままだ。一団の男たちが水際に集まって、ぼくたちの頭のむこうを指さしながら見つめている。

クレインがその中にいたので、「どうしたんです？」とぼくは聞いた。

「樹だよ！　あそこだ！　それに足で感じないか？」

感じていた。地面が震えている。網小屋の背後の急斜面から何本もの樹が持ちあがっていた。雨にかすんでいるが、左右に揺れてなにかをつかもうとしているようすは、ふつうのイソギンチャク樹に見える。だが、なにかが違っていた。そのなにかは、迷信的な恐怖に近いものでぼくの心臓を揺さぶった。

寄り集まった数本の樹が、巨大な手で引っこ抜かれようとしているかのように、激しく揺れ、さらに上下に弾んでいるように見えた。消化途中のなにかがイソギンチャク樹の口から噴きだした。ぼくの足が急に冷たくなった。河口の水面が波立って、岸に打ち寄せている。人々は水際からあわてて逃げだした。

ウォールアイが網小屋の入口近くで倒れていた。地面が波打ち、建物が揺れていて、脚の不自由な男長《おとこおさ》は立ちあがることができない。「なにが起きている？」ウォールアイは弱々しく叫んだ。倒れている場所からでは、丘の斜面が見えない。

近くにいる漁師が祈っていた。「大ロックスがこのときの記憶からわたしたちを救いだしてくださいますように、そしてわたしたちの息子たちが――」

男の声は、丘の斜面から聞こえる轟音《ごうおん》と、見守る人たちがあげる恐怖の叫びにかき消された。

突然、数本の樹が回転をはじめた。いまでもそのときの記憶を呼びだそうとすると、そういう風にしか見えない。巨大な輪に載せられたかのように、いっせいに回転している。それから、四方八方に飛び散った。轟音は耳をつんざくほどになっていたが、ぼくたちは驚きのあまり逃げるのも忘れて、じっと見つめていた。

そして地面が裂けて、巨大な化け物が斜面の地下深くから這いだしてきた。

それは家十軒を合わせたよりも大きかった。ほとんど斜面と同じ高さにそびえている。その鼻面《はなづら》は丸くて、ぎらぎら光るおそろしい刃《ブレード》で環状に囲まれ、その刃が樹を飛ばしていた。それは傾斜した地面から這いだして、動きの自由が増すと、速度を上げてぼくたちにむかってきた。だれかがぼくにぶつかって、叫んだ。人々は怪物の進路から逃れようとして、ばらばらな方向に走っていた。樹がぼくたちのあいだに落下してきた。ひとりの男が転んでイソギンチャク樹に押さえこまれ、怪物が自分にむかって前進してくるのを悲鳴をあげながら凝視しているのを、ぼくは目にした。この世のものとは思えない存在への恐怖が氷のような水への恐怖を上まわって、冷たい水の中に歩いていき、目茶苦茶に水しぶきをあげながら泳ぎはじめる人たちもいる。助けを求めて祈りながら二本指で大ロックスの徴《しるし》を作り、その場に立ちつくしている人もいた。

チャームに腕を引っぱられているのに気づいた。「逃げるのよ、ハーディ!」

手を取りあって、古い船着き場とぼくたちの家の方角へと水際を走り、やがてもうじゅうぶん離れたとぼくが判断して立ち止まり、ぼくたちはふりむいて、ようすを見た。

怪物は帯状に地面を掘りかえしながら斜面を下り、切り刻まれた樹の破片をまき散らしていた。その日の記憶を呼びだしてみると、自分の恐怖が好奇心に変わった瞬間がわかる。それは、その化け物が知性を持たず、狙いさだめた獲物がいるわけでもなしに、ひたすら前進しているだけだと気づいた瞬間だった。それはぼくを追いかけてはこなかった。だれのことも追いかけていなかった。それはそこにいるだけなのだ。巨大な移動する物体が、進路上にある物をことごとく破壊しているだけ。邪悪ゆえの行為ではなく、いつもしていることだからそうしているだけ。人々を敵にしているわけではない。

それは網小屋の真後ろまで来た。なにものにも妨げられることなく続く化け物の前進にとっては網小屋の建物もなんの障害でもなく、木材が破片になって飛び散った。ほとんど耐えがたいほどの騒音。チャームは両手で耳をふさいだ。ぼくたちのところからは怪物の側面が見えた。木々よりも高くそびえ、これという特徴がなく、円柱状で、土砂で茶色いがその下のところどころに、銀色の金属が引っ掻き傷状に覗いている。

「チャーム！」ぼくは大音響に負けじと叫んだ。「あれはスターノーズだ！　デヴォン採鉱場の採鉱機械だ！」

彼女は目を丸くしてまじまじとぼくを見た。「そんなものがなんでここに？」

「坑道は遠くまで延びている。ここらへんの下にもきっと一本ある。そしてあのスターノーズは制御不能になったんだ！」

網小屋は粉末状の木材を激しく噴きあげて消滅し、スターノーズは入り江の海面目ざして進んでいく。少人数で固まって祈っていた人たちも、この猛獣に対して大ロックスはまるで救いにならないとようやく悟って、ばらばらに逃げだした。スターノーズは短い浜辺を横切って、水際に達した。カフが思いがけない勇気を見せて、はるか頭上までそびえる機械の横を駆けながら、挑みかかるように叫んでいた。

そのとき、機械の刃が海面に接触し、カフの姿はこまかい水煙の中に消えた。スターノーズの巨体は前進を続けた。いまや機械の後端部が見えていて、それはデヴォン採鉱場訪問時の記憶にあるとおりだった。ダイヤル、スイッチ、制御レバー。このノスの田舎村《いなかむら》で本来の居場所ではない昼の光の中にいて、制御する人間がだれも操縦台にいないその機械は、むしろ無防備に感じられた。無人のままスターノーズは、濃い水煙の雲に包まれながら、河口の水の中に突っこんでいった。

そして、機械の通ったあとにできた幅広の深い溝の脇で、カフがぼろぼろの姿になった父親の隣に膝を落としていた。

ぼくはウォールアイのことを失念していた。ぼくたちみんなが、カフだけを別にして。この世のものとも思われない怪物が丘の斜面から飛びだしてきたことでたちまち恐怖に捕らわれたぼくたちは、網小屋の入口に倒れて立ちあがれずにいる男長《おとこおさ》を救う手立てをなにも取らなかった。無意識に駆け寄ろうとしていたぼくを、チャームが引きとどめた。

「ふたりだけにしておいてあげましょう」彼女はいった。

海水がスターノーズの機体のまわりにせりあがっていくにつれ、轟音も弱まりつつあった。人々がまた姿をあらわして土手の上に集まり、怪物が去っていくのを見つめていた。それは海面下に沈んで視界から消え、それが移動していることを示すのは沸《わ》きかえる冷たく浅い海水だけになった。まもなくそれも消えて静穏が戻り、少しのあいだぼくたちは言葉もなく、過ぎ去った短い時間がほんとうにあったことだとは信じがたい思いでいた。けれど、丘の斜面から水際まで、深い傷口が地面にえぐられ、網小屋はもはやそこになく、むこうの入り江では海水が渦《うず》を巻いている。

「これからどうなるの？」ようやくチャームが問いかけた。

「溺《おぼ》れ死ぬというか、機能停止するんだと思う。水中で作動するようにはできていないはずだ」

「そうじゃなくて、あれがなくなったら地球人はどうすると思う？」

それは難問で、さらにほかのたくさんの問いにつながっていた。ヘレンの話では、ミスター・マクニールを襲撃した連中は、地球人が撤退しようとしていると告発していた。採鉱場こそが、地球人がこの星にいる理由だ。これで、スターノーズが再稼働するまで採鉱は中断するだろう。だが、地球人はわざわざ再稼働しようとするだろうか？　地球人はロリン掃討の企てに失敗している。この星は自分たちにとって厄介すぎるだけだと判断を下したのではないだろうか？

ぼく個人としては、地球人が去るのは残念だ。地球人がこの星にいた年月はとても長い。おおむね、ふたつの種族はいい関係だった。

人々は海のほうから戻ってきつつあり、怪物が通り道に残していった悲劇に気づきはじめていた。カフが片腕を肩の下にまわしてウォールアイを支えていた。ぼくはウォールアイの唇が動くのを見たように思った。チャームとぼくはそこに近づいていった。男性集落からも女性集落からも、村人たちが集まってきた。カフとウォールアイを取りまいて、遠慮と好奇心が釣りあった距離に大きな輪ができた。

ウォールアイがはっきりしない声でつぶやいていて、ぼくたちには言葉が聞きとれなかったが、カフは何度もうなずいていた。

それからウォールアイの頭が後ろにのけぞり、カフの肩にのせていた手がだらりと地面に垂れた。

カフは父親を横たえ、そして顔をあげると、集まった村人たちの顔に視線をゆっくりと動かしていった。その目にすさまじいほどの悲しみをたたえて。

だがそこで、カフの目がぼくの目と合った。

カフの表情が変化した。

カフは冷静に考えこむようにしてぼくを見つめた、まるで、ウォールアイが死に際の遺言でなにか未知の力をぼくに授けたとでもいうかのように。

6　豪雨期

「おれたちは真の事実を知らねばならんし、そのためには共同戦線を張って、こちらが本気だと見せつけてやらねばならん」

スタンスがヤムのモーター車から、朝の出来事でまだ茫然《ぼうぜん》としているノスの群衆にむかって演説している。トリガーがその隣に立ち、カフとロネッサまで車の床にあがっているのは、村人たちに対する主導権をぼくの叔父《おじ》に握られたくないからだ。

「ノスの者たちがなにをするのかは、ノスの長《おさ》たちで決める」ロネッサが腹を立てて叫んだ。

スタンスがやってきたのは、スターノーズが最悪の事態を引きおこした直後だった。モーター車はトレーラーを牽引《けんいん》していて、そこにはスタンスの狩猟隊、あわせて十一人が乗っていた。チャームとぼくが朝の出来事について彼女のお父さんと話しているとき、聞き覚えのあるシュッシュッという機械音が聞こえてきて、スタンスと狩猟隊が視野になだれこんできたのだった。スタンスの運転する車は急カーブを切ってブレーキをかけ、ぎりぎりで群衆に突っこむのを回避すると、危険なほど傾きながら水際《みずぎわ》でみっともなく止まった。だれも引きとめる者がないまま、噂《うわさ》される地球人の大脱出という最新問題について、スタンスはロネッサに長々とまくし立てたのだった。

「もちろん、決めるのはあんたたちだ」スタンスはロネッサにいった。「おれはあんたたちに事実を伝えているだけだよ」

「来るべき時をまちがえたね。今朝《けさ》ここでなにがあったかは耳にしただろうに。あしたまた来な」

突然、モーター車の安全弁が外れてシューッという大音響があがり、霧雨《きりさめ》を降らす空に届くほどの蒸気の柱を噴きだして、ぼくたちを驚かせた。

「あすでは遅すぎるかもしれんのだ！」騒音に負けない声でスタンスが叫んだ。

このときだけは、スタンスが正しいという考えが浮かんだ。ぼくは群衆をかき分けていって、車の床にあがり、すでにそこにひしめいていた面々から怒りの表情をむけられた。

「ウォールアイを殺し、網小屋を破壊したのは」とぼくはスタンスにむかって、「スターノーズだ、地球人の採鉱機械の。いま、それは入り江の底に沈んでいる。地球人にも回収のしようがないと思う。あれがなければ、採鉱はできない。そして採鉱ができなければ、地球人がここにとどまる理由はない」

スタンスは、罠《わな》ではないかと疑う目でぼくを見た。「それはほんとうか？」

「ぼくが嘘《うそ》をつくと思う、スタンス？」

いったとたん後悔した。スタンスは目を細めた。いまの言葉を、遠まわしに自分の記憶の欠陥に触れたもので、ぼくがすべてを知っていることの確かな証拠だと受けとめたのだ。

「おれはあんたを支持する、スタンス」意外にもカフがそういった。「あのろくでなしどもはおれの親父《おやじ》を殺した。あいつらにそのことを突きつけてやる。もしあいつらが、なんの咎《とが》めもなしにすむと考えてるようなら、思い知らせてやる！」

この言葉の途中で安全弁が途中まで閉じて、突然の静けさがカフの言葉のおしまいの部分を力強く響きわたらせた。村人たちはそれに賛同の叫びで答えた。村の新しい男長《おとこおさ》であるカフは、歓喜で顔を上気させて、胸を膨《ふく》らませた。「フューさまに誓って！」カフは叫んだ。「氷結地球人《フリーザー》どもに、おれたちの力が無視できないものだってことを見せてやるんだ！」

ぼくはそこで、これから愚かな発言が山と続くだろうと気づいた。後世の記憶の中でそんなものといっしょにされたくなかったので、長《おさ》たちから離れて、群衆の中のチャームのところに戻った。

「ノスのモーター車に点火しにいきましょう」チャームがいった。「お楽しみを見逃したくないわ」

「今日じゅうには遠くまで行けないよ」と指摘する。

「あなたの叔父のスタンスはすぐにも出発するつもりよ。夜はミスター・マクニールのところに泊まって、ミスター・マクニールがまだいるあいだに話しあう気だと思う。ロネッサとカフもそこに参加しそこねたくはないでしょうね。スタンスなら、ノスを除《の》け者にして、地球人となにかの取引をしかねないから」

一人を満載した二台のモーター車がようやくよたよたとノスを出発したのは、午後遅くのことだった。スタンスの車が先導したが、デヴォン採鉱場にむかうのは、ヤムで狩猟隊をワンドやほかの面子《めんつ》と交替させてからだと確言していた。ヤムの狩猟隊が持つ槍《やり》にノスの人たちは不安を感じていて、今後の予定を話しあっているあいだに、ノスの側も、改心した盗賊たちとその訓練を受けた人たちが槍を持ってきた。小競《こぜ》り合いがあって、その結果スタンスも状況を理解したのだと思う。もしスタンスが、武装した狩猟隊員たちでこちらを威圧できるつもりでいたのなら、落胆したことだろう。

闇《やみ》が迫ってきて、鉛色《なまりいろ》の雲の上のどこかにラックスがのぼり、少なくともぼくが不安を感じはじめたとき、ミスター・マクニールの住居の明かりが前方にあらわれた。チャームとぼくは、クレインやほかのノスの村人六人といっしょに、ふだんはロックスが引いている荷車に乗って、モーター車の後ろにつながれていた。乗り心地はひどかったが、蚊帳《かや》の外に置かれたくはなかった。

先導するモーター車がミスター・マクニールの私道に入っていくのが見えた。

「これでひと安心だ」とクレインがいった。「スタンスはひと晩じゅう走りつづける気かと思いはじめていたよ。車内にいる連中は平気だろうが、後ろのここは氷結寒《フリージング》いからな！」

毛皮や膝《ひざ》掛けをきつく体に巻きつけたぼくたちはぎくしゃくと荷車から降りて、急いで建物に入った。そこはすばらしい暖かさで、ぼくたちの気分は高まった。人々はにぎやかにおしゃべりをはじめた。武器を持ったスタンスの部下たちが先に中にいて、うろうろしながら地球の品物を調べていた。村なし男、ジョンがぼくたちに応対した。

「ミスター・マクニールはここにはいない」ジョンはいった。

「それは全然不思議じゃないね」ロネッサが辛辣《しんらつ》にいった。「それどころかいまこの瞬間、あの地球人はシャトルで飛びたっているんじゃないのか」

「それはないと思う」ジョンがいった。

ぼくもそう願ったが、ミスター・マクニールの不在という現実を前にして、信頼はかなり失われていた。ほかならぬいまこそ、ミスター・マクニールはここにいて、なにが起きているかを説明し、ぼくたちを安心させてくれるべきなのに。ミスター・マクニールがあの噂を耳にしているのはまちがいない。ここととデヴォン採鉱場のあいだで、さまざまなやりとりがあったのだろう。

「とにかくだ」ロネッサが決めつけるようにいった。「わたしたちは今夜、泊まっていくから」

「おれが口を出せることじゃない。だが、荒らしまわらないでくれ、いいな？」

「ここがおまえの地球人のお友だちに必要になることは、二度とありそうにないけどね」

がたんという大きな音が聞こえた。狩猟隊員のひとりが、うっかり大きな円形の品物にぶつかって台座から倒してしまったのだった。ここに着いてからはじめてヘレンが姿を見せ、それを元に戻した。ぼくがびっくりしてうなったのに気づいたチャームが、問いかけるようにぼくを見た。

「ヘレンは別人みたいになったなと思って」ぼくは説明した。ぼくがノスへ連れてきたときの、やつれて無愛想な面影《おもかげ》はほとんどなかった。いまのヘレンは肉付きがよくなり、強いていえばだが、かわいいといってもよかった。「なんだか若返ったみたいだ」

「愛は人を変えるの」チャームは衝動に駆られてぼくを抱きしめた。

ぼくは若くて愛らしくて愛情いっぱいのチャームを見て、ぼくたちが完璧な記憶を持っていることをフューさまに感謝した。ぼくの目に映る彼女はこれからもつねに、その瞬間と同じ姿をしているだろう。あなたたち地球人が、最愛の人が年老いていくのを見守り、醜くなったその姿を目にし、精彩を欠くホログラムを使わないとかつて愛したものを思いだせなくなるというのは、悲惨なことに違いない。

スタンスがぼくたちを前に演説をぶっていった。その言葉をここでわざわざ繰りかえす気はない。それはまったく中身のない、典型的スタンス流『共通の敵に対して団結を』話だったから。聴衆はその話に納得し、スタンスの狩猟隊員たちはなにも考えずに囃《はや》したてていた。ぼくがこの演説に触れた理由は、それを見ていたカフのようすにある。新しい男長《おとこおさ》の顔には、奇妙な笑みが浮かんでいた。それは単に懐疑的なのとは違う。それ以上のもの。心得顔だった。

カフがスタンスの記憶の欠陥を知りうるはずがない。ぼくに唯一考えつけるのは、権力を手にしたいま、カフがぼくとチャームをノスから追いだす決心をしたのではということだ。そしてぼくがヤムに戻れば、たちまちスタンスと争うことになるとカフはわかっていて、そのスタンスのこともカフは嫌っている。ヤムが分裂し力を失うさまが、カフには思い浮かんだだろう。それがカフの子どもじみた皮肉のセンスを満足させたのだ。

これは、他人の心を読もうとするという、ぼくたちがおかしがちな過ちの一例だ。

翌朝、スタンスは約束どおり、部下の狩猟隊員たちをヤムで降ろし、槍でなにかを突き刺す能力ではなく、持っている記憶を根拠とするヤムの序列で上位を占める男女を、トレーラーに満載した。だれもが安堵《あんど》のため息を漏《も》らした。準備不足な一行は荒れ地にむけて出発し、今回もスタンスのモーター車が先導した。豪雨はやむ気配もなかった。とはいえ、凍期が来るまでは、雨がやむことなどまずないが。道にあいた穴や轍《わだち》に水がたまって、車の走行は困難をきわめる。ぼくたちの乗った荷車には幌《ほろ》が取りつけられていていくらかは雨除けになったが、大したものではなかった。

「もうすぐあなたの叔父さんが運転をしくじって、みんなで助けなくちゃになるんじゃない？」くすくす笑ったチャームはいつもどおりに元気で、ぼくたちは両腕をたがいの体にまわしてすわっていた。

じっさい、デヴォン採鉱場に着くまでに、スタンスを助けてやる必要が三回あった。ノスのモーター車を運転していたカフは、その機会を目いっぱい利用した。ヤムのモーター車を道端《みちばた》の溝から引っぱりあげるときに、カフは勝ち誇ったようすをほとんど隠そうとしなかったばかりか、ヤムの車は老ワンドが運転すべきだとさえ口にしたのだ。ノスからのほかの参加者たちは、カフほど上機嫌ではなかった。スタンスが立ち往生するたびに、ぼくたちは荷車から降りて、二台のモーター車を連結できるように荷車の綱をほどく必要があったからだ。

午前半ばまでにはモーター車は荒れ地へのきついのぼりにさしかかって、排気音が低くなっていた。そのとき、ぼくはシュッシュッという音を上まわる別のなにかを聞いた。ごろごろいう音を伴うかん高い機械の響き。ヤムのモーター車が減速して止まったところを見ると、スタンスにもそれが聞こえたに違いない。ぼくたちも停止して幌を下げ、雨の中をじっと見あげた。音は空から来ているようだったが、雷にしては長く続きすぎている。

土砂降りの雨を通して見てとれるものはなにもなく、しばらくすると音は途絶えた。モーター車は前進を続けた。

「シャトルだ」クレインが知識のあるところを見せた。

デヴォン採鉱場のゲート前に着いてみると、視野の端から端まで延びる新しいフェンスの内側で、あわただしい動きが繰りひろげられていた。ロックスや荷車といっしょに先に来ていた数人の放浪者が、これも新しくできた大きなゲートのあたりに集まって、中を覗《のぞ》きこんでいる。スミスとスミサがそこにいて、ゲートの内側に立っている地球人といい争っていた。ぼくたちは荷車から降りて、ふたりのところに行った。

「いえ、みなさんの話はわたしが聞きます」地球人がしゃべっていた。うろたえているように見える。長身の痩《や》せた男で、金色の制服を着ていた。「わたしはみなさんのあらゆる質問に答える権限をあたえられています」

スミスが肩をすくめて、スタンスをちらりと見た。ぼくの叔父がいった。「おれはヤムの男長《おとこおさ》だ。ここの指揮官との面会を要求する」

カフがつけ加えて、「そしてノスの男長のおれも、同じことを要求する」

ロネッサはその要求に自分の権威も加えようとするかに見えたが、常識がまさって、口をつぐんだ。

次に発言したクレインの言葉は、もっともな内容だった「とにかく、なにが起こっているのかを教えろ、この氷男《フリーザー》！　なぜフェンスを作ったんだ？　なぜゲートを？」

地球人の男は不安げに喉《のど》をごくりとさせると、記憶を新たにするかのように手の中のタブレットに目をやった。「ご存じのように、デヴォン採鉱場は長い歴史を持っています。その年月のあいだ、みなさんの種族とわたしたち地球人は、力を合わせてわたしたちすべてに利益をもたらしてきました。ここで重要な言葉は、利益です」降りつづける雨を相手に話していれば、現実にそこにいる人たちのことを考えずにすむかのように、男はぼくたちの頭より高くに視線を据えていた。「テクノロジーの流入と、わたしたちがあたえている土地使用料が生みだす交換経済によって、みなさんは利益を得てきました」

「そんな話はいい！」クレインが怒声をあげた。「なぜわたしたちを中に入れようとしないのか、説明しろ！　この中はわたしたちの土地だ。それをあなたたちに賃貸しているにすぎない。わたしたちにはつねに入場権があると、原契約にちゃんと書いてある！」

「いま中に入ってもみなさんに利することはなにもなく、むしろ危険にさらされるかもしれません。この中では大型機械が動きまわっています。さて、先ほどの話に戻ります。利益。それは相互的でなければなりません。わたしたちは慈善家をやっている余裕はないのです」

「おれたちを中に入れろ！」叫んだのはカフだ。「でないと、モーター車でフェンスを突き破るぞ」

それはカフの戦略の典型で、ぼくは地球人がどう反応するか見たかったのだが、その瞬間、これまでに体験したことがないほど鮮明な逆流《バックフラッシュ》に襲われた。

……するとぼくはフェンスの内側にいて、脇《わき》にいる長身の男性がその場の権限を持っていた。『これどういうこと？』ぼくは叫んだ。『こっちに来るのはパラークシの人たちだよ！　フューさまの名にかけて、ぼくたちの敵はだれなの？』

『敵は、われわれを殺そうとする者すべてだ』男性がいった。

ぼくの周囲の人々は見慣れない物体を手にしていて、ぼくはそれが殺戮《さつりく》のための物だとわかった。フェンスの内側にも外側にも、殺意が漂っている。ぼくは隣の長身の男性にいった。『部下の人が町の人を撃ったら、殺してやるよ、父さん、殺せるときにすぐ』

逆流が引いていくとき、ぼくはいまの場所を前にも、それも割と最近の星夢《ほしゆめ》の中で見ていることに気づいた。パラークシの缶詰《かんづめ》工場だ。目の前の事態と類似点のあるどんな出来事が、何世代も前にあそこで起きたというのだろう？　いったいどんな裏切り行為が？　しかし、いったいどんな父親といっしょに暮らしていたら、ぼくの先祖はその父親にむかって殺してやるなんていうようになるんだ？　時間があるとき、ちゃんと星夢で見てみよう。有用な教訓が得られそうだ。さっきより多くの人がフェンスの左右からゲートに集まってきていた。ロックスに乗って、あるいは徒歩で、ひとりで、あるいは少人数の集団で、冷たい雨に対して厚着をして。

フェンスの内側では、長身の男が小さな装置にむかってしゃべっていた。ほとんど間髪を容れず、車輪付きの機械が姿をあらわし、高速でぼくたちのほうへむかってきた。その乗り物の丸みのある前部から器械装置が突きだしていることに、ぼくは気づいた。大きなレーザー砲だ。

そのときには、カフがノスのモーター車に乗りこんで、フェンスとむきあう位置に動かしていた。「覚悟しろ、冷血野郎《フリーザー》ども！」カフが吠《ほ》えた。

ぼくは地面を一瞬で横切って、車内に飛びこんだ。「あいつら、レーザー砲を引っぱりだしてきた！」ぼくはカフの顔にむかってわめいた。「おまえをばらばらに切り刻んじゃうぞ！」

「やれるものならやってみろ！　おれはこわくなんかないぞ！」といって調速器に手を伸ばす。

ぼくはその手を引き離して、「レーザーの威力を見たことあるのか？」

「興味ないね。おれの腕を放せ、ヤム・ハーディ、顔をぶん殴られる前に。それにしてもなんて臆病者《おくびょうもの》なんだ、きさまは？　二、三人の地球人がこわいのか？　いったいやつらがなんで、あのフェンスの後ろに隠れてると思う？　やつらが、おれたちをこわがってるのさ」

「おまえはいままで、ほとんどノスの外に出たことがないから、カフ。おまえは地球人になにができるかを知らないんだ」

そこでカフは不意打ちを食らわした。まるでぼくの言葉に納得したかのように腕の力を抜いてから、いきなりぼくを後ろに放りだしたのだ。ぼくは薪《まき》の山の上に落ちて、立ちあがろうとすると足の下で薪が転がった。モーター車ががくんと揺れて前進をはじめ、ぼくはまた倒れた。カフは運転室から身を乗りだして、挑戦的な言葉を地球人にむかって叫んだ。モーター車が速度を上げながらむかってくるのを見て、ぼくたちの星の人たちが飛びのいた。

ぼくはまた別のぞっとするような逆流《バックフラッシュ》を体験した。

ぼくは鋭いピシッ！　という音のあとに、巨大な滝の下で聞こえるような絶え間なく押し寄せてくるうなりを聞いた。道を巨大な蒸気の雲が覆《おお》って、煮えたぎり、うねりながら、丘を転げ落ちるようにぼくたちにむかってくる。群衆は散り散りに逃げだし、かわいらしい少女とぼくもその中にいて、手を握ったまま走った。しばらくしてから立ち止まって、ふり返ると、すべては終わっているように見えた。神経質に笑いながら、ぼくたちはまた丘をのぼった。

蒸気はほぼ完全に散っていた。ボイラーから細い煙が数本立ちのぼっている。運転席にすわったまま男が死んでいた。その体からはゆるやかに湯気があがり、顔は赤くて皮が剝《む》けていた。あっという間に死を迎えたに違いない。

ぼくは必死で立ちあがると、カフの腰に手をまわして、調速器からぐいっと引き離した。車輪のひとつが轍に落ちてモーター車が傾き、カフの姿勢をさらに崩した。ぼくはカフをふりまわし、ふたりいっしょに床板から足を踏み外すと地面に落ちて泥の中を転がっていると、ぼくの頭から一ハンドのところを後輪が通過していった。

カフは身をよじってぼくから逃《のが》れた。「きさま」と鋭い声で、「今度こそ──」

耳をつんざくようなシューッという音がカフを黙らせた。輝く一直線の霧が、レーザー砲とモーター車とを正確につないでいる。モーター車のボイラーにあいた小さな白熱する穴から蒸気が噴きだした。モーター車は進路をそれて、減速した。

そのあと起こったことを、カフの子孫が忘れることは決してないだろう。レーザービームがボイラー管の一本を貫通したに違いなく、加圧された蒸気が火室へ逆流することになったのだ。カフとぼくは地面に横たわったまま、その結果を目撃した。

火室の扉がいきなり弾《はじ》け飛ぶと、炎と蒸気の大きな塊がぶわっと噴きだしてきて、床板を覆い隠した。爆発の勢いで後部の荷台にあったものはことごとく吹き飛ばされ、カフとぼくが体を低くして縮こまっているまわりの泥を、薪や缶や暖炉用鉄具やほかの備品がえぐった。ぼくたちが目をあけたとき、木製の運転室は炎をあげて燃え、モーター車は蒸気を噴きだしながら、フェンスに突っこんで停止した。ぼくはショックで放心状態になって、しばらくその場に横たわっていた。それから人々が駆けよってきた。チャームがぼくの脇に膝をついて、両手でぼくの顔をなでまわし、それはまるで、ぼくがまだひとつながりのままだと確かめているかのようだった。

「だいじょうぶだよ」ぼくは彼女が泣くのを見たくなくて、繰りかえしそういった。「だいじょうぶだよ、ほんとうに」ちょっとよろめいたが立ちあがって、彼女も引っぱって立たせる。

彼女は震えながらぼくにしがみついた。「血が出てる！」彼女はぼくの顔を軽く押さえた。

「大したことないって」ぼくの視線はカフにむいていた。カフは無表情にぼくを凝視している。いつものように冷淡ではいられなくなったロネッサが、うるさいくらいにカフを世話していた。カフは目をそらしたが、そのときに奇妙な仕草でぼくにむけて右手を差しだした。

それは休戦の徴《しるし》だったのだろう。

「先ほどもいいましたが、わたしたちは慈善家をやっている余裕はないのです」

長身の地球人は、なにごとも起こらなかったかのようにふたたび話をはじめた。「わたしたちはみなさんの星に来て以来、利益をあげてきましたし、契約も尊重してきました。しかし、この星に永久にとどまるという契約を結んだことはいっさいありませんし、最近になってここでの操業がわたしたちにとって非常に高くつくこともわかってきました。わたしたちの中の一部の者が、ロリンを攻撃するという心得違いの企てを独断でおこなったことは把握しており、これについては謝罪いたします。わたしたちの採鉱機械が制御不能となる事態を招き、悲劇的な死と、いうまでもない大変な損害をもたらしたことも了解しています。再度、謝罪いたします。わたしたち全体の過ちです」

ぼくは人々をかき分けて前に出て、フェンスに体を押しつけた。「あなたは信用できない」ぼくはいった。「ミスター・マクニールと話がしたい」

困惑顔がぼくにむけられた。男はぼくの地位を判断しようとしていた。「ミスター・マクニールと会うことはできません。わたしが全地球人を代表して話をする権限をあたえられています」

「知ったことか。ミスター・マクニールをここへ連れてくるんだ」

手の中のタブレットにむかって男がもぐもぐいい、一瞬ぼくは、ミスター・マクニールを呼びだしているのかと思ったが、そのうち、それが単なる見せかけだと気づいた。こいつのふるまい全体がごまかしなのだ。地球人は撤退しつつあり、それはぼくたちにはどうにもならない。

男が顔をあげた。「ミスター・マクニールは前のシャトルで出発しました」

圧倒的な失望感。信用できる地球人はいないのか？「なぜあんたは単刀直入に、地球人がみんなこの星を去りつつあって、それはぼくたちには凍る《フリージング》ほどどうにもならないことだといわないんだ？　いままでしゃべったことなんか無視して、率直に話せばいいだろう？」

男はぼくの目を見ながら、「ほんとうにそう望むなら。わたしたちはみんなこの星を去る」ときっぱりいった。「それはあなたたちにはどうにもならないことだ」

ぼくのまわりで絶望と悲しみの泣き声があがった。

「これで満足したか？」男は尋ねた。

「弁償はしてくれるのか？」

「網小屋はノスで、モーター車はここで作り直す。わたしたちではあなたたちの男長《おとこおさ》になれない。それで全部だ。ほかのあらゆること、土地の使用や鉱物については、あなたたちは長年にわたって補償を受けてきた」

ぼくはふり返って、自分の種族の人たちに顔をむけた。「もう帰ろう」ぼくはいった。「ここにいても時間の無駄だ」

ロネッサとスタンスにぼくの提案どおりにしろというのは、無理な注文だった。ふたりは大声で騒ぎたてはじめたが、ワンドとカフが黙ったままでいるのは注目に値した。それどころか、カフはノスのロックス引き用荷車のほうへ歩いていって、それをヤムのモーター車の後部につなぎ、そのモーター車の中にはワンドがすでにすわっていた。

地球人の男はたわごとに耳を傾けていた。それがおさまると、口をひらいて、「地球人を代表していっておきたい、あなたたちがわたしたちにここに残るよう望んでいることをどんなにうれしく思っているか、そして、あなたたちを残して立ち去ることをどんなに遺憾に思っているかを」

ぼくにはまだ怒りが残っていた。「あんたたちにどんな風に見えようがどうでもいい、ぼくはあんたたちに立ち去ってほしい、いますぐに。ぼくたちの多くは、あんたたちが来る前のこの世界を思いだすことができる。いわせてもらえば、それはとてもすばらしいところだった。確かにあんたたちは、道を改良したし、薬やほかにも益になるものをもたらした。でも、あんたたちが来る前からぼくたちはうまくやっていたし、あんたたちがいなくなったあとでもうまくやれる。だからとっとと出ていって、ラックスに落ちろ！」

男は黙ってぼくを見つめ、その目には奇妙な悲しみが浮かんでいた。ぼくの種族の人たちもさっきから黙りこんでいるが、それは大勢の人が地球人のいなかった時代を再訪し、それが好ましいものだったと思っているからだろう。

「ただ、わたしたちの冬の食料はじゅうぶんじゃない」といったロネッサの口調は弁解に近かった。

男は口ごもった。「ノスには食料問題はないものと思っていたのだが」

スタンスはめずらしいことに、しばらくのあいだ黙っていた。ここで口をひらいて、

「おれたちヤムの者は飢えそうなんだ。おれの要求は……」

スタンスの言葉を重々しい轟音《ごうおん》がかき消し、それは耳に痛いほどの金属的な響きに変わっていった。ほんの一瞬、なぜか雨足が弱まり、ぼくたちは輝く金属の巨大な壁が雲の中へのぼっていくのをかいま見た。その壮観は事態が終局に来ていることを厳《おごそ》かに告げていた。ぼくたちスティルクごときに、こんなテクノロジーに逆らうなにができるというのか？　ちらりとスタンスを見ると、あからさまに絶望の表情を浮かべていた。

「あなたたちにはどうにもならないことだ」地球人の男がいった。「わたしにもどうにもならない」それは準備ずみの原稿を読んでいるのではなかった。「もしわたしに手助けができるなら、そうしたいと思う。状況が思うようにさせてくれないのだ」

男の語っていることは真実だと、ようやくぼくたちにもわかった。ぼくたちは時間を無駄にしていた。人々のすすり泣きが聞こえてきたとき、ふたたび雨が強まりはじめた。

「モーター車のことは申しわけなかった」男がいった。「修理用の器械を発送することにしよう。そのほうが新品を作って送るよりいいはずだからね」まるで子ども相手に話すような口調だ。

それは、ある意味、そのとおりなのだった。

放浪者たちをゲートの外に残したまま、ぼくたちはヤムへの帰途につき、スタンスが運転輪を握るヤムのモーター車が、超満員のトレーラーと荷車を牽引した。ぼくはチャームをロネッサといっしょにトレーラーに残して、モーター車内の小集団に加わった。そこにいるのはわが忌々《いまいま》しき叔父のほか、トリガーとカフとワンド。ぼくはその場のだれよりも昔までの記憶を呼びだせる可能性があり、考えなしな判断が下されたりしないよう、事態の中心にいる必要があった……。

　ぼくがモーター車にすばやく乗りこんだとき、カフはぼくにうなずいてみせ、スタンスは軽い驚きの目でぼくを見た。しかし叔父の表情に殺意のようなものはいっさいない。「ハーディか」と挨拶《あいさつ》がわりのようにいって、それきりだった。

「スタンス」同じように素っ気なくいいながら、ボイラーの水位を確認する。また新たな休戦状態が作られつつある、と思えた。さっきはカフとで、今度はスタンスと。ぼくたちの抱えている問題はあまりにも大きくて、個人的に反目しあっている場合ではないということだろう。あるいはスタンスが、ぼくを殺すより生かしておいたほうが自分の役に立つ、と判断したのかもしれない。最新の事態の展開を考えれば、スタンスは手に入る助けをありったけ必要とすることになるだろうから。

「これまでおれは、地球人が援助してくれるものとばかり思っていた」道への注意がおろそかになっていたせいで大きく進路がそれたのを直しながら、唐突にスタンスがいった。「いやはやフューさま、地球人がおれたちを見捨てようとするとは、思いもしなかった！」

「地球人は遠い昔に、自分たちの立場をとても明確にしていましたよ」ワンドがスタンスに指摘した。

するとスタンスは発作的に怒鳴《どな》りちらしはじめた。叔父がまくし立てるあいだに、カフが詮索《せんさく》するような視線をスタンスからぼくへと走らせた。まるで、ぼくがなにかの疑義を唱えるのを期待するかのように。ぼくはそれに気づいてはいたが、こんな機嫌のときのスタンスと議論しようとしないだけの分別がある。そして意外にも、時間が経《た》つにつれて、叔父は自分をなだめてもっと話のしやすい態度をとろうとしているように見えてきた。

「地球人がいないほうが、おれたちはうまくやっていける」スタンスはしまいにそういった。「あんたのいうとおりだ、ワンド。地球人が最初に、援助の意志がないことをはっきりさせたとき、おれたちは状況をありのままに認めるべきだったんだ。おれのまちがいは、地球人もふつうの人々と同じだと思ってきたことにある。だが違う。地球人には信心がない。ほかの人々を助けるのは地球人の本来の性質にはないことで、例外は金銭的な利益があると思ったときだけだ。そして、そこで地球人はまちがいをおかした」

「まちがいっていったのか、スタンス」カフが深い意味なく聞いた。「そのまちがいってのは？」

「おれたちの生き延びる能力を過小評価したことだ。おれたちの大いなる武器を考慮に入れそこねたことだ」

「武器?」カフは怪訝《けげん》そうに同じ言葉を返した。しかし、ぼくはスタンスをよく知っているので、どんな答えが来るかがわかった。そして、その先に起こる論争も見える気がした。

スタンスは運転席からふり返ると、笑顔で、ワンド、カフ、トリガー、ぼくを順に見た。ふつうの笑顔ではなかった。愚かしさまであとほんの一歩の、晴れやかだが虚《うつ》ろな笑顔。モーター車は跳ねあがりながら進み、まっすぐに激しく降る雨が火室にあたって湯気をあげる。道の起伏が激しいところにさしかかって、車輪がガタガタいいはじめた。勝手に動こうとする運転輪にスタンスがしがみつく。スタンスは笑顔のままだ。

スタンスは声を張りあげたが、ぼくには次に来る言葉がわかっていたので、それは不要だった。

「地球人の持っていない武器とは」スタンスは叫んだ。「祈りだ!」

そんなことをやってのけられたのは、スタンスのようなカリスマ性のある人だけだろう。ぼくはチャームとロネッサといっしょに神殿にいて、スタンスが演じる祈禱《きとう》集会を見ていた。もう何回もおこなわれてきたことだが、ぼくがヤムを去ったのは、一回目の直後だった。どの回も内容にほとんど変わりはないのだそうだ――けれど、いまはここへ来ていないスプリングによると、その変化のなさが成功の要因なのだという。人々は同じことを何度となく繰りかえし聞かされることで、安心する。そして、また同じ話を聞くために集まってくる。

「おれたちは信仰に則《のっと》った昔ながらの生きかたを取り戻さねばならん、そうすれば良き日々が戻ってくるだろう。容易なことではなかろう。おれは諸君に終わりなき夏や豊かな収穫を約束はできない、いまはまだ。おれたちは罪をおかし、罰せられているのだ。おれたちは地球人の物質主義に飛びついた。おれたちは太陽神フューへの祈りを怠《おこた》ったので、フューさまはおれたちへの罰として温《ぬく》もりを減じ、同じように親山羊《おやぎ》さまは収穫を減じた。いま、おれたちは贖《あがな》いをせねばならぬ」

　ぼくのまわりの愚か者たちから同意のつぶやきがあがった。スタンスのいうとおりだ。スタンスはちゃんとわかって話している。証拠だったら外の冷たい世界を見れば一目瞭然。

　コーンターが近くに立っていた。陶酔した子どもっぽい顔で、「スタンスはすばらしいよ、なあ。スタンスは正しいんだ」と繰りかえしつぶやき、小さな三角波にむかっていく船のように延々とうなずいている。

「地球人は不誠実な友人だった。あいつらはおれたちに道を踏み外させた。古き道こそが良き道なのだ……」

「笑い話ね、あの人の口から聞くと」チャームがいった。「あの人が昔なんてクズの山だとみんなにいったのは、ついこの前なのに」

「『おれたちはこれまで、あまりに長く昔に浸《ひた》りすぎ、そしてその結果、同じ過ちをおかしつづけてきたのだ、何世代も何世代ものあいだ』」ぼくは小声で引用した。「あれはスタンスが夢見をできないから出てきた言葉だ。いまは、フューだの大ロックスだのなんだのの自分の知識について、だれも疑義を唱えられないのがわかっている、つまるところそれはすべてが神話《つくりばなし》だから。スタンスは好き放題にでっち上げができる」

「でも、なんでそんなことを？」

「長《おさ》の座を守りつづけるためさ」

「黙ってろ！」とだれかがいった。「失礼だろうが！」

「これ以上聞く必要はないよ」ぼくはいった。「行こう、チャーム」

「……さあ、頭《こうべ》を垂れて、偉大なる神フューのお慈悲に感謝を……」

後日、新品同様のノスのモーター車が届き、ぴかぴか輝く地球人の乗り物が一台同伴してきた。村人たちにむかって簡潔に謝罪を述べた地球人たちは、石のような沈黙に迎えられた。地球人は敵だと、人々はスタンスに説き伏せられてしまっていた。そして、地球人の小型自動車《バギー》はその物質主義の象徴だと。地球人たちが立ち去るまでに、バギーのつやつやした表面は深い引《ひ》っ掻《か》き傷だらけになっていた。その同じ日、カフやロネッサ、そしてほかのノスの人たちも自分たちの村へ帰っていった。

二日後、スミスとスミサが村にやってきて、最後のシャトルが出発して、デヴォン採鉱場は正式に放棄されたという話を伝えた。明らかに地球人のものだった新しいトレーラーが一台、スミスの荷車に接続されて、いろいろな品物がうずたかく積まれていた。

「地球人が置きっぱなしにしてったものを、見てきたほうがいい」スミスは熱をこめてぼくたちにいった。「今後何世代も使える量のガラクタがある。アリカにいる息子にも教えにいくつもりだ。あの子に使い道のあるものがたくさんあるだろう。次の雪解け期になったら、あなたも自分で行ってみるべきだよ、スタンス。ヤムでの暮らしを楽にする物があるはずだ」

「おれたちは地球人の品物になど、まったく興味がない」

「ないんだ？」スミスは不思議そうにスタンスを一瞥《いちべつ》した。「ああ、そう、それはあなた方の問題だからね」

「それから、おれたちはヤムのそばではなにひとつ地球人の物を目にしたくないのだ、スミス。その品物を持ち去れ。不信心な村はまちがいなくいくらでもあるから、おまえはおれたちの知らないところで商売に励めばいい」

スミスの表情が翳《かげ》った。「荒れ地でモーター車が故障したときには、ぼくに助けられてそれはそれは感謝してたよね」

「時代は変わるし、おれたちはそれとともに変わる柔軟さがある。いまや、ここヤムでの、おれたちのものの見かたは変わったのだ。おれたちはおまえを必要とはしていないし、地球人も必要ではない」

スミスはぼくに目をむけた。ぼくは肩をすくめた。そのときスタンスの家には、十人あまりが集まっていた。雨が絶え間なく天井からしたたっていて、ぼくにはその理由がわかっていた。屋根葺《ふ》き用の葉を編む技巧は何世代もの記憶を通して積み重ねられてきた。スタンスとトリガーは、その記憶も技巧も欠いているのだ。

スミスがいった。「なるほど、あなたはこの家の屋根の修理も、村の全員に食料をあたえるのも、大ロックスが頼りというわけだ」

「おれたちは地球人のテクノロジーに、あまりに長いことたぶらかされてきた」

「うげっ、あなたとまともな話をするのは無理だね、スタンス。村ごとラックス行きだ」

スミスは身をひるがえすとスタンスの家から出ていき、まもなく、スミスのロックス車が去っていく音が聞こえてきた。あとには考えに沈んだ沈黙が残った。

「また新たな勝利だ！」スタンスのあげた叫びは唐突すぎて、その場の何人かがぎくりとした。「氷魔がおれたちを誘惑したが、おれたちはドローヴとブラウンアイズその人たちさながらに耐え抜いたのだ！　いまこそ大ロックスに感謝を捧げるにふさわしいときだ、強い心の力をお貸しくださった大ロックスに！」

「ここから出ましょう」チャームがいった。そしてぼくたちの家に戻ってから、「スタンスがドローヴとブラウンアイズを引きあいに出したのが嫌だわ。あのふたりのことは割と好きなのに」ため息をついて、部屋の中を見まわす。「いいお家《うち》ね、ハーディ、そしてここ数日間、あなたといっしょにいられて最高にしあわせだった」

みぞおちのあたりに不安が芽生《めば》えた。チャームはうれしくない話をしようとしている。「そしてきみのお母さんは、この状況を受けいれたようだ」

「でも、わたしはこの村の一員じゃないわ」彼女はぼくの不安を裏づけた。

「きみはぼくとひとつだ」ぼくは力なくいった。

「そのあなたも、いまはこの村の一員とはいえない。あなたは時間を無駄にしているわ、愛する人。スタンスはヤムに魔法をかけてしまったし、あなたがそれをどうにかできるとすれば、スタンスがいかさま師だと暴くしかないけれど、あなたがそんなことをしないのはわかっている」

「いつだって暴いてやるさ！」だが、彼女が正しいのはわかっていた。神殿でスタンスの演説中にさっと立ちあがって、こう叫ぶ自分の姿を思い描いたことがたびたびある。『おまえはいかさま師だ、スタンス！　おまえは自分の父親の子ども時代すら思いだすことができない。ぼくがこの村を導くのが、あるべきかたちなんだ。疑義を唱える気？　いいよ、じゃあちょっと記憶のテストをしてみよう、いまここで、みんなの前で！』

駄目だ。ぼくにはそんな不作法《ぶさほう》な真似《まね》はできない。

これはまちがった忠誠心なのだろうか？　それとも、ヤムが飢えに直面しているときに長《おさ》の座を引き継ぐのは気が進まないという、無責任さから来るものなのか？

「あなたはいい人すぎる」とチャーム。「あなたはスタンスが好きじゃない、でも、い、い、それほどまで憎むこともできない。スタンスがあなたのお父さんを殺したことを、心底からは信じられずにいるのね。あなたを殺そうとしたことも」

「いや、どちらも確信がある」ほんとうに？　スタンスのぼくに対する態度は、デヴォン採鉱場前への実りなき遠征以来、違ってきている。ぼくを大人として扱うようになったのだ。こまかいことでぼくの助言を求めることさえあった。

「ノスへ戻りましょう」チャームは断定的にいった。「ヤムでぶらぶらしていたら、あなたを太らせて殺そうとしているスタンスの思う壺《つぼ》よ。あなたはだまされやすすぎなの、ハーディ。強い女性をそばにおけてよかったわね。ちなみに、わたしのことだけれど。さあ、荷物をまとめて、ロックスを二、三頭手に入れて、ラックス同然のこの村から出ていきましょう、でないと、あなたが叔父さんに槍で串刺《くしざ》しにされるわ。誤って、でしょうけれど」

「ノス？」

「あそこにはわたしたちのすてきなお家《うち》があるのよ、忘れた？　それに食料もたっぷり」

「だけど……ぼくはここで必要とされているんだ、チャーム。この村の人たちをそんな風に見捨てることはできないよ」

「いいえ、できます。とにかく、村の人たちには絶対気づかれないようにしましょう。わたしには、あなたの叔父さんがあなたを、自分の目の届くところに置いておきたがっている気がする」

こうして、翌朝早く、ぼくたちはぶ厚い毛皮の上に蠟《ろう》を塗った革を着こんで、二頭のロックスをロックス小屋から連れだして、ヤムの村が目ざめる前に南へむけて出発した。これにはとても気分が沈んだ。ぼくはスプリングにさよならをいいにいく勇気さえなかった。とりあえずスプリングは、ぼくが自分の責任を放りだしたと感じるひとりだろう。そしてスタンスは、ぼくがそのとおりのことをしたとみんなにいうだろう。たぶん、スタンスは正しい。

ミスター・マクニールの住居が雨のむこうにぼんやりと見えてきたときには、午後も半ばになっていた。豪雨期のロックスは、元気のないため息をつきながら、のろのろとしか歩かない。

「ここで休んでいったほうがいいと思う」といったのはチャームで、彼女が主導権を握っている感じだった。ぼくの頭は、まだスタンスとヤムのことでごちゃごちゃしていた。「この速さでは、日暮れまでにノスに着けそうないわ」

ぼくは気が進まなかった。ミスター・マクニールとてもたくさんの楽しい時間を過ごした家に足を踏みいれる気にならなかったからだが、チャームのいうとおりだ。

ほかに選択肢はない。ぼくにはミスター・マクニールがぼくたちを捨てていったように感じられたし――とはいえ、あの人にほかになにができたかはわからないが――建物が汚れているのはその結果だ。ぼくは玄関ドアの前で長いことぐずぐずしていた。

「もう、フューさまのためにしっかりしてよ、ハーディ。地球人は行っちゃったの。だれからも中に入る許可なんて、もらわなくていいのよ」

「そういうことじゃない」

「じゃあ、なんなの？」

ところが、ぼくがドアノブに手を伸ばすと、ドアがさっとひらいた。だれかがすでに中にいるのだ。そのごく一瞬、ぼくが予想していたのは、村なし男かその新しい連れ合いのヘレンだった。

けれど、そこに立っていたのは、まったく予想もしない人物だった。非常に背が高くて、とてもよく知っている人。

「ミスター・マクニール！」ぼくは驚きで息が止まった。

ぼくたちは居間に落ちついた。ぼくたち三人が小さなひとかたまりになって、ヘレンとジョンはどこかほかの暗いところにいる。

ぼくはまだショック状態だった。「デヴォン採鉱場で、あなたに会いたいといったんです。でも、ぼくたちと話をした男は、あなたが数日前のシャトルで発《た》ったといった」

「その男にわかることではなかったはずだ。ただの渉外係《しょうがい》で、手間をかけずにきみたちを追いはらおうとしたのだろう」

「地球人は全員が立ち去ったのではない、ということですか？　仲介人を何人か残していったのですね？　ぼくたちはあなたたち地球人が完全に引きあげたのだと思っていました」

「引きあげたのだ」ミスター・マクニールの顔は青白かった。「わたしがひとりだけ残った。自ら望んで」

「あなたを迎えに戻ってくるのはいつですか？」

「迎えは来ない」

「もう二度と？」

ミスター・マクニールは首をふった。

意味がわからない。「でもあなたは地球を愛している。ここはいつも地球の品物でいっぱいでした。あなたは地球の話ばかりしていた。なぜ故郷に戻る機会を逃したんです？」

ミスター・マクニールはもういちど首をふり、椅子《いす》に沈んだ体から力が抜けて、床を見つめた。

「地球を愛しているけれど、それ以上にここのことを愛しているんですね？」チャームが確かめるように聞いた。

するとミスター・マクニールは彼女の目を見つめて、「いや、地球がいちばんだ」

「ほんとうに？」

ミスター・マクニールは立ちあがると、テーブルのところまで部屋を横切り、琥珀《こはく》色《いろ》の液体の瓶《びん》からいくつかのグラスに飲み物を注いで、ひとつずつぼくたちに手渡し、自分の手もとにひとつ残した。そしてひと口飲んだ。

ぼくは急に身震いした。あまりにもぞっとするような逆流《バックフラッシュ》に襲われたので、一種の個人的ギーズ設定をして即座にそれを忘れ去ろうとした。けれど、それと結びついている感情と土地が、心に残っていた。その感情とは完全な絶望であり、その土地とはパラークシだった。

「利口な種族なのだ、わたしたち地球人は」ミスター・マクニールがしゃべっている。「その利口さには、きみたちが目で見ることのできるものもある、バギーやシャトルやスターノーズのようなものだ。目に見えないものもある、たとえば空中を伝わる波だ。それに、未来を予測する方法」

「だれも未来を予測することはできません」チャームがいった。「地球人でさえも。もし地球人にそれが可能なら、ロリンがあなたたちの採鉱場で問題を起こすのを知ることができたはずです。そしてそもそも、この星に住み着かなかったでしょう」

「そのとおりだ。わたしたちはロリンの影響を予測できなかった。だが、予測できることがある。それはパターンに従って起こる事柄で、いちどそのパターンがわかってしまえば、次になにが起こるかわかる。たとえば、恒星《こうせい》とその惑星の運動。それはパターンに従っている」ミスター・マクニールはぼくたちを見つめた。「宇宙空間におけるきみたちのこの惑星の運行は、そのいい例なのだ」

「わたしたちは太陽フューをぐるぐるまわっているだけだと思っていましたが」とチャーム。「記憶はそのように語っています」

「おそらく、きみの夢見はじゅうぶんな昔まで遡《さかのぼ》っていないのだ」

するとチャームの顔が青ざめた。もしかすると彼女も、ぼくと同じ逆流《バックフラッシュ》を経験したのかしれない。「もしじゅうぶん遡ったら、わたしたちはなにを見ることになるんです？」彼女はささやくようにいった。

「フューとラックスが連星系を形成していることは、もう知っているね」ミスター・マクニールはていねいに話を進めた。「フューはわたしたちの地球の太陽、ソルと似ている。ラックスは巨大な死んだ惑星だ。ふたつの星はたがいのまわりをまわっている。そしてきみたちの星は、きみがいったように、フューのまわりをまわってい

る。しかし、それはつねにそういうかたちだったわけではない。遠い昔、きみたちの星はラックスのまわりをまわっていたのだ」

ぼくは激しい寒気を感じた、まるでラックスその人が部屋の中にいっしょにいるかのように。たぶんぼくは、そのとき死になでられるのを感じて、凍えた人が熱い煉瓦《れんが》

を引っつかむように、宗教の話に飛びついてしまったのだろう。「それも知っています。そのあと、大ロックスがぼくたちの星をラックスから引きずり離して、フューの温《ぬく》もりの中に引き入れたんです」

「ああ、大ロックスがね、そういう風な見かたをしたいのなら」ミスター・マクニールは悲しそうな顔をした。「ともかくそこにはパターンがあり、わたしたちの計器はそれを分析して、計算をおこなった。きみたちは過去数年、気候が寒くなりつつあることに気づいているね。そして――」

そこでミスター・マクニールは口ごもり、グラスを大きく呷《あお》ってから、とうとう口にした言葉は、ぼくたち自身の魂の中で、氷のような激しい音を立てて砕《くだ》け散った。

「――いまラックスが、この星を引きずり戻そうとしているのだ」

しばらく経ってから、ぼくはいった。「次の凍期はどれくらい続くんですか？」なによりいちばんおそろしいのは、凍死することではなく、チャームとのぼくの人生が終わってしまうことだった。

「これから来る凍期は、四十年間続くだろう。ラックスが引く力は、フューに比べると弱い。四十年経つころには、この星はふたたびフューを周回しているだろう」

「だれも四十年もの凍期は生き延びられません！」

「地球人のテクノロジーなしにはね、そしていまやそれはすべて去っていった。いまここには、このわたしがいるだけだ。だからわたしはここにとどまった。助けになれればと思って。きみたちに準備する機会をあたえるには、最悪の事態を話す必要があった。ほかにはだれもそうしようとしなかった」

「じゃあなぜ?」ぼくは腹立たしい思いで尋ねた。「なぜもっと前に話してくれなかったんです?」

「わたしの上司たちが責任を取りたがらなかったからだ。もしいまの話をもっと前にしていたら、わたしたち全員が出発し終える前に、何千というきみたちが力ずくでデヴォン採鉱場に入りこもうとすると、上司たちは予見した。そして何百人ものきみたちが殺されていただろう。それでなんのいいことがある?」

「ぼくたちはもっと長い準備期間を取れたでしょう」

「わたしたちが真実を知ったのもほんの少し前、近年の年平均気温の低下を調べていてのことだったのだ」

「だからあなたたち地球人は、あんなに急いで撤退していったんですね、違いますか?」チャームが激しい口調でいった。「ロリンや経営状態は全然関係なかった。理由は凍期だった。新たな大凍結《グレート・フリーズ》。おんぼろ宗教は結局正しかったんだわ」

「あなたたちの結論がまちがっている可能性はないんですか?」ぼくは聞いた。

「まったくない」

「あなたは、助けるためにここに残ったといわれました。なにか案があるんですか?」

「いまはなにも。わたしたちは村長《むらおさ》たちと会合を持つ必要がある、なんらかのアイデアを寄り集めるために」

最初の瞬間は恐慌状態になったが、そのあとぼくたちは問題をうまく扱えたと思う。スタンスやトリガーがそこにいないのはありがたかった。あのふたりなら、この時点で悲鳴をあげて頭を壁に打ちつけていただろう。それに対してチャームは、前むきな意見をいうようにさえなっていた。

「こういうことがすべて、以前も起きたのはまちがいない」チャームはいった。「そしてわたしたちの祖先の一部が生き延びた。そうに決まっている、でなければいまわたしたちがここにいるはずはないもの。その祖先たちは、なんとかこういう状況を切り抜けて、そのとき大ロックスとかドローヴとかブラウンアイズとかその他もろもろを考えついたに違いないわ。伝説には、基《もと》になるなにかが必要だから」そして期待するようにミスター・マクニールを見た。

「わたしたち地球人がこの星に来たとき、きみたちの種族はすでにここにいた」ミスター・マクニールはいった。「だが、はるか昔からここにいたのではないと思う。前にも話したが、わたしたちはキキホワホワがきみたちを作りだしたと考えている」

「せっかく作ったぼくたちを殺してしまうだろう星に、ぼくたちを住まわせたりはしないのでは」

「そのことは知らなかったのだろう。キキホワホワはその種のことを発見するテクノロジーは持っていないからね」

　チャームがぼくの手を取って、「するべきことはひとつだけよ」といった。「わたしたちは夢見をして、可能なかぎり遠い昔まで遡る必要がある。もしかすると、ほんとうはなにが起きたのかを、見つけだせるかもしれないわ」

「わたしは村長《むらおさ》の会合を手配しよう」ミスター・マクニールがいった。「わたしなら迅速に動きまわれる。まだ自分の小型自動車《バギー》を持っているからね。人々になにが起きているのかを伝えてまわろう。ヘレンとジョンも、その気があるならわたしといっしょに来ればいい。だが、きみたちふたりはここに残るんだ。夢見には平穏と静けさが必要なのは、知っているよ」

　ミスター・マクニールは二階にあがっていったが、ぼくたちは平穏と静けさを得られなかった、そのときはまだ。ドアがいきなりひらいて、槍を持った男たちが押しいってきたのだ。

　スタンスがその先頭にいた。

「ここにいたのか」スタンスはぞっとするような笑みを浮かべた。「思ったとおりだ。さあ、おれといっしょに来い」

「なぜさ?」ぼくは長椅子にすわったままで聞いた。

　単純この上ない問いかけだったが、人が即座に自分のいいなりになることに慣れているスタンスは、落ち着きを失いはじめた。そして落ち着きを失ったスタンスは、怒鳴り散らすスタンスだ。「なぜだと？　なぜとはどういう意味だ？　村人たちがおまえを必要としているときに見捨ててきておいて、なぜと聞くのか？」

「そのとおり」

「フューさまに誓って、おまえには忠誠心の教訓を教えこむ必要がある！」くるりとふり返って、「さあ！」スタンスは叫んだ。「こいつを連れていけ！」

男たちは八人いたが、みなためらっていた。ぼくがブルーノの息子で、自分たちより昔までの記憶を呼びだせるからだ。古い習慣を断ち切るのはむずかしい。

「ぼくをどこへ連れていくんだ？」混乱しているところに重ねて聞く。

「どこでもいいだろう！　それはあとの話だ。とにかくこいつを連れていけ！」スタンスが怒声を張りあげる。

「まず追いつめろ、みんなで！」クォーンが鋭くいって、リーダーの指示をより具体的にした。

「だが追いつめる必要はない」パッチの言葉は理詰めだった。「ハーディは腰をおろしている。腰をおろしている人を追いつめることはできない。その人のすぐ隣にすわるなら別だが。それにハーディは、逃げたりなにかしたりするようすがない」

「みなさんも腰をおろしたらどうです」とぼくは勧めた。「いろいろ話しあいましょう」

狩猟隊員たちは、厄介事を棚上げにできてほっとしたというようすで、自分たちも楽な姿勢で床に腰をおろし、槍を脇に寝かせた。スタンスひとりだけが立ったままだ。チャームが脇にズレて、長椅子の自分の隣を招くように叩《たた》いた。これがスタンスをいっそう激怒させる結果になった。

「フューさまに誓って！」スタンスは顔をまっ赤にして叫んだ。「おれは水掻《みずか》き持ちと並んですわったりはせん！」具体的な行動に逃避するかのように、スタンスは槍を掲げて、その先端をぼくの胸にむけた。「立て！　立つんだ！」

槍が一瞬、煙をあげたかと思うと、半分に折れた。ミスター・マクニールがレーザーピストルを手に、階段の下に立っていた。「いいかげんにしたまえ、スタンス」ミスター・マクニールは静かな声でいった。

叔父の口はあんぐりとあいていた。槍の握り側ががちゃんと音を立てて床に落ちた。「おれ……おれたちは……あんたがこの星から逃げだしたものと思っていた」

「そうではなかったのだ、見てのとおり。さあ、腰をおろすのだ、お仲間たちのように。各地の村をまわって説明するのは大《おお》仕事だが、おまえはその手はじめにふさわしい」

ミスター・マクニールを凝視したまま、スタンスは長椅子のチャームの横にどさりと腰を落とした。チャームはスタンスに笑いかけた。「これはほんとうに重要な話よ、ヤム・スタンス」

「それはおれが判断する」視線をレーザーピストルに釘《くぎ》づけのまま、スタンスがつぶやいた。

ぼくたちは弱まりゆく光の中にすわって、地球人の説明を聞いた。その説明が終わりに近づくはるか前に、電灯照明のスイッチが入れられた。ミスター・マクニールの聴衆は、ぼくほど地球人の文化やテクノロジーになじみがなかった。それどころか、地球人といちども話をしたことのない人もいる。照明それ自体が、部屋のあちこちの奇妙な品物よりもさらに物珍しく、男たちの気を散らした。たくさんの質問に答えねばならず、単純な概念をていねいに説明する必要があり、またぼくの叔父が何度も大きな音を立てて鼻を鳴らしたのももののともせず、ミスター・マクニールは根気よく説明を続けた。そして話が終わるころには、聴衆を納得させていた。

なんといっても、証拠が明白だったからだ。去年は記憶にある中でいちばん寒い年だった。今年はそれよりも寒く、豪雨期はいつもよりずっと早くに霙《みぞれ》になった。チャームとぼくは、もうこの話の弱みを知っている。ぼくたちの種族が前回の大凍結を生き延びたことは確実なのだ。だが、どうやって生き延びたかがわからない。

「おれにはわかっている！」スタンスがいった。

「教えてくれたまえ」地球人がいった。

「祈ることでだ、もちろん！」

スタンスの部下たちから同意のつぶやきがあがる。「大ロックスがわれらを救えり」

パッチが同意した。「といわれている」

「それが大ロックスのおかげとして」とミスター・マクニールがいう。「それでもきみたちの先祖が、どうやって凍えるような寒さの中を熱源なしに四十年間生き延びたかの説明にはならない」

「その答えはパラークシの大洞窟《だいどうくつ》にある」スタンスがいう。「〈聖なる泉〉、ブラウンアイズ誕生の地。おれたちの先祖は、祈りによって暖をとりながら大凍結を大洞窟の中でやりすごし、やがてドローヴとブラウンアイズによって日の光の中に導かれたのだ」

ミスター・マクニールはスタンスの祈禱《きとう》集会に参加したことがなかった。それどころか、スタンスについてはなにも知らないも同然だった。ぼくの叔父を滑稽《こっけい》なちびのスティルクだと思っている。スタンスという人間がどれほどほかのスティルクを従わせる力を持っているか、ミスター・マクニールは認識していない。この地球人にはわからない危険が、ぼくには予測できた。

スタンスに質問をぶつける以外、ぼくには打つ手がなかった。

「どうやってあなたはそれを知ったの？」ぼくは聞いた。

チャームがはっと息をのむのが聞こえた。

スタンスは体を強《こわ》ばらせた。「どうやってわたしが知ったかだと？　人はどうやってそうした物事を知ると思う？　おれたちの文化とおれたちの宗教を通してだ、決まっているだろうが。おまえは大ロックスその人に疑義を唱えるのか?」

「その必要はないよ。ぼくがいっているのは、ぼくたちの祖先が大凍結をパラークシでやりすごしたことを、どうやってあなたが知ったかだ。そんな昔まで遡る星夢を見たの?」腹にしこりを感じた。崖《がけ》っぷちに立っていて、下には冷えきった水が待ちうけている気分。

「おれの記憶に疑義を唱えるのか?」スタンスはきつい顔になって立ちあがり、胸を突きだした。「おまえはおれの記憶に疑義を唱えるのか?」

スタンスの部下たちから憤激のつぶやきがあがった。「謝れ!」クォーンが叫ぶ。チャームがすばやく口をはさんだ。「ハーディはヤム・スタンスの記憶に疑義を唱えたんじゃない。スタンスの知識の根拠が宗教的なものにあるものか、それとも星夢なのかを聞いただけよ」

「なにが侮辱《ぶじょく》でなにがそうでないかを、水掻き持ち娘から教わる必要はない!」クォーンがいって、ふたたびつぶやきがあがった。槍がガタガタと音を立てる。

「チャームは正しい。ぼくはそのことを尋ねたんだ」ぼくはいった。「そこになにも問題はない」

「チャームは正しい?」口真似をしながら叔父は怒り狂っていた。「チャームは正しい? 水掻き持ちが、正しいだと? だいたい、おまえとこの水掻き持ちはいったいどういう関係なんだ、ハーディ? おまえがおかした罪の一覧に人種混交も追加せねばならんのか？」

我慢の限界だ。気がつくとぼくは立ちあがって、スタンスに面とむかって叫んでいた。「ああ、追加してくれ！　知る必要があるならいうけど、チャームとぼくはドライヴェット並みに休みなくそれに励んでいるよ！　さあ、あんたの馬鹿げたリストにそれを追加して、ラックスに落ちろ！」

スタンスは嫌悪の表情を作ってみせた。「自分の一族にそんなふるまいをできる者がいるとは、とても信じられん。汚らわしい《ラックス》！　おまえはロリンとも寝られるんだろうな」

「そのなにが悪い？」完全に自制心を失って、ぼくは叫んだ。「ぼくたちは同じ種族なんだ！」

あとになってその場面を思いだすと、自分がもっと賢くふるまえたのがわかる。スタンスが議論をそらして、自分が勝つに決まっている領域に持ちこむのを、ぼくは許してしまった。さらに最初はスタンスが追いつめられかけていたことは、部下たちの怒号の中で忘れられてしまい、それを招いたのは、この若い成り上がり者——ぼくだ——がスティルクとロリンは同類だと主張したことだった。そんなのはとんでもないことで、そんなのは話にもならなくて、そんなのは反吐《へど》が出る。

「これ以上こいつの話を聞くまでもないと思う」スタンスが険《けわ》しい顔でいい、部下たちを自分のまわりに集めた。「おまえはもはや、おれたちの仲間ではない、ハーディ。

ヤムにおまえの居場所はない」

その場は自然とふたつの集団に別れた。スタンスと部下たちはドアのほうへむかい、チャームとぼく、ミスター・マクニール、ヘレン、ジョンが階段の上り口に立つ。

スタンスがふりむいて、うなずいた。不適応者たちと人種混交者たちが寄り集まることくらい、自分にはわかっていたとでもいうように。スタンスは軽蔑《けいべつ》の表情を浮かべた。

「ヤムの人たちは大ロックスに祈りを捧げるだろう、そして祈る者の数からして、おれたちが悪しきラックスから解放されるのは確実だ。だがおれたちは、おまえたちのためには祈らない。おまえたちはもうラックスに落ちたからだ、おまえたち全員が。ラックスに！」

それは去り際の演説としてはなかなかだったが、たちまちなんとも締まらない結末を迎えた。スタンスは電灯照明を勘違いして、時間経過がわからなくなっていた。スタンスがさっとドアをあけ放つと、そこは激しく霙の降る、冷たく暗い世界だった。

「なんだこれは！」スタンスはもごもごいうと、叩きつけるようにドアを閉めた。そしてくるりとふり返ってミスター・マクニールとむきあうと、唾《つば》をごくりと飲んで、「今晩おれたちを泊めてくれるだろう」と唐突にいった。

日々寒さが増していて、霙もまもなく雪に変わるだろう。チャームとぼくはほとんどの時間を夢見に使っていた。ヘレンとジョンもあとに残って家事を請け負ってくれたが、するべきことはそんなに多くない。この住居は小さな反応炉を備えていて、前にミスター・マクニールから聞いたところでは、それはなにも手をかけなくても、ミスター・マクニールが生きているあいだよりもっと長く作動するという。なのでヘレンとジョンには自由な時間があり、昔への調査をするぼくたちの手助けができればと願って、ふたりもその時間を夢見にあてていた。

チャームとぼくは、ミスター・マクニールの寝室を使わせてもらっていた。部屋のようすをこまごまと説明するつもりはない、地球人にとってはごく当たり前なことばかりだろうから。ぼくたちにとって、家具や備品は驚きだった。

ぼくたちは夢見をし、ときどきそこから出てきて食べたり愛を営んだりした。

ぼくはこれまでにいちばん昔まで遡った時点まで、すばやく跳び戻った。お気に入りの記憶を迂回《うかい》する。人は楽しい時を生き直すという泥沼にやすやすとはまってしまう。いくつもの世代が過ぎていく。もっとも時間を要するのは、ひとつ前の世代への最良の接続時点を見つけだすことだ。たいていは、その先祖自身の成人の儀式が最良だと判明する。儀式には世代を問わず共通する面があるので、ぼくはその記憶を使って息子から父親へと乗り換えることができるのだ。先祖から先祖へのこの種の跳躍は、この上なく退屈なものになりうるので、高いレベルの精神集中を要する。だがぼくは、頭を使わずに粘《ねば》り強く作業をすることが、まったく得意ではない。そういうことはロックスむきだ。なのでぼくは、いつも昼までにはうんざりしてしまう。チャームはもう少し長く続けられるが、大差はない。

ヤムは退屈な場所だとぼくはずっと思っていたが、いま、その証拠がどっさり手に入りつつあった。前の世代で起こらなかったことは、なにひとつとして起こらない。そして時間を遡る旅は、興味を持ってたどれるような流れをなにもあたえてくれない。人は死に、人は生きて愛を営み、人は生まれる。そして先祖たちも同じ繰りかえしを続ける、前の世代もその前の世代も。地球人の到来でさえ、些細《ささい》な騒ぎに思えた。

すべてがあまりに無意味だったので、どこかに意味のある時点があるはずだという考えに、ぼくはだんだん取り憑《つ》かれてきた。この無数の世代の中に、いったいぼくたちの人生とはなんなのかの手がかりがある、という考えに。

地球人の人生がなんなのかは知っている。ミスター・マクニールが地球人の目標を説明してくれた。出かけていって、繁殖すること。そして宇宙は無限なので、その目標はずっと存続する。それは地球人にとって安心できることに違いない。挫折を体験することはあるだろうが、無用の長物《ちょうぶつ》になることは決してないのだから。

「ぼくが知りたいのは」ある午後、愛を営んだあとで、ぼくはチャームにいった。「キキホワホワがぼくたちを作った理由だ。単にぼくたちをこの星に入植させるためなのか？　ぼくたちはここにいればそれでいいのか？」

「わたしも同じことを思っていたところ。無意味すぎるわ、無数の世代がただ生き長らえる以外、なにもしていないなんて」

「それぞれの村の大きさでさえ、ずっと同じだ。ぼくが予想していたのは……」言葉にするのがむずかしい。「ぼくが予想していたのは、いろんなことがなんらかのかたちで小さくなっていくようすを見ることだった、昔へ遠く遡るほどにね。人の数が減り、家の数も減る。そうであれば、ぼくたちはずっと発展し続けてきたことになる、地球人のように。けれど、じっさいは全然そうじゃない。ものすごく昔まで遡って星《ほし》夢《ゆめ》を見る人がだれもいないのも、無理はないよ。ぼくが出くわしたいちばん刺激的な世代は、ぼくたち自身の世代だもの」

「刺激的なのは、あなたがわたしとベッドに入っているからよ、愛する人……」

そのときがはじめてではないが、ぼくは自分がどれくらい遠い昔まで遡れるのだろうと思った。ぼくの星夢も、大半の人と同じように、欠陥遺伝子という障害にぶつかって突然終わりを迎えるのだろうか？　それとも、ぼくの男性の血すじの伝統がいうとおりに、謎《なぞ》めいた起源まで、まっすぐ遡りつづけられるのだろうか？　ひょっとして親山羊まで？

一方で、ミスター・マクニールは村から村へと旅してまわり、情報を広めていた。ミスター・マクニールとぼくたちは無線で連絡を保っている。

「ここの村の人たちに、デヴォン採鉱場の坑道がシェルターに使えるという話をした」ミスター・マクニールは旅路の初期にそう報告してきた。「場所が不足することはないし、暖房装置も少なくとも四十年は持ちこたえるだろう。問題になるのは食料だ。村の人たちには、入手できるありとあらゆるものを持ちこむようにいった、それに家畜も」

「一年分以上の食料の蓄えのある村があるとは思えません」ぼくはミスター・マクニールにいった。

ミスター・マクニールの声からは、絶望がはっきりと伝わってきた。「わかっている。それに、この人たちがわたしのいうことに耳を貸そうとするとも思っていないよ、たぶん食料が理由でね。だが、ほかにわたしになにができる?」

ぼくは心の中では、別の理由もあると思っていた。問題は食料だけではない。旅をするには危険なほどに豪雨期の終わりに近づいているのだ。人々はすでに来《きた》るべき凍期への備えをすませているだろう。

そんなところへ、今度の凍期は四十年続くことになり、デヴォン採鉱場に行けば場所はあるが、食料はない、と聞かされる。そのとき人々のとる行動は?

ぼくの推測? 人々が選択するのは、ミスター・マクニールの警告を信じないか、無視するかで、すでに腰を据えている場所から動かないだろう。それはミスター・マクニールもまちがいなくわかっている。なら、なぜこの人は自分の命を危険にさらしてまで、この荒天の中を走りまわっているのか? 打ちのめされるほどの罪悪感以外に理由はありえない……。

日々が過ぎていき、洪水の水が私道の出口にある川を泡立ちながら流れ下り、そしてチャームとぼくは星夢を見つづけた。ぼくたちはだいぶ前に、世代の数がわからなくなっていた。ぼくは疲労困憊《こんぱい》させられる道を進みつづけ、自給自足農業に費やされる人生から人生へとたどっていった。少なくともチャームの記憶には、粘流《グルーム》という年にいちどの刺激的な出来事が出てくる。彼女がうらやましい。ぼくは単調さを破ろうとして、時おりの狩猟遠征に出かける先祖に同行したが、一頭のロートは別の一頭とそっくりにしか見えなかった。そのうち自分が、スノーターがだれかを牙《きば》で突き刺して、劇的な面白味をもたらしてくれないかと期待しているのに気づいた。自分が恥ずかしくて、ぼくはそれ以来、狩りの星夢を見るのをやめた。

そして、あるとき見た星夢の中で、気候がほかの星夢より寒かった。

疑いの余地はない。さらに数世代遡ると、凍期は長くなっていき、夏は短くなっていった。

これは大凍結の末期なのだろうか?

「あら、わたしはいま、それより昔に遡っているわ」チャームが澄まし顔でいった。「あなたはぐずぐずしすぎ。人の数も少なくなっているわ、いまわたしがいる時代では。それに、もっと寒いの。ほとんど去年くらいの寒さ」彼女はベッドの上をぼくのほうに転がってきて、キスをした。「目的地は近いわ、愛する人」

そして二日後、ぼくは自分がパラークシにいるのを知った。

記憶がぼやけはじめた。ギーズではない。まるでそのはるかな先祖の記憶が、未発達で未熟な感じだ。ぼくは、荒れ果てた家の中に寄り集まっている人たちを、ほんのちらっと見かけた。建物を造り直す人たちを、グルームが到来し、去っていくのを、漁をする人たちを。

その日の夕方、チャームとぼくは自分たちの成果をジョンと話しあった。

「パラークシだって？」ジョンはいった。

「ぼくたちはずっと昔まで遡って星夢を見ていて、いまはそこにいるんだ。もしかすると、神殿の信仰もただのたわごとばかりじゃないのかもしれない、結局のところ」

「それは考えたくもないな」

「話は違うけれど」ヘレンがいった。「ここ二、三日、たくさんの旅する人たちが道を通っていくことに、あなた方は気づいていた？　ロックス車で、北のほうへ」

「わたしたちはベッドですることで手いっぱいで、ほかのことに気づいている暇がなかったわ」チャームは微笑《ほほえ》んだ。「でも、その人たちがノス以外から来たということはありえない。採鉱場にむかっているに違いないわ。やっぱり理屈が通じたのよ。これはフューさまに感謝しなくちゃ」

「それでとりあえずは問題がないとして」とジョン。「食料はどうするつもりなんだ？」

ぼくたちがそのことを話しあっていると、かん高いヒューヒューという音が近づいてきて、窓のすぐ外にしばらくとどまってから、音はやんだ。

「ミスター・マクニールが戻ったんだ！」大喜びでヘレンがいった。

大柄な地球人は、てかてかしたコートから雨水をしたたらせながら、重い足取りで中に入ってきた。ぼくたちに素っ気なく挨拶すると、サイドボードに直行して、酒を一杯注いだ。それから崩れるように椅子にすわりこむと、陰気な目でぼくたちを見た。

「時間の無駄だった。何日もが無駄になった、大間抜けども相手に話をして」そこでわれに返ると、急いでつけ加えるように、「とはいっても、地球人も同様の状況に置かれたら、おそらく同じ行動を取るだろう。どちらにせよ、ほとんどの村長《むらおさ》は、わたしを信じなかった。そして信じたときでも、そのことでなにもしたがらなかった。旅をするには時期が遅すぎる、凍期が近づいているといって。今度のがいつもの凍期とは違うことを、わたしは思いださせてやった。するとこういうんだ、ああ、あなたの話は聞いていた、と——まるでそれがちっとも重要ではないみたいないいかたで。もし彼らのことをよく知らなかったら、過去数年間の事実という証拠を無視するよう洗脳されたのだと思っただろう」

「あるいは、条件《プログラム》づけされていたのだと」考えこみながらジョンがいった。

ふり返って考えるとき、ぼくたちはジョンをもっと議論に参加させるべきだったと、たびたび思う。長いこと地球人と暮らして話もしてきたジョンは、地球人の社会とぼくたちの社会の精神的な架け橋になれただろう、場合によっては無意識のうちに。

「無駄になったのは、過去の時間だけではない」とミスター・マクニールはいうと、怒りを募らせはじめたが、そのようすはスタンスとても似ていた。「わたしの未来がまるごと無駄になった。ここでわたしになにをしろというのだ、きみたちのことを助けられないのなら？　なんのためにわたしはあとに残ったのだ？　いまごろは地球へむかっていたはずなのに。こん畜生《ジーザス・クライスト》め、わたしはなんという馬鹿者なのだ！」

ぼくはなにもいえずにそこにすわって、ぼくの種族の人々の愚かさに罪の意識を感じていた。

けれどもチャームは、ミスター・マクニールのところに行って、彼女自身の小さな手で地球人の大きな手を取り、それを握りしめた。「わたしたちはあなたが馬鹿者だなんて思いません。あなたはとても善良で勇気のある方で、わたしたちの子孫はあなたを永遠に記憶するでしょう」

ミスター・マクニールは驚いてチャームの手を、それから顔を見た。そして表情が少し変化した。険しい皺《しわ》がやわらぎ、顔色がよくなっていく、なにかのかたちで癒《いや》されたかのように。ぼくも気分がよくなっていた。ぼくにその影響をもたらしたのは、ぼくたちの子孫についてチャームが語るときの、確信に満ちた口調だ。

「ありがとう」ミスター・マクニールは短くいった。「覆水盆《ふくすい》に返らずだ」この人は地球のことわざを口にする癖がある。ぼくは以前、いちいち説明してもらおうとしたことがあったけれど、すぐに音《ね》をあげた。「ともかく、つまるところは、だれも採鉱場施設への避難には関心がないということだ。よろしい、採鉱場にも食料の問題があることは認めよう。あそこにはもちろん、水耕栽培の施設があるが、二、三種類の生鮮野菜を作れるようにしかなっていない。年単位で大勢の人を養うのは無理だ」指で髪を梳《す》く。これも癖のひとつ。「自分でもなにを期待していたのかわからない。もしうまい具合にひとり残らず一カ所に集まったら、《星域本部《セクター・セントラル》》が全員を星から連れだす手段を見つけてくれるとか、少なくとも糧食を送ってくれるとか、そんなところか。もちろん、そんなことはしてくれない。そのことはすでに明々白々だ。とっくに手を引いたのだ。あんなやつらは地獄に行っちまえ」ミスター・マクニールは黙りこんで、皺がまた深くなった。

「ノスの村人たちが採鉱場にむかっているのを見ましたが」チャームがいった。

ミスター・マクニールは鼻を鳴らした。「その正反対だよ。耳にしなかったか？　いや、きみたちの耳には届いていないだろうな。きみの叔父さんのスタンスが面倒を起こしている。あいつはわたしの話を聞いて、わたしを信じた。わたしはその点であいつを信頼した。スタンスは、自分がノスに知らせにいくから、わたしはあの僻地《へきち》の入り江のほうはまわらなくていい、といった。なのでわたしはそこの人たちをまとめあげるのはスタンスに任せて、自分は内陸に旅を進めた」苦々しげな笑い声をあげて、

「少なくとも、わたしはそのつもりでいた。今日、戻ってくる途中でヤムに立ち寄った。そこでなにを知ったと思う。あの大馬鹿者のスタンスは、話をまるごとねじ曲げていた。スタンスはヤムとノスの人たちにわたしの言葉を伝えていた、ああ確かに、だがさらに、それが宗教や伝説が正しかったという証拠だといったのだ。あいつの糞《くそ》ったれ大ロックスは昔、この星をラックスの魔手から引き離したことがあり、ふたたび同じことをしてくれるはずだと。そのために必要なのは、わずかばかりの常識と、たくさんの祈りなのだと」

「そのどこに常識が関係あるんだか」ぼくはいった。

「パラークシには洞窟のようなものがあるらしいが、きみたちの種族は以前の大凍結をそこでやりすごしたのだと、スタンスは思っている。スタンスの考えるところでは、きみたちがみんなそこへ行って死に物狂いで祈ったなら、見よ、大ロックスが励ましの言葉をかけてくださり、自らを引き具に変えるだろう――もしかすると四十年間が終わるはるか前に、というわけだ」

「四十年というのはきっちり決まっているわけではないし、人々には食料が必要だという話は、スタンスにしたんですか？」

「どうやら、前回は大ロックスが人々に食べ物をくれて、ふたたびそうしてくれるということらしい。ともかく、スタンスはあらゆる人を味方につけていて、ノスの村人の大半もヤムで宿をあたえられ、ふたつの村の人たちはパラークシにむかって出発しようとしている」

　チャームは愕然《がくぜん》となった。「ノスの人たちもパラークシへ行くつもりでいるんですか?」

「スタンスは口先がうまい」

「でも、母さんもいっしょなんですか? カフや、父さんも?」

「ある程度の不信を持っている人はいると思う。だがスタンスはふつうの人々を説得するのがうまい。スタンスはこう指摘したのだ、粘流《グルーム》は暖かい気候によって生じるものだが、それはもう訪れない、とすればノスがほかのどこよりも食料に恵まれることもなくなる。ノスの長《おさ》たちが、自分たちだけでも村に残りたがったとは思えない、だからスタンスについてきたのだろう。少なくともそうすれば、スタンスを監視していられる」

「出発はいつです?」

「あすだ。小屋にはロックスの大群、火鉢《ひばち》や山ほどの毛皮と革を積んだ屋根つきの荷車、出発の準備は整っている。スタンスはそれを大巡礼と名づけた。スタンスはそれをこの星の史上最大の出来事と見なしていて、それを自分が指揮しているわけだ。スタンスは権力に酔っている。もう危険のことなどほとんど頭にないのだろうと思う」

　チャームがぼくを見た。「わたしたちはパラークシの星夢を見た。そしていま、人々はそこに行こうとしている。わたしの考えていることがわかる、愛する人?」

心の中にはうんざりした気分があった。さようなら、温もりと快適さと安全とおいしい食べ物。

「わかるよ。ぼくたちもそこへ行かなくてはならない」

7　パラークシ

　ミスター・マクニールもいっしょに行くことになった。少なくともぼくたちは、パラークシまでの旅を快適な小型自動車《バギー》の中で送ることができる。

　ジョンとヘレンはあとに残った。

「おれは祈りの力など信じないし、パラークシになにか特別な意味があるとも信じられない」村なし男はいった。「もしヘレンとおれが、じめじめした冷たい洞窟《どうくつ》で、おれたちを受けいれようとしないやつらに囲まれて飢え死にするのと、ここでたがいを励ましあいながら飢え死にするのと、どちらかを選ばなければならないとしたら……そりゃ、どっちを取るかは決まってるだろう」

「ここには二年分かそれ以上の食料がある」とミスター・マクニール。

「パラークシじゃそんなにたくさんは見つからないだろう。なぜあんたはいっしょに残らないんだ？」

「なぜだろうな。藁《わら》にもすがろうとしているということなのだろう。ここにはなんの希望もないが、チャームとハーディはパラークシにはなんらかの希望があるかもしれないと感じているらしい……。まったく、わたしは地球人的な対応策を使い尽くしてしまった。ふたりに一か八か賭《か》けてみる」

「幸運を」

そしてぼくたちはジョンとヘレンを残して、ミスター・マクニールのバギーでヤムまで走った。道中は陰鬱《いんうつ》だった。霙《みぞれ》が降りしきり、保温のために枝や触手を引っこめた樹木は、縮こまって丸い塊になっている。霙で増水した川がはるかな荒れ地から、道路の脇《わき》の小峡谷を轟音《ごうおん》をあげて流れ、触手でなにかにつかまろうともがく樹や、時おりは動物の死体を、茶色い水が運んでいく。

ヤムに着くと、ぼくたちはまずスプリングの家を訪ねた。部屋はいつもどおり整頓されていたが、棚や保管庫を調べたぼくは、持ち運べるものはすべて持ち去られていることに気づいた。

「スプリングは行ってしまった」ぼくはほかのふたりにいった。

「村にはなんの動きも見えないわ。みんな行ってしまったのよ」チャームがいった。「ヤムは見捨てられ、死んでいた。これにはめまいを覚えた。何世代もの人たちがここで暮らしてきて、いまもぼくの記憶の中では暮らしているのに、いますべての人が去ってしまった。チャームはぼくの悲嘆を察知して、手を取ってくれた。

「パラークシへ進もうではないか」ミスター・マクニールがいった。

まもなくぼくたちは矢尻森の中を通っていた。イソギンチャク樹はじっとして動かず、触手は引っこんでいる。ぼくたちが通りすぎるのに気づいたようすもほとんどなかった。ぼくはウィルトが囮《おとり》を演じた地点を指さした。

チャームは気がかりなようすで、「パラークシではスタンスに用心してね」とぼくに警告した。「みんなの宗教的熱情を掻《か》きたてたあの男なら、たやすくみんなにあなたを襲わせることができる」

「わたしがピストルを持っている」ミスター・マクニールが険《けわ》しい顔でいった。

ぼくたちはトットニーを迂回《うかい》して、昼ころにパラークシに着き、バギーを外から見えないよう、町外れの家の残骸《ざんがい》の中に駐《と》めた。それから、ぶ厚い毛皮にしっかりくるまって、大通りを歩いて港にむかった。

「ここはわたしたちが星夢《ほしゆめ》で見たころから、ずいぶん変わっているわ」とチャーム。「古くなって、死んだ感じになって、汚くなった。いまのこの町は、人がドローヴとブラウンアイズの出身地だと思うような場所じゃ、全然ない」ぼくたちの右手の家並みの奥に丘があり、大きな建物の残骸が見えている。「もしかしてあれが、ドローヴとブラウンアイズの両親が、大ロックスにおいでくださいと祈った神殿かしら」

「とにかくわたしが知りたいのは」とミスター・マクニールが皮肉っぽく、「きみたちのドローヴとブラウンアイズが、大凍結の終わりを待つあいだ、食べ物と温《ぬく》もりをろに手に入れるためになにをしたかだ」

「ふたりは長く待つ必要はなかったんです」チャームが答える。「ふたりは悪しき人々によって寒さの中に追いだされたので、ほかの人々を集めました。良き人々をです、そしてその人々を大洞窟へ導いていき、するとまさにその翌日、大ロックスが後ろにフューを引っぱって天空を駆けてきて、こうして世界に暖かさが戻ったのでした。伝説の中ではだれも祈ってはいなくて、そこはむしろ驚きですね」

「もしかすると大ロックスは、ドローヴたちの心の善良さが生みだしたのかもしれない」

「きみはその大洞窟とやらにいったことがあるんだったね、ハーディ？」

「父さんと祖父とスタンスがそこに行きました。そこは大凍結以前は缶詰《かんづめ》工場だったといわれていて、死んだ魚を金属の壺《つぼ》に詰めていた場所です。ぼくはそれを星夢で見ただけです」

「少なくとも、その場所が存在することはわかっているわけだ」ミスター・マクニールがいった。

「あそこのことは、ぼくよりもスミスのほうがよく知っています。いまどこにいるんだろう。以前、スミスはこういったんです。『先祖はパラークシに大洞窟とかいろいろなものを作って、そこで暮らせるようにした。千人もの人が、そこで凍期を快適にやりすごせるはずだ』」

ぼくたちは左手の丘の斜面を家々が段状に上まで続いているのを見ながら、港に面した通りをゆっくりと進んでいった。いきなりチャームが立ち止まった。ぼくたちは手をつないでいたので、彼女はぼくもぐいと引っぱって立ち止まらせた。

「どうしたんだ？」

「わからない……逆流《バックフラッシュ》よ。ものすごく強力な」彼女は、ほかよりも保存状態のいい建物をまじまじと見つめていた。巨大なグルームワタリ鳥の彫り物が、たわんだ扉の上から吊《つ》り下げられている。

ぼくはチャームにいった。「ここは〈黄金のグルームワタリ鳥亭〉だ。ブラウンアイズが生まれた場所だよ」

「わたし……それはもう知っている」

「きみはたぶん、きのう見た星夢でここを訪れていたんだよ」

「たぶんね」といいつつ、チャームは首を傾《かし》げた。

「村の人々はどこにいるんだ？」ミスター・マクニールが問いかける。

ぼくたちは午後の半ばになってから、缶詰工場で村人たちを見つけた。

缶詰工場は、パラークシの丘の斜面から切りだしてきた石材を、大昔の人たちが想像を絶する勤勉さと忍耐力でひとつまたひとつと積みあげて造った、巨大で、不自然に尖《とが》った長方形の建物だった。

「それで、わたしたちは凍期が終わるのを、こんなところで待つことになっているの？」チャームが疑わしげにいった。

「伝説によればね」とぼく。

「伝説はもしかすると嘘《うそ》をいっていると思う」

「わたしもその意見を支持する」ミスター・マクニールがいった。

大きなドアが、ぼくたちの正面の、窓もなにもない壁にはめ込まれていた。ぼくたちが近づいていくと、毛皮にぶ厚くくるまってほとんどまん丸になった男がひとり、外に出てきた。男は目を細くして降りしきる霙の中を見た。

「そこで止まれ！」男は叫んだ。「なんの用だ！」そこで男もぼくも、相手がだれだか気づいた。

そいつはいった。スタンスの狩猟隊員のひとりだ。「おや、おまえか、ヤム・ハーディ」「それにノス・チャームも。自分から降参しにきたってわけか？　頃あいだろうな」そこで男は、資材置き場で一台の機械を調べているミスター・マクニールの姿に気づいた。ミスター・マクニールの姿に気づいた。「地球人を連れてきたのかよ。あの厄介者を」

「しゃべってないで、ぼくたちをスタンスのところへ連れていけ」ぼくはぶっきらぼうにいった。

　ぎくっとして、また明らかにミスター・マクニールを目にして怖《お》じ気づいて、男はそそくさとうなずくと、ぼくたちを建物の中に入れた。この場所は、父さんが訪問したときとは、変わっていた。巡礼者たちの作った祭壇は、全部取り壊されていた。長《なが》椅子《いす》にはいま、毛皮や革が積みあげられ、小さな宗教工芸品はむこうの壁の前で山になっている。ぼくたちを先導している男が、ぼくの視線の動きに気づいた。

「おまえがなにを考えているかはわかる」男は言い訳がましくいった。「でも、衣類や寝具を分類して配り終えたら、祭壇は全部、そっくり元どおりに戻すから」

「ここを神聖な感じにするには、祭壇のふたつや三つじゃ足らないだろうな」ぼくはいった。

「なぜこんな分類なんてことをやっているの？」チャームが聞く。「みんなが自分の持ってきたものを、そのまま持っていればいいのに？」

「ここには不平等はないんだ」男が重いドアを通ってぼくたちを連れていった、前のより小さな部屋では、揺らめく火を囲んで数人が長椅子にすわっていた。

「チャーム！」と叫んだのはロネッサで、口をぽかんとあけてぼくたちをじっと見つめた。それからぱっと立ちあがると駆け寄ってきて、両腕で娘をぎゅっと抱きしめた。

「母さん……母さんてば」困惑しながらチャームがつぶやいた。「とにかく落ちついてよ」

「みんな、おまえが死んだと思っていたんだ！」

そうこうしているところに、スプリングが別の部屋からやってきた。スプリングはなにもいわなかった。ただ微笑《ほほえ》んで、ぼくの肩に触れた。「顔を見られてうれしいよ、ハーディ」母さんの目は涙で光っていた。

「スタンスから、ぼくたちがミスター・マクニールのところにいると聞かされなかったんですか?」ぼくは尋ねた。

ロネッサはくるりとスタンスのほうにふり返った。叔父《おじ》はさっきから無表情にぼくを見つめていた。「この子たちが生きているのを、知ってたな!」

「大ロックスにとっては死者同然だ。わたしたちにとってもだ。なのにこいつらを、あんたたちの心の中で甦《よみがえ》らせる理由はないと思ってね」

ロネッサはスタンスを凝視して、「おまえさんは事実と宗教の違いもわからないのかい、フューさまに誓って? 完全に自分の言葉に絡《から》めとられちまったみたいだね? この子たちは生きているよ、この馬鹿、ほかのわたしたちと少しも変わりなく!」

「親父《おやじ》を馬鹿呼ばわりするな!」

トリガーの弱々しい抗議は、スタンスのひとしきりの雄弁にかき消された。「事実がなんであるかは自明だろう、ロネッサ。おれたちはほかならぬこの場所にいて、この場所はわれらが偉大なる宗教を詳細に裏づけ、大ロックスのたとえ話が真実であることを証明しているのだ」

「ほらごらん! じゃあおまえさんも、それがただのたとえ話だと同意するんだね?」

ぼくはそのとき、長年認められてきた理屈が断ちきられたという印象を受けた。この茶番劇の主役たちが対立しあっているとわかるのは、いいことだ。

「もちろん、それはたとえ話だ。あんたも本気で考えているわけではないだろう、いつか太陽に引き具でつながれた空の上の巨大な動物を目にすると、わたしが思っているなんて？　それはまったくの、たとえ話だ——だが、効果的なたとえ話なのだよ、ロネッサ。そして人々には、真実を理解する手がかりとして、たとえ話が必要なのだ」

「で、その真実ってのは、いったいなんなんだい？」

ミスター・マクニールがはじめて口をひらいた。「真実とは、きみたちには四十年間の凍期へのじゅうぶんな備えが、まるでできていないということだ」

「真実とは」いきなり激高して、叔父が叫んだ。「あんたは自分がなにをいってるのか、わかっていないってことだ！　ここにある驚異の数々を見てみるがいい。この中や外にある機械のことを考えてみろ、おれたちの種族の人間が、いまのおれたちには理解のとっかかりもない目的のために作った機械だ。おれたちの種族だぞ、いいか——あんたらのじゃない。あんたら地球人がこの星に来るはるか前に、おれたちの種族はすばらしいテクノロジーを持っていたのだ。そして真実はまわりじゅうにある！　この建物を見てみろ！　あの壁を！　あのドアを！　部屋から部屋へ歩きまわったら、なにを目にすることになるか！　ここは驚異で満ちているのだ！」

スタンスは目に狂気を浮かべて、ミスター・マクニールのコートに唾《つば》のしぶきをまき散らしていた。しゃがみこんで、層状の灰をひと握りすくい取ると、「本！」と叫ぶ。「おれの父は子どものころのおれをここへ連れてきて、伝説を話してくれた。おれたちの種族は、こんな本などというものを必要としないほどに進歩した。太陽神フューが、完全記憶という贈り物をくださったのだ、先祖たちがこの聖なる場所にいるあいだに。そこで先祖たちは、感謝の徴《しるし》に本を犠牲として捧げた。そしていま、おれたちはふたたびここにいる。おれたちがここに滞在しているあいだに、いかなる奇跡がおれたちの身に起こるか、だれにわかろう！　フューさまを讃《たた》えよ！　フューさまを讃えよ！」

ぼくたちがあとずさったので、スタンスは困惑した小さな輪の中心で説教をわめくことになり、火明かりに照らされたその顔は悪霊に憑《つ》かれたかのようだった。

「そして学ばねばならん、そうとも、おれたちは学ばねばならん。この凍期が終わったなら、おれたちは先祖の作った機械から学ばねばならん。おれたちは――」

「聞きたまえ、スタンス」ミスター・マクニールがうんざりした声をあげた。「この凍期は四十年間続くとわたしがいったのを、きみは信じているのか、信じていないのか？　どっちだ？」

「凍期の長さなど取るに足らぬこと。おれたちは以前も凍期に対して勝利をおさめ、そしてふたたび勝利するであろう！　おれたちがいままさに迎えようとしているのは……」

スタンスが説教する声を耳にして、人々がほかの部屋から音もなくふらふらと集まってきはじめた。この人たちはスタンスの言葉をひと言も聞き逃したくないのだ。みんな恍惚《こうこつ》の表情を浮かべていた。スタンスの魔法にかかったようなもの。旧友コーンターの顔は、英雄崇拝に輝いている。

「ここから抜けだしましょう」チャームが小声でぼくにいった。

ロネッサがつぶやくように、「あまり遠くへ行くんじゃないよ。わたしはスタンスのそばについている、カフとワンドもだ。スタンスはここの人々を意のままにしていて、そのうち人々にどうしようもなく狂った真似《まね》をさせるんじゃないかと、わたしらは心配なんだ」

「ぼくたちにはもう少し見るべき星夢がありますす」ぼくはロネッサにいった。「なにかの答えに近づきつつあるんです」

「わたしらにはすぐにその答えが必要になる」ロネッサはいった。「ミスター・マクニールのいうことが正しければ」

「あの人のいうことは正しいです」ぼくはロネッサにそれを請けあった。

「チャームをよろしく頼む」とロネッサがいった。

ロネッサにとうとう受けいれられたようだ、とぼくは思った。

激しい霙の中を歩いていく途中で、ミスター・マクニールがいった。「どうにも理解できないのだが、なぜ人々にあっさりと告げないのかね、スタンスの記憶には欠陥があり、長《おさ》の任に適した男ではないと。まったくなぜだ、こんなかんたんな話はないだろうに！」

「いいえ、それは違います。人前で長《おさ》の記憶に疑義を唱えるのは、してはならないことだからです。それをいうなら、だれの記憶についてもですが。そんなことをしたら人々は憤慨して、たとえどんな証拠があっても、耳を貸そうともしなくなるでしょう」

「だが、なに食わぬ顔でスタンスに、なにか昔の記憶を呼びだしてくれということくらいは問題ないだろう？」

「スタンスも馬鹿じゃないです。『おれの記憶に疑義を唱えるのか？』と怒鳴られたら、ぼくは黙るしかありません」

「遅かれ早かれ」とミスター・マクニール。「きみは、いまわたしのいったことをするしかなくなるよ」

　ぼくたちは〈黄金のグルームワタリ鳥亭〉で暮らすことに決めた。缶詰工場以外では、そこがパラークシで唯一、居住可能だとかろうじていえる場所だったので。ぼくが扉を押しあけると、そこはひとつの壁の端から端までカウンターのある大きな部屋だった。部屋には巡礼者たちが置いていった品物が散乱していた。その多くは、性的な特徴を誇張した女性の人形だ。ぼくはそのひとつを拾いあげた。重く、三ハンドの大きさで、焼き粘土《ねんど》でいい加減に作られていて、顔はあまりにも不細工、胸には巨大な球状の乳房がついている。

「これがブラウンアイズのつもりだったら」ぼくはいった。「ドローヴが彼女に近寄ったことがあるだけでもびっくりだ」

「嵐のとき、港を選んではいられない」ミスター・マクニールがいった。

チャームがその偶像をしげしげと見ていたが、くすくす笑って、「そのことわざはノスにもあります。だけど伝説によれば、当時はまわりにほかにも人がいました。ドローヴとブラウンアイズが、その人々を洞窟へ導いたわけですからね。ドローヴには選びようがあったはず。わたしはまちがいなく、これはとても下手《へた》くそな彫刻家が、満たされない性欲を抱えて作ったものだと思います」彼女はいたずらっぽくぼくをちらりと見た。「ハーディがこんな風なものを作る必要を感じることは、絶対にないはずですけど」

ぼくたちは建物の中を調べてまわった。そこは巡礼者たちの手でよく管理されていて、ぼくたちは最終的に、昔の港を一望できる二階のひと部屋に落ちつくことにした。ミスター・マクニールがバギーを取りにいって建物の前に駐め、ぼくたちは寝具や食料や必需品を二階に運びあげた。外が暗くなってくるころまでには、ぼくたちは蒸留液ストーブに点火して部屋を暖め、持ち物を整理し、かんたんな食事をすませていた。ミスター・マクニールは動く絵が出る装置を手にしてすわり、チャームとぼくは夢見にむけて心を静めた……。

ぼくはすばやく、パラークシが大きくなりつつある村だった時代に跳んで戻った。ウォッチという名前の先祖の目を通して、ぼくは粘流《グルーム》の上を滑走《スキム》し、グルームライダーの群れとの戦いを生き延びた。滑走艇《スキマー》を転覆させたその群れは、もしウォッチの獲《と》っていたナガレウオのほうに気を惹《ひ》かれていなかったら、ウォッチを食べてしまっていただろう。ウォッチは両腕を必死で動かし、濃くなった海水の浮力にも助けられて、岸に泳ぎついた。

ということは、ぼくの先祖のひとりは水掻《みずか》き持ちだったのだ。水掻き持ちに対する根掘り虫の昔からの蔑《さげす》みは無意味だということになるし、逆も同様だ。ウォッチ／ぼくは息を切らして浜辺に寝転がっていた。ぼくはさっきウォッチの恐怖を体験し、いまは安堵《あんど》を体験していた。ぼくがへとへとになってそこから抜けだすと、チャームが片腕をついて体を起こし、ぼくに微笑んでいた。

「ああ、愛する人」彼女はいった。

「どうしたの？」

彼女は目を輝かせていた。「自分で見つけさせてあげる。あなたの楽しみを奪おうなんてしないから」

「なにかいいことが見つかった？」ぼくは驚いて尋ねた。

「あなたもすぐに知ることになるわ。あなたはパラークシに戻った？」

「うん。骨が折れるよ」

「ゆっくりやってちょうだい。もう、どんどん昔へ跳ぼうとしないで。あとちょっとだから。わたしたちはもうそこまで来ているのよ」

「ミスター・マクニールはどこ？」

「バギーで探検に出かけたわ」

そしてぼくは気を静めて、ウォッチとその時代の人たちの人生に戻っていき、それはさっきよりも楽にできた。別の年のグルームが到来したが、それがもたらす恵みはぼくの知っているグルームにはほど遠く、それでも村人たちが生きていくにはじゅうぶんだった。いまよりも冷たい気候は、大浅海での海水の蒸発が少ないことを意味し、グルームも濃度が薄くなる……。ぼくはウォッチの成人の儀式へと引き返し、父親の記憶へと移った。

ついに、さらに二、三世代前で、ぼくは自分が別の漁師の心の中にいるのに気づいたが、この人物はそれなりの名声があるらしい。

ぼく／だれかは、浜辺に引きあげた滑走艇《スキマー》の中で疲れ果てて寝そべり、弱々しい日ざしを浴びていた。さっきまで獲った魚を籠《かご》に移していて、また少ししたら船を浜から押しだして、漁に戻ることになるだろう。だがいまは、太陽がとても心地よい。外海のグルームの上で、スキマーがせっせと網を打っている。いまはほんの数隻《せき》だが、次の春にはもう何隻か作れるだろうし、村の少年たちもあと何人かは、ひとりで漁に出られる歳《とし》になる。楽観的な気分が強まってきた。パラークシではさまざまな物事が進んでいる。フューさまに誓って、あと二、三年のうちには、ぼくたちは二倍の数の船を海に出しているだろう。

『ドローヴ？』と呼ぶ声が聞こえた。

ドローヴ！　大凍結の時代の、伝説上の人物じゃないか！　ぼくは彼の世代にたどり着いたのだ。ドローヴがこの近くにいる！　ぼくが畏怖《いふ》の念を感じているうちに、星夢は昔と現在のあいだを揺れた。

『眠っているの？』

そして影がぼくの上に落ちた。

『ドローヴ？　起きてよ、眠たがり屋さん！　お昼ご飯を持ってきたの』

この女性はぼくに、ぼくに話しかけている！　ぼくはいま、伝説の人ドローヴの記憶の中で生きているのだ！　これはつまり、ぼくは偉大な人本人の子孫だということなのか？　だが、高名な人にちなんで子どもに命名することもある。ぼくはすばやく、この記憶提供者《ホスト》の記憶をかき分けていった。その結果、疑いの余地はなくなった。これは偉大なるドローヴその人なのだ。

『ちょっと休憩していただけだよ』ぼくは目をひらいた。ひとりの少女が、ぼくの上に身を乗りだしていた。太陽が目に入ってしまい、ぼくはまばたきした。濃い色の髪が垂れさがって、彼女の顔を縁取っている。彼女がキスしようとしてさらに前かがみになったので、ぼくはその顔をはっきりと見た。

チャームだ！　この少女はチャームだ、そうだろう？　同じハート形の顔、同じ温かな茶色い目……そして、同じ愛情に満ちた表情。彼女の首から下がったなにかが揺れて、太陽の光にきらめいていた……。

チャームの首飾りだ、チャームの結晶、彼女の装飾品《チャーム》。それをこの少女が首に掛けている。

ぼくは星夢から抜けだしたが、頭が混乱していた。チャームは目ざめていて、ぼくを見守っていた。彼女はぼくの表情を見てとると、微笑んだ。「あなたもすべてを知ったようね」彼女はいった。「さあ、いまの夢の続きに戻って、わたしもそうするから。わたしたちはいっしょなの、これからは」

おだやかに、ぼくは星夢に戻った。

『今朝の漁はもうおしまい』チャームとそっくりの少女がいった。『これだけ獲れればじゅうぶん』

彼女はぼくの手を取って、引っぱりあげてすわった姿勢にさせると、魚の揚《あ》げ物が載った皿をぼくに手渡した。最近は食べ物もとてもおいしい。人生は完璧だ。ぼくは食事を終えると、船から下りて海岸に降りたち、両腕で彼女を抱えた。砂が温かくて柔らかい一角がすぐそばにある。ぼくは彼女をそこへ運んでいくと、そっと下に降ろした。

『え、いまこれから?』と彼女が驚いたふりをする。

『いまこれから』ぼくはいった。『そしてこれから、永遠に』

そして無数の世代の昔に、ドローヴとブラウンアイズは愛を営んだ。

チャームがぼくをぎゅっと抱きしめた。「最初からわかっていたわ、わたしたちは特別なところがあるって」

ぼくはまだ、このすべてにぼうっとしていた。「これほどの数の世代のあいだ、しかもぼくたちふたりともの記憶が、まったく途切れなく受け継がれているなんて。とても信じられない」

「うちの家系はずっとそうなの」

「ぼくのもだ。でも、そんなのはただの自己満足としか思っていなかった……。これからぼくたちは、いっしょに夢見ができる。ドローヴとブラウンアイズの子ども時代を生きることができる。ふたりの出会いに立ちあえる」

「わたしたちは、ふたりといっしょに愛を営める」チャームは夢見る目つきでいった。「わたしたち四人、全員が同時に。このわたしたちの体と、あのふたりの体で。もしかするとそれは近親相姦《そうかん》だかなんだかかもしれないけれど、それがなんだっていうの？」

ぼくはその理屈を興味深く思ったが、実践するにはおそろしくたくさんのことを調和させる必要がある。それでもぼくは、試してみる気になっていた。ぼくはチャームのもっと近くに寄り——そんなことが可能だったとして——そしてキスをしている最中に、うれしくない邪魔が入った。

「ミスター・マクニールのバギーじゃないか？　あの音！」

「まったくもう《ラックス》！」チャームが叫んだ。「よりによっていま！」

だが彼女は、すばらしい優先感覚を持っていた。ぼくは気は進まなかったが、ぼくたちはベッドから転がりでて、服を着はじめた。ぼくはチャームを見つめていた。服を着る彼女から、ぼくはいつだって視線を離せない。まあそれをいうなら、服を脱ぐ彼女からもだが。「ブラウンアイズはきみの結晶を首から下げていたよ」ぼくはいった。

「記憶と同じように、すべての世代を伝わってきたのね。彼女はわたしよりかわいいと思った？」チャームはちょっとだけ心配そうに聞いた。人が遠い先祖の恋人に夢中になってしまうことは、よく知られている。前にもいったとおり、感情というのは記憶の中でも強力な要素だ。

「彼女はきみととても似ていた。最初、彼女はきみだという、不思議この上ない気持ちになったよ」

「ドローヴのほうも、あなたととても似ていた。でも、あなたほど美男じゃなかったわ」

「ブラウンアイズもきみほどかわいくはなかった」ぼくは嘘をついた。「すごくがっかりだったな、ほんとに」

彼女がくすくす笑ってぼくにキスしているところに、ミスター・マクニールが入ってきた。「おっと」といいながらにやにやして、「なにか興味深い発見があったのかな、それとも、ずっとじゃれあっていただけかい？」

「チャームとぼくは、ドローヴとブラウンアイズの直系の子孫なんです」ぼくはミスター・マクニールに告げた。

「そうだったのか？」と考えこんで、「ではきみたちは、先祖がどうやって前の大凍結を生き延びたかもわかったのだね」

「それはまだです。でも、ぼくたちの記憶の中のどこかにあることです」ぼくはチャームに目をむけた。「きみはぼくよりも昔まで遡《さかのぼ》っていた。なにか見つかった？」

「いいえ。でもそれって変でしょ、だってその人が重大だと思った出来事は、その人の心のいちばん表面に来るはずだもの……」突然、彼女は顔を青くした。「それに、ほかにも話さなくちゃいけないことがある」

その瞬間に、ぼくも思いあたった。「ふたりは若すぎる。ぼくが入ったドローヴの記憶は、大凍結のあと、村が再建中のころのものだ。彼とブラウンアイズは、そのとき二十歳くらいだった。ということは、このふたりが大凍結の四十年間を生き延びてきたはずがない。不可能だ。きっとドローヴとブラウンアイズはほかにもいるんだ」

「ねえ、あわてないで《ラックス》。このふたりは本物よ、ハーディ。わたしはブラウンアイズの子ども時代に跳んでみたんだけど、彼女は〈黄金のグルームワタリ鳥亭〉に住んでいたわ、伝説そのままに。彼女のお母さんとお父さんも見た。ドローヴの両親も見たけれど……」チャームは口ごもった。「ドローヴの両親は、どっちかというと下らない人たちだった。とにかく……ブラウンアイズの記憶はそこからはじまっていたの。〈黄金のグルームワタリ鳥亭〉で、小さな女の子だったころから」

「彼女はお母さんの記憶を受け継いでいなかったのかい？」

「いなかった。そしてドローヴも、お父さんの記憶を受け継いでいなかった。それは断言できる」

ミスター・マクニールが尋ねた。「つまり、きみたちはそれ以上昔には遡れないということだね？」

「ええ、遡れません。ドローヴとブラウンアイズが、記憶を受け渡すことのできる最初の世代だったようです」

「では、これで手詰まりか」ミスター・マクニールの声は重苦しかった。毛皮の山にすわりこんで、「大凍結は、そのふたりが生まれる前の出来事に違いない」

「それだと伝説と異なります」ぼくはいった。「それにもうひとつ。伝説によれば、先祖が記憶の贈り物を受けとったのは、大凍結のあいだのことです。こちらのほうは、ドローヴとブラウンアイズが両親の記憶を受け継いでいないことと一致すると思いませんか？　そしてそれは、ドローヴとブラウンアイズが大凍結の期間に生きていた人であることを示唆《しさ》しています」

「わたしに考えられる可能性は、ひとつだ」とミスター・マクニール。「ただそれは、珍説の類《たぐい》だが。こう考えてみよう、大凍結の期間、きみたちの先祖がすべて、光速近くまで加速する宇宙船で、この惑星から避難させられていたと。そうすれば、ここに戻ってきたときも若いままだったことは、相対性理論で説明がつく」

ミスター・マクニールは以前にも、この種の疑わしげな科学をぼく相手に論じたことがあるが、ぼくはまだ納得がいかなかった。常識にまったく反しているのは置くとしても、「ぼくたちを避難させることができるのって、何者です？」

「前にも話したとおり、銀河系のこの領域にいる宇宙航行種族は、ふたつだけだ。わたしたち地球人にはその能力があるが、わたしの知るかぎり、地球人がこの星にはじめて来たのは、大凍結のはるかあとだった。だが、それ以前にも探検隊が来ていて、その記録が失われてしまったとしたらどうだろう。ありえそうにないが、絶対にないとはいえない。わたしたちのデータベースにはたくさんのことが記録されすぎているから、たやすくなにかを見落とすことはありうる。

一方、キキホワホワに関しては、光速を達成できる手段を持っていない。これまでに地球人が遭遇した中で、最低速の旅行者だ。キキホワホワの宇宙コウモリは差し渡しが千キロメートルあって、恒星風の作用で推進する」

チャームがいった。「じゃあキキホワホワはどこに行くにしても、おそろしくたくさんの世代をかけるんですね」

「じっさいはそうではない。前にも少し話したが、宇宙コウモリからあたえられるある種の催眠性の液体によって、キキホワホワは宇宙航行のあいだ冬眠状態になっているから……」ミスター・マクニールの声が途切れていった。

「冬眠」と言葉を繰りかえして、チャームは考えこんだ。「残念ね、いまここにわたしたち用の宇宙コウモリがいないのは」

ぼくは思いだしていた、スミスとスミサ、それにウィルトが囮を演じてくれて、スタンスと狩猟隊員たちが矢尻森でぼくを追いかけ……。

「いると思う」ぼくはいった。

ぼくはふたりに、洞窟牛の洞窟でのあの日の体験を話した。「……そしてぼくが洞窟の中にいるあいだに、時間が過ぎていた。中にいたのは一日かそこらだと思っていたのに、外に出てみたら知らないまに季節が変わっていたんです」

「では、それが答えだ」ミスター・マクニールがいった。「これも前にいったが、キキホワホワは宇宙コウモリの遺伝子から洞窟牛を作りだした。ふだんの凍期のあいだは、ロリンがその洞窟牛の体内に住んでいる――だが、いざ例外的な凍期が来たときには、たぶん洞窟牛はあらゆる人が利用できるのだ」

「人々が愚かにも、自力でやっていこうとさえしなければ」とぼく。「少し前にこういう逆流《バックフラッシュ》を体験しました。ぼくは缶詰工場の敷地にいて、いまはそれがドローヴの心の中だったのがわかります。チャームとぼくは、自分がだれの心の中にいるか、とてもすばやくわかるようになりました。それは顔以上に個性的なんです。話を戻して、工場の建物を取りまくフェンスの内側にいる人たちと、外側にいる人たちがいました。雪が降っていました。外側の人たちはフェンスの近くのあちこちで火をおこしてそのまわりに群れ集《つど》い、フェンスの内側に入りたがっていました。しかし、内側の人たちは外側の人たちを入れようとはしません。もう空《あ》いている場所はないというのです」

「それからどうなった?」

「わかりません。けれど、空気には恐怖が満ちていました」

「あなたはそのときの星夢を見るべきよ」チャームがきっぱりといった。「わたししたちふたりとも。それが大凍結のことにつながるはず。わたしたちは、いま缶詰工場にいる人たちを救わなくちゃならない。これまでわたしたちがまちがっていたのは、探している四十年間がドローヴとブラウンアイズの人生の中に出てくると思っていたこと。でも、大凍結のあいだ洞窟牛の中にいたとしたら、ふたりにとってそれはたちまちのうちに過ぎたのよ。しかもふたりは、歳を取ることさえなかった。わたしたちはふたりの記憶の中で、ちょうどそこのところを見逃していたの」

そして、毛皮の山の上にあおむけに寝たミスター・マクニールに、ときどき蒸留液ストーブのようすを見てもらいながら、チャームとぼくは星夢を見た……。

そして翌日の午後までには、なにもかもが明確になっていた。

ぼくたちはかわるがわる、ふたつの集団の人々の物語をミスター・マクニールに話した。フェンスの内側にいる集団と、外側の集団。内側にいるのは、内陸からやってきた人たちが大半の政府の人間とその家族で、〈役人〉と呼ばれていた。外側の人たちは、パラークシの村人とほかの町からの流浪者だった。ドローヴとその家族は、アリカからやってきていて、内側にいた。ブラウンアイズとその家族は、外側にいた。

「ドローヴとブラウンアイズは無理やり引き離されたんです」チャームがいった。

「ふたりはフェンス越しに手を握りあいました」

「缶詰工場は地下数階層《レベル》に分割されていました」ぼくがつけ加える。「政務官とその廷臣たちは地下四階。各階層の人たちは、階層が地上に近いほど重要度が減る。守衛は地下一階暮らし。ぼくの先祖はそのひとつ下の階層。最初のうちぼくたちが気づいていなかったのは、各階層をほかの階層に対して封鎖できたことです。そして食料と燃料がいちばんたくさん貯蔵されていたのは、いちばん下の階層でした」

ミスター・マクニールが嫌な感じの含み笑いをした。「文化には違いが生じるかもしれないが、本性は決して変わらないということか」

「ある日、政務官たちはすべてのドアをロックしました」

そこからはチャームが、「そのときまでには、ロリンがやってきて、すべての村人たちを連れ去っていました」

「村人たちはロリンについていったのか?」ミスター・マクニールは驚いていた。

「村人たちは最後の最後まで、金網の内側をうかがいながら、そのすぐ外にいつづけたのかと思っていたが」

「ロリンは人を従わせる力を発揮することがあるんです。そして村人たちを、自分たちの洞窟牛のところへ連れていきました」

「矢尻森へ?」

「いいえ。もっと近くのどこかでしょう、そのころには凍期の厳しさがひどくなっていたから。村人たちは遠くまでは歩けなかったはずです。雪が激しく降る中を、ブラウンアイズはただひたすらロリンについていきました」

ぼくがチャームの話を引きとって、「ドローヴは建物の外に直接通じている、ロックされていないドアを見つけ、そして缶詰工場を立ち去りました。彼は建物の外で運まかせにやってみようと決心していたんです、なぜならブラウンアイズは外にいるのだから。そして、ロリンが彼を連れにやってきました。守衛たちも脱走し、ロリンはその人たちも連れていきました」

「すると、缶詰工場には三階層分の人たちが残ったことになる」とミスター・マクニール。「その人たちはどうなったのだ？」

「だれも知りません。自分たちを閉じこめてしまったわけです」

チャームがいった。「その人たちが、いまも地下で代々生きつづけていたりは」

「食料もなしに？」

「もしかして、工場の地下にも洞窟牛がいるのかも。あの時代の人たちが冬眠したまなんていうこともあるかも。その人たちをみんな起こしたら、面白いでしょうね！」

ぼくは黙っていた。地下の人たちがどうなったかについては、ぼくなりの考えがあった。ミスター・マクニールも黙っている。この人の考えていることが、ぼくにはわかった。

「じゃあこれから、缶詰工場へ戻って、みんなにこのことを伝えるのよね？」チャームがいった。

そんな風に単純に事を進められればいいのに。「みんなはぼくたちのいうことを信じないよ、愛する人。みんなはぼくの叔父にうまくまるめこまれて、缶詰工場にすっかり落ちついている。そこへぼくたちは、凍えそうに寒い外へ出ていって、ロリンを探して、ロリンを信頼しろ、といいにいくんだよ？　みんながぼくたちを笑い飛ばすだろう。それに、ぼくたちはあの人たちの人気者というわけじゃないし、もともと」

「根掘り虫と水掻き持ちがみんなあそこに集まっているのよ、ハーディ。きっといまでは、もっと分別を持って物事を見るようになっているわ」

「たとえそうだとしても、スタンスが自分の思うようにねじ曲げてしまう」

チャームはためらいがちに、「あなたが……あなたがみんなに示さなくちゃいけないわ、スタンスは信用できないということを、愛する人。ほかに方法はない。少なくとも、もしわたしたちがあそこでほんの数人を納得させられれば……ノスの人たちの何人かは、わたしたちに耳を貸すと思う」

それを考えていると胃が飛びだしそうだ。

「彼女は正しい」ミスター・マクニールがいった。「ほかに方法はない。それをやるか、あるいはわたしたちは数百人の死に良心を咎《とが》められながら、残りの人生を送るかだ」

「結局こそこそと戻ってきたのか」スタンスがいった。「いえるのはただ、おまえたちがここにいたいのなら、おれたちの規則に従わねばならんということだけだ」

「かまわないよ、スタンス」

「それを忘れるんじゃないぞ」スタンスは疑いの目でぼくを見た。ぼくたちが立っているのは、この前スタンスと顔をあわせた部屋だった。スタンスはそこを指揮所にしていた。備品はほとんどない。毛皮の山がそこここにいくつか、ひっくり返されて机がわりになっている荷車、以前は巡礼者たちの供物が置かれていた長椅子が二、三。ほんとうならスタンスは、もっと仰々しい感じにしたいに違いない。そして部屋の一角には、革で覆われたでこぼこの大きな塊があった。あれはスタンス個人用の食料の蓄えだろう。缶詰工場内のほかのどこよりも大量の蓄えなのはまちがいないが、四十年にはまったく足りない。

「下の階層はもう調べたの?」ぼくは聞いた。

スタンスの目が泳いだ。ほかの長《おさ》たちにちらりと目をやる。ロネッサ、ワンド、カフ。「下の階層を調べているような暇があったか、カフ?」スタンスは自分では答えられない質問に答えさせる役に、最年少者を選んだ。

カフはそれをうまく捌《さば》いた。この男は父親が死んで以来、大きく成長していた。

「それは下のどの階層のことをいってるんだ、スタンス?」カフは冷ややかに聞いた。

スタンスは質問をぼくに返すほかなかった。「下のどの階層だ?」

いまはスタンスに疑義を唱えるべきときではなかった。ここにいる人数では少なすぎる。もし疑義を唱えるのなら、もっと大人数が集まっているときだ。スタンスの失脚は徹底的なものでなければならず、そういうかたちで人々に目撃されねばならない。もうしばらく、この男に調子を合わせておこう。

「この下のいくつかの階層だよ」ぼくはなに食わぬ顔でいった。「ここは地上だ。なのにどうしてその下に階層があるのか？　つまり、それは穴蔵だということさ」

ぼくはもうちょっとスタンスを突っつくことにした。「あなたはまだ、この場所を星夢で見てまわる暇がなかったみたいだね」

スタンスの目が殺意を帯びて光った。「星夢だと？　おれたちは星夢など見ている場合ではない！　重要なのはいまここのこと、そしておれたちの未来への備えだ！」

「そうだろうね。じゃああなたは、下の階層のことはなにも知らないんだ。それは残念。ぼくたちは下の階層を調べてみるべきだと思わない？」

ここでもぼくは、スタンスの選択肢を限定した。スタンスは黙りこみ、その間にほかの長《おさ》たちが下の階という考えと、そこでなにが見つかりそうかを話しあった。その結果、奥のほうの通路の先にドアがあり、それをこじあけようといろいろ試したがびくともしなかったことがわかった。

「ぼくはこの場所を星夢で見た」ぼくはそこにいる人たちにいった。「大凍結のあいだ、この下には先祖たちがいた、地下四つの階層に。ぼくの先祖のドローヴも、しばらくのあいだそこにいた」

スタンスが限界に達した。「冒瀆《ぼうとく》だ！　おまえは神聖なるドローヴが自分の先祖だと主張しているのか？　次はなにをいい出す気だ、つけあがったひよっこ氷男《フリーザー》？」

「チャームはブラウンアイズの血を引いている」

「ほう、そうかい？　ならこの娘も、この場所を星夢で見たんだろうよ！」

「いいや。彼女はフェンスの外側にいたんだ……」ぼくは口ごもった。手の内をさらけ出すほうに誘導されている。時は熟していない、いまはまだ。

ロネッサが話に割りこんできた。「それはほんとうかい、チャーム？　おまえとわたしは、ブラウンアイズの血を引いているのか？」

「ええ。わたしはその時代まではるばる遡ったのよ、母さん。わたしたちはドローヴの血も引いている。ドローヴとブラウンアイズには子どもがふたりできたの、男の子と女の子が」

チャームでなければ、それは思いつけなかったかもしれない。ロネッサはとまどって、目をぱちぱちさせていた。自分が男性の血を引いているという考えかたができずにいるのだ。ぼくたちにとっては記憶があまりにも重要なので、自分たちにはふたりの親がいて、それぞれの血すじを下ってきた遺伝子を伝えていることを忘れがちになる。遺伝子は――ミスター・マクニールによれば――多様な点でぼくたちのふるまいや、外見にすら影響を及ぼすのだが。だがロネッサは、ドローヴとのつながりなどまるで重要ではないというように、無視してしまった。

「ブラウンアイズが、わたしたちの先祖……」ロネッサはつぶやいた。

「そんなに感動しなくてもいいのよ、母さん。彼女はごくふつうの女性だから」スタンスが怒声を爆発させた。さらに冒瀆が重なったせいだ。「ブラウンアイズはおれたちすべての母だ！」

「じっさいはそうじゃない。親山羊《おややぎ》がぼくたちみんなの母なんだ。そして父でもある。でもそれははるか昔の話だ、大凍結どころか、それよりもっと前。それについてはミスター・マクニールがぼくたちに説明してくれた。たぶんいつか、あなたたちも説明してもらえると思う」

「大ロックスの名にかけて、ミスター・マクニールがおれたちのなにを知っているというんだ！」

「どうやら、ぼくたちが自分自身について知っている以上のことを」ぼくはいった。「そのドアのところに行って、むこうになにがあるのか確かめてみようよ」

スタンスは鼻を鳴らして嘲《あざわら》った。「そのドアはあけることができないと、さっき話しただろう。もう忘れたのか？」

「ミスター・マクニールにあけられないドアはないと思うよ」

地球人はにやりとして、レーザーピストルを取りだしてみせた。

スタンスがランプを高く掲げ、ミスター・マクニールが地球人のフラッシュライトで明かりを追加した。ぼくたちが通路を進んでいくあいだにどんどん人々が集まってきて、ノスの村人もヤムの村人も違いなど忘れ、共通の危険に対して団結していた。団結しているのがこんな場所でなければ、それはとても感動的だっただろう。念のためにいっておくと、通路そのものは立派だった。壁は真四角で角《かど》が尖《とが》っていてなめらかで、ぼくたちの家のようなでこぼこで荒削りなところはない。昔の人たちはこういうものの建てかたを知っていたのだ。

「なにが起きているんだ？」チャームのお父さんがぼくたちに加わり、自分の娘をすばやく抱きしめた。

ぼくが説明しているあいだも、一同は先を急いだ。あとから参加した人たちから、興味深げなつぶやき声があがった。ほかの階層？　それはとても面白い考えだ。ドライヴェットが怒って鳴きながら、ぼくたちの足もとから逃げていく。この小動物たちは何世代ものあいだ、この場所を占有していたのだ。

ぼくたちは頑丈な金属のドアの前に着いた。塗装が剝《は》がれ、表面は錆《さび》であばた状になっているが、どれほどの数の世代を耐え抜いてきたかを考えれば、驚くべき良好な状態といえた。掛け金も引っぱりあけるための取っ手もついていない。ミスター・マクニールが体当たりしてみたが、びくともしなかった。

「だれも中に入れまいとしたのか」ミスター・マクニールはぶっきらぼうにそういうと、レーザーピストルの狙いをつけた。金属が赤熱して熔《と》け、それが線状に着々と進みはじめて、ドアをぐるりと取り囲んでいった。人々がおそろしげにつぶやきながら、あとずさった。地球人の優秀さのこの一例を目にしたことのある人も何人かはいるが、ほとんどの人ははじめてだ。

「冒瀆だ」スタンスが気づかわしげにぶつぶついった。この男は最近、なにかというと冒瀆だと口にしてばかりいる。「このドアは何世代ものあいだここにあったのだ。明らかに、これは決してひらかれることがないはずだった。いま、地球人がそれを壊している」

「お黙りなさい、馬鹿者めが」ワンドがささやいた。

赤熱する線に丸く囲まれた部分のドアが倒れていって、がちゃんと大きな音を立ててむこう側の床にぶつかった。見ていた人たちはぎょっとして黙りこんだ。このとき、多くの人たちの心には、死の惑星ラックスの手先が大凍結以来ずっとあのドアのむこうに潜《ひそ》んでいて、外に出て世界を破滅させる機会をうかがっていたのではないか、という考えが浮かんでいた。もしかするとそれは、氷魔の女王にしてラックスの伝説の恋人、ラギナということもありうる。

けれど、ドアの穴から飢えたように伸びてくる触手などというものはなかった。かわりに、奇妙なぶんぶんいう音が聞こえた。ミスター・マクニールが穴のむこうをフラッシュライトで照らし、闇《やみ》の中に通じている短い通路の壁の上で光の輪を動かした。壁は青白く、波打っているように見えた。

カフがつぶやくのが聞こえた。「フューさまの名にかけて、あれはいったい――?」

その声を驚愕《きょうがく》の叫びが飲みこむとともに、波打つ壁は姿を変えて羽のある無数の虫になり、飛びたつと、巨大で動きのすばやい雲になってぼくたちのほうへむかってきた。ぼくはぱっとかがみこんだ。人々は腕をふりまわし、虫に当たるのと同じくらい頻繁におたがいにぶつかりあっていた。スタンスの手からランプが叩《たた》き落とされた。陶製の基部が割れて蒸留液が池のように広がり、不気味な青い炎をあげて燃えあがった。虫がそこに群がっていき、炎の上を密集して飛びまわっているあいだに、ぼくたちは後ろに退《ひ》いた。虫は羽を焦がして下に落ちはじめた。鼻をつく異様な悪臭が立ちのぼる。

「あれはただのうなり蠅《ばえ》だ」ほっとした声でだれかがいった。

「白いうなり蠅なんて見たことあるか？」

「でも、大きさも形もそのものだろ」

ミスター・マクニールが、「長年、暗闇の中で進化してきたのだ。色は不要になったのだな」

「なにを餌《えさ》にしていたんだ？」

地球人はためらってから、「それは、推測だが長いあいだ、おたがいを餌にしてきたのだろう」

新たな蠅が湧《わ》いてきた。ミスター・マクニールはドアの穴をくぐった。光の輪が壁で踊るのが見え、今度のそれは灰色で、生気がまるでなかった。やがて光の輪が見えなくなり、かすかな明かりが漏れてくるだけになった。ミスター・マクニールの叫び声が耳に届いた。「こっちへ来て、これを見たまえ」

明かりを目印に下へ降りていくと、ミスター・マクニールは大きな広間の入口に立って、明かりを壁に走らせていた。ほかの人たちもやってきて、後ろからぼくたちを押した。

「スタンスはいるか?」ミスター・マクニールが聞く。

「いるとも」と返事があった。

「おまえはこれを見てみるべきだろう」

光の輪がさっと下に動いた。

ぼくはそれをギーズ設定にしている。そこにいただれもがそうしたと思う。あのおぞましい光景で未来の世代を苦しめる意味など、ありはしない。

広間の中央に、巨大な灰の山があった。乏《とぼ》しい明かりの中でひと目見たときには、でたらめに投げだされた衣類の輪が灰を囲んでいるのかと思った。だがそれから、青白く輝く骨が目に入った、頭蓋骨《ずがいこつ》が、ズボンの脚から突きだした足の骨が、そしてぼくは、その衣類の中にかつては人の体があったことを理解した。ぼくはまた、うなり蠅がなにを餌にしているかの推測を口にする前に、ミスター・マクニールがなぜためらったかを知った。こういうようなことを予想していたからだ。銀河系各地を訪れたことのあるミスター・マクニールは、時間がどんな意味を持つかを知っているし、生命がどんなにはかないものかを、そして人々が安心を得るためにどんな風にして神話を生みだすかを知っている。

そしていま、ぼくたちはそれとは別のことを知った。

「この人たちは、暖を取りつづけるために本を燃やした」ミスター・マクニールはおだやかな声でぼくにいった。「本を、備品を、ほかにも燃えるものならなんだろうと。そして燃やす物がなくなったとき、この人たちは死に絶えた」

言葉が伝わっていった。人々が集まってきた。いちばん大きな広間に詰めこまれた大群衆は、怯《おび》えて憶測を騒がしく口にしながら、隣室にいる長《おさ》たちが安心させるような話をしてくれるのを待っていた。

そのときスタンスは、ほかの長《おさ》たちの助言を聞き入れるのを拒《こば》んでいた。「なるほど、死んでしまった昔の人たちもいる。だが、それで事実が変わるわけではない。事実とは、生き残った昔の人たちもいるということで、さもなくば、おれたちがいまここにいるわけがない」

「じゃあ、おまえは村人たちにそう説明してやったほうがいいね」ロネッサがいった。「村人みんなが寒さの中に飛びだしていく前に。この建物には死のにおいが染みついているんだ、村人たちの心の中では」

「重要なのは」ぼくがいった。「どちらの昔の人たちが生き残ったかだ」

「そのとおり」とロネッサ。

「おまえは黙っていろ、ハーディ！」スタンスが例によって癇癪《かんしゃく》を爆発させて叫んだ。「おまえに引っかきまわされなくても、問題はありすぎるほどあるんだ！」

隣の大広間での憶測のうなり声は、調和した叫びへと変わっていった。「スタンス……！　スタンス……！　スタンス……！」

ロネッサがぼくに視線を投げた。驚いたことに、ロネッサはぼくにちらりと微笑んでみせた。

「すべてを直視するときが来た」ロネッサはいった。

ランプの炎がまわりの壁で揺らめいて、群衆の不安そうな顔を照らす中、スタンスが群衆に話しかけるために、長椅子の上にあがった。ぼくの叔父が大ロックスその人であるかのように、人々が二本指の徴《しるし》を宙に突きだす。ぼくは長椅子の後ろの床の上に立っていて、ミスター・マクニールとロネッサ、ワンド、カフ、そしてチャームがいっしょだった。

スタンスは長椅子の上でひとりきりだった。

「諸君！」スタンスは叫んだ。「ノスとヤムの善良なる人々よ。今日、おれたちは教訓を学んだ。信仰に背をむけ、物質主義と無力なテクノロジーに頼った罪深い連中がどうなったかを目にしたのだ。あの忌《い》まわしい穴蔵で、おれたちは大ロックスの肖像をただのひとつでも目にしただろうか？　しなかった！　太陽神フューの象徴を、フユーさまが天空にふたたび姿をあらわされるための励ましとなったであろうそれを、目にしただろうか？　しなかった！　そのかわりにおれたちが目にしたのは、ぶ厚い壁と鍵《かぎ》のかかったドアを当てにした、背信的で罪深い連中だ。そしてその連中は、その代償を払っていた。死んでしまったのだ、それに対してこの地上階にいた人たちは生き延びた」

「地上階の人たちが生き延びたとどうしてわかるんだ、ヤム・スタンス？」叫び声があがった。

「この地上階で、ひとつでも死体を目にしたか？」スタンスの凝視が群衆をかすめていく。「うなり蠅をここで目にしたか？　しなかった！」

「じゃあ、その人たちはどこへ行った？」

仮にスタンスがそうした割り込みにいらついていたとしても、そんなようすは見せなかった。スタンスが声を落として身を乗りだし、両足をひらいて長椅子にしっかり踏ん張るとぼくの目の前でふくらはぎが膨《ふく》れ、聴衆に自分の言葉を鵜《う》呑みにする気にさせていった。そういうことに関してスタンスは長《た》けていた。それは疑いようがない。スタンスはそれを巧みにやってのけた。まわりじゅうの顔に信頼感が浮かんでいる——もちろん、ロネッサ、ワンド、カフ、そしてチャームといった人たちを除いて。スタンスの実像を知っている人たちだ。

「どこへも行かなかった」とスタンスはいった。「地上階の人たちは、まさにこの場所にとどまり、そして祈ったのだ。連日連夜、人々は祈り、そして大ロックスが聞きとどけてくださった。その人たちが祈ったように、おれたちも祈らねばならん」

ひとりきりでスタンスの言葉を信じずにいた人物が声をあげた。「四十年間も祈るの？」――無知《シリー》なメイだった。長椅子の端近くに立っている。メイはぼくの視線を捉え、ゆっくりこちらに近づいてきた。

スタンスは子どもをあやすように笑ってみせた。「四十年間？　もちろん違う。四十年というのは地球人がいったことで、あんなやつらになにがわかる？　地球人はここにひと握りの世代のあいだ滞在して、去っていっただけだ。四十年続く？　いいや、これはふつうの凍期だ、もしかするといつもよりは長いかもしれんが、その期間は大ロックスがしっかりご存じなのだ、どこぞの地球人の占《うらな》い師などではなく。大ロックスはおれたちの訴えを聞きとどけてくださるだろう、そして春が来て花々が咲き、おれたちはここから世界へと出ていくのだ、これまでいつもそうだったように」

「みんな、あいつのいうことに納得してきている」ワンドがつぶやいた。「小賢《こざか》しい氷男《フリーザー》め」

「出番だ、ハーディ」ミスター・マクニールがささやいた。

じゃあ、すべてはぼくしだいというわけだ。ぼくは叔父のたくましい姿を見あげた。角度の関係で縮んで見える、力強い脚と張りつめた臀部《でんぶ》。そしてぼくには、自分がなにをいおうとも、だれも耳を傾けてくれないのがわかっていた。スタンスはいま人々を魅了していて、どんな反論をしたところで、ぼくの地位を下げるだけでしかない、すでにこれ以上はなく低い地位を……。

その名案を思いついたのは、シリー・メイだった。記憶に囚《とら》われることのない無知《シリー》なメイの思考は、ほかの人たちが通《かよ》い慣れた道を通ることがない。ぼくが絶望的な気分で心の中で言葉をいじりまわしているうちに、メイはスタンスを笑いものにするという問題の核心に直接触れた。

メイは、スタンスが上に立っている長椅子に手をかけて、乱暴に揺すりはじめたのだ。

「さあ、祈ろう！」ちょうどそのとき、スタンスが叫んだ。そしてバランスを崩しはじめた。姿勢はスタンスが自分を信頼させるためのとても重要な要素だ。よろめきながら、スタンスは頭に血をのぼらせて肩越しにふり返った。

シリー・メイの行動の裏にある天才的発想は、ほかのぼくたちにも明白になっていた。ミスター・マクニールとチャームも長椅子を鷲《わし》づかみにして、メイに加勢した。ロネッサとカフが同じ行動に出るのを見ても、ぼくにはほんの少ししか驚きではなかった。そしてぼくは、そのだれよりも激しく長椅子を揺すった。ワンドだけが、ぼくたちの行動にとまどい、呆《あき》れて、じっとしていた。

魔法は解けて、聴衆からばらばらに笑いがあがった。いまほとんどの人の目には、スタンスが珍妙な踊りを踊っているように映っていた。

「上にあがるんだ、ハーディ」とミスター・マクニールがいって、ぼくの体を持ちあげて長椅子に乗せると、揺すっていたみんなが手を離して、長椅子はたちまち安定した。いま安定せずに震えているのはぼくの膝《ひざ》だけ。スタンスが殺意のこもった視線をぼくにむけ、興味を引かれた聴衆がざわつきはじめた。

ぼくは大声でいった。「ぼくたちは時間を浪費している。昔の人たちはここで死んだ、そしてぼくたちもここにとどまれば、同じように死ぬ」

「ほお？」スタンスがわざとらしい興味をこめた目でぼくを見た。「それでおまえは、おれたちがどこへ行けばいいというんだ、ハーディ坊や？」

「ロリンの洞窟へ」

「ロリンの洞窟へ。ロリンの洞窟か、なあるほど。そりゃあ、おれたちはおまえがロリンを愛しているのは知っているつもりでいたがな。それで、おれたちはそこへいってどうするんだ、ハーディ？」

「ロリンには、人に眠りをもたらすミルクがある」

「そうだろう、そうだろうとも。さあ、おれがみんなに話さなくてはならないから、もう下に降りるんだ、坊や」

「ロリンがぼくたちの唯一の可能性なんだ！」ぼくは破れかぶれで叫んだ。

「おれはそうは思わない。おまえは前からロリンに病みつきだったな――おれたちが、あの毛むくじゃらの小っちゃなお友だちと同じ種族だと、いったこともなかったか？

だが、おれたちは、ここパラークシにとどまるのだ、ハーディ。ここは〈聖なる泉〉。太陽神フューの復活を待つのにふさわしい場所だ、そうは思わんか？」そしてスタンスは一歩近寄ってくると、親しげにぼくの肩に腕をまわしてから、いきなりぞっとするような声で、ぼくの耳にささやいた。「いますぐ下に降りやがれ、このひよっこ氷男《フリーザー》、さもないと、部下のひとりに槍《やり》で串刺《くしざ》しにさせてやる！」

ぼくはスタンスの笑顔を覗《のぞ》きこんで、意図とは逆の力をその言葉からもらった。明らかに、ぼくの存在がこの男を怯えさせている。ぼくは大声で言った。「じゃあぼくたちは、先祖が本を燃やした理由を誤解していたわけだ。それはフューさまが記憶の贈り物をくださったからだと、ぼくたちは思っていた。でも、そうじゃなかったんだね、スタンス？」

「なんの話だ？」スタンスはこの点について、まだよく考えたことがなかった。

「ここの下の階層の人たちが本を燃やしたのは、暖を取りつづけるためだった。そして本を燃やし尽くしたときに、凍死した」

「だが、おれたちは下の階層にいるのではないぞ、ハーディ？」

「ここ地上階にも、大量の灰があった」

「だから、それがおれのいっていることの裏付けだ。ここ地上階にいた人たちは、祈りを捧げ、記憶の贈り物を受け取り、本を燃やして生き残った。下の階層の連中は神を信じようとせず、その結果死んだ」

これはぼくの好機だ、と少なくともぼくはそう思った。だがじっさいは、おそらくぼくには好機などまったくなかったのだ。「じゃあこの階層の人たちは、本を燃やしたあと、どこへ行ったんだろう?」

「暖かな外の世界へ出ていったのだ、もちろん」

口の中が干上がった。「あなたはそれをじっさいに星夢で見たの?」

「見たに決まっている」

「ぼくも見たんだよ、でもあなたのいうことは、じっさいに起きたこととはまったく違っている」

聴衆が怒号をあげた。ほかには描写のしようがない。それは獣《けだもの》が立てるような声で、圧倒的で、敵意に満ちていて、まっすぐぼくにむけられていた。ぼくは良識の限界というものを、はるかに、あまりにも遠くまで、踏み越えてしまっていた。

「おまえはおれの記憶に疑義を唱えているのか?」スタンスが吠《ほ》えた。

「そうだ! あんたの氷結話《フリージング》は、まるごと全部でっち上げだといっている。あんたがこの宗教的たわごとすべてを作りあげたのは、真実を伝えてくれるほんものの記憶を全然持っていないからだ。だから、たった一世代前にどんな出来事があったかさえ、なにひとつわからない。あんたは自分の権力にしがみついていられるように、こんなにも大勢の人の命を危険にさらそうとしている。あんたは長《おさ》の座にふさわしくない。あんたには夢見の能力が欠如していて、それは生まれたときからだった——ぼくはあんたの成人の儀式を星夢で見たんだ！　あんたはそのすべてを長い年月隠しとおしてきて、そのためには人を殺すことすら——」

だが、それ以上ぼくがなにをいおうと、聴衆からあがる叫び声に飲みこまれてしまった。何本もの手がぼくをつかむ。群衆の中でスプリングが、「あれはほんとうのことなの！　あの子のいうことを聞いて！」といっているのが見えた、というよりぼくは口の動きを読んだのだが、だれも母さんのいうことを聞いていなかった。そのとき、スタンスが片手を上にあげて、すると人々は静かになった。まったくこいつらときたら、ロックス並みに従順なのか。スタンスは憐《あわ》れむような笑みをぼくにむけた。

スタンスがひと言でも口にする前に、ぼくはもうひと踏ん張りしてみた。「真実は宗教にとって都合の悪い敵だってことが、みんなわからないのか？　もしぼくたちが記憶の中から思いだせないことがあるとしたら、それはじっさいには起こらなかったことなんだ。自分の記憶を信頼してください！」

「ではおまえは、それほどの昔まで遡って星夢を見たというのだな？」スタンスが尋ねる。「なるほどなるほど。さて、おれたちの家系の伝統が信用の置けるものであるならば、ここにいる人々の中でそれが可能なのは、おまえとおれだけだ。おまえとおれだけなのだ、ハーディ。そしておまえは、長《おさ》になりたいのだろう？　おまえの父親が長《おさ》になりたがっていたのと同様に」

「大凍結を思いだすことができる者は、ほかにもいるわ、スタンス」

「ほお、だれだね？」スタンスはわざとらしく驚いたふりをして眉《まゆ》をあげたが、目にはかすかな警戒の色があった。

チャームが長椅子にあがってきた。「わたしよ」

聴衆はふたたび騒然となった。

「はてさて、きみはハーディの情婦ではなかったかな？　根掘り虫といっしょに暮らしている水掻き持ちの？」

「もうこれ以上聞いていられないよ！」今度はロネッサが長椅子にあがってきた。長椅子の上は落ちそうになるほど混みあってきたが、ノスの女長《おんなおさ》の姿は人々を静かにさせた。

スタンスは不安げな目をロネッサにむけた。「チャームがあんたの娘であることは知っているさ、もちろん、しかし――」

「わたしがここにあがったのは、記憶のことでどうこういいあうためじゃないよ、スタンス。そんなことは全然、重要なことじゃない」

「では、重要なことというのは……？」

「おまえが自分の兄を殺したということだ、スタンス、そしてわたしはそれを立証できる！」

以前、ミスター・マクニールが宇宙旅行についてのわくわくするような物語を聞かせてくれたときに、しばしば「顔から血の気が引いた」という表現を使っていた。さて、大変もっともな理由からスティルクには地球人とたくさんの類似点があるが、そのときぼくが見守る前で、スタンスの顔面からほんとうに血がなくなっていった。脳を全力で働かせるためだったのかもしれない。やがて、地下階層の忌まわしいうなり蝿の一匹くらいに青白くなってから、スタンスはしわがれ声でいった。「下らない！」

「カフ！」ロネッサが鋭く叫んだ。

ノスの男長《おとこおさ》は革を縫《ぬ》いあわせた袋を、すでに満員の長椅子に投げあげると、自分もそこにのぼってきた。袋には細長いものが入っているらしく、形がいびつだ。カフが袋をそのままにして聴衆に顔をむけると、大広間は完全に静まりかえった。

「ヤム・ブルーノは評判のいい男だった」カフがしゃべりはじめた。「おれたちノスの者はブルーノを高く買っていたし、交渉相手としても話しやすかった……ただし……」カフが唇を噛《か》んだのは、明らかに、わが父上殿に壁に投げつけられたのを思いだしたからだろう。だがいまは、古傷をこじあけているときではない、とカフは判断した。スタンスを悪役にするには、父さんは善玉である必要がある。もちろん、じっさいに善玉だったのだが。「ブルーノが殺されたのは、両方の村にとっての悲報だった。

そのときに事態をより悪くしたのは、ブルーノがノスで殺されたということだ。彼は背中に刺し傷を負って海に浮かんでいるところを、息子のハーディによって発見され、そして……」ふたたびカフは言葉を途切れさせて、ぼくを一瞥《いちべつ》した。昔のまた別の諍《いさか》いが、記憶の表面に浮かんできたのだ。ぼくに殺人犯だといってなじられたことを、カフは思いだしていたが、長《おさ》の座にのぼって以来、カフは大きく成長していた。記憶をぐっと抑えて、先を続ける。「ブルーノが殺されたのは、粘流《グルーム》の初期だった。何者の仕業《しわざ》かは、そのときはだれにもわからなかった。

だがいまでは、どのように殺人がおこなわれたかがわかっている。ブルーノがノスの河口の岬《みさき》の縁に立っているときに、ブルーノの弟であるヤム・スタンスが背後から近づいて、狩猟用の槍で背中を突き刺したのだ。ブルーノは前に倒れていき、深い海の中に落ちた。スタンスを道連れにしかけながら」

「それは想像だろうが！」スタンスが叫んだ。「でたらめだ！　きさま自身がそこにいて、いまいった光景を見たというのか？」

カフはスタンスに取りあわなかった。「スタンスが強く引っぱったので、槍は死体から抜けたが、矢尻《やじり》のかえしがブルーノの外套《がいとう》の内側に引っかかった。外套はブルーノの背中から脱げ、スタンスはバランスを崩して、槍から手を離さざるをえなかった。槍先は鉄でできている。そしてスタンスは根掘り虫だ。だから泳げない。外套を引っかけたまま槍が沈んで見えなくなっていくのを、スタンスは見送るほかなかった。けれどもスタンスは、自分が犯人だとわかることはないと考えた。証拠は海の底に消え、これで一件落着だと」

ここでカフはスタンスのほうをむいて、じっと見つめた。ぼくの知っていた、大人になりかけの少年の姿はそこにはなかった。いまのカフは、大人とむかいあっている大人だった。そしてスタンスが目を伏せた。「だがおまえは内陸者《もの》だ、スタンス、だからグルームのことに気がつかなかった」

スタンスは気が抜けたように繰りかえした。「グルーム？　グルームがどうした？」

「殺人がおこなわれたとき、グルームはまだ最盛期ではなかった。日々が過ぎていき、海水は濃さを増した。するとどうなると思う？　海水が濃くなってくると、いろいろなものが水面に浮かんでくるとは思わないか？」カフは革袋を拾いあげた。「深海魚、沈んだ船、そして……」

カフは証拠の品物を革袋から引っぱりだして、高々と掲げた。「そして、槍が突き刺さった外套。見まちがえようのない外套と、見まちがえようのない槍。ブルーノの外交用外套と、男長《おとこおさ》の徽《しるし》付きのおまえの槍だ、スタンス！」

それが叔父にとどめを刺した。理解できないようすで穴があきそうなほど証拠品を見つめているスタンスが、どこで自分の祈りが力を失い、なぜ大ロックスが自分を見捨てたのかと考えていたのはまちがいない。いまのぼくには、スタンスがなんの道徳観念も持っていなかったのがわかる。それは何世代もの記憶を通して、徐々にぼくたちの心に浸透していくものだから。あるいは、シリー・メイのように記憶葉に欠陥がある子どもの場合は、入念な教育を通して。だが、ぼくの祖父が絶対に息子の記憶の欠陥を認めようとしなかったので、スタンスはそうした教育をまったく受けなかった。

このすべては、祖父が主犯だったということになるのだろうか？　もしかするとそうかもしれない。だが祖父の死体が発見されたのは、スタンスの成人の儀式のあとまもなくのことだ。背中を刺された死体が。そうなると、だれだってこう考えずにはいられまい？　たぶん祖父はパラークシへ行ったあと、即座に記憶を呼びだせるようにならなければ長《おさ》の座を継がせることはできない、とスタンスに告げたのだろう。そして、記憶に欠陥はあるが、権力は渇望している若き日のスタンスは、祖父を殺した。真実はだれにもわからないが。

いや、トリガーはわかっている。父親の記憶だけは受け継いでいるのだから、殺人の記憶もということになる。当然スタンスも、もしできるならだが、ギーズ設定をしていただろう。だがその記憶はトリガーの中にあり、いつかは好奇心に負けてその記憶を訪れるかもしれない。それはトリガーの問題だ。

スタンスが長椅子から、半分は飛びおりるように、半分は落ちるようにして降りて、群衆がスタンスの通り道をあけた。よろめき歩いていくスタンスから、人々は目を背《そむ》けた。スタンスはもはや、どこにでもいる人、小柄で背を丸くした何者でもない人であり、その個性はぼくたちの記憶の中に残されているのみだった。建物の外に通ずるドアまでスタンスが来たとき、ちょっとした争いがあった。トリガーがそこにいて、父親を引きとめようとしたのだ。最後の力をふり絞るようにして、スタンスは息子を放り投げると、ドアを引きあけた。

雪が吹きこんできた。大凍結がはじまっていたのだ。

スタンスは外へ歩いていった。

だれかがすばやくドアを閉めた。ロネッサがぼくに顔を向けた。「ここからはおまえさんの責任だ、ハーディ。大凍結の時が来た。フューさまに願うよ、おまえのロリンの話が正しいことを」

一方でカフは、先日までのことを連想させる不愉快そうな表情をぼくにむけた。

「スタンスの記憶に欠陥があるのを知っていたなら、おれたちに話しておいてくれるべきだったんじゃないか。そのせいでおれたちは、いかさま師の言葉のままにこんなところまで来たんだ。おまえが黙っていたのは許しがたい」

「だれにも話すわけにはいかなかったんだ、カフ。その話を聞いた人はうっかりだれかに話して、それを耳に入れたスタンスは対策を講じていただろう。ぼくは大群衆を前にした最適のタイミングを待つ必要があった」

「しかし、それはうまくいかなかっただろ、結局」

「疑いの下地にはなった。ところで」ふと、こっちにも文句をいいたいことがある、と気づいた。「なぜスタンスが父さんを殺したと教えてくれなかった？」こまごました事柄が思いだされてきた。男長《おとこおさ》の徴《しるし》付きのスタンスの槍の見かけが、急にみすぼらしくなったこと。偶然耳にした、河口の岬に立つウォールアイの言葉。『むこうがこれを知ることは、あってはならん。いまこのときに、それだけは避けたい。ふたつの村が協力することが重要なのだ』。死にかけているウォールアイが、息子になにをささやいたのか。カフが時おりぼくにむけた奇妙な表情。「ずっと前から知っていたんだな、この氷男《フリーザー》！ ぼくに話してくれて当然だろうが！」

意外にも、カフの表情が変わって、くすくす笑いだした。「時は熟していなかった。おまえはそれを、最適ではないタイミングで、うっかりだれかに話していただろう」一拍置いて、気がつくとぼくは笑顔を返していた。「そのとおりかもしれない」

「だが忘れてはならないのは」カフはいった。「おれたちより先に、すべてのきっかけになったのが、ヤム・メイだということだ。天才的な一手だった、長椅子を揺するなんて」カフがメイに賛嘆のまなざしをむけるのに気づいたぼくは、当然の結論に至った。カフほどに高い地位があれば、もしメイと結ばれても、批判は立ち消えになるだろう。たぶん、ここでもまた、障壁が崩れようとしているのだ。

ぼくたちは長椅子から降りた。相談してからでなければ、村人たちにあらためて話はできない。ぼくたちの村人。ぼくはその考えを満喫した。

「それでもおれには」と考えながらカフがいった。「おまえの父親が、ヤムの村人たちにスタンスのことを話して、自分が長《おさ》にならなかったのは、不思議に思える。おれならまちがいなくそうしていた」

「忠誠心ゆえだよ」ぼくたちに合流していたスプリングがいった。「ブルーノはつねに忠誠を尽くす人だった、だれに対しても。あたしを含めて」記憶を甦《よみがえ》らせて、スプリングは涙を浮かべた。

「だがその忠誠に対するスタンスの報いは、ブルーノを殺すことだった」とカフ。

「スタンスには、ブルーノがそういう男だってことが理解できなかった。だから当然、ブルーノを信用することができなかった。ハーディを信用することもできなかった、なぜならハーディが、遅かれ早かれ、ブルーノの記憶から自分の記憶の欠陥を知るだろうと思っていたから。それだけじゃない、スタンスは自分の父親を信用することもできなかったんだ。なんて生きかただろうね。スタンスにとって、どっちがよりおそろしかったかは、あたしにはわからない。ブルーノ抜きの未来と、ブルーノに裏切られることと。ブルーノは常日ごろあたしにいっていたよ、いつも背中に気をつけているって。でも、ノスにいるときは安全だと思ったんだろうね」

「スタンスは信頼できない氷男《フリーザー》だ」とカフ。「いちども好きになれなかった」

まさにこのとき、トリガーがぼくたちの話に加わった。子どもっぽい頰《ほお》が涙で濡《ぬ》れている。「人と違ってるってのがどういうことか、それになにをするにも、自分が違ってるってことを気づかれないようにして話を合わせるのがどんなに大変か、あんたたちにはわかんないの?」トリガーはいった。「親父はわかってた。それに親父にも親父なりの誠意があった。自分の息子に対しての。おれへの」

夢見能力者は、物事をたくさんの視点から見ることに慣れている。その瞬間には、ぼくはスタンスを憐《あわ》れに思い、トリガーを憐れに思っていた。

そのとき、シリー・メイがいった。「人はいつだって、あるがままの自分を受けいれて、その中で精いっぱいにやっていくことができるわ」

「人々がそうさせてくれないよ」トリガーはいった。「あんたにはよくわかってるはずだ」

ほんとうに奇妙なことだが、強い高揚感はあっというまに薄れていく。ほんの数瞬前、ぼくの叔父から長《おさ》の座を奪うことが、世の中でいちばん重要だった。いまやそれは成し遂げられ、ぼくは自分の味方の人々といっしょになって大得意の一瞬を味わい、悦《えつ》に入っていた。

それから突然、そのすべてが消え去り、ぼくは暗くてぞっとするような大広間でとてつもない数の人のまん中に立っていて、その人たちのほとんどは、ぼくが自分たちの命を救ってくれるものと期待しているのだった。人々は床におこした小さな火を囲む少人数の集団ごとにしゃがんで話をし、時おりぼくのほうをちらちら見ていた、信頼しきったようすで。ぼくは前回の大凍結まで直に遡って星夢を見たのだ。ぼくはこの人たちにとって、当然のリーダーだった。人々はぼくの言葉を待っていた。

ミスター・マクニールが咳《せ》きこんで、顔の前に漂ってくる煙を手で払った。「下の階層の人たちの死因は寒さと飢えではなく、酸素欠乏だったといいたくなるな。あの火はなんとかならないものかね？」

「暖かさを感じていられなくなったら、みんな恐慌状態に陥るだろうね」ロネッサが指摘する。

「さて、これからどうする？」カフが聞いた。

「スタンスのいた部屋に引っこんで、そこで話をしよう」ぼくはいった。「こんな大勢の人からじろじろ見られていたんじゃ、なにも考えられない」

ぼくたちは隣室に再集合して、ドアを閉めた。シリー・メイもそこにいるのに気づいたが、ぼくは驚かなかった。けれど、トリガーがぼくたちといっしょにいるのを見たときには驚いた。

「さて」とまずぼくがいった。「なにか意見は？」

「ロリンといっしょにいればおれたちはだいじょうぶだと、おまえは請けあった」トリガーがどこか恨みがましくいった。「いったとおりにしてもらおうじゃないか。方法は、おまえが考えろ」

「これはわたしたち全員の問題よ、トリガー」チャームが注意した。「建設的な態度が取れないなら、少なくともこの場からは出ていって」

トリガーはぼくには聞きとれないなにかをつぶやいて、話し合いの輪から退いた。

「ロリンの洞窟は矢尻森にあるといっていたね」とロネッサ。「おまえの呼びかたでは、洞窟牛だ。凍期がはじまったいま、わたしたちはそこまで延々歩けない。ミスター・マクニールの小型自動車《バギー》で、みんなを運ぶことはできるかい？」

地球人は頭を横にふった。「とても無理だ。数日前ならまだ、見こみがあったかもしれない。だが、雪が降りはじめてしまった。二、三往復終えるころには雪で立ち往生するだろうし、いちどに乗せられるのはたった三、四人だ」

「ならあんたは、おれたち七人を二回で連れてけるじゃないか」トリガーが勢いこんでいう。

「馬鹿いうな」ぼくはトリガーにむかって、「ほかの人たちはどうするんだ」

「でも、すべてをもういちどはじめるだれかがいなくちゃだろうが、大凍結が終わったあとに！」

「これはこの星全体で起きていることなんだ、わかるか？ ぼくたちよりすばやく行動した人たちもいるはずだ。前回のことを思いだして、ロリンを信頼し、いまごろは洞窟牛の中で眠りについている人たちが。大凍結後にはその人たちがすべてを再開してくれるだろう。ほんとうのところ、もしぼくたちが大凍結を切り抜けられなくても、そんなに大した問題じゃないんだ」

「おれには大問題だよ！」

トリガーは面倒を起こしつつあった。「メイ、こいつを部屋の隅に連れていって、道理をいい聞かせてやってもらえないかな。こいつにみんながいるあっちに行かれて、騒ぎを広められたくないんだ」

メイが泣きじゃくるトリガーを連れていき、ぼくたちはもっと理性的な話し合いを再開した。

チャームがいった。「ロリンがここへ来てくれて、わたしたちを連れていくとは思えないの。それはロリンのやりかたじゃない。前の大凍結のときも、ロリンは人々を迎えにきたわけじゃない。救われたのは、ブラウンアイズみたいに外に取り残された人たちと、自ら進んで外に出てきた、ドローヴのような人たち。それがロリンの考えかたなんじゃない？　この中に閉じこもって死んでしまうような愚か者は、次の世の中が必要とする類《たぐい》の人たちじゃなかったということ。わたしたちは、自分たちに存在意義があることを示す必要があるのよ」

「矢尻森より近いところにも、ほかの洞窟牛がいるんじゃないのか」ロネッサが考えを述べる。「わたしはこのあたりのことはよく知らない。星夢にほかの洞窟牛が出てこなかったかい、チャーム」

「わたしが星夢で見たのは、ブラウンアイズがそこで目ざめた洞窟牛だけ。でも、ロリンが迎えにきたときには、彼女はもう意識を失っていた。もしかしたら、ロリンは彼女をはるばる矢尻森まで運んだのかもしれない」チャームは悲しげにぼくを見た。「ごめんなさい、ハーディ。わたし、大して役に立てない」

「パラークシの近くにも、洞窟牛がいるのはまちがいない」ぼくはいった。「ぼくの星夢では、たくさんのロリンがあのあたりにいた。でもドローヴも、ロリンが迎えにきたときには、意識を失っていたから……。ちょっと待って。ミスター・マクニールの話では、洞窟牛は樹液が下にむかって流れる樹に寄生していると。コップ樹とイソギンチャク樹。だとすると、洞窟牛がいるところには、かならず森があることになる」

「森ならパラークシのまわりにはいくらでもある」とカフ。「そのどれの下に洞窟牛がいるか、どうやったらわかるんだ？　おれたちはその全部を調べてはまわれない、雪が降りはじめたいまとなっては」カフは悲観論に落ちこんでいた。

シリー・メイが話に加わった。部屋の隅《すみ》でひとりきりにされたトリガーは一心に壁を見つめて、真剣に自分とむきあおうとしているようすだ。少なくとも、してはいる。

「洞窟牛のいる森の樹には、なにか違いがあるはずよ」メイはいった。

「コップ樹はどれもそっくりだよ」むっつりとカフがいう。「そりゃ知ってるさ。これまでどれだけのコップ樹を植えてきたことか」

メイは目を大きく見ひらいて、「わたしもよ！」と興奮を抑えた声でいった。「なぜあなたはコップ樹を植えたの、カフ？」

「親父にやらされた。最後のころの親父の脚じゃ、自分で植えにいくのは無理になっていたから、おれ自身の分に加えて、自分の分もおれに植えさせたんだ」

「そうだったの、でも、植えた理由は？」

ロネッサは、メイのいおうとしていることが理解できていなかった。「聖なる森の樹を植え直しつづける必要があることは、あんたもよく知っているだろう。そうしなければ枯れ果ててしまう。コップ樹とイソギンチャク樹は挿《さ》し木《き》で育てる。ふつうの木と違って、種を落とさないからね。あんたはヤムの育樹者だろ。こんなことは知っているはずだ」

「でも、森が枯れ果てたからといって、なにが困るんでしょう?」と無知《シリー》なメイ。「森ならほかにいくらでもあるのに」

「そりゃそうだが、わたしたちは聖なる森の話をしているんじゃないか、この間抜け」ロネッサの忍耐力は尽きかけていた。

「なぜそれは聖なるものなんでしょう?」

「なぜ聖なるものかって?」それはロネッサが気に入る類の質問ではない。「それはそういうものなんだ、決まっているじゃないか。昔からずっとそうだった。先祖の記憶を持たないあんたは、知らないだろうがね。だがノスの村人は、何世代にもわたって村の森を植え直してきた。謝恩植樹だ。わたしたちが神の恵みを授けていただいたかわりに、なんらかのお返しをする。親山羊さまを讃える行事でもある」

「はいはい、それはわかりました」今度はシリー・メイが忍耐力をなくす番だった。「もうちょっとだけ我慢して、わたしの話を聞いてちょうだい。森が聖なるものであるのには、現実的な理由があると考えてみて。そこからもう一歩先へ考えを進めてみましょう。たぶんその理由というのは、洞窟牛を養うために森が必要だ、ということよ」

完全な沈黙が訪れた。

ようやくスプリングが、かすれた声で、「でもそれだと……あたしたちは、ある意味、無理やり樹を植えさせられているってことにならない？」

「条件づけ《プログラム》だ」ミスター・マクニールがいった。「そのような本能をあたえられたのだ。それはありうる」

「話が見えないんだが」とロネッサ。「わたしは無理やり謝恩植樹に参加させられているなんて、感じたことはないよ」

「ああ、むしろそのはずだ。みんなもそうだろう？」とミスター・マクニール。「それが重要な点だ。遺伝記憶と同様に、それはただそこにある。きみたちの内部に。植樹の欲求が、子孫を作る欲求と同様に」

「でも、なぜ？」

「洞窟牛を養うためだ。メイのいうとおり。すべての辻褄《つじつま》が合う」

「なんの辻褄が、どう？」

「そんなことはどうでもいいの！」シリー・メイの堪忍袋の緒《お》が切れた。「そういう話は全部、いつかそのうちにすればいい。重要なのは、矢尻森はトットニーの聖なる森で、ハーディはその下で洞窟牛を見つけたということよ。だから別の洞窟牛が見つかるはずなの、パラークシの聖なる森の下で。さあ、だれか、聖なる森の場所がわかる人は？」

「ずっと昔に枯れ果てているよ、きっと」カフは悲観的だった。「ここにはだれも住んでいない。パラークシは死んだ村だ」

チャームがいった。「村としては死んでいるかもしれないけれど、巡礼者たちが聖なる森を枯れさせずにきたわ。場所ならわかる。巡礼者たちが植え直しをするのを、星夢で見たから」

8　出　発

あなたたち地球人が戻ってくることを、ぼくは確信している。いまから何世代後かはわからない。それでも、戻ってくるだろう。そして戻ってきたときには、親指に金色の指輪をはめた男性を捜してほしい。ミスター・マクニールからもらった指輪だが、ぼくの指には大きすぎた。ぼくはそれを、最後に生まれた息子の成人の儀式のときに譲《ゆず》り渡すつもりで、それはそうやって男性の血すじを伝わっていくことになる。そして、あなたたちがこの男性——スティルクにはめずらしい、茶色い目をしているはずだ——に出会ったとき、彼はある物語をあなたたちに語るだろう。

ぼくたちといっしょに来た人たちもいるし、あとに残って死んだ人たちもいる。スタンスの狩猟隊員たちはあとに残った。小さな火のまわりにひとかたまりでしゃがんで、炎を槍《やり》で突き刺していた。槍自体が燃料として供出されるのも、遠いことではあるまい。パッチが心を決めかねているようすで、何度かぼくに目をむけてくるのに気づいた。たくさんのヤムの村人たちがあとに残ることを選び、それはスタンスの思い出への忠誠ゆえかもしれなかったが、むしろ未知への恐怖によるものだったのだろう。コーンターも残ることにした。馬鹿なやつ。ぼくたちが出発の準備をしているところへ、ファウンがやってきた。

「わたしもいっしょに行かせて」ファウンは小声でいった。「母さんはここに残るつもりだけれど」

その瞬間に、皺《しわ》だらけの不安の塊のようなワンドが急ぎ足でやってきた。「行かせませんよ、ファウン。わたくしが許しません！」

「ごめん、母さん」

ワンドの声は嘆願するような響きを帯びた。「ほんとうにあんなところに出ていくのかい？　頭がどうかしたに違いない。自分から徘徊《はいかい》しにいくようなものだよ」

ぼくたちはワンドを、本人の妄想と、死にゆく人たちの中に残してきた。

ぼくはその後いちども、パラークシの缶詰《かんづめ》工場には戻らなかった。あそこではすでに、たくさんの死を見すぎている。ぼくたちは毛皮にくるまり、熱い煉瓦《れんが》を服いっぱいに詰めこんだ。ぼくたちはドアをあけると踏みしめるような足取りで外に出ていき、二本指の徴《しるし》を作って大ロックスを待ちながら、それぞれの火のまわりに少人数ずつ声もなくうずくまっている集団から去っていった。雪はすでに足首の深さまで積もっていた。たくさんの驚異の機械の上にも雪は吹き寄せていて、ぼくたちは黒い棘《とげ》を四方八方に突きだした小さな白い山々を、注意深くまわりこみながら進んでいかなくてはならなかった。チャームとぼくは人々を南へ導いた。

ぼくたちが最初のロリンと出くわしたとき、煉瓦はまだ温かかった。そのロリンは休眠状態のイソギンチャク樹の下からひょっこりあらわれたが、まるでぼくたちを待っていたかのようでもあった。たぶん、そうだったのだろう。ロリンは鉤爪《かぎづめ》のある毛深い手で、ぶ厚い手袋をはめたチャームの手を取ると、幹に垂直の裂け目がある樹のところへ導いた。

ぼくたちは幹をよじのぼって裂け目をくぐり、這《は》いおりた。

後刻、ぼくたち五人は洞窟牛の温かい床面に寄り集まって横たわっていた。ミスター・マクニール、チャーム、クレイン、スプリング、ぼく。床面じゅうに散らばったほかの人たちの姿が、キノコの光の中にぼんやりと見える。すでに乳首を口にくわえて、眠りに落ちかかっている人たちもいる。疲れて居眠りをしている人たちには、ロリンが乳首をくわえさせてやっていた。

考えをまとめるならいまだった。記憶を整理し、さまざまな事柄に説明をつけるのだ。

ぼくはミスター・マクニールにいった。「ぼくの考えを聞いてください。あなたはキキホワホワがぼくたちを作ったのだといいましたね。けれど、もしかするとぼくたちの先祖の実態はキキホワホワが予期したのとは違うものになってしまい、キキホワホワはそれが気に入らなかったのではないでしょうか。あなたのお話では、金属の精錬もおこなわない——ところがぼくたちの先祖は、そのどちらもやっていないし、金属の精錬もおこなわない——ところがぼくたちの先祖は、そのどちらもやっていたのだから。そこでキキホワホワは、前回の大凍結を、ぼくたちの種族を改良するいい機会だと思ったのかもしれない。ぼくたちの先祖が眠っているあいだに遺伝記憶をあたえ、それによってぼくたちが自らの過ちから学ぶようになることを期待した。

けれどどうやら、またしてもうまくいかなかった。ぼくたちは動物や同じ種族の者を殺しているし、金属の精錬もするし、地球人のテクノロジーをほしがる者さえいる。ぼくたちは自分たちの記憶をじゅうぶんに再訪しているともいえない。さらに宗教を事実の代用にしてきた。ぼくたちは失敗作なんです」

ミスター・マクニールがいった。「きみたちは失敗作などではない、それは保証する。きみたちは全体像を知らされていない、それだけのことなのだ」

「その全体像とやらを話してもらえますか？」

ミスター・マクニールは躊躇《ちゅうちょ》していたが、やがて結論に至った。「わたしには、生きてこの大凍結の終わりを見ることはできないだろう。このミルクが地球人の代謝にも適合するとは思えないからね、だから、みんなが眠りにつく前に、わたしの知っているかぎりを話そう。きみたちはそれを聞いて希望を失うと思う。だからこれまでは話せずにいたのだ。むしろきみたちには、ありったけの励ましの材料となるものが必要なのだから、生き延びるだけのためにさえ……。

キキホワホワがいずれこの星に植民にやってくる、と考えてほしい。この惑星は、わたしたちが地球型と呼ぶ種類のものだ。キキホワホワはそれとは若干異なる環境を好むので、この星を自分たち用の環境に準備しておいてくれる生物が必要だった。そして、その目的にかない、かつ地球型惑星に適したかたちに進化した生物形態がひとつあり、それは地球人類だった。試行錯誤は必要ない。キキホワホワは親山羊《おやぎ》に、地球人と酷似した種族を作りださせた。なんらかの地球人の遺伝子を入手して、親山羊にあたえた混合物に使いさえしていると思う。そして生まれた種族に、世界をより住みやすく作りかえはじめるよう条件づけ《プログラム》をして、この惑星に住まわせた」

ぼくの心臓が突然激しく打ちはじめた。「より住みやすくというのは、なんにとってです？」

「もうひとつの、キキホワホワの目から見てより好ましい生物形態にとってだ。この目的実現のためにキキホワホワは、地球人と酷似した種族には殺傷行為や金属の精錬をおこなう必要があるかもしれない、という妥協を——短期的にだが——おこなった。しかし、そのあとを継ぐ種族は、キキホワホワの理想どおりのものになる。その後継種族は、土地が産するのものを食べて生きていく温和な生物で、単為生殖し、個体数過剰に悩まされる可能性もない」

「ロリンのことね」チャームがささやき声でいった。「ロリンがわたしたちのあとを継ぐんだ」

「そのとおり、といわざるをえない。きみたちはロリンの存在に好奇心を持ったことがない、そうだね？」

「ありません。当然ですよ」

「それは、きみたちがそういう風に条件《プログラム》づけされているからだ」

ぼくたちはそういわれて考えこんだ。ロリン？　ロリンは単に存在するものだ。それにどう好奇心を持てと？

「あなたたちはどうやってこのすべてを知ったんですか？」チャームが尋ねる。「地球人は数世代しかこの星にいなかったのに」

「だがわたしたち地球人は、キキホワホワのことは知っている。これが、あの種族が惑星植民をする際の手順なのだ。きみたちのような種族を、わたしたちは第一入植者と呼んでいる。その仕事は、精いっぱい生き延びることだ。潜在的に厳しい環境の中で、狩猟をし、漁をし、作物を育て、その他さまざまなことをして。そのためにきみたちの種族は、キキホワホワの規範と比べた場合、強く、また残酷でなければならない。そしてきみたちは生き延びる一方で、最初の世代が運びこんだ子どもの洞窟牛に飲食物を供給するために、イソギンチャク樹やコップ樹を植樹しつづけた」

クレインが嫌な感じの含み笑いをした。「つまり、それがわたしたちのすべてだったんだな。根源的にはわたしたちはみな、単なる育樹者なんだ。わたしたちはその仕事を蔑《さげす》んで、村でいちばん使い物にならない人間にやらせていたのに。まあ、じつはそういうことだったというわけだ。それでも粘流《グルーム》はこれからも到来して、これからも去っていくんだろうが」

ぼくたちはまた考えこんだ。ぼくはしばしば、自分たちの種族のほんとうの存在理由はなんだろうと考えたものだ。いま、それがわかった。村なし男のいったとおりだ。知識を得たのに、気分はまったくよくならなかった。ぼくたちの種族は当座しのぎであり、消耗品だった。「それはまちがいなく、ぼくたちの種族の存在理由は植樹だけだということなんですね？」

「そのとおり。そしてそれは、洞窟牛《どうくつうし》が適正人口のロリンを養うに足る大きさに成長するまでのことだ」

「それはいつのことです？」ぼくは洞窟牛のなかをきょろきょろ見ずにはいられなかった。それは巨大に思えた。ロリンが思いつきのようにうろうろと行ったり来たりして、人々の口に乳首を放りこんでいる。

「わたしには見当もつかない」

「でも、これがその状態なんじゃないですか？　ぼくたちはいま、役割を果たし終えたのかもしれない。これが洞窟牛の成長しきった姿なのかも」

「それはまったく知りようがない。それが判断できるのは、ロリンだけだ」

「そしてそう判断したとき、ロリンはどうするんでしょう?」

「わたしの憶測だが、ロリンはきみたちを永遠に眠ったままにしておくのだろう。ロリンにはきみたちを殺すことができない。それはロリンの本能に反することだから」

ぼくたちは沈黙した。ぼくは深い悲しみを感じた。ぼくはずっとロリンが好きで、それはロリンがこの上なく善良な存在で、ロリンが折に触れてぼくたちを助けてくれるのはぼくたちを好いているがゆえだ、と思っていたからだ。だが、それはどうやら、ロリンが健康な労働力を必要としているからだったらしい。ぼくがそんな考えに慣れるには、長い時間がかかるだろう。

だからぼくは昔の記憶を再訪し、チャームもきっと同じことをしたはずだ。ぼくたちがそもそものはじまりを思いだすことができないのは、ありがたい。そんなことになったらぼくたちは知らなくていいことまで知って、希望を失っていただろうから。

だからぼくは、気が滅入るような記憶ではなく、いくつかの楽しい記憶を再訪することに決めた。例えば、父さんの記憶だ。いつの日かぼくが長《おさ》になることを、父さんはずっと知っていたに違いない。自分には弟を見捨てることができないが、いとこどうしの絆《きずな》はそんなに強くないことも、遅かれ早かれ、トリガーが大馬鹿者だと見破られるだろうことも、父さんは知っていた。でも、最高の記憶はみな、ごく最近のもので、ぼくはそれについてはできれば考えたくなかった、なぜならそれは、あとほんの少しで無情にも断ち切られてしまうから……。

チャームがぼくにしがみついた。「眠るのは、やめにしましょう、ハーディ。わたしたちの命が残っているあいだ、目ざめたままでいましょう。そうしたら何回愛を営めるか、考えてみてよ」

チャームの肩越しに視線を投げると、クレインはもう洞窟牛の体が描く弧《こ》にもたれて、まどろんでいた。ぼくが見守るうちに、ロリンが近づいていって、クレインの唇のあいだにそっと乳首を差しこんだ。

「起きてよ、ハーディ！」

チャームが片肘をついて体を起こし、ぼくのあばら骨をそっとつついていた。うとうとしてしまったらしい。ぼくはぱっと体を起こしたが、目がしばしばして、混乱した気分だった。

ぼくはもう疲れた気分ではなかった。チャームと愛を営んだあと、まわりの人たちが眠りに落ちていく中で、必死で目ざめたままでいようとしていたのが、最後の記憶。そしていま、いきなり、ぼくはすっかり目がさめていた。

まわりじゅうで人々が目ざめつつあった。発光キノコが山と積まれている。ロリンがせわしなく、いつもよりきびきびと行ったり来たりして、人々の口から乳首を抜きとっていた。

ぼくはかろうじて勇気をふるって、こういった。「ぼくたちは切り抜けたんだね？

四十年間を？」

「とてもじゃないけど信じられない」チャームは静かな喜びに満ちてすすり泣き、丸い顎《あご》から涙をしたたらせながら、ぼくを見つめていた。

クレインのささやき声が聞こえた。「わたしたちにはこれからがあるんだ、フューさまの名にかけて！　粘流《グルーム》をまた見られる」

ミスター・マクニールを起こそうとして寝返りを打つと、ぼくの肩になにか脆《もろ》いものが触れ、それが粉々に崩れていった。ぼくはしばらくそれを凝視して、ギーズ設定することを考えたが、そうしないことに決めた。ミスター・マクニールのことはどんなことも忘れたくない。目の前のこれさえも。ミスター・マクニールはぼくの子孫の記憶の中で生きつづけるべきだ。あの人がなしたあらゆること、あの人が口にしたあらゆる言葉が。第一入植者は退場すべきだと、ロリンが決定するまでは。

だが、それはいまではない。

ロリンはぼくたちが立ちあがるのを手伝い、ぼくたちを軽く押すようにしながら洞窟牛の中を導いていった。まもなく、ぼくたちは明るい日光の中でまばたきしていた。フューが戻ってきて、ラックスは去っていた。

すべてがとても美しく、とても新しくて明るく、まわりの人たちから驚きや感謝の叫びがあがるのが聞こえた。

「これじゃ、大ロックスとかのたわごとをたやすく信じられたのも無理ないわ」チャームがつぶやいた。

「そんなことにはなってほしくない。新しい世界は、事実に基《もと》づいたものであってほしい」ぼくはノスとヤムの人たちを見まわした。「ぼくはこの人たちに、ミスター・マクニールから教わったあらゆることを教えたい」

「それはわたしたちしだいよ、愛する人。でも、みんなはそれを知ったら、ちょっと落ちこむんじゃない？」

「たぶん、人によるだろうね。人ひとりに人生は一回ずつ。それを精いっぱい生きたいと思う人が多いはずだ。でもぼくは、自分たちがより大きな計画の一部でもあることを、みんなに知ってほしい。植樹をするとき、脳なしロックスを導くようにして自分が本能に導かれてそうするのではなく、その理由を知っていてほしい。あの迷信の類《たぐい》は、とにかく侮辱《ぶじょく》的にすぎるよ。ぼくたちを馬鹿扱いしている。ぼくたちは計画全体のある一過程で、ぼくたちはそれを誇りに思うべきだ。ぼくは自分が何者かを知っているんだ、フューさまの名にかけて！」

「目的があるのは、悪いことじゃないわ」チャームが同意した。

「ある意味、ぼくは地球人をかわいそうに思うよ、闇雲《やみくも》に出かけていって、繁殖するだけだなんて」

チャームが微笑《ほほえ》み、ぼくにはなにもかもがうまくいくとわかった。「さて、次にわたしたちがすべきことはなに、ハーディ？　現実はたちまち押し寄せてくるわ。たとえば、わたしはもうお腹がすいているし。もちろん」ぼくをちらっと横目で見て、「わたしはこれから当分、ふたり分食べなくちゃいけないのは、まず確実なんだけど」

「まず確実って……」ぼくはまじまじとチャームを見た。とてつもない喜びが体の内に湧《わ》いた。今日は喜びの種が尽きることがない。

「うん、まずまちがいない」彼女はぼくの頬《ほお》にキスをした。「だけど、それはわたしたちがふたりきりで味わうべきことのひとつよ、いまここじゃなくて。いまはわたしたちが、長《おさ》の資質を示すべきとき。ぼけっと突っ立って一日じゅう景色を眺めているわけにはいかないわ。あなたの考えは？」

「ぼくの考えは、パラークシを再建して、今後数世代はそこに住みつくべきだというものだ。前回の大凍結後はそれでうまくいったし、今回もまたうまくいくだろう。とりわけ、スミスとスミサに加わってもらうことができればね。あのふたりが大凍結を切り抜けられるよう、ウィルトが確実に手を打ったはずだ」ぼくは太陽の角度を確かめた。「粘流《グルーム》がもうすぐ到来するから、食料もたっぷり手に入る。これからのぼくたちは、グルームが来たら漁をして、春が来たら種をまく、みんないっしょにだ、根掘り虫だの水掻《みずか》き持ちだのいう馬鹿な話はもうおしまいにして」

シリー・メイとカフがぶらぶらと近づいてきた。メイは興味深げな目でぼくを見た。

「あなたいま、ぼくたちは漁をして、種をまく、といったわね。根掘り虫と水掻き持ちだけじゃなく、男性と女性もいっしょに、という意味に聞こえたんだけど。とても面白い考えかたよ、ハーディ。そんなことを思いついた人は、これまでいないんじゃないかと思う。あなたはどう思う、カフ？」カフはその考えにとても当惑しているように見えた。

「その話には先がある」ぼくはいった。「これからは男性と女性がいっしょに暮らすんだ。記憶の血すじが別々だからといって、文化も別々で、男性と女性の集落も別々の必要があるということにはならない。ぼくがチャームを愛していて、いっしょに住みたいと思ったからといって、異常視されることはなくなる。チャームとぼくがこの人たちを仕切っていくなら、フューさまの名にかけて、ちょっとくらい権力をふるったって悪くはないだろ！」

「おまえたちの幸運を祈るよ」カフがいった。長《おさ》の座をめぐる争いが起きることはなさそうだ。不意にカフは頭をのけぞらせると、声をあげて笑った。

スプリングがロネッサといっしょにそばにいて、ふたりで聞き耳を立てていた。トリガーとファウンがおしゃべりをしていて、父親から解放されたトリガーは、正常な人とほとんど変わりなく見えた。そのふたりも笑っている。それはすばらしい天気と、ミスター・マクニールいうところの『生の喜び《ジョワ・ド・ヴィーヴ》』によるものだったかもしれないが、まわりじゅうの人たちが性別をほとんど気にしないで抱きあっていることに、ぼくは気づいていた。希望の持てる幕あけだ。

「パラークシへ！」権力に酔った気分で、ぼくは叫んだ。「ぼくたちの手で文明を築こう!」

その言葉に、ぼくの子孫たちはとても決まりの悪い思いをするかもしれないけれど、その瞬間に叫ぶ言葉としてはふさわしいものだったし、人々は喝采《かっさい》でそれに応《こた》えた。

訳者あとがき

本書は、本文庫既刊『ハローサマー、グッドバイ』（以下、前作と略）の続篇にあたる。ただし、前作の登場人物たちがふたたび主要人物を演じる物語ではない。舞台は前作と同じ、地球ではない太陽系外惑星で、ここには地球人型の（＝見た目が地球人そっくりの）異星人が住んでいる。

時代的には、前作の少なくとも数百年から千年以上あと。前作の時代に生きていた人々の、これまた最低でも数十世代後の物語となる。

（という話を続ける前に、こういう場所に書く文章としては異例ながら、前作未読の方はぜひ本書といっしょに前作をお買い求めの上、前作から順に読まれることをお薦めしておきたいと思います。

もちろん、「独立した作品として読めるように書かれている」という続篇紹介の常《じょう》套句《とうく》は本書にも当てはまる。けれど、なんといっても前作は、結末のSF史上有数の大ドンデン返しで有名な作品。本書から先に読んでしまうと——そのあと、前作も読みたくなるのは確実ですから——その楽しみを味わいそこねてしまうことになる。それにそもそも、前作は読んで絶対に損のない青春恋愛SFの傑作ですし)

本書に話を戻すと、前作と本書の時代のあいだに、この星にはさまざまな大きな変化が起きている。その中には、これはむしろ前作既読の方がとまどいそうな設定がいくつかある。ここではまず、そのおもなものをまとめておこう。(「粘流《グルーム》」など前作と共通の設定については、前作の訳者あとがきをごらんください)

前作で描かれた世界は機械文明の初期段階にあり、その社会は地球の十九世紀後半とよく似た状況で、広い版図《はんと》を持つ複数の近代国家が存在していた。ところが本書では、機械文明はほぼ失われて(ごくごく少数の自動車などは残っている)、人々は農業・狩猟・漁業と少々の手工業に従事している。本書の社会は村落単位で営まれ、村どうしの交流すら盛んではない。

いわば、文明化の度合いが低くなっているのだが、かといって地球の古代や中世をイメージしてしまうと、社会や科学技術の面で〝進んだ〟概念や用語が出てきてとまどうことになる。これには、このあとに触れる分の「前作との違い」が絡《から》んでいるのだが、辻褄《つじつま》合わせをしているとキリがないのでやめておきます。

さてその「前作との違い」でいちばん重要なのは、この星に住む異星人が、受胎時に代々の同性の先祖の記憶を受け継いでいる、という設定だ。(これは前作にはまっ

たく存在しなかった設定ですので、念のため）

ただし、受け継ぐといっても、遺伝子や脳の器官がそういう仕組みになっているという話で、たとえるなら、ネットやハードディスクにどんなデータが埋もれているかわからない状態のようなもの。ある記憶が「利用」可能なのは、いちどその記憶にアクセスしてから＝「思いだして《remember》」からとなる。しかも最初のアクセスにはやや努力が必要な上、世代順に記憶を遡《さかのぼ》る必要があるので、さらに手間がかかる。

　また、前述のとおり、受け継がれる記憶は同性の先祖のものだけ。だから、たとえばある男性に男の子どもができなければ、その家系の男性の記憶はそこで途絶えてしまう。また、自分の受胎後の親の記憶は受け継がれない。

　記憶を遡る能力や作業は、「夢見《ゆめみ》（をする）」または「星夢《ほしゆめ》（を見る）」と呼ばれ、その制約や、先祖の記憶が社会の中で非常に尊重されていることなどが、本書の世界の、そして物語の中核をなす。これも説明をはじめるとキリがありませんので、とくに前半に出てくる夢見や星夢に関する記述は、ちょっと注意して読んでいただければと思います。

　同性の記憶のみを受け継ぐことの影響で、本書では、各村ごとに男女が別々の集落に分かれて住んでいる（乳幼児を除く）という、これも前作にはなかった設定が加わっている（よく考えるとこれは必然的な展開ではないが、ともかくこの星の社会はそういう風に進んだ）。そして各村は、この男女の集落それぞれのリーダー個人の能力・カリスマで統率されている。

もうひとつ、前作との重要な違いがある。それは、数世代前から地球人がこの星に来ていること（！）。この星に産する貴重な元素の採鉱がその目的で、異星人と契約を結んで採鉱場の土地を賃貸しているかたち。地球人の大半は、現地文化の汚染を避けるという方針から採鉱場の敷地内にとどまっているが、異星人の村の近辺で暮らす駐在仲介者が、多少の援助をおこなっている。（異星人の主人公がある場面で、この星にはいない「牛《cow》」を連想するのは、この駐在仲介者と親しくて、地球について多少知っているからだろう）

この星に住んでいるのは、〝地球人そっくり〟だがあくまでも人間型の異星人だ、という前作巻頭の作者の言葉が、SF的にダメ押しされたわけである。なお、地球人はこの星の異星人にスティルクと名づけているが、異星人たちは自らをおもに「人《ひと》」「人間」と呼んでいる。また、地球人そっくりといっても、スティルクは地球人と比べるとかなり小柄であることが本書で判明する。

それから、スティルクのあいだでは、茶色い目《ブラウン・アイズ》はめずらしいそうである。

設定のことばかり長々と書いたが、では本書の物語はどういうものなのか。

前作巻頭の作者の言葉をアレンジして説明するなら、

「これは恋愛小説であり、ミステリ小説であり、SF小説であり、さらにもっとほか

の多くのものでもある」

となるだろう。前作にあった戦争小説の要素が抜けて、ミステリが大きな割合を占める格好だ。けれど、やはり恋愛小説が筆頭であることに変わりはない。

ところで、コーニイ作品（とくに傑作であればあるほど）のトレードマークに、

1．主人公と美女すぎるヒロインが問答無用でひと目惚《ぼ》れしあう。

2．帆のある乗り物が沈む。（帆付きスノーモービルが雪上で難破する長篇すらある）

3．どんでん返し。

があげられるのだが、本書は冒頭数ページで、ほかのなににも優先して、1と2をクリアしてしまう。それどころか主人公は第三段落目で恋愛宣言をぶちあげる。

本書の恋愛小説としての側面にこれ以上立ち入るのは、野暮《やぼ》というもの。ただ、本書の主人公は十七歳（から十八歳にかけて）で、前作の主人公ドローヴより数歳年上であることは書いておこう。前作に比べると、本書での恋愛の描写には年齢相応の部分も大きくなっている、ということです。

次に本書のミステリとしての側面だが、物語前半途中で殺人事件が発生。主人公も何度も命を狙われた上、濡れ衣を着せられて窮地に追いつめられる場面もある。

殺人事件の真相には、さまざまな謎《なぞ》が絡んでいることがしだいにわかってくる。興味の焦点はフーダニットとホワイダニットで、これを解明する過程が、物語中盤の大きな推進力のひとつとなる。謎は結末にかけて徐々に解明され、クライマックスでは

意外かつ決定的な証拠が……。

ルール違反になるのでこれ以上は書けないのがもどかしいが、訳者の贔屓目《ひいきめ》を抜きにしても、本書は「SFミステリ」の傑作といっていいと思う。複数の謎を解明する手がかりには、いずれもきっちりと伏線が張られていて、しかもそれはこの作品独自のSF設定の数々あってこそのものばかり。作者はあるインタビュウで、自分は結末から逆算してプロットを組みたてるタイプだと語っていたから、その創作作法からすればミステリ的な構成がみごとなのもうなずける。じっさい作者は、ミステリのアンソロジーに短篇を載せたりもしていた。

SF的な側面については、前作でこの惑星（と星系）が天文学的に奇想天外な性質を持っていることがくわしく説明されて、それがSF的面白さの一部にもなっていたのを、ご記憶の方も多いと思う。しかし本書にはそのへんの話はちょっとしか出てこないので、あれはよくわからなかったとか忘れちゃったという方もご心配なく。（ちなみに、この星の一年は地球よりちょっと短いらしいことが、本書の最後のほうでちらっと語られている）

重要なのは、この惑星は冬（作中では凍期と呼ばれる）の寒さが文字どおり殺人的で、ほかの季節でも夜の冷えこみは、異星人たちにとって致命的なものになるということ。作中の罵倒語《ばとうご》がおもに寒さに関わっていることとその翻訳については、前作の訳者あとがきをごらんください。

SF的設定についてはもうひとつ、本書には地球人とは別の宇宙航行種族の名前が出てくることにも触れておいたほうがいいだろう。とても不思議な名前のついたこの種族は、あまり前後の脈絡なく話題に出てきて、後半に行くほど頻繁に言及されるので、とまどう方もいるかもしれない。とくに前作既読の方は、前作とずいぶん世界観が変わったなと最終的に思われるのではないか。まさにそこが、本書のSFとしての読みどころになるわけですが。

この種族は、じつは作者が一九八〇年代に発表していた《地球の歌》というシリーズ（長篇五冊からなる四部作、というややこしいシロモノ）に出てきた異星人。前作（『ハローサマー、グッドバイ』）の設定のある部分について、作者は「SFのお約束」程度のつもりで、とくに「謎」として設定したつもりはなかったのだが、あるとき、《地球の歌》のこの設定を使えばそれを含めていろいろな説明になるし、続篇も書けるじゃないかと気づいた、という。

つまり単なるアイデアの流用と見なしてよく、《地球の歌》の内容をなにも知らなくても、本書および前作を読むのにはなんのさしつかえもありません（シリーズ読者だけがニヤリとできるセンテンスもなくはありませんが）。しかも《地球の歌》は、いまどきのSF風にいえば、なんでもありの多世界ものなので、本書と同一の〝未来史〟だといった考えかたをする必要もないのです。

『ハローサマー、グッドバイ』の原書刊行は一九七五年。本書の原書 *I Remember Pallahaxi* が刊行されたのは二〇〇七年（英 PS Publishing）、二〇〇五年に亡くなった作者の追悼出版としてだった。ただし、作者が本書を完成させたのは、亡くなる十年ほど前の一九九〇年代のこと。

このへんの経緯についても『ハローサマー、グッドバイ』の訳者あとがきに書いたので繰りかえさない。そのときに、「作者の生前に続篇が出版されなかったのは、作品の出来が悪いからなどでは、まったくない」と書いたが、それは本書を読めば納得していただけるだろう。

作者マイクル・コーニイ（一九三二－二〇〇五）についても、『ハローサマー、グッドバイ』の訳者あとがきをご参照ください。

なお、コーニイはあるインタビュウで子どものころの愛読書として、ハガード、ドイル、ウエルズと並んで、二十世紀前半のイギリス作家サッパー（別名というか本名H・C・マクニール）の名前をあげていた。本書で主要な脇役となる地球人の名前は、ここに由来するものだろう。

翻訳には PS Publishing 版の書籍を底本としたが、作者がホームページにアップしていたテキスト（現在は削除）も参照した。書籍版はホームページ版を元にしたものだが、物語上重要な記述が数段落抜けていたりする。一方、ホームページ版も、編集者や校閲の目を通っていないためか、固有名詞の取り違えや矛盾する記述が数カ所あり、著者没後に出た書籍版でもそのままになっている。邦訳に際してはそうした部分のいくつかについては、編集者と相談しつつ修正した。

（サンリオSF文庫で刊行されていたコーニイの代表作『ブロントメク！』が、同文庫版の訳者、遠山峻征氏ご自身が翻訳に手を入れて、近いうちに河出文庫で復刊される予定とのこと。お楽しみに）

二〇一三年八月

山岸　真

本書は河出文庫訳し下ろしです。

パラークシの記《き》憶《おく》

二〇一三年一〇月一〇日　初版印刷
二〇一三年一〇月二〇日　初版発行

著　者　M・コーニイ
訳　者　山岸真《やまぎしまこと》
発行者　小野寺優
発行所　株式会社河出書房新社
〒一五一－〇〇五一
東京都渋谷区千駄ヶ谷二－三二－二
電話〇三－三四〇四－八六一一（編集）
〇三－三四〇四－一二〇一（営業）
http://www.kawade.co.jp/

ロゴ・表紙デザイン　粟津潔
本文フォーマット　佐々木暁
本文組版　KAWADE DTP WORKS
印刷・製本　凸版印刷株式会社

Printed in Japan　ISBN978-4-309-46390-2

ハローサマー、グッドバイ

マイクル・コーニイ　山岸真〔訳〕　46308-7

戦争の影が次第に深まるなか、港町の少女ブラウンアイズと再会を果たす。ぼくはこの少女を一生忘れない。惑星をゆるがす時が来ようとも……少年のひと夏を描いた、ＳＦ恋愛小説の最高峰。待望の完全新訳版。

宇宙の果てのレストラン

ダグラス・アダムス　安原和見〔訳〕　46256-1

宇宙船が攻撃され、アーサーらは離ればなれに。元・銀河大統領ゼイフォードとマーヴィンがたどりついた星で遭遇したのは⁉　宇宙の迷真理を探る一行のめちゃくちゃな冒険を描く、大傑作ＳＦコメディ第二弾！

新　銀河ヒッチハイク・ガイド　上・下

オーエン・コルファー　安原和見〔訳〕　46356-8　46357-5

まさかの……いや、待望の公式続篇ついに登場！　またもや破壊される寸前の地球に投げ出されたアーサー、フォードらの目の前に、あの男が現れて――。世界中が待っていた、伝説のＳＦコメディ最終作。

フェッセンデンの宇宙

エドモンド・ハミルトン　中村融〔編訳〕　46378-0

天才科学者フェッセンデンが実験室に宇宙を創った！　名作中の名作として世界中で翻訳された表題作の他、文庫版のための新訳３篇を含む全12篇。稀代のストーリー・テラーがおくる物語集。

塵よりよみがえり

レイ・ブラッドベリ　中村融〔訳〕　46257-8

魔力をもつ一族の集会が、いまはじまる！　ファンタジーの巨匠が五十五年の歳月を費やして紡ぎつづけ、特別な思いを込めて完成した伝説の作品。奇妙で美しくて涙する、とても大切な物語。

とうに夜半を過ぎて

レイ・ブラッドベリ　小笠原豊樹〔訳〕　46352-0

海ぞいの断崖の木にぶらさがり揺れていた少女の死体を乗せて闇の中を走る救急車が遭遇する不思議な恐怖を描く表題作ほか、ＳＦの詩人が贈るとっておきの二十二篇。これぞブラッドベリの真骨頂！